Josef Zehentbauer / Alfred Rott

Das Liebe-Prinzip

Josef Zehentbauer
Alfred Rott

Das Liebe-Prinzip

Reich werden durch Verschwenden

Claudius

Bibliografische Information Der Deutschen Bibliothek
Die Deutsche Bibliothek verzeichnet diese Publikation
in der Deutschen Nationalbibliografie;
detaillierte bibliografische Daten sind im Internet
über http://dnb.ddb.de abrufbar.

Birkerstraße 22, 80636 München
www.claudius.de

Umschlaggestaltung: Anne Halke, München
Satz: Stahringer Satz, Grünberg
Druck: Ebner & Spiegel, Ulm

ISBN 3-532-62332-3

Inhalt

Vorwort

Die Liebe kann die private und die gesellschaftliche Welt radikal positiv verändern. Seit Jahrtausenden leiden die Menschen an Zwist, Gewalt, Krieg und privatem Elend. Allmählich wird jedem klar: *Das einzig Rettende ist die Liebe.* Und: Jeder kann lernen, das elementare Reservoir der Ur-Liebe zu nutzen, für sich und andere.

Dieses – mit Liebe geschriebene – Buch ist gespeist von humanistischen Visionen und zeigt die *vielfältigen Dimensionen* der Liebe: Eltern-Kind-Liebe, Partnerschaft, Selbstliebe, Erotik in allen Spielarten, Liebe und Emotionale Intelligenz (am Arbeitsplatz, in der Schule und in Wirtschaftssystemen), Liebe und Gesundheit, spirituelle Liebe, globale Liebe. Dabei wird klar, dass die sexuelle Liebe die geistige Liebe nicht verdunkelt, sondern erhöht. Zwischen Eros und Spiritualität bestehen geheimnisvolle Verbindungen.

Dieses Buch weitet Horizonte, regt zu neuen Erfahrungen an und lässt spüren: Liebe ist *die* Fülle unseres Lebens.

Viele Erfahrungen und Ideen verdanken wir dem vielfältigen Austausch mit Bekannten und Freunden, Kollegen, Klienten, Seminar-Teilnehmern, Kindern und Jugendlichen. Besonderer Dank geht an den Verlagslektor, Herrn Dr. Dietrich Voorgang, für seine Anregungen. Monika Littel hat kompetent für die exakte Niederschrift der Texte gesorgt.

Die Liebe zu Frau und Mann würde verlangen, dass die Sprache weibliche *und* männliche Formen zeigt. Wir haben uns – was die Leserinnen verzeihen mögen – für die gängige männliche Form entschieden, um sprachliche Akrobatik zu vermeiden.

Unsere Huldigung gilt zwei ganz besonderen Frauen – seit vielen Jahren lehren sie uns die Liebe und lassen sie uns hautnah erleben: Hannah und Ulli. Und wir danken unseren Kindern, den großen Meistern der Liebe.

So dürfen wir Sie nun – liebe Leserin, lieber Leser – einladen zum *Reichwerden* durch *Liebeverschwenden.*

München, im Sommer 2005
Alfred Rott
Josef Zehentbauer

Ouvertüre: Liebe – die Urkraft des Menschen

Viele sehnen sich nach Liebe, doch sie werden – überschwänglich – bereits geliebt (und manche merken es nicht).

Ähnlich wie die Natur aus dem Überfluss schöpft, so ist auch die Liebe eine im Überfluss vorhandene Realität, die jedem Menschen zur Verfügung steht wie Luft und Wasser. *Sensationell ist die Erkenntnis*: Jeder kann lernen, das energievolle Liebereservoir zu nutzen – wie man das macht und in welch unterschiedlichen Situationen dies hilfreich ist, das verraten wir im Verlaufe dieses Buches.

Das Leben wird bunter und schöner, wenn wir uns – immer wieder – mit der Urkraft Liebe verbinden. Und wir spüren die Sehnsucht nach Zärtlichkeit, Sex und einem heiter-erotischen Lebensgefühl und wollen Erfüllung. Narzissmus und moderne Einsiedelei sind provisorisch-verträumte Lösungen, die schön sein können, und dennoch entsteht oftmals das bitter-süße Verlangen nach dem „Du". Denn zur Liebe gehört das Du. Wer diese Liebe sucht, der wird sie finden. *Die Urkraft Liebe ist eine ubiquitäre Energie, die – wie Raum und Zeit – immer und überall ist und gleichsam darauf „wartet", dass wir uns mit ihr verbinden.* Indem ich mich mit der Urkraft Liebe verbinde, entstehen liebevolle Kontakte zu anderen Menschen und zu meiner Mitwelt, zu Tieren, zur Natur.

Es strömt Liebe, sobald ich ein anderes Wesen *innig bejahe* und ihm die Wärme meines Herzens schenke. Wir wissen – die Liebe ist immer da, auch wenn sie nicht in jedem Moment zu spüren ist, nicht immer wahrnehmbar. So wie wir an einem Regentag die Sonne nicht sehen, obwohl sie für uns scheint.

Indem wir lernen, die Energie der Liebe einzuschalten und für uns nutzbar zu machen, finden wir *Lösungswege* bei Paarkonflikten, bei Singleeinsamkeit oder sexuellem Frust, bei Erziehungsdesaster, Mobbing, Burn-out, bei depressiver Traurigkeit, Hass und mangelndem Selbstwertgefühl. Doch was für den Einzelnen oder das Paar lebensnotwendig ist, braucht auch unsere Gesellschaft weltweit: Liebe! *Liebe als Konfliktlöser, Liebe als Heilmittel.*

Aus den Quellen der Ur-Liebe formen wir unsere individuelle Liebe und diese zeigt *vielerlei* Gestalt: Überschwänglich, aus ganzem Herzen können wir lieben – *Liebe total!* Oder wir erleben „nur" körperliche, sexuelle Liebe (ohne geistiges Verbundensein). Dies darf ebenfalls Liebe genannt werden, *eine „kleine Liebe"*. Man kann bei anderen Menschen auch nur Teilaspekte ihrer Persönlichkeit lieben, bestimmte Eigenschaften (zum Beispiel Hilfsbereitschaft) oder spezielle Talente (zum Beispiel Musizieren) – dies ist gleichermaßen eine *„kleine Liebe"*. Und natürlich dürfen wir auch mal lieblos reagieren, stinkig sein, zornig, laut aggressiv oder beleidigt sein, ohne dass die Liebe gänzlich aus unserem Herzen entweicht. Es gibt also nicht nur die große allumfassende Liebe, sondern auch unterschiedliche Ausprägungen einer „kleinen Liebe". So gesehen kann man viele Menschen lieben – total oder eben nur teilweise – und manch ein Mensch sagt sogar: „Ich liebe alle Menschen."

Es erheitert das Leben ungemein, wenn wir im alltäglichen Umgang immer wieder eine „kleine Liebe" einstreuen, freundliche Komplimente und liebevolle Bemerkungen verschenken (ohne sexuelle Hintergedanken und ohne Schauspielerei). Dies sind kleine Liebesgaben, mit denen wir großzügig umgehen sollten und die zu einem „erotischen Lebensgefühl" beitragen. Da wird uns täglich ein Krug voll Liebe kredenzt, kosten wir davon nicht Tropfen für Tropfen, sondern trinken wir literweise, der Krug ist unerschöpflich. Für die Liebe gilt das berühmte *Win-win-Prinzip:* Je mehr wir geben, desto reicher werden wir.

In symbolischer Darstellung hält die Göttin der Liebe ein Blumenszepter in der zarten Hand. Eine göttliche Geste reicht und alles überblüht den Augenblick, man hört die leise Symphonie des Glücks, Eros berührt mit heißer Hand unsere Sinne, Menschen versöhnen, umarmen sich.

Glück, Freude und Melancholie sind Freundinnen der Göttin Liebe und zeigen dem Menschen – auch – die Vergänglichkeit: Mit jedem Pulsschlag wird aus Heute ein fernes Gestern – Liebe kann auch schmerzen, kann Wehmut bringen, bittere Tränen und trotzdem lächeln ... Lächeln. Die Zeit vergeht. Auch die Liebe vergeht und kommt doch immer wieder.

Das folgende Märchen zeugt von der Kraft der Liebe, einer Kraft, die Irrwege zu korrigieren vermag, Tote zum Leben erweckt und dem alltäglichen Leben einen – vorläufigen – Sinn verleiht:

In einem kleinen Schloss inmitten eines kleinen, aber üppigen Gartens lebten eine Prinzessin und ein Prinz in täglicher Zufriedenheit. Als eines Tages die Prinzessin allein im Garten war, kam ein Fremder vorbei und sprach: „Euer Garten des Lebens ist wunderschön und doch fehlt ihm des Glückes eigene Quelle: das goldene Wasser, der sprechende Vogel und der singende Baum. Im Lande Xi ist alles zu finden."

Kaum war der Fremde gegangen, da überfiel die Prinzessin große Sehnsucht nach der Quelle des Glücks. Als der Prinz nach Hause kam, ward auch er ergriffen von diesem Verlangen. Noch im Schlaf verfolgte ihn die Unruhe und als der Tag dämmerte, war sein Pferd gesattelt, stand der Diener bereit.

Er ritt tagelang wie im Traum, bis die Täler einsam wurden und der letzte Pfad sich verlor. Am Ende einer tiefen Schlucht traf er eine weise Fee, die sagte: „Kehre um! Wer strebt, verliert, wer nicht will, gewinnt." Der Prinz, voller Ungeduld, ritt weiter. Dann gebot er seinem Burschen zu warten, nur einen Tag lang. So begann er den einsamen Aufstieg. Endlos war der Weg und unzählige große schwarze Steine lagen auf dem Hang. Plötzlich zerriss ein Stimmengewirr das Schweigen. Unbeirrt stieg der Prinz weiter den Berg empor. Er war fest entschlossen, die geheimnisvollen Schätze für seine Prinzessin zu erobern. Da erschien ein riesiger Wächter mit eiserner Peitsche. Eh sich der Prinz versah, spürte er den gellenden Peitschenhieb. Kalte Starre lähmte ihn, die Nacht sank und nichts verblieb als ein schwarzer Stein.

Eine Nacht noch wartete der Diener, dann ritt er heim. Die Worte der weisen Fee, die er kündete, waren für die Prinzessin eine berührende Botschaft. So rüstete sie zum Aufbruch, den Geliebten zu suchen. Allein auf ihr Herz gestellt, fand sie den Weg. Schließlich erreichte sie die heiligen Stätten, verneigte sich tief und liebevoll und schritt ohne Zögern den Berg hinauf. Bald erreichte sie die Höhe und sah den sprechenden Vogel: „Ich will von meinem Geliebten hören, ob er tot ist oder lebendig." Der sprechende Vogel antwortet: „Lieben ist Finden. Pflück einen Zweig vom singenden Baum, tauch ihn ins goldene Wasser und bespreng mit Liebe, was an Leben erstarrte auf diesem Berg."

Die Prinzessin tat all das, was ihr geheißen, und wie die ersten Tropfen der Liebe die Steine netzten, kam Leben in die starren Gestalten. Auch ihr Geliebter stand auf und umarmte sie und der Berg war erfüllt von Menschen. Die Prinzessin nahm Abschied vom sprechenden Vogel, vom singenden Baum und dem goldenen Wasser und führte die Erlösten ins Tal hinab, wo ihre Wege sich trennten. Prinz und Prinzessin reisten zurück in ihr Schloss und sahen in ihrem Garten das glitzernde Wasser, hörten das Flüstern der Bäume und das Singen der Vögel. Und so erschufen sie sich eine neue, liebevolle Welt, die neu schien und doch der alten glich.

„Ich liebe Pizza" – „ich liebe Gott": Das Spektrum der Liebe ist breit gefächert. Wenn wir über Liebe reden, dann reden wir über etwas Vertrautes. Liebe kennt jeder und jeder hat Liebe mal gespürt und sei's nur in Bruchstücken und nur für wenige Momente. *Ein Kind, das nie Liebe erfährt, stirbt.* Liebe ist Odem fürs Leben. Es gibt kein Leben ohne Liebe.

So ist es verständlich, dass manche angesichts der machtvollen Dimension von Liebe erstarren und das Wort „Liebe" niemals oder extrem selten verwenden oder nur in Bezug auf Überirdisch-Göttliches. Manche Männer sagen ihrer – sehr geliebten – Lebenspartnerin gar nie oder nur einmal in zehn Jahren: „Ich liebe dich!" Wieder andere – ob Frau oder Mann – benützen den Liebesbegriff überaus großzügig, sie lieben nicht nur ihre Katze, sie lieben auch die Pizza funghi von der Trattoria Guiseppe, lieben New York, Sado-Maso-Techniken, Mozarts Requiem oder Openairkino. So unterschiedlich es klingt – all dies ist Liebe: Es gibt kleine und ganz kleine Lieben und die große Liebe gibt es natürlich auch.

Liebe erblüht auf vielerlei, sehr bunte Weise und in sehr unterschiedlicher Intensität:

> *Eltern sorgen für ihre Kinder, auch wenn sie manchmal überfordert sind und ungerecht, sie fühlen sich ihnen verbunden …* Liebe. *Zwischen Verliebten strömt glühende Zuwendung …* Liebe. *Eine Elefantenmutter sorgt sich um ein anderes, verwaistes Elefantenkind, zeigt geduldige Zuneigung …* Liebe. *Eine Krankenschwester trocknet den Angstschweiß auf der Stirn eines Sterbenden, mit-leidend …* Liebe. *Eine Frau umarmt ihren Freund, spürt die Wärme seines Körpers und verschmilzt mit ihm …* Liebe. *Eine alleinerziehende Mutter, verzweifelt im Job und verzweifelt ob ihrer pubertierenden Tochter, nimmt zusätzlich noch den 6-jährigen Bengel ihres verstorbenen Cousins auf, ein Kind, das frech ist, viel kaputt macht und das sie am liebsten wieder weggeben würde. Doch heimlich hat sie den Wildfang ins Herz geschlossen …* Liebe. *Ein gläubiger Mensch verehrt von Herzen seinen Gott oder seinen Buddha oder seine Madonna oder seine Hindugötter und gewinnt daraus Ehrerbietung für den Mitmenschen …* Liebe. *Ein Single, schwul, spürt in sich das Verlangen nach Sex; in einem einschlägig bekannten Club gibt es ein rasches Kennenlernen, Lust und Schweiß. Später, wieder zu Hause, allein, fühlt er sich leer, und doch bleibt die Erinnerung …* Liebe. *Seit sieben Jahren ist die erfolgreiche und attraktive Angela mit ihrem Lebenspartner zusammen und seit langem weiß sie, dass er sie mit einer Geliebten betrügt. Angela*

versucht sich zu trennen, doch der Trennungsschmerz ist grausam und so bleibt sie. „Ich liebe ihn ja", so seufzt sie unter Tränen – amor fatal … Liebe. *Ein junger Mann verliebt sich unsterblich in eine 15 Jahre ältere Frau, verheiratet, zwei Kinder – es kommt zu amourösen Begegnungen und mit feurig erregten Herzen schwört er: „Ich liebe dich über alles" und die Angebetete erwidert: „Du bist süß" – auch ungleiche Liebe ist* … Liebe. *Filippo ist ein erfolgreicher Unternehmer und er beteiligt seinen langjährigen Freund Carlos an der Firma. Erst nach zweijähriger Zusammenarbeit merkt Filippo, dass der scheinbare „Freund" ihn perfide betrogen hat. Die gemeinsame Firma ist bankrott und Filippo schwört grausame Rache. Eines Tages sieht Filippo den Freund – zufällig –, wie dieser sehr herzlich seine kleine Tochter umarmt. Filippo ist irritiert, dass dieser Verbrecher so liebevoll sein kann. Und Filippo beschließt, diesen Schurken zu verschonen … eine Spur von Feindesliebe* … Liebe. *Bettino aus Rom macht Urlaub in Brasilien, besucht dabei ein Projekt für Straßenkinder und übergibt eine stattliche Dollarsumme. Bettino versucht auf seine Weise, die unerträgliche Diskrepanz zwischen der reichen und der armen Welt für ihn erträglicher zu machen* … Liebe. *Jeanette steht nackt vor dem großen Spiegel, sie räkelt sich, streichelt ihre Brüste. Sie gefällt sich, sie lächelt ihr Spiegelbild an und freudig erröten ihre Wangen* … Liebe. *Seit 20 Jahren lebt Elisabeth alleine, zurückgezogen; bei ihren Arbeitskollegen ist sie beliebt; am Wochenende fährt sie an den nahen Strand und beobachtet tief berührt den Flug einer Möwe* … Liebe. *Eine summende Biene umkost eine lockende Kirschblüte* … Liebe.

All dies sind unterschiedliche Facetten der Liebe und doch stellt sich die berechtigte Frage: **Was ist „Liebe"?**

In Dantes „Divina Commedia" wird die *Liebe zur kosmologischen Kraft,* die alles Irdische und alle Gestirne des Universums bewegt. Damit bildet die Liebe den Urgrund alles Seienden. Diese Aussage lässt sich naturwissenschaftlich nicht beweisen, jedoch ebenso wenig das Gegenteil, denn die Liebe als kosmologische Kraft übersteigt das naturwissenschaftliche Denken. Diese Überzeugung teilen auch namhafte Physiker, so Hans Peter Dürr: „Sowohl das Universum wie auch das Wollknäuel werden von Liebe zusammengehalten."

So bleibt die Überzeugung, dass die Liebe als Kraft im Menschen eine *Gegebenheit* ist. Wir sprechen hier von einer unfassbaren „Liebesenergie", die jenseits der bekannten Definition von Energie ($E = mc^2$) herrscht.

Die Liebe hat ihre Quelle in fernsten Räumen und speist sich aus einer universalen Energie, die wir *Ur-Liebe* nennen. Überdies ist Liebe eine einfach-wahre Religion, die keine Tempel und Kirchen braucht, keine Moscheen und keine Altäre, die jedoch auf Mitgefühl baut und Ewigkeit ersehnt. Ohne Raum und ohne Zeit ist die Liebe: Wenn ein indisches Mädchen einen südamerikanischen Jungen liebt, verschmilzt die Distanz der Kontinente zu einer Begegnung am Gartentor. Die Liebe auf unserer Erde ist – wie die Luft – überall vorhanden. Die Luft atmen wir: Wir füllen uns mit Luft und geben sie wieder ab. Und ebenso nehmen wir die Liebe immer wieder rhythmisch in uns auf und geben sie wieder ab an andere.

Wenn ich mich einem anderen Menschen herzlich zuwende, ihn akzeptiere, so wie er ist, dann strömt Liebe. Wenn ich eine Frau, einen Mann wohlwollend wahrnehme, ohne zu bewerten, wenn ich sie mag, so wie die Schöpfung sie gemeint hat und wenn ich mich innerlich vor ihnen verneige, dann ist dies Liebe. Von allen Gefühlen, die wir in uns spüren, ist die Liebe das innigste und mächtigste und gleichzeitig ist Liebe – wie wir bereits gesehen haben – weit mehr als „nur" ein Gefühl.

Liebe ist auch die tiefe Ahnung, dass wir nicht alleine, nicht verlassen, nicht verloren sind. Wir können uns mit der Ur-Liebe verbinden, die irdisch ist und gleichermaßen transzendent. Damit treten wir mit allen anderen Menschen dieser Erde in Verbindung. Schließlich können wir uns als Teil der elementaren Naturkreisläufe spüren, die jedes individuelle Leben erhalten.

Darüber hinaus gibt es natürlich die spezifischen Formen der Liebe in verschiedenen Lebenssituationen: Die *Eltern-Kind-Liebe* ist wohl die erste Liebe, die jeder erfährt; sie begreift sich hoffentlich nicht als Maßregelung, sondern als wertschätzende, halt- und Zartheit gebende Begleitung. Beim Entstehen einer *Paarbeziehung* sähe sich mancher Mann gerne als Frauenheld. Frauen hingegen haben oft ganz andere Vorstellungen vom idealen Mann (und das Gesagte gilt natürlich – entsprechend – auch für homophile Paare). Schon im ersten Näherkommen türmen sich allerlei Missverständnisse, denn jede und jeder verfügt über ganz eigene Erfahrungen und Enttäuschungen und unterschiedlich sind die Träume vom Glück. Die *intime Liebe* will oft Ewigkeit, doch geht sie nicht selten jäh zu Ende; das schwierige Thema ‚Treue' gehört in dieses Kapitel, vielleicht im Sinne von Antoine de Saint Exupéry: „Du bist zeitlebens für das verantwortlich, was du dir vertraut gemacht hast. Du bist für deine Rose verantwortlich."

Ein völlig anderer Bereich ist die *Liebe am Arbeitsplatz*, womit nicht die Anbahnung von Seitensprüngen gemeint ist, vielmehr die Freude am Zusammenspiel, die sowohl die Qualität der Arbeit erhöht als auch das Betriebsklima durchdringt, sodass die sattsam bekannten Nebenwirkungen von Arbeit wie mangelnde Anerkennung, Mobbing und Burn-out überflüssig werden. Begriffe wie Kooperation und Solidarität – als Erscheinungsformen von Liebe verstanden – können neuen Glanz bekommen. Das Zauberwort heißt EQ = Emotionale Intelligenz, die den Arbeitsplatz zu einem Ort der Liebe macht.

Bei der zunehmenden Hilflosigkeit, die vielfach in der gegenwärtigen Politik zu beobachten ist, gewinnt die Entdeckung der Liebe eine erlösende Wirkung. *Haben Sie bislang im politischen Diskurs schon einmal von Liebe reden hören?* Gerade im politischen Alltag geschähen Wunder, wenn man die Liebe als „Instrument des Handelns“ entdecken würde.

Liebe ist eine aktive Kraft, die kühn nach Vereinigung strebt, ohne sie je zu erreichen. Liebe erschließt das Land jenseits unseres konditionierten Denkens, *nur in der Liebe fliegt der Mensch über die Grenzen seines Ichs hinaus.* Der Verstand kann zwar die Liebe einschalten, dann aber tritt das Denken in den Hintergrund. Allgemeine Regeln und gesellschaftliche Normen werden unwichtig. Wollen Sie Ihre Liebe zum Strömen bringen, dann schalten Sie, wie ein TV-Gerät, Ihre Sinne ein: Sehen, Hören, Schmecken, Riechen, Tasten – den Spürsinn, den so genannten „sechsten Sinn“ (= Intuition), den Sinn für Heiterkeit und den Sinn für Gerechtigkeit. Aus der Summe aller Sinne entsteht der Liebes-Sinn. Es entwickelt sich ein Maximum an Sensitivität und Zartheit. *Mit dem Wachsen der Liebe wächst das Wertgefühl für sich selbst und für andere.* Liebe!

Die Kraft der Liebe wirkt vereinigend und ist weniger Tätigsein *für* den anderen als vielmehr Tätigsein *mit* dem anderen. Liebe ist weder Trieb noch Instinkt, auch wenn manche Psychologen noch immer den ältlichen Trieblehren anhängen. Statt Begierde wächst *einfühlsame Sexualität und wild-behutsame Lust und wird so Teil der Liebe.* Ethik und Sinnlichkeit, auch ohne Sexualität, gehen eine Verbindung ein.

Trotz hehrer Worte über die Macht der Liebe – selbst der netteste Mensch ist nicht permanent liebenswert, sondern darf auch einmal missmutig, schlecht gelaunt und zornig sein und er fühlt dabei heimlich doch noch mit einem Hauch von Liebe.

Wie bei einem Kind, das seine Mutter liebt, ist die Liebe „einfach“ da. Als Urkraft braucht sie keine zusätzliche Hilfe, sie übernimmt alles – von der Sinneslust bis zu Reflektion.

Dulce Rosa war eine moderne „Prophetin der Liebe“ und zog von Ort zu Ort. Vormals wurde Dulce Rosa – wie die meisten Propheten der Gegenwart – in eine psychiatrische Klinik gebracht, weil sie ihre Visionen der Liebe zu lautstark und – uneingeladen – in Schulen, Kirchen und Firmen verkündete. Ohnehin gibt es mit der wachsenden Macht der Psychiatrie immer weniger Propheten und Heilige. Denn nicht alle internierten Propheten haben so viel Glück wie Dulce Rosa, die schon nach wenigen Tagen (unverstanden und mit einer Diagnose versehen) entlassen wurde.

Als Dulce Rosa eines Tages in einem kleinen Dorf ankam, wurde sie schon von zweien ihrer Anhänger erwartet. Einer fragte sie: „Du sagst, dass jeder Mensch von Liebe erfüllt werden kann. Warum erhält man dann von seinen Mitmenschen im Alltag so wenig Liebe?“ Dulce Rosa sagte den beiden Männern, sie sollten jeden Einzelnen im Dorf befragen, welches sein größter Wunsch sei. Die beiden fragten jeden der 110 Menschen im Dorf und so entstand eine Liste mit 110 Wünschen: Etwa die Hälfte wünschte sich Materielles – ein schönes Haus, einen besseren Job, mehr Geld usw. Die andere Hälfte gab Wünsche an, die im weitesten Sinne mit Liebe zu tun hatten: Viele wünschten sich Gesundheit, was – positiv gesehen – mit Eigenliebe zu tun hat. Ein Mädchen wünschte sich einen liebevollen Freund. Ein Verheirateter wünschte sich, seine Ehefrau solle weniger schimpfen und herzlicher werden. Wieder ein anderer wollte weniger depressiv und dafür fröhlicher werden. Eine Frau wünschte sich, dass ihre schon betagte Mutter wenigstens einmal im Leben liebevoll zu ihr sei. Ein Paar wollte den langgehegten Kinderwunsch erfüllt sehen.

„Sehet“, lächelte Dulce Rosa, „ich werde morgen weiterziehen, denn dieses Dorf braucht mich als Prophetin der Liebe nicht mehr. Die Saat der Liebe sprießt bereits und wird weiter gedeihen.“

Liebe ist ein Wechselspiel, ein Kommen und Gehen.

> *„Liebe ist das Glück der Welt. Aber Glück ist nicht alle Erfüllung. Liebe ist ein Zusammenkommen. Doch ein Zusammenkommen kann es nicht geben ohne ein Gegenstück, das Auseinanderstreben. In der Liebe vereinen sich alle Dinge in einem Einssein aus Freude und Lob.“ (D. H. Lawrence)*

Und im Eins-Sein darf man dennoch Individuum bleiben: Im Herzen des geliebten Mannes findet die Frau ihr Spiegelbild und in ihrem Herzen findet der Mann das seine (und natürlich gilt dies auch für homophile Paare). Den jeweils anderen in sich spüren heißt: Sage mir, wer ich bin, und ich sage dir, wer du bist. *Wenn Sie einen anderen Menschen lieben, dann lieben Sie damit auch einen verborgenen Teil Ihres Selbst.* In der innigen Liebe zu einem anderen Menschen öffnet der Liebende sich in einer Weise, wie es weder in einer Freundschaft noch auf der Ledercouch des Psychoanalytikers, ja, nicht einmal im vertrauten Alleinsein geschieht. Hier wird verständlich, dass Liebe überdies ein einzigartiges Heilmittel ist: *Liebe kann Krankheiten kurieren und aus den Schlingen der Depression befreien.*

Die sinnenfrohe Liebe, Erotik und Sexualität ist das Allgemeinste und ist gleichzeitig Privatissimum per se. Die eigentlichen Geschlechtsorgane werden – zumindest im alltäglichen Umgang – unter Feigenblättern oder anderen Kleidungsstücken versteckt, nicht aber das hochprivate Gesicht, das das ganze Innenleben offenbaren kann (Burka-Trägerinnen ausgenommen).

Viele junge und sich jung fühlende Menschen in der Gegenwart befreien ihre Nacktheit aus der immer noch herrschenden schwülen, moralisierenden Verheimlichung der bisherigen Generationen. Wenn in einer Großstadt wie München an warmen Sonnentagen Tausende von Nackten im zentralen Park, dem „Englischen Garten", oder in den Isar-Auen relaxed liegen oder spielen, so ist dies eine Huldigung an die Sinnlichkeit des Seins. *Auch das nackt Sinnenfrohe gehört zur Liebe.*

„Eine pralle und begierliche Erektion ist die größte Liebeserklärung, die ein Mann einer Frau machen kann", so die Poetin Claire de Neuf. Zweifellos teilen nicht alle Frauen diese Meinung und auch viele Männer wollen – trotz Viagra – ihren Liebesschwur doch lieber anders demonstrieren.

Wenn Amor, der androgyn anmutende beflügelte kleine Gott der Liebe, bei einer Frau, bei einem Mann eine begehrend-sinnliche Lust erweckt, dann tut er dies nicht nur – wie üblicherweise – mit einem Liebespfeil, sondern er übergibt den Liebenden jeweils eine betörend duftende Rose – mit spitzen Dornen. Im sinnlichen Rausch der Gefühle sticht die Rose den Liebenden manchmal ins Herz und erzeugt Wehmut und das Gefühl von Vergänglichkeit. Und dennoch sind wir am Tag danach beflügelt vom orgastischen Delirium einer sinnlichen Liebesnacht und sehen die Welt in bunt-bebenden Farben.

Eine ganz andere Welt mit blankem und purem Mega-Sex finden wir im Internet oder in Sexvideos. Und dennoch fühlt sich in den Single-Haushalten der Großstädte so manch einer mit seinem Bildschirm sehr alleine und verloren. Kann hier die – mit Händen nicht berührbare – kosmische Liebe helfen oder ist sie einsamen Menschen zu fern oder zu abstrakt?

In Kulturen, in denen sich der Mann mit Machtgehabe und in beruflicher Karriere der Frau gegenüber als überlegen präsentiert, erscheint das Sexspiel und dessen Verteilung von Aktivität und Passivität, von Eindringen und Eindringen-Lassen als eine Widerspiegelung der außersexuellen Machtverhältnisse. Doch Liebe zielt auf eine Auflösung von Macht und Machtgehabe. „Die Liebe ist vielleicht der höchste Versuch, den die Natur macht, um das Individuum aus sich heraus und zu dem anderen hinzuführen." (José Ortega y Gasset)

Auch Idealisierung gehört zur Liebe, nicht nur in Zeiten der Verliebtheit: Man idealisiert den anderen und idealisiert die Seiten an sich selbst, die dem anderen gefallen. Das bringt unermessliche Kraftfelder und förderliche Spannungen in die Beziehung zum anderen. Es gehört schon etwas Mut dazu, zum Beispiel laut zu verkünden: „Meine Freundin ist der wunderbarste Engel, den mir das Schicksal schicken konnte. Sie beschenkt mich mit allem Glück dieser Erde." Die scheinbare Überhöhung des anderen überhöht auch das eigene Selbst und kommt somit dem hohen Ideal der Liebe spürbar nahe.

In einem fernen Land, wo hohe Palmen Schatten spenden, lebte ein kleiner Bauer mit seiner Tochter. Die Tochter sollte bald verheiratet werden, doch bislang fand sich kein Freier, denn das Mädchen galt als nicht besonders schön und es stammte ja aus ärmlicher Familie. Eines Tages, die Sonne stand prächtig am Himmel, kam ein junger Mann auf seinem Pferde angeritten: „Wo ist deine Tochter?", fragte er den Bauern. „Was will er?" „Ich habe sie vorgestern auf dem Dorffest gesehen", sagte der junge Reiter, „ich möchte sie heiraten." Ungläubig betrachtete der Bauer den Werber. Doch der junge Reiter wiederholte sein Begehren und der Bauer lud ihn ein, Tee mit ihm zu trinken. Neugierige Nachbarn kamen hinzu. Bald ging es um den Preis für die junge Braut. Der Bauer hatte keine hohen Erwartungen und sprach – unsicher murmelnd – von einem oder zwei Kamelen; er wollte seine Tochter unbedingt verheiraten und dieser junge Reiter erschien ihm freundlich und wohlhabend. Seine Augen waren auf den Freier gerichtet und dieser sagte: „Ich zahle dir fünf Kamele." Alle waren erstaunt, am meisten die Tochter, die inzwischen aus dem Haus gekommen war. Nach zwei Wochen ward Hochzeit gehalten und dann folgte für drei Wochen eine Hochzeitsreise. Als das Paar zurückkehrte, liefen alle zu-

sammen, um die beiden zu begrüßen. Und wie staunten alle: Die Braut war nicht wiederzuerkennen – ihr Gesicht strahlte eine innige und tiefe Schönheit aus wie nie zuvor. Und manch einer der jungen Männer beneidete den Bräutigam.

Die etablierten „Wissenschaften" nähern sich dem Thema Liebe auf ganz andere Weise: Wenn einem Sperlingsmann Testosteron injiziert wird, verlässt er seine bisherige Ehefrau und sucht ein anderes Vogelmädchen. Die Schmetterlingsweibchen haben die Forscher besonders fasziniert: Mit fliegenden Botenstoffen (= Pheromonen) signalisieren die flatternden Bräute ihre Verliebtheit über weite Distanzen und bezirzen so die Männchen. Über Pheromone verfügen auch die Menschen – und wir können wieder lernen, sie durch die Luft flirren zu lassen.

Besonders gut erforscht ist ein nicht-fliegender Botenstoff, das Oxytocin. Wenn der Oxytocin-Spiegel im Blut des Menschen hoch ist, dann entsteht liebestolle Gier, die nur im Kopulationsrausch abreagiert werden kann. Ein mittlerer Oxytocinspiegel erweckt das Bedürfnis nach Hautkontakt und der Umgang mit den Mitmenschen wird freundlich, so, als hätte das Gebot der Nächstenliebe das Oytocin als Transmitter. Lässt sich so das Phänomen der Liebe erklären? Sicherlich nicht, denn diese Art von wissenschaftlichem Glauben verharrt im molekular-materiellen Bereich und kann die elementaren Fragen, woher die Moleküle kommen und wer sie bewegt, genauso wenig beantworten wie irgendeine Religion.

Auch Heiterkeit, Lachen und Lächeln sind natürlich Teil der Liebe. Und ebenso gehört das vermeintliche Gegenteil – Trauer, Tränen und Leiden – zur Liebe. Die Liebe reicht weiter als der Horizont. Dazu folgende Geschichte:

Ein alter, weiser Mann erwies den Bewohnern des Dorfes, in dem er lebte, zahlreiche Wohltaten, wobei er selbst bescheiden sein Dasein gestaltete. Mit klugen Heiterkeiten brachte er selbst die traurigsten Dorfbewohner immer wieder zum Lachen. So war er hochangesehen und sehr beliebt.

Große Trauer verbreitete sich, als der weise, lächelnde Mann sich zurückzog und verkündete, er werde sich bald von seinem Freund – dem Tode – abholen lassen.

Er bat die Dorfbewohner: „Wenn es soweit ist, so bitte ich euch, mich nicht zu waschen, sondern meinen Körper mitsamt den Kleidern, die ich trage, auf den Scheiterhaufen zu legen."

Entsprechend seinen Wünschen wurde es gemacht. Und der Dorfpriester zögerte, Feuer zu legen, da die Dorfbewohner laut klagend und weinend den Scheiterhaufen umsäumten. Schließlich wurde der Scheiterhaufen entzündet. Da entstanden plötzlich kleine Explosionen, es krachte und zischte und leuchtend bunte Feuergischt sprühte in den Himmel. Der alte Mann hatte in seinen Kleidern Feuerwerkskörper versteckt. Die Dorfbewohner vergaßen ihre Tränen zu trocknen und lachten. Die Totenverbrennung wandelte sich zu einem Freudenfest und die Leute sagten: „Er hat uns zu Lebzeiten geliebt und zum Lachen gebracht und jetzt lehrt er uns, dass selbst die Trauer sich in Lachen verwandeln kann – dank seiner Liebe zu uns.“

Auch Traurigsein gehört zur Liebe. Hermann Hesse: „Die Liebe ist nicht da, um uns glücklich zu machen. Ich glaube, sie ist da, um uns zu zeigen, wie stark wir im Leiden und Tragen sein können.“ Die innige Liebe besteht auch in schweren und dunklen Zeiten und bewährt sich darin. Die alles gebende Geliebte will lieber den verzweifelten Liebesschmerz, den ihr der Geliebte zufügt, als schmerzlose Gleichgültigkeit.

Boccacios Decamerone zeigt, wie Liebe sich auch in Zeiten von Pest, Elend und Krieg entfalten kann. Zu Anfang des neuen Jahrtausends blühen inmitten des grausam zerstörten Afghanistan winzige Blumen der Liebe, mit denen sich die Mädchen schmücken, wenn sie – nach langen Zeiten des Verbots – endlich wieder zur Schule gehen und öffentlich Freude und Lachen zeigen dürfen.

Liebe überblüht alles! Es kreiert sich eine **Sprache der Liebe,** wenn wir die Liebe in den Alltag hineinfließen lassen. Der Sprachgebrauch wird schillernd und voller Kontraste. Dann kann ich wahrlich sagen: „Ich liebe Gott“ oder „Ich liebe Pizza“. Ein unterschiedliches Erleben von Liebe, vom Hoch-Spirituellen bis zum Banal-Dinglichen schmälert den tiefen Wert der Liebe nicht. Die Liebe zum Dinglichen kann sogar weiter abstrahiert werden in der Liebe zu einer Frage des Lebens: „Man muss Geduld haben gegen das Ungelöste im Herzen und versuchen, die Fragen selber lieb zu haben, wie verschlossene Stuben und wie Bücher, die in einer sehr fremden Sprache geschrieben sind … Wenn man die Fragen liebt, lebt man vielleicht allmählich, ohne es zu merken, in die Antwort hinein.“ (Rainer Maria Rilke)

Zur Liebe gehört auch das Mystische. Ein machtvoller Baum oder ein Wasserfall erwecken nicht nur die Liebe zur Natur, sondern können uns auch mit Kraft erfüllen. Von je her versuchen die Menschen, energievolle Plätze – nach den Lehren von Geomantie und Feng-

Shui – für sich zu nutzen. *Die Liebe zur Natur, zum Menschen und die Liebe zu einem Göttlichen – alle Arten von Liebe entspringen derselben Urkraft Liebe.*

Parallel zum tief inneren, geheimnisvollen Erleben einer Gottesliebe entsteht aber auch der Zweifel an der Existenz Gottes. Das Erfahren der eigenen Ohnmacht angesichts der vermeintlichen Allmacht des Göttlichen kann Resignation, Trauer, Verzweiflung oder den Verlust der Liebe bewirken. Oder es entfaltet sich freudvolle Hingabe, sinnlich-rauschhaftes oder kontemplatives Eins-Werden – communio – in Gottes Liebe. Diese Hingabe zum Göttlichen hebt die menschliche Individualität auf und erinnert an die „unio mystica", von der Meister Eckhart spricht, der bekannteste Vertreter der abendländischen Mystik. Hier zeigen sich überdies Gemeinsamkeiten mit anderen spirituellen Richtungen, beispielsweise der Zen-Meditation des Zen-Buddhismus.

In den Industrieländern ist das Motto verbreitet: „Gott gibt es nicht." Atheistisches Dasein widerspiegelt die Ohnmacht vor dem alles umfassenden Nichts, zeigt einen Menschen, der letztendlich allein in seiner Welt ist. Er wird durch allerlei Gedanken- und Glaubensgebäude seine Existenz zu erklären versuchen, er wird nach Liebe suchen und sie wohl auch finden, eine Lösung der großen Fragen des Lebens wird es jedoch nicht geben. Gegen die eigentliche Sinnlosigkeit und das Absurde des eigenen Daseins kann man trotzig sagen: Ich lebe trotzdem! Und: Ich liebe trotzdem!

Das atheistische Dasein in seiner Ohnmacht vor dem Nichts und das gottgläubige Dasein in seiner Ohnmacht vor einem allmächtigen Schöpfer zeigen Ähnlichkeit. Sowohl im Atheismus wie auch im gottgläubigen Sein kann die Liebe eine Heimat finden.

Liebe und Gewalt mögen als Gegensätze erscheinen und dennoch traten und treten sie gemeinsam auf, immer dann, wenn bei religiösen oder politischen Glaubenskämpfen – falsch verstandene – Liebe mit aller Gewalt realisiert werden soll. Die fanatischen Wahrheitsbesitzer innerhalb der unterschiedlichen Religionen haben unendlich viel Blut vergossen und zerstören immer noch – ob in Nordirland, Afghanistan oder im Irak – die Liebesfähigkeit ihrer gläubigen Anhänger. Mag sein, dass mancher Glaubenskämpfer Liebe schaffen wollte. Aber er erzeugte fast immer das Gegenteil: Angst, Hass und Gewalt. In all den kleinen und großen Glaubenskriegen werden Menschenleben geopfert, an den Stufen der göttlichen Altäre häufen sich die toten, bluttriefenden Leiber. Opfer, auch rituelle Opfer, sind immer mit Gewalt verbunden.

Dagegen sagt der Prophet Hosea: „So spricht Jahwe: *Liebe will ich, nicht Opfer!*"

In einem der ältesten Schriftstücke der Menschheit, dem Gilgamesch-Epos, wird Ischtar, die Göttin der Liebe „trotz Liebe" mit Degen, Säbel und Bogen bewaffnet. Sie wird auch als Göttin des Streits und Krieges verehrt. Ist Gott oder sind die Götter – wenn es sie denn gibt – grausam oder dem Menschen liebevoll gesonnen? Spielen sie mit ihrer Allmacht wie ein kleinen Junge mit Ameisen spielt?

Gewalttätig und grausam sein ist Teil des Menschseins. Diese zerstörerischen Eigenschaften des Menschen sind schon in der Wiege der Menschwerdung enthalten. Schon beim Urmenschen ist „Gewaltüben" genetisch verankert. Hat auch die Liebe eine genetische Verankerung?

Der neugeborene Säugling erfährt Liebe. Erst im Größerwerden kommen Überlebenskampf und Hass hinzu. Die Liebe gehört zum Menschsein und was im alltäglichen Leben an Liebe fehlt, lässt sich hinzugewinnen!

Die menschlichen Probleme sind von grauenhafter Vielfalt: Ungerechtigkeit, Hunger, Armut, Krieg, Krankheit, Einsamkeit, Trostlosigkeit. Von der Zeit der Französischen Revolution bis in die 70er Jahre des 20. Jahrhunderts herrschte der Glaube, die menschlichen Probleme ließen sich endgültig meistern, wenn man nur die politischen Probleme lösen würde. Doch der Glaube an die Politik als moralisches und kulturelles Fahrzeug in eine bessere Welt ist ebenso geschwunden wie der Glaube an die etablierten Religionen. *Beide – Politiker und Kirchenväter – haben sich als unfähig erwiesen, die Probleme der Menschen zu lösen.* Doch es wird – als Jahrtausendereignis – eine alte Urkraft des Menschen neu entdeckt: *die Liebe!*

Wir brauchen die Liebe als Basis, wenn wir jemals in Freiheit und Hilfsbereitschaft zusammenleben wollen. So formt die Liebe einen neuen, friedlich-radikalen Humanismus, der aufbaut auf den sanften Strategien von Loa-tse, Martin Luther-King und der burmesischen Friedensnobelpreisträgerin Aung San Suu Ky und der auch Anklang findet in sozialkritischen Kreisen einiger politischer Parteien und etablierter Kirchen. *Es entsteht ein konstruktiver Protest gegen die ignorante Wirtschaft und Politik des globalen Kapitalismus.* Wenn wir unsere Gegenwart (seit den 60er Jahren des vorigen Jahrhunderts) betrachten, dann lässt sich – weltweit – vielleicht mehr Anteilnahme, mehr Mitgefühl am Elend der Welt, mehr Liebe als in früheren Jahrzehnten und Jahrhunderten erkennen. Obwohl in den Industriestaaten der Konsumismus regiert und die Spaßgesellschaft ,in' ist, wächst die globale Sehnsucht nach Liebe.

Auf dem großen Fest der Liebe begegnen wir herzlichen Frauen, Männern und Kindern, Zen-Meistern genauso wie Frida Kahlo, Mozart und Nelson Mandela, Jesus und Rosa Luxemburg, Joan Baez und Beate Uhse, Sita Wilkins (stellvertretend für Millionen Unbekannter, die die Liebe vermehren auf Erden), Buddha, Mohammed, Greenpeace, Shiva, dem göttlichen Pan, den Beatles, amnesty international, der Göttin Venus ... und all den sinnlichen Verehrern der Liebe.

Liebe ist: Herzenswärme geben und freundlich sein. Liebe ist auch: sich umarmen und küssen. Liebe ist erst recht: heiß erregt sein und lustvoll verschmelzen. Liebe ist: erotisches Lebensgefühl. Liebe ist Mitgefühl, Melancholie und Tragik. Liebe ist Trauer über verlorene Blüten des Lebens. Liebe ist ein Bewahren dessen, was vom Geliebten aus mir herausgeliebt wurde. Liebe ist Dankbarsein. Liebe ist ein bunter Bogen. Liebe ist Euphorie und Weinen und ist eine Brücke zum Himmel ...

I. Die Erforschung der Liebe

Neurophysiologen haben herausgefunden, dass im Stadium der Verliebtheit bestimmte Hirnregionen – wie das Limbische System und einige Basalganglien – besonders erregt sind und dadurch Glücksgefühle erzeugen. Diese Hirnareale gehören zum Belohnungssystem des Zentralnervensystems und sind auch Zentren der körpereigenen Zauberdroge Dopamin. Andere Hirnareale, die eher gedrückte Stimmung oder unbestimmte Angst erzeugen, werden währenddessen einfach ausgeschaltet. Dadurch macht die Liebe – so könnte man schlussfolgern – nicht nur glücklich, sondern auch mutig. Für Psychologen unter den Wissenschaftlern ist das sichtbare Liebesverhalten – ob bei Mensch oder Tier – Anlass für umfangreiche Analysen. Und Biochemiker sehen in der Liebe ein berechenbares Spiel von Molekülen, die an Hirnsynapsen entsprechende Lust- und Triebgefühle auslösen. Andere Wissenschaftler gehen einen Schritt weiter und fragen sich, woher diese Moleküle kommen und wer sie bewegt. Mit dieser Frage verlassen wir sogar den feinstofflichen Bereich und nähern uns den immaterialen Sichtweisen von Dichtern, Musikern, Theologen und Philosophen. So wird uns auf sehr unterschiedliche Weise Logik und Glück der Liebe etwas nähergebracht.

1. Moleküle der Liebe – naturwissenschaftliche Erkenntnisse

Liebe ist nichts anderes als ein boogie-woogie der Hormone.
(Henry Miller)

Im Jahre 1953 mobilisierte Victor du Vigneaud alle Kräfte seines New Yorker Instituts, um *das* Molekül der Liebe zu entschlüsseln. Inmitten des Labors thronte sein Feldbett, sodass er Tag und Nacht seinen biochemischen Experimenten beiwohnen konnte.

Kolumbus entdeckte Amerika, Einstein die Relativitätstheorie und Victor du Vigneaud das „Molekül der Liebe“ – *Oxytocin*. Der Biochemiker synthetisierte eine winzige Menge des Neurotransmitters Oxytocin, also einer primär körpereigenen Droge, die sowohl die geistige als auch die körperliche Liebe stimulieren kann. Bei entsprechender Dosierung entwickeln sich euphorische, gar exzessive Liebegefühle.

Die Liebe ist ein Peptid

Das Liebeshormon Oxytocin überflutet uns schon bei der Geburt und begleitet uns ein Leben lang. Oxytocin wird vor allem von der Hypophyse freigesetzt, der Hirnanhangsdrüse, genau hinter der Mitte der Stirn gelegen, dem Platz des „dritten Auges". Während des Geburtsvorgangs dockt Oxytocin an den Rezeptoren (= Empfangszellen) der Gebärmutter an und bewirkt Kontraktionen, ähnliche Kontraktionen, wie sie auch beim weiblichen Orgasmus auftreten. An den Synapsen des Gehirns löst Oxytocin Mutterliebe aus, Zuneigung, Fürsorge und Lust auf Hautkontakt. Ein hoher Oxytocinspiegel verzaubert die Mutterliebe in einen Rausch von Liebesglück, Mangel an Oxytocin bringt beispielsweise eine Kaninchenmutter dazu, ihr Neugeborenes totzubeißen.

Oxytocin ist – chemisch gesehen – eine relativ einfache Substanz, bestehend aus neun aneinander gereihten Aminosäuren, was Wissenschaftler als „Peptid" bezeichnen. *Liebe ist ein Peptid.* So würden manche Biochemiker die Liebe auf den Punkt bringen. Wenn wir jedoch in die Winzigkeit des Oxytocinpeptids eintauchen, dann sehen wir, dass dieses Peptid aus einzelnen Molekülen besteht, die Moleküle aus Atomen, die Atome aus Atomkern und Elektronen. Nun weiß man aus der Nuklearphysik, dass Atomkern und Elektronen letztendlich keinen korpuskulären Charakter haben, sondern Energiezustand sind ... Energien der Liebe.

Übrigens sind nicht nur Frauen, sondern auch Männer mit dem Neurotransmitter Oxytocin gesegnet. Beim starken Geschlecht bringt Oxytocin – zusammen mit *Testosteron* – den Penis zur Erektion. Ein sehr hoher Oxytocinspiegel erzeugt bei beiden Geschlechtern eine überschäumende sexuelle Gier, die nur im Kopulationsrausch abreagiert werden kann. Ist der Oxytocinspiegel etwas weniger hoch, so entstehen die schon erwähnten umsorgenden (Mutter-) Gefühle und zufriedene Monogamie. Ein mittlerer Spiegel macht Oxytocin zum Hormon der „Nächstenliebe", man/frau hat das Bedürfnis nach Zuneigung, Streicheln, Kosen (ohne Sex), Küssen, sich nahe sein, damit die Herzen sich öffnen. Das eben Geschilderte ist natürlich auch umkehrbar: Durch Streicheln und Liebkosen kann man gezielt das Gehirn und den gesamten Körper mit Oxytocin überfluten. Wenig Oxytocin im Zentralnervensystem macht Menschen zu Kontakt vermeidenden Einzelgängern und noch weniger Oxytocin – womöglich in Kombination mit extrem hohem Testosteronspiegel – führt zu asozialer Gewalt und zu Mordfantasien.

Neu sind die Erkenntnisse, dass die zusammenführende Wirkung von Oxytocin bei Verliebten noch gesteigert werden kann durch die körpereigene Powerdroge *Adrenalin.* Dieses Stressmolekül wirbelt die Gefühle hoch, macht uns fit für einen bevorstehenden Kampf oder gibt uns den Mut zur Flucht. Auch die Liebe steigert sich durch Adrenalin. Dies zeigt sich körperlich durch inneres Beben, Abschalten der Logik, durch Flattern von Schmetterlingen im Bauch und Herzrasen. Adrenalin verleiht dem Liebesgott Amor die wunderbaren Flügel und pflanzt Leidenschaft in die Herzen der Verliebten. Neurophysiologen sehen den Zustand des Verliebtseins weniger romantisch: „Wir haben kein Herzklopfen, weil wir uns verlieben" – so schreibt der niederländische Forscher Christian Keysers –, „sondern wir verlieben uns, weil wir Herzklopfen haben."

Andy hat ein gefährliches Hobby – free climbing (Steilwandklettern ohne klassische Absicherung). Neu in die Vereinscrew kommt Birgit und es entwickelt sich eine kameradschaftliche Beziehung ohne erotisches Prickeln. Eines Tages jedoch sind die beiden allein unterwegs und machen sich zusammen an den Aufstieg einer besonders schwierigen Steilwand. Als sie – relativ eng beieinander – etwa zwei Drittel der Höhe mit größter Anspannung überwunden haben, braut sich überraschend ein Gewitter zusammen. Andy und Birgit sehen sich in die Augen und da ist nicht etwa die Angst vor Blitz und Donner, sondern beide spüren heftiges sexuelles Verlangen, am liebsten – so gestehen sie später einander – hätten sie sich hektisch der Kleider entledigt und sich gierig vereint. Die Steilwandsituation verhindert begreiflicherweise den sexuellen Akt und die beiden erreichen schließlich den Bergkamm, wandern den gemütlichen Weg nach unten zum Ausgangspunkt und – schließlich im Auto – versuchen sie die sexuellen Steilwandgelüste auszuleben, was beiden nicht so richtig gelingt: Es fehlt das große sinnliche, adrenalingesteuerte Begehren.

Oxytocin sorgt zusammen mit weiteren körpereigenen Drogen auch für lang anhaltende Partnerschaften. Es wird im sexuellen Spiel, bei der erotischen Reizung von Brustwarzen, der Vagina oder des Penis besonders aktiviert, doch auch zärtlicher nicht-sexueller Körperkontakt oder eine gefühlvolle Massage erhöhen den Spiegel dieses Bindungshormons. Bestimmte Beckenbodenübungen oder das Imaginieren glühend-erotischer Situationen, aphrodisierende Düfte oder – bei der Frau – Babygeschrei erzeugen ebenfalls eine Oxytocinflut im Körper.

Umfangreiche Studien zeigen, dass Paare, die im Alltag – gemeinsam! – immer wieder einen positiven Adrenalinkick erfahren, in der Beziehung deutlich glücklicher sind als Paare, die in relativer Langeweile ohne Kick leben. Positive Adrenalinerlebnisse sind gemeinsames Tanzen, Bergwanderungen, Discobesuche, aber auch die Herausforderungen von eigenen, fröhlich-wilden Kindern. Das lange Zeit als Stresshormon verunglimpfte Adrenalin ist – wie die neuen wissenschaftlichen Erkenntnisse zeigen – ein edler Meister langlebiger Partnerschaften und überdies ein geheimnisvoller Magier im Reich der Verliebten. Manche Menschen haben eine geradezu intuitive Gabe, ihr Gegenüber mit einem erotischen Adrenalinzauber zu umhüllen:

> *Giacomo Girolamo – ein Abenteurer und intellektueller Charmeur im 18. Jahrhundert – nutzte intuitiv gefühlvolle und aufregende Spannungen zwischen Frau und Mann, um als Frauenheld zu agieren. Maskenfeste und andere rauschende Ballnächte, gemeinsame Ausritte und glamouröse zufällige oder heimlich organisierte Überraschungen kreierten einen exzessiv hohen Level an Adrenalin (das damals natürlich noch unbekannt war) und Giacomo Girolamo nutzte dies für seine Eroberungen. Eines Tages fuhr Giacomo Girolamo nächtens in der Kutsche, neben ihm eine schöne, aber unnahbare Frau, überdies war sie verheiratet. Außer einem oberflächlich-höflichen Gespräch kam nichts zustande. Plötzlich – so erzählte der Kutscher später – kroch eine Schlange über den Weg und die Pferde scheuten, die Kutsche drohte zu kippen, dann verfielen die Pferde in einen Angstgalopp und die Schöne warf sich an Giacomo Girolamos Brust und umarmte ihn fest. Der Frauenheld nutzte geschickt die Gelegenheit und sie fügte sich. Später fragte sie, wie er trotz der wild gewordenen Pferde sich leidenschaftlicher Lust hingeben konnte. Und er antwortete: „Die wild gewordenen Pferde sind meine Verbündeten.“ Auch Giacomo Girolamo selbst – in eigenwilliger Schönheit und voll von erotischer Leidenschaft – brachte Oxytocin, Östrogene und Adrenalin bei den umworbenen Frauen zum Wallen. Immer noch gilt Giacomo Girolamo in den Gefilden des Eros als Naturtalent. Seinen Nachnamen kennen Sie: Casanova.*

Körpereigene Drogen

Die Powersubstanz und potenzielle Aggressionsdroge Adrenalin hat einen ebenfalls sehr aufgeweckten, aber grundsätzlich sehr netten und immer gut gelaunten Bruder: *Noradrenalin.* Menschen mit viel Noradrenalin-Transmitter in ihren Adern verströmen Heiterkeit und fröhliche Stimmung, sind großzügig im Verteilen einer leichten, scheinbar oberflächlichen Liebe, zeigen Mitgefühl und Lächeln, Lachen und verkörpern Botticellis Primavera – den immerwährenden Frühling. Wo immer diese Blumenkinder die Samen der Freude verstreuen, erblühen bunte Gewächse, die selbst den härtesten Asphalt sprengen – flower power. Make love, not war. Durch Bungeespringen wird der Noradrenalinspiegel gesteigert, was Depressionen merklich lindern kann. Eine sehr milde Variante, mit der ebenfalls schwermütige Gefühle vertrieben werden können, ist Trampolinspringen.

Weitere wichtige Neurotransmitter im Spiel der Liebe sind die *Endorphine.* Dieses von unserem Körper produzierte Morphium ist einfach zu haben und sozusagen ganz legal, es stillt den Schmerz und macht high. Wer joggt, hat sicherlich schon mal gemerkt, dass er nach einigen Kilometern selbst eine Muskelzerrung nicht mehr bemerkt und dass ein Hochgefühl – „jogger's high" – sich einstellt. Auch während sexueller Aktionen werden wir vermehrt von Endorphinen überflutet, was – nach dem Orgasmus – zu einem wohlig-glücklichen Gefühl führt. Wenn beim sexuellen Liebespiel Beißen, Kratzen und schmerzhaftes (zum Beispiel anales) Penetrieren eine Rolle spielen, dann verwandeln die Endorphine den Schmerz in Lust, Ähnliches geschieht bei folterähnlichen Sado-Maso-Techniken.

Auf vergleichbare Weise wirkt das körpereigene Valium (= *Endo-Valium*). Es lässt Ängste verschwinden, entspannt und macht glücklich. In der Erforschung von Neurotransmittern stieß man erstaunlicherweise zunächst auf Rezeptoren, an denen das allseits bekannte Valium (chemisch Diazepam) andockt. Es schien verwunderlich, dass der Schöpfer gewissermaßen das menschliche Gehirn mit Rezeptoren für das Beruhigungsmittel der Pharmafirma La Roche ausgestattet hat. Schließlich zeigte sich aber, dass jeder von uns in der Lage ist, einen valiumähnlichen, angstlösenden und angenehm entspannenden Stoff zuproduzieren. Wenn die diversen Ängste vergehen, dann können wir uns leichter einander nähern, dann wagen wir häufiger, offen Liebe zu zeigen.

Schmetterlingsweibchen schicken über relativ weite Entfernungen Hormonmoleküle durch die Luft. Diese „fliegenden Botenstoffe", so genannte Pheromone, landen auf den mit Rezeptoren ausgestatteten behaarten Fühlern von Schmetterlingsmännchen und erzeugen sexuelle Lust. Selbst bei stark verunreinigter Luft werden die Pheromone als

Signalstoffe erkannt; so ist über große Distanz eine hochspezifische Kommunikation möglich.

Auch die Menschen senden sich mit Hilfe von Pheromonen feinstoffliche Botschaften. Mann und Frau können unterschiedliche Duftmoleküle durch die Luft verbreiten, beispielsweise angsterzeugende, beruhigende oder sexuell stimulierende Flug-Botenstoffe. Alle Menschen verfügen über fliegende Transmitter, doch die meisten haben offenbar das Losschicken von unsichtbaren Botenstoffen verlernt. Die körpereigenen Hormone demonstrieren übrigens auf eindrucksvolle Weise, wie sehr wir mit den Gestirnen des Himmels verbunden sind. Der Mond beeinflusst den *Östrogenspiegel* der Frau und regelt so deren Monatszyklus und der Schlummerstoff *Melatonin* wird in unserem Körper von der Sonne ferngesteuert.

Außer einer durch einen Adrenalinkick – von Steilwandklettern bis Sexappeal – stimulierten Liebe, gibt es natürlich auch sanfte Liebe: *Serotonin* ist der Zauberstoff für Harmonie, für stilles Glück und leise Zuneigung. Überdies verwandelt Serotonin das schwere Depressivsein in eine leicht erträgliche bis angenehme Melancholie. Für manche ist Serotonin die Glücksdroge Nr. 1, für andere der Inbegriff von Langeweile. Innerhalb der Pharmaforschung hat Serotonin eine zentrale Bedeutung, denn zahlreiche chemische Antidepressiva und sogar die Uraltarznei Johanniskraut erhöhen Serotonin in den Mikrostrukturen des menschlichen Gehirns und verscheuchen mehr oder weniger Traurigsein, Grübeln, Verzweifeln und Lebensmüdigkeit.

Wenn ein Zen-Mönch in Lotushaltung vor einer Mauer sitzt, wenn ein Prophet sich in die Einsamkeit der Wüste zurückzieht, um unter Fasten und Opfern die Liebe Gottes zu erfahren, oder wenn durch die rasenden Bewegungen des balinesischen Schwerttanzes Ekstase und Trance entstehen, dann sind dies alles Hinweise auf das uralte Wissen, wie meta-reale Grenzsituationen ohne exogene (also von außen zugeführte) Drogen erreicht werden können. Durch völlige Isoliertheit und Eintönigkeit werden die Sinne für mystisch-visionäre Wahrnehmung geöffnet: Moses, Abraham und Elias begegneten ihrem Gott in der Einsamkeit der Wüste, Schamanen oder Zen-Mönche wurden in völliger Abgeschiedenheit von Dämonen und Geistern heimgesucht. Auf molekularer Ebene sind es vor allem *Dopamin* und die *körpereigenen Psychedelika*, die hier auf furiose Weise Geist und Seele zum Schweben bringen.

Elias selbst begab sich eine Tagesreise weit in die Wüste hinein ... dann legte er sich nieder und schlief unter einem Ginsterstrauch ...

Da kam der Engel des Herrn, rührte ihn an und sprach: „Steh auf und iss, denn sonst ist der Weg zu weit für dich!" So stand er auf, aß und trank und ging in der Kraft dieser Speise vierzig Tage und vierzig Nächte bis zum Gottesberg Horeb. Dort trat er in eine Höhle hinein und übernachtete. Der Herr befahl: „Tritt hinaus und stelle dich an den Berg vor den Herrn hin!" Siehe, da zog der Herr vorüber: ein starker, mächtiger Sturm, der die Berge zerriss und die Felsen zerbrach. (Altes Testament, 1. Könige 19)

Dopamin ist die verrückteste aller körpereigenen Drogen. Auch exogene Drogen – wie Alkohol und Kokain – setzen massenhaft Dopamin frei und sorgen für glückliche Träumereien und Hyperfantasien. Frisch Verliebte benehmen sich manchmal, als wären sie mit Kokain gedopt, sie wirken wie von Sinnen und unternehmen die närrischsten Sachen. Auch hier ist Dopamin im Spiel und setzt die gängige Logik außer Kraft. Wenn Verliebte die offenherzigsten SMS oder Liebesschwüre per E-Mails austauschen oder an einem Tag tausend Meilen fahren, nur um sich eine Stunde zu sehen, dann geschieht dies unter der Regie von Dopamin. So wird Dopamin gewissermaßen zum Molekül der wilden Lust und hemmungslosen Liebe. Bei Verliebten hat man überdies festgestellt, dass beim Mann der Testosteronspiegel sinkt, bei der Frau dagegen steigt – der Unterschied zwischen den Geschlechtern wird damit verringert, Frau und Mann werden sich noch ähnlicher und verstehen sich damit noch besser. Es ist durchaus im Sinne der Evolution, wenn Paare zueinander finden und möglichst lange beieinander bleiben; wenn sie dann auch noch Sex miteinander haben, dann rast der Dopaminpegel in ungeahnte Höhen.

Gezielte Stimulierung der Liebesmoleküle

Mehr als hundert körpereigene Drogen wurden in den vergangenen 20 Jahren gründlich erforscht. Diese Forschungsarbeit geschah vor allem durch die Pharmaindustrie in der Absicht, Arzneimittel zu entwickeln, die den menschlichen Transmitterstoffen ähnlich sind. Die besten und nebenwirkungsfreien Drogen produziert aber immer noch die körpereigene Apotheke. Die Neurowissenschaftlerin Candace B. Pert schreibt: „Unser Körper ist fähig, in einer einzigen Nacht, während wir schlafen, eine größere Zahl von perfekten und gereinigten Peptiden herzustellen als alle Peptidchemiker zusammen seit 1953 ... in ihren Hightechlabors vermocht haben."

Faszinierend ist die kaum bekannte Tatsache, dass wir durch spezifische Techniken und Übungen ganz gezielt und ganz bestimmte körpereigene Drogen freisetzen können. Jedes menschliche Gehirn hat die Fähigkeit, schmerzstillende, angstlösende, beruhigende, Energie steigernde und Lust und Liebe fördernde Substanzen zu produzieren. Die körpereigene Liebesdroge Oxytocin lässt sich massiv stimulieren, indem wir uns selbst zärtlich streicheln, schmusen (auch mit einer Katze), Luftküsschen verteilen oder eine erotische Fantasiereise wagen. Die Gute-Laune-Droge Noradrenalin wird – wie wir gesehen haben – durch Trampolinspringen massiv erhöht, ebenso durch Seilhüpfen (wie es Kinder machen) und durch Festlichkeiten, die Kindergeburtstagen sehr nahe kommen. So unterschiedliche Aktivitäten wie Schaukeln, Hyperventilieren oder meditatives Zen-Sitzen fördert massiv die Endorphinausschüttung. Wild tobendes Tanzen bei lauter Musik und die ähnlich gestaltete so genannte Dynamische Meditation wirbelt – ebenso wie hemmungsloses Schreien und fröhliches Toben – den Adrenalinspiegel in ungeahnte Höhen. Verständlich, dass in der dröhnend-heißen Atmosphäre mancher Discos Verliebtheiten entbranden. Wer sich verrückt und sehr auffällig verhält und beispielsweise mit bunt bemaltem Gesicht und exzentrischer Kleidung – außerhalb des Karnevals – ins Restaurant oder ins Büro geht, bringt Dopamin rauschartig in Wallung. Eine weniger spektakuläre Dopaminerhöhung lässt sich durch feinmotorische Bewegungen erreichen, durch Harfen- und Klavierspielen, durch Ausdruckstanz, Ballett oder Bauchtanz.

Selbsthypnose und Entspannungsübungen erhöhen Serotonin und Endovalium und wer in psychedelischer Musik versinkt, der flirrt mit Hilfe körpereigener Psychedelika in jenseitige Sphären. Die folgende Tabelle gibt einen kleinen Überblick über die körpereigenen Drogen, die im Zusammenhang mit dem großen Gefühl der Liebe eine wesentliche Rolle spielen, und gibt Hinweise, wie sie stimuliert werden können.

Transmitter	Wirkungen	Übungen
Oxytonin	• die Liebesdroge Nr. 1 • macht fürsorglich • fördert Nächstenliebe und Nähe • macht sexy und schmusig	• erotische Fantasiereise • sich liebevoll streicheln • liebevoll das eigene Spiegelbild anlächeln • verführen und sich verführen lassen • schmusen (mit sich, mit anderen, mit Katzen usw.) • Luftküsse zuwerfen
Endorphine	• bringt Innigkeit und Tiefe in die Liebe • sanfter Liebesrausch • vertreibt Schmerz und macht high	• schaukeln in Wiege und Hollywood- oder Schiffsschaukel • übermäßiges Atmen • Zen-Sitzen • kreisendes Tanzen • aktives Imaginieren
Serotonin	• bringt Harmonie und Gewaltfreiheit • wirkt antidepressiv • fördert liebevolle Kommunikation • melancholische Liebe	• Entspannung • Yoga • harmonisierend-ruhige Musik • Visualisieren von Sonne und Meer • gelbe Brillen
Adrenalin	• bringt den großen Kick und Feuer in die Liebe • positives Übertreiben • spornt heftig an • kann wütend machen	• 1. + 2. Phase Dynamische Meditation • lautes Schreien • wild tobendes Tanzen • dröhnend laute Musik
Noradrenalin	• Gute-Laune-Droge • herzlich auf andere zugehen • begeistertes Lieben • fit, fröhlich, optimistisch • charmant und attraktiv • rasch Nähe herstellen	• Trampolinspringen • Seilspringen wie Kinder • ausagieren von Stimmungen • Bungeespringen • angenehmer Schlafentzug • Lächeln und Lachen
Dopamin	• verleiht der Liebe Flügel • setzt Logik außer Kraft	• feinmotorische Bewegungen • Gesichterbemalen

Transmitter	Wirkungen	Übungen
Dopamin	• ermöglicht ungewöhnliche Beziehungen • fördert den wilden Künstler in uns bis zur Verrücktheit • ausflippen vor Liebe	• Gongübung: Ton riechen und sehen • freies Assoziieren – das Unmögliche Denken • querdenken • verliebtsein • Zen-Sitzen • ausagieren momentaner Stimmungen • Brainstorming
Endo-Valium	• nimmt die Angst vor Nähe und andere Ängste • macht friedlich • hilft, den anderen positiv wahrzunehmen • entspannt die Liebe • macht glücklich	• entspannen • autogenes Training • ruhige meditative Übungen • Selbsthypnose • Imaginieren von angenehmen Situationen
Acetylcholin	• auch bei größten Liebesgefühlen den Verstand behalten • korrekt und achtsam sein mit sich und anderen	• rechnen • Rede halten • auswendig lernen • sehr bewusstes Rückwärtsgehen
Melatonin	• bringt Dornröschen-Schlaf • entspannt • macht friedlich • in gemeinsamer Umarmung einschlafen • Gefahr bei zuviel Melatonin: träge bis depressiv	• Ruhe und Entspannung • faul sein • herumhängen, schlafen • Dunkelheit visualisieren • Gegenmittel bei zu viel Melatonin: die Sonne oder Visualisieren von Licht
körpereigene Psychedelika	• Transzendenz der Liebe • sich Einsfühlen mit dem Kosmos • Ticket ins Reich des Übersinnlichen	• intensives Zen-Sitzen • Reizüberflutung (Technoparty) oder Reizentzug • ekstatisches Tanzen • rhythmisches (Litaneien-)Singen • psychedelische Musik • intensives sexuelles Erlebnis

Ob wir uns ärgern oder ob wir glücklich sind, ob wir liebevolles Mitgefühl empfinden oder Hass, ob wir voller Kreativität sprühen oder Lust auf Sex haben – all dies lässt sich biochemisch erklären: Es sind die winzigen Botenstoffe, die in unserem Gehirn und im gesamten Körper hin- und hereilen und unsere Gefühle und Gedanken „transportieren", von einer Nervenzelle zur anderen, von einem Organ zum anderen. Neueste wissenschaftliche Erkenntnisse beweisen: All unsere Gedanken und Gefühle, unser Wahrnehmen und Handeln werden von Oxytocin, Adrenalin, Noradrenalin, Serotonin, Dopamin und anderen Botenstoffen getragen, weitergeleitet, „verarbeitet". Ohne Botenstoffe ist Denken und Fühlen nicht möglich.

Jahrhunderte alt ist das Rätsel, ob die Seele des Menschen auch körperlich „fassbar" ist, ob die Gedanken und Gefühle – auch die Gefühle der Liebe – Materie besitzen. Als Bindeglieder zwischen Seele/Geist und Körper/Materie agieren die Botenstoffe, die körpereigenen Drogen. Die Botenstoffe sind gewissermaßen ein sichtbarer Teil unserer Seele, sind ein materielles Äquivalent unserer Gedanken und Gefühle – und unserer Liebe.

2. Makroskopie der Liebe – Theologie und Philosophie eines großen Gefühls

„Wir haben überhaupt keine Philosophie der Liebe", klagt der Philosoph Günther Anders. Das starke Gefühl Liebe ist von der Philosophie nicht mit der gleichen Aufmerksamkeit bedacht worden wie etwa die Suche nach Wahrheit und Weisheit.

Mit der Liebe haben sich durch die Jahrhunderte vorwiegend Theologen, Mystiker, Philosophen, Musiker und Dichter beschäftigt, allen voran Tragödiendichter: Die griechisch-dionysische Tragödie beklagt die fehlende, zerstörte, verlorene Liebe – durch tragische Fügung (zum Beispiel Ödipus), durch Mord und Selbstmord (zum Beispiel Medea) oder durch Verzweiflung und Hass. Weniger aufsehenerregend pirschen sich die Lyriker an die Liebe heran – ebenfalls von Liebesnot gepeinigt und heftig aufbegehrend, aber auch in selig-schmachtender Wonne oder in zitternder Bange, dass sie nicht vergehe, die „holde Macht der Liebe".

Mit eher klarem Kopf nähern sich der Liebe Gottessucher und -gelehrte, Mystiker, Theologen und theologisch orientierte Philosophen. Sie spüren einen unstillbaren Drang, alle Zerbrechlichkeit und Tragik irdisch-menschlichen Daseins zu überschreiten – zu transzendieren – hin zu „höheren" Dimensionen: zu Göttern und Göttinnen in einem (un)geahnten Kosmos, in eine höhere Welt, die einen Menschen aus den irdischen Niederungen erhebt und ihm Bedeutung und Größe verleiht. Dabei wird die große Sehnsucht nach Liebe logischerweise *das* zentrale Thema der Religionen.

Der moderne Buddhismus, beispielsweise repräsentiert durch den vietnamesischen Mönch Thich Nhat Hanh, sieht in der Liebe eine versöhnende Kraft, versöhnend mit sich selbst und versöhnend mit dem Feind. Liebesfähige Menschen – so Thich Nhat Hanh – ergreifen nicht Partei, sondern erfassen die Wirklichkeit als Ganzes. Die Leiden des 20. Jahrhunderts werden zu fruchtbaren Feldern, auf denen die Blumen der Zartheit und Achtsamkeit wachsen, damit die Kinder des 21. Jahrhunderts die alten Fehler vermeiden können.

„Aus der kleinen jüdischen Gemeinde kommt das Prinzip der Liebe her", meint Friedrich Nietzsche. Kaum eine andere Kultur lebt so sehr aus dem verzweifelten Schrei nach Liebe. Jahwe, der sich als göttlicher Erbarmer offenbart, liebt „sein" Volk, auch wenn es immer wieder irre geht oder gar sich fremden Göttern hingibt. Der geniale König Salomo zeigt seine Liebesweisheit in dem berühmten salomonischen Urteil: Zwei Frauen streiten sich um ein Baby, beide behaupten die Mutter zu sein. Salomo spricht: Teilt das Baby in zwei Teile. Heftig weinend wehrt sich die wahre Mutter dagegen – und das Urteil ist gesprochen.

Propheten bringen immer wieder Liebeselan ins Volk. Liebe brauchen nicht die jenseitig wohnenden Götter, sondern die diesseitigen Menschen. Die jüdische Ehesymbolik für die Mensch-Gott-Beziehung findet sich auch in der europäischen Mystik wieder.

Der weise Lao-tse (das Pseudonym einer weisen Frau, so namhafte Sinologen) verbreitete mit seinem Buch der Weisheit – Tao te ching – eine Philosophie der Liebe und präsentiert damit ein Hauptwerkzeug für die Veränderung der Welt. Der Taoismus ist *der* Vorläufer der mehr als 2000 Jahre später folgenden existentialistischen Philosophie. Er umfasst überdies Atheismus und Theismus, das Nicht-Sein und das Sein, die sich beide in dieser Schrift der Weisheit umarmen:

Demjenigen
der sich selbst liebt
so, wie er die Welt liebt,
darf man die Welt anvertrauen,
denn er wird ihr dienen.
(Tao te ching, Kapitel XIII)

An anderer Stelle des Tao te ching heißt es, dass das allerweichste der Dinge – nämlich Wasser – selbst Felsen durchdringen kann. Wasser hält nicht an sich, sondern verströmt sich – wie die Liebe.

600 Jahre nach Lao-tse folgte durch den „Friedensfürsten" von Nazareth eine andere Liebesrevolution. Die von ihm verbreitete Liebesbotschaft war für die damalige Zeit offenbar so radikal, dass sie zum Grund wurde für seine Hinrichtung. Die Theologen und Hohenpriester seiner Zeit waren mit der Aufforderung, nicht nur den Nächsten, sondern auch den Feind zu lieben, total überfordert: „Ihr Theologen, ihr Heuchler, ihr verschließt den Menschen das Himmelreich." (Matthäusevangelium 23,13) Doch gibt es Zutritt in dieses jenseitige Reich für diejenigen, die sich – im Diesseits – um Brüder und Schwestern in Not (hungrig, krank, fremd, im Gefängnis) kümmern. Für Johannes, den Lieblingsschüler des Nazareners, war die Frage „Wer ist Gott?" ein zentrales Thema und es wurde ihm klar: Wer – wie es geschrieben steht – seinen „vielgeliebten Sohn" auf die Erde schickt, muss ein Gott der Liebe sein. Dieser geliebte Sohn trat mit voller Liebeskraft in Erscheinung. Er fürchtete keinen Feind, umarmte Aussatzkranke und ließ sich von Huren und Sünderinnen salben und küssen:

> *Ich kam in euer Haus und niemand gab mir einen Kuss; sie aber – die ihr Sünderin nennt – hört seit meinem Eintreten nicht auf, meine Füße zu küssen. Du salbtest mein Haupt nicht mit Öl, sie aber salbte mit Salböl meine Füße. Darum sage ich dir: Vergeben sind ihre vielen Sünden, denn sie hat viel geliebt.*
> *(Lukasevangelium 7,44 ff.)*

Und Jesus sagt auch: „Dies ist mein Auftrag für euch: dass ihr einander liebt." (Johannesevangelium 15,17) Und: „Lasst uns lieben, denn er hat uns zuerst geliebt." (1. Johannesbrief 4,19). Sind die Begriffe „Gott", das atheistische wie mystische „Nichts" und „Liebe" etwa Synonyme?

Auch der Islam ist eine Liebesreligion, auch wenn er gegenwärtig aufs Neue überschattet wird von Aktivitäten islamistischer Fundamentalisten. Innerhalb des Islam wird der Aspekt der Liebe besonders im Sufismus betont, der erst mystischen, dann auch volkstümlichen Ausprägung des Islam. Sehr anschaulich-emotional zeigt sich der Sufismus im Derwischtanz, stark mystisch im Bemühen um den innigen Gottesbezug: „Fana" ist das „Hinwachsen zu Gott", „Baqa" das „Bleiben in Gott". All dies nimmt Einfluss auf die menschenliebende Lebensführung, die – wie im gesamten Islam – die Gläubigen zu Almosen und

Güte verpflichtet. Als der „All-Barmherzige“ wird Allah angerufen, der Erbarmer, der Liebevolle, der Gütige, der Nachsichtige; viele der 99 Namen Allahs haben mit Liebe zu tun. Und Mohammed, „der“ Prophet, wird „Meister des Dialogs“ genannt.

Mit der Religion haben viele ihre Not. Nietzsche hielt sie für „eine Illusion der Hinterwelten“. Und doch kann sie mit dem Leben und dem Tod kämpfenden Menschen eine Tröstung geben. Wenn mancher sich mutig von der besagten „Illusion der Hinterwelten“ trennt, wenn er nicht mehr nach einem Sein hinter dem „Sein des Menschen“ sucht, so kann auch dies – auf absurde Weise – befreiend sein. Manch bekennender Atheist oder Agnostiker lebt entsprechend einer radikalfriedlichen, gerechtigkeitspraktizierenden Moral und wird so zum „anonymen Christen“ (Karl Rahner). „Selbst die Menschen ohne Evangelium haben ihren Ölberg; und auch auf diesem Ölberg dürfen sie nicht einschlafen“, so der Existentialist Albert Camus in „Sisyphos“.

Dem atheistischen, dem Nihilismus zugewandten und moralisch-gerecht empfindenden Menschen geht es nicht um ein Weiterleben nach dem Tode in irgendeinem – wie er meint – erfundenen Himmelparadies oder einem Nirwana, sondern um täglich (!) praktizierte Liebe. Hier erleben wir die feine Sinnlichkeit des Seins, den Triumph des Daseins ohne Hoffnung auf ein Jenseits. „Für einen dem Ewigen abgekehrten Menschen ist das ganze Dasein nur ein maßloses Possenspiel unter der Maske des Absurden.“ (Albert Camus) Dieses Possenspiel soll dennoch in gerechter, gegenseitiger Wertschätzung gespielt werden, Armut – ob in unmittelbarer Nachbarschaft oder in einem fernen Land – darf es nicht geben.

„Die wahre Philosophie besteht darin“ – so der französische Philosoph Merleau-Ponty –, „wieder zu lernen, die Welt zu sehen, so wie sie ist.“ Und die Welt ist – sehr gegensätzlich – bestimmt von „Liebe und Hass“: Für den Visionär und Philosophen Empedokles (5. Jahrhundert v. Chr.) sind dies die beiden Urkräfte, die den beständigen Wechsel auf unserer Erde bewirken. Empedokles sieht vier große Weltperioden: In der ersten herrscht die Liebe, deren Symbol der Einheit die Kugel ist. In der zweiten mischt sich Hass ein – die Elemente werden getrennt und die Vielheit wächst. In der dritten Epoche siegt der Hass und es gibt nur noch Vielheit ohne Einheit. In der vierten Epoche setzt sich die Liebe wieder durch und es entstehen zunehmend Einheit und Harmonie. In der zweiten Epoche sah Empedokles seine Generation angesiedelt. Bewegen wir uns in der Gegenwart auf die vierte Epoche zu?

Im frühen 17. Jahrhundert begegnen wir dem damaligen „Wissenschaftspapst“ Francis Bacon, einem der klügsten Köpfe seiner Zeit, der aber dennoch den Wert der Liebe nicht erkannte. Er hält es für unmöglich, zu lieben und gleichzeitig weise zu sein: „Am besten halten die, die sich der Liebe nicht entschlagen können, sich fest im Zaum und trennen sich scharf von den ernsthaften Angelegenheiten und Geschäften des Lebens.“ Den Wissenschaften stellte Bacon die Aufgabe, die Wege für die absolute Beherrschung der Natur ausfindig zu machen. Es ist ein Startsignal für den nicht enden wollenden Siegeszug der technischen Aufbereitung der Erde und ihrer Ausbeutung zum Wohl der vermögenden Bourgeoisie. Die Erde wird nun aufgerissen, verwertet, vermarktet – trotz vielfältigem Widerstand aus dem Volk.

Natürlich gab und gibt es zahlreiche Versuche einer „Reformation der Liebe“, wie sie unter anderen Mitte des 19. Jahrhunderts der Schriftsteller und Sozialreformer Karl Gutzkow angestrebt hat: Da ist beispielsweise Sören Kierkegaard, der „stolze Glaubensritter“, der sich das „einfache Lieben“ und ein einseitiges „Sich-lieben-Lassen“ nicht gestattet, oder Arthur Schopenhauer, der den Adel des Menschen in seiner Fähigkeit zum Mitleid begründet sieht, oder Karl Marx, der auch in der Liebe schon ein Gespür für das ökonomische Gleichgewicht entwickelt hat: „Wenn deine Liebe als Liebe nicht die Gegenliebe produziert, wenn du durch eine Lebensäußerung als liebender Mensch dich nicht zum geliebten Menschen machst, so ist deine Liebe ohnmächtig, ein Unglück.“ Oder Friedrich Nietzsche, der das Fehlen der Liebe beklagt, weshalb sie zur „Götterkost“ wird; er ist wohl der wortgewaltigste und feurigste Anwalt einer unsentimentalen, aber echten Liebe.

Und im 20. Jahrhundert – stark behindert durch die Weltkriege – erblühen immer wieder große Philosophien, die auch die Liebe thematisieren: durch Edmund Husserl, Karl Jaspers und Max Scheler; Martin Heidegger und Hannah Arendt, Jean-Paul Sartre und Simone de Beauvoir; Josef Pieper, Jürgen Habermas, Herbert Marcuse und Niklas Luhmann („Liebe als Passion“), um nur einige zu nennen. Eine große Vision hat vor 50 Jahren der Philosoph und Theologe Teilhard de Chardin entwickelt: Er sieht eine Revolution der Liebe am Horizont; diese entspreche in ihrer Bedeutung der Entdeckung des Feuers – eine „Amorisierung“ der Menschheit beginne. Und schließlich definiert Martin Buber (in seiner „Dialogischen Philosophie“) die Liebe als Sinn für den anderen in seiner „Anderheit“.

Philosophen und Theologen erreichen nur eine sehr beschränkte Zahl von Menschen. Das große Thema Liebe mit all seinen bunten Facetten wird unvergleichlich wirksamer und quantitativ millionenfach erfolgreicher durch Lyriker, Schriftsteller, Musiker und vor allem durch Filmemacher zu den Menschen gebracht.

Die Sehnsucht nach Liebe wächst und dies ist eine Sehnsucht nach weniger Gewalt und mehr Intimität, nach weniger Ausbeutung und mehr Achtung vor der Erde, nach weniger Größenwahn und mehr Sozialität, nach weniger Fortschrittseuphorie und mehr Behutsamkeit, nach weniger Hass und mehr Schönheit, nach weniger Wahrheitsfanatismus und mehr gegenseitiger Anerkennung der Menschen aller Völker: die Sehnsucht nach Einander-Lieben.

3. Typologie der Liebe: Welcher Liebestyp bin ich?

Liebe kann sich sehr unterschiedlich zeigen, manchmal verschlüsselt – als käme die/der Liebende von einem fremden Planeten –, manchmal offensichtlich und klar. Es erleichtert die Kommunikation mit anderen Menschen ungemein, wenn „ich" weiß, wer „ich" bin, und wenn ich darüber hinaus erahne, welcher Charaktertypus mein Gegenüber ist.

Natürlich ist der Mensch nicht ehern festgelegt durch einen Charaktertypus, selbst der Schwermütigste wird mal laut lachen und ausgelassen sein oder aggressiv werden; umgekehrt kann ein immer gutgelaunter Tausendsassa durch einen beruflichen Misserfolg in Verzweiflung geraten. Die überaus große Bandbreite menschlicher Temperamente offenbart uns der Säugling: Freudiges Quietschen kann augenblicklich übergehen in laut-unglückliches kreischendes Weinen oder in zorniges Strampeln. Im Laufe des Größer- und schließlich Erwachsenwerdens schält sich ein klareres Charakterbild heraus, ein dominierender Grundcharakter ist erkennbar.

Die nachfolgende Typologie beschreibt die verschiedenen Charaktertypen. Den eigenen Liebestypus und den Typus des Gegenübers besser zu verstehen, hilft dabei, künftige Konflikte besser einzuordnen und damit leichter Lösungen zu finden.

1. die / der Impulsive (dominierender Neurotransmitter: Adrenalin)
aktiv-impulsiv / schnell bis hektisch (im Denken, Reden und Handeln) / sehr wach / motorisch sehr aktiv (mit Neigung zu innerer Unruhe) / unternehmenslustig / sehr arbeitsam, sehr leistungsfähig / leicht erregbar (manchmal Neigung zu Angst- und Panikreaktionen),

manchmal aggressiv / Beruf meist wichtiger als anderes / leistungsorientiert (auch in Beziehungen) / emotional eher verschlossen / spirituell: wechselnde, eher unklare Vorstellungen / dauernd neue Ideen / Tendenz zur Selbstüberschätzung / extrovertiert / immer wieder glänzend und überzeugend wirkend / gerne im Mittelpunkt stehend / andere überzeugen können / meist gut gelaunt / sehr optimistisch

2. die / der Heitere (dominierende Neurotransmitter: Noradrenalin, Oxytocin)

heiter, unbeschwert / meist gut gelaunt, optimistisch, freundlich / lebhaft (auch motorisch lebhaft) / Emotionen zeigend (laut lachen oder heftig weinen) / gerne zärtlich, verschmust, oft sexuelle Lust / sehr wach / gesund wirkend / sozial orientiert, häuslich, kinderlieb / Familie oder Beziehung wichtiger als Beruf / kann, aber muss nicht im Mittelpunkt stehen / spirituell: frei-geistig, vorhandene Religionen werden undogmatisch akzeptiert / manchmal oberflächlich wirkend / Kritik wird als Majestätsbeleidigung empfunden / sieht sich selbst als sehr nett und vorbildlich für andere / sensibel (auch was die eigene Person betrifft) / leicht narzisstisch / wird gerne verwöhnt / bisweilen auch „hysterisch" reagierend / das Leben genießend / überwiegend angenehm für die Mitmenschen

3. die / der Melancholische (dominierende Neurotransmitter: Serotonin, Endorphine, EndoValium)

ernst, introvertiert / ruhig wirkend, nachdenklich / sensibel / zuverlässig / vom Negativen oft mehr beeindruckt als vom Positiven / eher gelassener Umgang mit dem Tod, manchmal Todessehnsucht / schwermütige Betrachtung der Welt als Ganzer / oftmals jammern / immer wieder (auch stille) Angst / Gefühl von Einsamkeit / sehr auf den anderen eingehend / gefühlvolle Erotik / Kreativität / spirituell: mystisch-romantisch, gläubig und zweifelnd / vor dem Handeln oft langes Nachdenken / auch trauriges Glück empfinden können / oft alleine sein wollen / Arbeit ist nicht Mittelpunkt / verträumt / naturverbunden / Sehnsucht nach Harmonie und Liebe

4. die / der Genial-Verrückte (dominierender Neurotransmitter: Dopamin)

fantasievoll, eindrucksvoll, voll verrückter Ideen (bis in den Grenzbereich: Genie und Wahnsinn) / künstlerisch lebend im weitesten Sinne (zum Beispiel auch als „Lebenskünstler") / gerne auch Einzelgänger (was Beziehungen nicht ausschließt) / starke Gefühle ändern sich in kürzester Zeit radikal, zum Beispiel zuerst Liebesschwur, dann – wie auf Knopfdruck – emotionale Distanz / unangepasst / Neigung zur Selbstüberschätzung (bis Größenwahn) / spirituelles Interesse eher an Bizarr-Okkultem oder Privatphilosophie / zeigt wenig Emotionen / manchmal verschwimmt die Grenze zwischen Traum und Wirklichkeit / motorisch eher aktiv / sehr subjektiv / für Mitmenschen oft schwer begreifbar / anstrengend, auffällig, „schräg" und bunt

5. **die / der Rationale** (dominierender Neurotransmitter: Acetylcholin)
korrekt, überlegt / ausgeglichen wirkend / nachdenklich / ordnungsliebend (bis zwanghaft) / Arbeit wird pflichtbewusst erledigt / finanziell umsichtig bis sparsam / kopfbetont / oft gut im Umgang mit Worten / etwas distanziert gegenüber anderen, aber höflich / sexuell eher zurückhaltend / zeigt wenig Emotionen / in der Öffentlichkeit intellektuell überlegen wirkend (trotz innerer Unsicherheit) / die gesellschaftliche (objektive) Meinung ist wichtig, festes Konzept / spirituell: eher einer konkreten Religion bzw. einer spirituellen Gruppe mit klaren Regeln zugeneigt / sehr realitätsbezogen / selbstkritisch und sehr kritisch gegen andere / motorisch zurückhaltend, manchmal angespannt / zuverlässig

Den einzelnen Charaktertypen entspricht ein spezifisches Liebesverhalten. Es gibt verschiedene Liebestypen, aber keiner von ihnen ist wertvoller oder glänzender als ein anderer.

Zum 1. Persönlichkeitstypus (die/der Impulsive): Sehr schnell werden große Liebesschwüre geleistet, die aber oft nur momentan Wert haben und eventuell rasch wieder vergehen. Es besteht grundsätzlich große Neigung zu Übertreibung. Dieser Typus ist generell sehr optimistisch und auch optimistisch in der Liebe, was aber nicht mit Treue und Zuverlässigkeit zu verwechseln ist. Diesen Menschen fällt es oft schwer, eine dauerhafte, viele Jahre oder gar Jahrzehnte dauernde Beziehung einzugehen; sie zeigen sich überaus dynamisch und mit feurigem Herzen, doch der alltägliche Beziehungsalltag ist für sie oft unerträglich.

Zum 2. Persönlichkeitstypus (die/der Heitere): Wenn diese Menschen Liebe zu einem anderen entwickeln, dann wird sie sehr intensiv, sehr verbindlich; sie können auch viele extravagante Besonderheiten des Partners hinnehmen und zeigen sich großzügig. Wenn es aber zu sehr schlimmer Verletzung kommt, dann entscheiden sie sich für einen harten „Schnitt". Dieser Typus will ein Nest bauen, entweder für eine Paarbeziehung oder für eine Familie mit Kindern und zeigt Liebe, sehr viel gelebte Liebe. Herzlich-fürsorgliches Verhalten und fröhliche Leichtigkeit sind eine natürliche Lebensäußerung und bedürfen keiner zusätzlichen Anstrengung. Diese Menschen werden oft als Geschenk des Himmels gesehen und verstehen sich selbst als überaus positive, liebevolle Bereicherung.

Zum 3. Persönlichkeitstypus (die/der Melancholische): Diese Menschen sind oft sehr mit sich selbst beschäftigt, obwohl sie anderen größtes soziales Mitgefühl zeigen. Durch immer wieder hochkommendes Klagen und Jammern bringen sie eine gewisse Schwermut in die Beziehung, aber auch kreativen Tiefgang, Kontemplation und nie enden wollende Sehnsucht. In der Partnerschaft sind sie eher zuverlässig, aber innerlich oft unsicher und insgesamt wenig belastbar. Diese Menschen strahlen viel Geheimnisvolles aus, das in all seinen Dimensionen kaum jemals zu entdecken sein wird.

Zum 4. Persönlichkeitstypus (die/der Genial-Verrückte): Diese Menschen leben in unterschiedlichen Gefühlswelten, die an- und abgeschaltet werden wie Fernsehprogramme: Ein gefühlvoll, erotisch-spielerischer Nachmittag wird plötzlich vom lover unterbrochen, indem er auf die Uhr schaut, einen eiligen Termin mitteilt, die Geliebte flüchtig auf die Stirn küsst und entschwindet. Der abrupte Wechsel von Liebesgefühlen bereitet in Partnerschaften Schwierigkeiten. An einem Abend wird – beispielsweise – ein Heiratsversprechen gegeben, am andern Tag wird davon überhaupt nicht mehr geredet, weil ein anderes Programm eingeschaltet ist: Das Heiratsversprechen gilt irgendwie noch, aber es wird nicht mehr erwähnt, weil andere Lebensinhalte dominieren. Man/frau braucht ein großes Herz, um solche Partner an seiner Seite zu verkraften, aber mit Sicherheit lassen sie niemals Langeweile aufkommen, sie sind in gewisser Weise die Inkarnation chaotischer Kreativität.

Zum 5. Persönlichkeitstypus (die/der Rationale): Hier wird Liebe oft mit wenig Emotionen gezeigt, manchmal werden gar jegliche Liebesgefühle unterdrückt und stattdessen gibt sich die/der Rationale äußerlich kühl bis kalt-abweisend (obwohl warme Liebe da ist). Liebe wird oft durch Dingliches dargeboten: wertvolle Geschenke, Verwöhnen durch Bekochen, Umsorgen und Abnehmen von Verpflichtungen. Herzlichsein und herzliches Lachen fallen schwer und Liebesbeteuerungen kommen – wenn überhaupt – nur flüsternd und nur sehr selten über die Lippen, auch wenn die Liebe groß ist. Selbst heftige Liebe wird kaschiert.

Im Stadium des Verliebtseins werden sämtliche Liebestypologien außer Kraft gesetzt und durcheinandergewirbelt. Aber auch eine tiefe, über viele Jahre oder Jahrzehnte bestehende Liebe zwischen Partnern verwischt die Grenzen der Liebestypologie.

Hilfreich ist die Typologie im alltäglichen Umgang nicht nur mit dem Lebenspartner und den Familienmitgliedern, sondern auch im Umgang mit Freunden und Bekannten oder mit Arbeitskollegen, Kunden und oberflächlichen Bekanntschaften.

II. I love me

Ein erfinderisches, würdevolles Maß an Selbstliebe ist die Basis für jegliche andere Form der Liebe – wir nennen dies *gesunden Narzissmus*. Die *Egomanen des Alltags* und die egomanischen Stars (aus der TV-Welt usw.) gebärden sich in übersteigerter Selbstliebe, sind meistens anstrengend, vielleicht narzisstisch gestört, aber haben *nichts* gemeinsam mit den gefährlichen und manchmal zerstörerischen *bösartigen Egomanen* von Alexander „dem Großen“ bis Pinochet.

Das Liebe-Prinzip beheimatet neben dem gesunden Narzissmus grundsätzlich auch narzisstische Erotik und verlangt – zwar sanft aber dringlich –, dass *jeder* seinen Weg zur Selbstliebe findet.

Viele Singles sind *nicht* einsam, sondern haben bereits *ihren* Weg zur kommunikativen Selbstliebe gefunden – in der Kunst des All-einig-Seins.

1. Das eigene Königreich erobern – Egomanie oder Selbstliebe

Sehnsucht nach Liebe ist Liebe.
Und siehe, du bist schon gerettet,
wenn du versuchst,
der Liebe entgegen zu wandern.
(Antoine de Saint-Exupéry)

„First class or no class“ verlangt mit selbstbewusstem Lächeln der Egomane und zweifelt nicht im Geringsten an der Berechtigung seiner Forderung.

Von der Egomanie lässt sich die gesunde, für sich und die Umgebung förderliche Selbstliebe klar abgrenzen. Jeder Mensch will individuelle Bedeutung erleben: Er sehnt sich nach Anerkennung und Liebe im kleinen privaten Bereich oder – seltener – nach öffentlichem Applaus und Ruhm.

Der junge, bezaubernde Lehrer namens Narziss (gewissermaßen die Verkörperung des positiven Narzissmus) erscheint in Hermann Hesses Erzählung „Narziss und Goldmund“ als ganz besonderer, seelisch reich begabter Mensch:

> *Narziss grüßte kurz, ohne Lächeln … Goldmund setzte sich. Er war erstaunt darüber, einen so jungen Lehrer zu finden, kaum einige Jahre*

älter als er selbst, und war erstaunt und tief erfreut darüber, diesen jungen Lehrer so schön, so vornehm, so ernst, dabei so gewinnend und liebenswert zu finden ... ernst wie ein Gelehrter und fein wie ein Prinz, mit dieser beherrschten, kühlen, sachlichen, zwingenden Stimme! Dankbar hörte er zu, ohne doch gleich zu verstehen, von was da die Rede sei. Ihm wurde wohl. Er war zu guten, zu liebenswerten Menschen gekommen, und er war bereit, sie zu lieben und um ihre Freundschaft zu werben.

Der Terminus „Narzissmus" bedeutet Selbstliebe und ist grundsätzlich positiv gemeint, denn jeder braucht ein gehöriges Maß an Selbstliebe. Wenn das Streben nach Bewundert- und Geliebtwerden allzu groß und unstillbar wird, weil tief im Innern nicht Ausgeglichenheit, sondern Minderwertigkeitsgefühle und (früh erfahrene) Liebesdefizite sich eingenistet haben, dann spricht die medizinische Psychologie von „narzisstischen Persönlichkeitsstörungen". Die Fassade betroffener Menschen kann durchaus im Glanz von Attraktivität und beruflichem Erfolg leuchten und das desaströse, verletzte Innenleben verbergen. Wenn wir – analog – von egomanischen Gesellschaftsstrukturen sprechen, dann ist damit ein hypermodernes Lebensgefühl gemeint, das alles für machbar hält und im Kult der Stärke zielgerichtet nach Luxus strebt, ohne dabei auf ökologische Prinzipien zu achten.

Die Spannung zwischen dem gesunden, für das tägliche Überleben notwendigen Narzissmus und der nach außen oft schädlichen Egomanie schildert plastisch die nachfolgende Parabel.

Vor langer Zeit lebte in seinem südamerikanischen Dorf eine Bauernfamilie mit einer ganz besonders anmutigen und klugen Tochter. Das zierliche Mädchen namens Elena, das im vierzehnten Jahre ihres Alters war, erweckte in einem wohlhabenden Mann namens Juan leidenschaftliche Begierde.

So erschien Juan im Haus von Elenas Vater und bat um die Hand der Tochter. Als Juan abgereist war, rief der Vater Elena zu sich und fragte sie, ob sie Juans Frau werden wolle. Elena verneinte und der Vater ließ die absagende Nachricht an den Freier übermitteln. Juan reagierte zornig: „Ich will dieses Mädchen kriegen!" Ursprüngliche Gottesfurcht war in seinem Herzen erloschen und noch in der Nacht vergrub er einen diabolischen Zauberstein an Elenas Haus. Der diabolische Zauber tat seine Wirkung und Elena veränderte ihr Wesen: Sie sagte plötzlich, sie begehre Juan sinnlich, und führte dabei Worte im Munde, die Mädchen ihres Alters nicht einmal denken sollten. Juan traf Elena heimlich im Stall des väterlichen Gehöfts und küsste sie gierig. Da erschien ihr Vater und vertrieb den lüsternen Freier, doch Juan schwor bittere Rache. Elena wurde durch einen Eremiten vom dämonischen Zauber befreit und ward fortan dasselbe tugendvolle Mädchen wie vorher.

Eines Abends versank Juan mit seinen Kumpanen in weintrunkene Ausschweifungen und er beschloss: „Ich hole mir jetzt das Mädchen Elena und ihr helft mir dabei!" Die jungen betrunkenen Kerle johlten und überfielen das kleine Gehöft von Elenas Familie. Elenas Vater versuchte den Überfall abzuwehren, wurde dabei aber getötet. Elena selbst wurde wie eine Trophäe entführt und in ein fernes Landhaus gebracht. Juan vergaß all die liebevollen Umarmungen seiner Mutter und vergaß jegliche Barmherzigkeit. Am Ende dieser finsteren Nacht brachte einer von Juans Kerlen die von Grauen erstarrte Elena zurück in ihr elterliches Gehöft. Elenas Mutter konnte den Tod ihres Mannes nicht ertragen und so erlosch auch ihr Leben. Die Dorfgemeinschaft bat das Mädchen inständig, sie solle in das nahe Dominikanerinnenkloster eintreten, doch Elena lehnte ab. So half man ihr das Gehöft zu führen und schenkte ihr sieben große Hunde zu ihrem Schutz.

Nach dieser Tat floh Juan in eine sehr ferne Stadt, in der er lange Jahre weilte.

Elena erneuerte das elterliche Gehöft und in den folgenden 30 Jahren hielt Elena in schlaflosen Nächten die Erinnerung an jenes entsetzliche Geschehen wach. Elena erfüllte die Tage mit den Pflichten der Arbeit, vergaß ihr vormals fröhliches Lachen nicht ganz und entsann sich immer mehr ihrer Gutmütigkeit. Auch Juan führte in seiner Heimatstadt das elterliche Geschäft und die Leute um ihn verloren die Erinnerung an jene blutige Tat und schätzten ihn sehr. Er aber erschauderte Nacht für Nacht in Alpträumen.

Eines späten Nachmittags half Elena auf ihrem Gehöft bei der Pflege der Pferde, als sie am nahen Zaun Juan erblickte. Obwohl er gealtert wirkte, erkannte sie ihn sofort. Sie sprach zu ihm: „Da bist du endlich!" Er stammelte unpassende Worte des Bedauerns und fügte hinzu: „Ich liebe dich immer noch …" Elena lächelte: „Diese Liebe ist keine Liebe und ich mag sie nicht. Lass mich in Frieden. Geh nun und find auch du deinen Frieden." Juan stieg daraufhin auf sein Pferd und ritt in ein fernes Land, das niemand kannte, und kein Mensch hat ihn je wieder gesehen.

In dieser Parabel ist in der Person der Elena die „Selbstliebe“ (= gesunder Narzissmus) symbolisch dargestellt. Menschen, die von Selbstliebe erfüllt sind, können selbst schwerste Schicksalsschläge überleben. Die Figur des Juan entspräche symbolisch der „bösartigen Egomanie“.

Das Geschenk der Selbstliebe: gesunder Narzissmus

„Der Gegenstand des Narzissmus ... ist von sehr großer Bedeutung, denn man kann zurecht sagen, dass er die Hälfte der Inhalte der menschlichen Psyche einschließt“, so der nach Sigmund Freud wohl bedeutendste Narzissmusforscher, der Austro-Amerikaner Heinz Kohut. Das Wachsen und Gedeihen von Selbstliebe hat – wie wir sehen werden – mehrere Quellen.

Ein Kind lernt, sich selbst zu lieben, wenn es eine liebevolle Kindheit erfährt. Die Eltern freuen sich über die Existenz ihres Kindes (gemäß dem Geburtstagslied: „... wie schön, dass du geboren bist“) und die Augen von Mutter und Vater leuchten, wenn sie ihren kleinen Sprössling sehen. Die Eltern wertschätzen die Gefühle ihres Kindes, kommen seinen Bedürfnissen entgegen, gewähren Freiraum für selbstständige Entwicklung und setzen gleichzeitig Grenzen; sie geben ihrem Kind Zuwendung und Liebe und nehmen – umgekehrt – auch Zärtlichkeit und Liebe entgegen; sie sind da, wenn das Kind traurig ist, schenken ihm Wärme und das Gefühl, getragen und geborgen zu sein. So bilden sich Urvertrauen und Liebe, Selbstvertrauen und gesunder Narzissmus.

Die in der Kindheit erfahrene tiefe Mutterliebe ist zweifellos ein wertvolles Gut, auf dem Selbstliebe und die Liebe zu anderen Menschen gedeihen, aber die Bedeutung der Mutterliebe wird von den klassischen Psychoanalytikern maßlos überbetont. Millionen Menschen haben in ihrer Kindheit eine emotional kühle oder distanzierte Mutter erlebt oder eine Mutter, die aus allerlei Gründen kaum Zeit hatte, und dennoch zeigen diese Menschen im Erwachsenenalter eine „normale“ Liebesfähigkeit und landen weder bei pillen-rezeptierenden Psychiatern noch auf der psychoanalytischen Couch. Und dann gibt es – umgekehrt – Menschen, die eine wunderbare Kindheit hatten und sich trotzdem als Kind und später als Erwachsener einsam oder depressiv fühlen. Hören wir, was Samuel Becket, der in seinen Dramen den Leerlauf menschlichen Daseins darstellt, über seine Kindheit erzählt:

Man kann wohl sagen, dass ich eine glückliche Kindheit erlebt habe … obwohl ich zum Glücklichsein nicht sehr begabt war. Meine Eltern haben all das getan, wodurch man ein Kind glücklich machen kann. Aber ich habe mich oft recht allein gefühlt.

Völlig unabhängig vom Verhalten der Mutter sammelt der spätere Säugling in der pränatalen (also vorgeburtlichen) Phase ursprüngliche, tief archaische Erfahrungen: die heftigen Erlebnisse während des ontologischen Nacherlebens der menschlichen Phylogenese vom im Wasser schwimmenden Urtierchen bis zum Lurch, weiter zum Menschenäfflein und den hominoiden Vorfahren. Außerdem besteht während der neunmonatigen Pränatalzeit ein dauerndes, intrauterines Miterleben all dessen, was die Mutter in ihrem Umfeld erfährt. Hinzu kommt, dass bei jeder Neuentstehung eines individuellen Lebens die Genkarten neu gemischt werden. So kann aus einem psychisch gesunden, aktiv-heiteren Elternhaus unerwartet ein eher introvertierter, depressiv gestimmter Sprössling hervorgehen (trotz massiver Mutterliebe) und umgekehrt kann aus einer schwermütigen Ahnenreihe plötzlich eine lebenslustige Frohnatur herausragen.

Die Tatsache, dass bei allen Lebewesen – ob Mücke oder Mensch – Selbstliebe und Nächstenliebe genetisch vorprogrammiert sind, mag desillusionierend sein. Der Mensch ist keine Mücke und dennoch hat er gewisse genetische Vorprogrammierungen mit Insekten gemeinsam: Die Mückenkinder schlüpfen aus fernab gelegten Eiern, sie kennen nicht ihre Mutter, nicht ihren Vater, sie haben kein Elternhaus, kein Kindermädchen und keinen Lehrer und dennoch können sie alles, was eine Mücke für das Leben braucht. Überaus fein abgestimmte Instinkte leiten die Mückenkinder durch die ersten Stunden und Tage ihres Lebens, lehren sie die zum Überleben notwendige Strategie und „Selbstliebe". Auch durch die menschlichen Instinkte sind die mentalen Eigenschaften, auch die Liebe zu sich und zum Mitmenschen, als bestimmendes Muster an-, aber nicht festgelegt. Dies ist wichtig: Im Gegensatz zur Mücke kann die angeborene Persönlichkeitsstruktur durch Erziehung, vor allem durch elterliche Liebe und durch neue Erfahrungen und Konditionierungen modifiziert werden.

All das Gesagte ist ein Plädoyer für die Entlastung der Mütter: Die klassischen Psychoanalytiker machen oftmals die Mütter dafür verantwortlich, wenn die Tochter oder der Sohn mangelndes Selbstbewusstsein, kein Selbstvertrauen zeigt und keine Liebesbeziehungen eingehen kann. Wenn renommierte Repräsentanten der modernen Psychologie von der „Mutter als sinnliches Triebobjekt“ oder „der narzisstische Bestätigungen verleihenden Mutter in ihrer Funktion als Selbstobjekt“ (Wolfgang Mertens) sprechen, dann ist dies hohles Gerede, das biologische Fakten in den Wind schlägt. Dabei wird indirekt die Schuld für ein psychisch defizitäres Geschöpf einseitig auf den Schultern der Mütter abgeladen; bereits bei zu wenig „Glanz im Auge der Mutter“ (Heinz Kohut) kann der Sprössling angeblich mentalen Schaden nehmen. Hier wird eine (wieder) modern gewordene Individualisierung menschlicher Probleme und Leiden zelebriert. Wir leben in einer Welt, in der die Grausamkeit ständig die Liebe bekämpft: In fernen Ländern verhungern Kinder, Männer werden gefoltert, Frauen vergewaltigt, Tiere werden – auch hierzulande – millionenfach kaltherzig abgeschlachtet, Mutter Erde wird geplündert. All das prägt massiv und unbewusst das heranwachsende Kind. Dabei kann die mütterliche oder elterliche Liebe nur ein – allerdings manchmal entscheidendes – Korrektiv sein. Und die Erziehung ist – wie wir alle wissen – nicht nur auf Förderung ausgerichtet, sondern sie vertreibt leider auch die magischen und mystischen Welten der kleinen Kinder: Die Erde und die kleine Seele werden entzaubert. Die geheimnisvoll-kreative Welt der Kinder wird mit Rationalität und Ordnungsdenken vertrieben. In diesem Sinne ist der Song des Liedermachers Reinhard May zu verstehen:

Kinder werden als Riesen geboren,
Doch mit jedem Tag, der dann erwacht,
Geht ein Stück von ihrer Kraft verloren,
Tun wir etwas, das sie kleiner macht.
…
Liebe macht dich unverletzbar
Wie ein Bad im Drachenblut.
(Reinhard May)

Wenn wir vom „gesunden Narzissmus“ sprechen, meinen wir einmal eine frühkindliche Selbstbezogenheit und Selbstdarstellung, die eine gute Grundlage für kreative Leistungen und Erfolg auch im späteren Leben sind. Gesunder Narzissmus ist zum anderen auch fürs Erwachsenenalter nötig; der Terminus Selbstliebe bezeichnet genau dies: Es ist die Fähigkeit, sich in positiver Weise sich selbst zuzuwenden, sich selbst in seinem Wesen zu bejahen und die eigene Herzenswärme zu spüren.

Wer sich liebt, fühlt sich ganz. Er akzeptiert sich mit allem, was er ist und hat: mit seinen guten wie mit seinen negativen Seiten. Wenn er neidisch ist, muss er das nicht verbergen; er kann dazu stehen, ohne in Selbstzweifel zu verfallen. Wenn er erfolgreich ist, kann er sich darüber freuen, muss aber nicht damit prahlen, denn wer sich prahlerisch aufbläht, hat etwas Hohles an sich, das ihn eher unbeliebt macht, obwohl er doch das Gegenteil beabsichtigt. Wer sich selbst liebt, hat es nicht nötig, sich selbst zu erhöhen. Er ist nicht in Not. Not leidet der, dem Liebe fehlt, auch die eigene zu sich selbst. Liebe ist ja, wie wir gesehen haben, Ausdruck von Fülle und Überfluss. Deswegen können und dürfen wir sie verschwenden, ohne dabei ärmer zu werden.

Was Menschen, die sich selbst lieben, für andere so angenehm macht, ist ihre Verankerung – eine Tiefe, die man spüren kann. Sie sind fest mit dem Boden verbunden, wie verwurzelt. Deshalb sind sie nicht so leicht umzuwerfen, kaum aus der Ruhe zu bringen. Man muss auch nicht befürchten, dass sie sich einem aufdrängen, in einer Weise anhänglich werden, die man nicht schätzt. Wer sich selbst liebt, kann unverkrampft und unangestrengt agieren, kann darauf verzichten, Menschen oder vermeintlichen Schnäppchen hinterherzujagen. Er kann auch darauf verzichten, sich selbst und andere zu Opfern zu machen. Das Täter-Opfer-Modell durchbricht er lächelnd; er steht darüber. Statt sich als Opfer missbrauchen zu lassen, kann der in der Liebe Verankerte sich auch wehren.

Eine junge Meditationsschülerin hat sich die Aufgabe gestellt, sich in Herzensgüte zu üben. Tag für Tag unterzieht sie sich den Anleitungen des Lehrers, um in sich die Güte zu sich selbst und allen Wesen zu entwickeln. Aber jeden Tag, wenn sie im Basar ihr Essen holt, wird sie von einem der Verkäufer mit unwillkommenen Liebkosungen überschüttet. Eines Tages wird es ihr zu viel und sie scheucht den jungen Mann mit erhobenem Regenschirm die Straße hinunter. Zu ihrer großen Verlegenheit sieht sie ihren Lehrer am Straßenrand stehen. Beschämt begrüßt sie ihn und erwartet wegen ihres Zornes seinen Tadel. Der lächelt und sagt: „Was du tun sollst? Fülle dein Herz mit liebender Güte und schlage, mit aller Achtsamkeit und Kraft, diesem unverschämten Kerl deinen Schirm auf den Kopf!“

Das traditionelle Dulden ist nicht das Ideal dessen, der sich liebt. Natürlich ist der sich Liebende auch in der Lage, etwas zu erdulden. Aber er kann unterscheiden, ob Veränderung nötig ist oder aber Toleranz. Das lateinische „tolerare“ heißt „ertragen“ – auch dazu befähigt uns die Liebe.

Da die übliche Aufforderung zu Toleranz den Tolerierten niedriger macht, wäre es angemessen, den anderen nicht nur zu tolerieren, sondern ihn zu akzeptieren. Akzeptanz spielt sich nämlich auf einer Ebene mit dem Akzeptierten ab. Der Liebende verweigert die Einteilung der Menschen in „oben“ und „unten“, um Geringschätzung, Abwertung und Verachtung zu vermeiden. Frauen fällt es oft leichter, andere nicht zu dominieren, sondern zu akzeptieren; sie lassen das Spielerische, nicht Festgelegte eher zu – nicht aus Unsicherheit, sondern aufgrund von Souveränität. Auch dies ist zweifellos eine Folge von Selbstliebe.

Die Frage „Lieben Sie sich?“ irritiert. Die Selbstliebe fällt vielen schwer, für sie ist es leichter, *andere* Menschen zu lieben, beispielsweise den Lebenspartner, die Kinder oder Freunde, oder die Natur zu lieben, das eigene Zuhause oder die Lieblingsmusik. Doch wenn jemand sich selbst nicht liebt, wer soll ihn denn lieben?

Aus der frühchristlichen Tradition stammt das zentrale biblische Gebot: „Du sollst den Herrn, deinen Gott lieben, aus deinem ganzem Herzen ... und deinen Nächsten wie dich selbst.“ Doch die der Gottes- und Nächstenliebe gleich gestellte maßvolle Selbstliebe wurde in den vergangenen Jahrhunderten bestenfalls marginal gelebt. Schlimmer noch: Selbstliebe wurde abgelehnt, ja, „verteufelt“; sie wurde assoziiert mit Eitelkeit, Egoismus und Selbstbespiegelung (wer zu oft in den Spiegel schaute, machte sich dieser Untugenden verdächtig). Vor allem schien die Selbstliebe nicht zu anderen, hochgeschätzten und eingeforderten Tugenden zu passen, beispielsweise zu Demut und Opferbereitschaft. Besonders Frauen sollten dem Poesiealbumsspruch folgen: „Sei wie das Veilchen im Moose, sittsam, bescheiden und rein. Nicht wie die stolze Rose, die stets bewundert will sein.“ Doch nicht nur das Veilchen, sondern auch die Rose verdient Liebe und Lob, denn: Eigenlob stimmt!

„Du lachst und weinst und gehst an dir zugrunde“ – Egomanie

Sternblumen bläst der Sommer an und aus
Von Flocken blind erhebst du dein Gesicht,
Du lachst und weinst und gehst an dir zugrund,
Was soll dir noch gescheh'n –
erklär mir, Liebe!
(Ingeborg Bachmann)

Der Terminus „Narzissmus" im Sinne negativ gemeinter Egomanie geht auf den griechischen Halbgott Narziss (oder Narchissos) zurück. Unter „Egomanie" oder „narzisstischer Störung" versteht man eine unstillbare Sehnsucht nach sich selbst und die Unfähigkeit, andere zu lieben. Nicht wenige tragen ein solch egomanisches Potenzial in sich.

Der außerordentlich schöne Sohn des Flussgottes Kephissos und der Nymphe Leirope heißt Narziss und ist kalt gegen alle Liebe. Auch die schöne Bergnymphe Echo weist er zurück. Die Ungeliebte magert ab, stirbt, ihr Gebein wird zu Felsen; und es bleibt ihre Stimme, das „Echo". Den kaltherzigen Jüngling strafen die Götter mit unstillbarer Liebe zu sich selbst. Als er sich über einen klaren Brunnen beugt, sieht er sein Antlitz gespiegelt. Von seiner Schönheit gebannt, kann er sich nicht trennen. Er wird von einer tiefen Sehnsucht ergriffen: nach Verschmelzung mit seinem Ebenbild dort unten im Wasser. Ob der Unerfüllbarkeit dieses Verlangens verfällt er in maßlose Trauer – und stirbt daran. Später – ein Trost für alle Leidensgenossen? – wird dem Unglücklichen durch die Erdmutter Erlösung zuteil: Sie verwandelt ihn in eine Narzisse.

Der Begriff Narzissmus wurde 1899 von dem Psychiater Paul Naecke eingeführt, als er fünf psychiatrische Anstaltsinsassen beobachtete, die in wahnhafter sexueller Beziehung zu ihrem Spiegelbild standen. Sigmund Freud hat den Terminus übernommen und beschreibt den Narzissmus als „jenes Verhalten, bei welchem ein Individuum seinen eigenen Leib in ähnlicher Weise behandelt wie sonst den eines Sexualobjekts, ihn also mit sexuellem Wohlgefallen beschaut, streichelt, liebkost, bis es durch diese Vornahmen zur vollen Befriedigung gelangt."

Im vorangegangenen Kapitel haben wir bereits gezeigt, dass Selbstliebe eine gesunde, förderliche Erscheinung ist. Ähnliches gilt für die erotische Selbstliebe, die im Säuglings- und Kleinkindesalter gleichsam der Urzustand von Libido (= sexuelle Lust) ist. In der Zuwendung zu anderen liebevollen Menschen wird die geistige und erotische Liebe geteilt. Nach mehreren Liebesenttäuschungen und bei entsprechender genetischer Disposition wird der Liebesaustausch eingestellt und die vorhandene individuelle Liebesenergie wird in der eigenen Seele, im eigenen Körper gehortet – es entsteht eine egoistische, andere Menschen ablehnende Selbstliebe, gepaart mit Eitelkeit, Selbstüberschätzung oder Selbstmitleid. Dauernd wird von anderen Bewunderung eingefordert und empfangene Bewunderung wird fälschlicherweise mit Liebe gleichgesetzt.

Wenn wir im Folgenden etwas ausführlicher auf „narzisstische Störungen“ (Egomanie) eingehen, dann um die Erforschung des eigenen egomanischen Potenzials zu ermöglichen. Letztlich hausen in der Seele eines jeden Menschen mega-narzisstische, übermäßig egoistische Neigungen, die vielleicht nur manchmal zum Tragen kommen oder nur als Wunschvorstellungen existieren. Egomanie ist durch zwei Pole gekennzeichnet: Nach außen zeigt sie Grandiosität, nach innen Inferiorität. Weil dem narzisstisch gestörten Menschen von Kindheit an (und immer noch) Zuwendung und Liebe vorenthalten werden, sucht er sie umso heftiger irgendwo und demonstriert dabei nach außen (scheinbare) Überlegenheit. Mit beruflichen Erfolgen, äußerem Reichtum und besonders attraktiven Lebenspartnern versucht er sein Umfeld zu beeindrucken. Aber die anderen Menschen interessieren ihn nicht wirklich, bestenfalls als Claqueure. Im Innersten ist der Egomane schwach und nahezu unfähig, auf andere zu blicken und deren Wollen zu erkennen. Diese Schwäche spürt er und spielt deshalb umso mehr den Starken und Souveränen. Eindeutige Hilfsangebote weist er zurück, denn darin wittert er zu Recht, dass man ihn durchschaut.

Narzisstisch gestörte Menschen zeigen zwar Freude und Glücklichsein, spüren es aber nicht. Auch andere tiefe Gefühle wie Trauer, Eifersucht, Erotik, Melancholie, Schmerz oder Lust und Genuss werden eher abgewehrt, Egomanen zeigen sich beherrscht und kontrolliert. Kritik wird entweder als Majestätsbeleidigung oder gar als Kriegserklärung empfunden, denn der Egomane ist leicht verletzbar. Übermäßig aggressiv reagiert der egomanische Mega-Narzisst, wenn er in Verlegenheit gebracht oder gar beschämt oder gedemütigt wird. Wenn ein Lebenspartner ihn verlässt, entstehen nicht Trauer und Wehmut, sondern Wut- und Hassgefühle explodieren und eine ganze Legion von Racheengeln wird losgeschickt.

Innerhalb einer Partnerschaft erschwert die extreme Ichbezogenheit eine wirkliche Nähe und Zärtlichkeit. Werden besonders schöne und/oder erfolgreiche Frauen und Männer als Idole verehrt, dann wird eine vorhandene Egomanie zusätzlich von außen genährt und die emotionale Kluft zu den Mitmenschen vergrößert sich. Weibliche Mega-Narzissten entwickeln unbewusst oft noch andere Strategien und holen sich nicht selten die ersehnte Anerkennung durch übermäßige Anpassung, was vom Lebenspartner als Liebe missverstanden werden kann. Die Anpassung an den anderen kann sich steigern in ein permanentes Helfen; wenn eine Frau an mangelndem Selbstwertgefühl, an mangelnder Selbstliebe leidet, kann sie sich „retten“ durch das Motto: „Wenn ich helfe, bin ich die Starke." Sie muss sich nicht zugestehen, dass sie selbst dringend und viel Liebe braucht.

Andere egomanische Frauen geben sich in der Beziehung manchmal hilflos und negativ gestimmt, auch wenn sie nach außen ihre Situation durch Leistung oder Attraktivität kaschieren. Alles, was der Beziehungspartner für sie tut, hilft angeblich nichts, ist nicht das Richtige. Männliche Egomanen schaffen eher Distanz durch Grandiositätsgebaren und offene Aggressionen.

Der „ganz normale Egomane" muss nicht unbedingt an den oben geschilderten psychischen Besonderheiten leiden, er kann sich im Alltag arrangieren, ist letztendlich harmlos, nicht gemeingefährlich und lebt mitten unter uns. Schließlich hat jede(r) eine kleine oder große egomanische Seele in seiner Brust. Diese Spezies von Egomanen ist nicht unbedingt therapiebedürftig, wenngleich ein Reflektieren und Sich-selber-Kennenlernen (sei es durch professionelle Hilfe oder durch natürliche Therapeuten wie Freunde, Bekannte usw.) mildernde und aufbauende Effekte hätten. Manche Egomanen lassen sich durchaus helfen, damit die innere Not, die sie sich nur selten eingestehen, nicht größer wird. Der ganz normale Egomane kreist, bewusst oder affektgesteuert, viel um sich selber. Damit ist er im Extremfall so sehr beschäftigt, dass er keine Energie mehr frei hat, das Kreisen zu durchbrechen und nach außen zu schauen. Es fällt ihm schwer, Interesse für den anderen zu entwickeln. Auch die emotionale Bewegung von innen nach außen, vom eigenen Herzen zum Mitmenschen, fällt dem Egomanen schwer. Es ist leichter für ihn, isoliert und ummauert zu leben und sich in seinem Sosein für einen ganz besonderen Menschen zu halten. Dies schließt Partnerschaften nicht aus, erschwert sie aber. Der Egomane verlangt (als Selbstverständlichkeit) viel vom anderen, gibt selbst aber wenig.

Ein talentierter Kunstmaler macht wunderbare Bilder, kann sie aber nur selten verkaufen, er verdient sehr wenig. Seine liebevolle und attraktive Ehefrau hat einen anstrengenden 50-Stunden-Job als Redakteurin, zahlt die Miete für die Wohnung und das Atelier, macht den Haushalt und kümmert sich auch noch um die beiden noch kleinen Töchter des Kunstmalers aus erster Ehe. Dem tiefen Kinderwunsch seiner jetzigen Ehefrau begegnet der Gatte mit dem Argument: „Das wäre mir zu viel, da könnte ich nicht mehr arbeiten." Überdies bringt der Kunstmaler seine Ehefrau dazu, seine – meist brotlosen – Ausstellungen zu organisieren. Als eines Abends die völlig ausgebrannte Ehefrau in einem Heulkrampf zusammenbricht und ihren Mann bittet, im

Haushalt wenigstens ein bisschen mitzuhelfen, antwortet dieser mit verschränkten Armen und unbewegtem Gesicht: „Ich bin meiner Malerei verpflichtet, die Kunst hat Vorrang. Du schaffst das schon."

Wenn ein Egomane beim Kreisen um sich selber einigermaßen erfolgreich ist, wird er durchaus glücklich sein und auch andere nicht unbedingt unglücklich machen. Gerät er jedoch in eine schwierige Lebenssituation, dann macht er viel Aufhebens um seine multiplen Probleme. Alles, was ihn umgibt, wird beklagt: Der Arbeitsplatz ist mies, das Geld zu wenig, der Lebenspartner anstrengend, der Kinderwunsch ist unerfüllt oder vorhandene Kinder sind dauernd nervig, das Fernsehprogramm ist langweilig, die Politiker sind alle unfähig und böswillig usw. Die im Ego verletzten Egomanen klagen überschäumend, nur eines beklagen diese unseligen Zeitgenossen nie: ihren eigenen Mangel an Liebe.

„Jammern auf hohen Niveau" heißt das Etikett, das unserer egomanischen Gesellschaft anhaftet. Jammern ist manchmal nützlich, kann entlasten, ist sogar ritualisiert worden in Form der Klagemauer, im Sündenbekenntnis oder in therapeutischen Zusammenhängen. Es kann Abreagieren negativer Gefühle sein und somit kathartisch wirken. Was aber kommt dann zum Vorschein? Ist es das Gold der Liebe, das dann (wieder) erstrahlt? Immer wieder gibt es Menschen, die aus dem Klagen nicht heraus kommen. Einerseits ist es uns aufgetragen, uns umeinander zu kümmern, andererseits kann die Selbstliebe fordern, uns vor Leuten zu schützen, die uns als Müllhalde benutzen. Man kann diesen Jammer-Helden aus dem Weg gehen oder – was nützlicher wäre – ihnen ehrlich sagen, dass man nicht als leibhaftige Klagemauer zur Verfügung steht, sondern einen lebendigen Austausch wünscht.

Neben diesen verschiedenen Egomanen kennen wir alle eine weitere Spezies: den öffentlichen Egomanen, den egomanischen Star als Identifikationsfigur. Wir erleben diese öffentlich-exzentrischen, überaus bunten Egomanen vor allem in TV-Shows, bei Musik- und Theateraufführungen, im Leistungssport und im politischen Leben. Sie zeigen sich öffentlich und sehr auffällig so, wie es ihnen (und anderen) gefällt, und gerade dadurch werden sie berühmt und bewundert. Für solche Menschen wird die Egomanie zur Basis ihres Erfolgs und sie dürfen auf glitzernde Weise von der durchschnittlichen grauen Normalität abweichen – durch ihr auffälliges Aussehen, ihren Sexappeal und ihr forsches Auftreten, das alles überbieten will. Diese Egomanen sind die leibhaftigen Helden und Stars der modernen Märchenwelt. Manche kennen vielleicht den bürgerlichen Namen der nachfolgend geschilderten modernen Märchengestalt:

> *Es war einmal ein reicher Mann, der hatte alles, wonach sein Herz begehrte: eine Villa im Grünen, drei Rolls-Royce-Limousinen, viele schicke Kleider, Freunde und Verehrer. Millionen Menschen bewunderten ihn, wenn er in üppiger Haarpracht, die an einen Märchenkönig erinnerte, auftrat, in fürstlichen Kleidern und mit Gesten eines Monarchen. Dieser barocke, aus der Fülle lebende Modeschöpfer aus München war immer auffällig geschminkt und trug seine Freundin Daisy – ein zierliches Yorkshire Terrier-Hündchen – auf dem Arm. Er zelebrierte seine Auftritte bei Fernsehtalkshows und spektakulären öffentlichen Ereignissen, er versuchte sich als Schauspieler und Sänger, aber vor allem war er ein genialer, glamouröser Selbstdarsteller, der im Mythos von Narziss hemmungslos schwelgte. Der selbstgekrönte Modekönig vermehrte seine Beliebtheit durch generöse Gaben an Arme und Obdachlose. Großzügig wurde dem egomanischen Genie – sogar vom prüden Normalbürger – verziehen, dass er sich seine sexuellen Wünsche am liebsten mit sehr jungen Männern erfüllte. Sein spektakuläres Leben endete durch einem spektakulären Mord. Zehntausende trauerten um ihn und säumten den Straßenrand, als sein Sarg in einer schwarzen Luxuslimousine durch die Stadt gefahren wurde, und viele weinten, als wäre ihnen der liebste Freund gestorben.*

Der exzentrische Held in diesem zeitgemäßen Märchen war keine virtuelle Figur, sondern ein realer Star, ein scheinbar glücklicher Mensch, der sich selbst exzessiv liebte. War er glücklich, *weil* er sich selbst liebte? Die meisten Menschen träumen ein Leben lang von Reichtum, Macht und Ansehen, verplempern mit diesen banalen Träumereien ihre Zeit und suchen immer wieder Identifikationsfiguren, um ihre Fiktion am Leben zu erhalten.

Bösartige Egomanie

Vor allem Männer streben nach Macht. Dieses Streben resultiert aus den kleinen oder großen Ohnmachten, die Kinder erfahren müssen. Jungen – mehr als Mädchen – leiden darunter, wenn ihnen ihre kindliche Macht genommen wird, wenn sie gehorchen müssen oder wenn sie gar gedemütigt werden. Oft sind sie den Rest ihres Lebens damit beschäftigt, die verlorene Macht zurückzuerobern. Kleine Mädchen verfügen offenbar über mehr Kompensationsmöglichkeiten. Die meisten erwachsenen Frauen sehen als wichtigstes Ziel *nicht* das Erringen hierarchischer Macht, sondern wollen glücklich sein in zufrieden stellender, kreativer Arbeit, wünschen sich eine liebevolle, verlässliche Partnerschaft und wollen respektiert und geachtet werden.

Die männlichen Fantasien umkreisen eher archaische Machtfülle: „Der Herr der Ringe“, „Nibelungenheld Siegfried im Drachenblut“, „Superman“, „Spiderman“, „Herrscher der Galaxis Nr. 7“. Die männlich-erträumte oder männlich-realisierte Macht steht oft im Dienste einer Überzeugung, so wie der Krieger im Dienste eines Königs steht. Ist der König ein Fürst der Finsternis und Gewalt, so wird auch der Krieger zum bösartigen Egomanen. Der gute oder böse König, dem der Krieger gehorcht, muss kein realer Fürst sein, er kann auch Symbol sein für die höchste Instanz in der Seele eines Menschen: das Über-Ich der Psychologen, eine tief religiöse Überzeugung, eine weltliche Ideologie, eine individuelle Lebensphilosophie, ein sehr praktisches Streben, das Leben zu meistern. Der symbolische König kann aber auch ein König der Liebe sein. Wenn Liebe fehlt oder fehlgeleitet wird, entsteht bösartige Egomanie. Sie wird zur obersten Instanz in der Seele eines Menschen.

Alexander der Große versprach seiner Mutter zurückzukehren, sobald er die Welt erobert hätte. In diesem Moment wurde er von einer Krankheit erfasst und diese todbringende Krankheit heißt „bösartige Egomanie“. Der junge König von Makedonien, verlorener Schüler des großen Philosophen Aristoteles, wurde 33 Jahre alt und sein Leben war ein einziges Kämpfen, Schlachten und Morden. Alexander wurde immer größer und reicher und mächtiger, er eroberte Persien, Ägypten und Babylon und er schien allmächtig – da wurde er von einem höllischen Fieber erfasst und war plötzlich ohne Kraft, völlig hilflos. Da lag er nun, im fürstlichen Gemach und ohne Macht über sich. Hohl war seine Macht wie die Macht jedes Egomanen hohl ist. Da erinnerte er sich der Philosophie und er befahl seinem Leibmarschall: „Wenn ihr mich in den Sarg legt, dann lasset aus dem Sarg meine Hände heraushängen. Ich will meinem Vaterland und meinen Soldaten zeigen, dass Alexander der Große mit leeren Händen – wie ein Bettler, wie ein armer Sünder – diese Welt verlässt.“

Bedauerlicherweise haben die Menschen aus dieser großen Geste Alexanders nichts gelernt. Die Kriege und Grausamkeiten dauern fort und ebenso die Selbstverwirklichungsversuche zahlreicher bösartiger Egomanen, die sich als politische Führer oder als private Tyrannen entpuppen – sadistisch bis zerstörerisch und, auf sich selbst bezogen, übermäßig verletzlich.

Der psychische (nicht sexuelle) Sadismus äußert sich im Peinigen, Demütigen und Quälen von Mitmenschen, das sich grausig steigern kann zu Vergewaltigung, Folter und Mord. Der römische Kaiser Nero hat sich als besonders grausamer Sadist verewigt. Und er wollte bejubelt werden. Da ihm der Beifall des Volkes zu dezent erschien, befahl er zu seinen vermeintlich genialen Gesangsauftritten Tausende stimmgewaltiger Männer zum Applaus.

Dieses Muster gilt auch für das faschistische Dritte Reich. Die verführten Menschen überließen sich dem Führer und jubelten ihm bis zum letzten Atemzug zu, obwohl bereits der eisige Wind des Grauens über unzählige Gräber wehte. Der „große“ Führer erzählte seiner langjährigen Sekretärin einmal, dass er während der immer wieder stattfindenden Auspeitschungen durch den Vater plötzlich keine Schmerzen mehr spürte, er fühlte die Grausamkeit nicht mehr und keine Träne erfüllte sein Auge. In diesem Moment war das Kind Adolf unempfindlich geworden gegenüber Qual und Elend. Dieses Nichtwahrnehmen von Verzweiflung und Leiden hat ihn für das Mannesalter nachhaltig geprägt und jegliches Mitleid begraben. Alice Miller – bekannt durch ihre Kindheitsforschungen – analysiert in „Abbruch der Schweigemauer“: „Hitler ... war Überlebender einer Vernichtungsmaschinerie, die im Deutschland der Jahrhundertwende ‚Erziehung‘ genannt wurde und die ich als verborgenes KZ der Kindheit bezeichne, das nie erkannt werden darf.“ Die lange schlummernden Gefühle von Rache und Zerstörung explodierten im Zenit seiner Macht und exekutierten Millionen von Menschen.

Es wäre aber auf unverantwortliche Weise banal und menschenverachtend, wenn wir die Ursachen der faschistischen Tyrannei *nur* im totalitären Regime der damaligen Kinderstuben suchten. Im gesamten Europa verdichtete sich damals und in den Jahrzehnten davor politische Gewalt. Aber es gab auch Menschen, die sich der Anpassung an die egomanische Ideologie des Terrors verweigerten: In den schrecklichen Jahren 1942/43 widersetzten sich die Geschwister Scholl mit ihrem Freundeskreis der NS-Egomanie und wurden so zu einem leuchtenden Beispiel. Selbstliebe macht Menschen stark und somit fähig zum Widerstehen und zum Einsatz auch für andere. Dafür gibt es unendlich viele Beispiele. In Sibirien rettete die Russin Elsa Brandström mit übermenschlicher Kraft in den beiden Weltkriegen Tausenden von deutschen Kriegsgefangenen das Leben und hunderttausend andere Menschen behielten während der damaligen Tyrannei die Liebe in ihrem Herzen und halfen anderen in der tiefen Sehnsucht nach Frieden. So wurden sie zu leisen und großen Rebellen der Liebe.

Die grausigen NS-Feldherren des 2. Weltkrieges werden als apokalyptische Reiter des Elends verurteilt. Ein anderer größenwahnsinniger, mörderischer Egomane und Feldherr, der ebenfalls zahllose Legionen von Toten auf den Schlachtfeldern zurückließ, wird nach wie vor verehrt. Ihm sind große Denkmäler gewidmet und ebenso kleine Bronzefiguren als Souvenirs: Napoleon Bonaparte. Schon 16-jährig erhielt er sein Offizierspatent, aber – unter dem Einfluss von Rousseau und Goethes „Werther" – zweifelte er an den Werten seines Zeitalters. Er schrieb 16-jährig: „Immer einsam mitten unter Menschen, so betrete ich mein Zimmer, um zu träumen, still für mich, mich meiner Melancholie in deren ganzer Schärfe hinzugeben. Wohin wird sie mich heute treiben? In den Tod? ... Wie weit hat sich der Mensch von der Natur entfernt! Wie feige ist er doch und wie verderbt und wüst! ..." Später entwickelte sich Napoleon zu genau diesem „verderbten und wüsten" Egomanen. Der eigentlich kritische Dichter Heinrich Heine fabelte über Napoleon: „Napoleon war nicht von dem Holz, woraus man die Könige macht – er war von jenem Marmor, woraus man Götter macht."

Sind vielleicht auch Götter egomanisch grausam und die Menschen ahmen die Götter nur nach? In einem der ältesten Schriftstücke der Menschheit, dem Gilgamesch-Epos, heißt es: „... und die Götter berieten sich mit Anu [dem obersten Himmelsgott] / eine reißend-vernichtende Sintflut gegen die Menschen zu machen / das würde das Herz der großen Götter lachend erfreuen."

Gibt es Götter, die den Menschen zerstören, und Götter, die den Menschen Liebe schenken? An der genannten Götterversammlung nahm auch Ischtar teil, die Göttin der Liebe; ausgestattet mit Degen, Säbel und Bogen war sie gleichzeitig als Göttin des Krieges gefürchtet. Wo sollen die Menschen – damals wie heute – Orientierung und Vorbild finden, wenn nicht bei den Göttern? Oder sind die Götter lediglich von Menschen erfundene Ebenbilder zwischen Liebe und Gewalt?

Unvergleichlich häufiger als die egomanischen Tyrannen und Diktatoren sind die sadistischen Egomanen des Alltags. Ernest Bornemann formuliert im „Lexikon der Liebe und Erotik" drastisch:

Das ganze mittlere Beamtentum mit seinem Dienern nach oben und Treten nach unten ist … stets ein Reservoir der Alltagssadisten gewesen … Ohne sich des Motivs seiner Berufswahl bewusst zu werden, wendet sich der Typ des „Alltagssadisten“ häufig einer ganz bestimmten Gruppe von beruflichen Tätigkeiten zu. Hierzu gehören Lehrer und Erzieher, die einstmals prügeln konnten und heute immer noch die Schüler schikanieren können …, außerdem Polizisten, Gefängnisbeamte, Richter … und alle Formen des Militärdienstes ziehen den psychischen Sadisten an. Denn beim Militär darf er schinden und töten.

Auch die Folterer der Gegenwart – ob in Abu Ghraib im amerikanisch besetzten Irak oder in den derzeitigen Gefängnissen von Persien, dem Sudan oder China – sind Alltagssadisten, kleine Egomanen mit geliehener Macht, die allesamt die liebevollen Küsse und Umarmungen ihrer Mütter vergessen haben. Oder hatten alle Alltagssadisten eine lieblose Kindheit? Oder ist in der menschlichen Seele das Böse genauso genetisch verankert wie die Liebe? Die Liebe lebt in jedem Menschen (denn ohne Liebe stirbt man). So können wir die Liebe pflegen, gedeihen und wachsen lassen und das gleichermaßen vorhandene Böse wird klein. Dies ist Grundlage für das Liebe-Prinzip.

Die individuelle egomanisch-sadistische Störung hängt eng mit den politischen Gegebenheiten zusammen. Herbert Marcuse, der von den friedlich-rebellischen Studenten der 68er Bewegung geschätzte Theoretiker, schreibt schon 1955:

So wandeln sich psychologische in politische Probleme: private Verwirrungen spielen heute in viel unmittelbarerer Weise die Verwirrung des Ganzen wider, und die Heilung persönlicher Störungen hängt viel direkter als ehedem von der Heilung der Gesamtstörung ab.

Die von diesem großen Philosophen genannte „Gesamtstörung“ wird jedoch von nahezu allen Politikern der reichen Industriestaaten nicht gesehen. Es gehört zum Selbstverständnis, den Kult der Stärke und des Fortschritts zu pflegen und dabei keine Grenzen zu ziehen. Die egomanischen Allmachtsträume kulminieren in dem Unbezwingbarkeitsglauben der Nordamerikaner, der durch den Terroranschlag auf das World Trade Center am 11. September 2001 nur einen vorübergehenden Schock erlitten hat. Letztendlich demonstrieren alle wirtschaftlich starken Staaten ein ähnlich egomanisches Selbstbild. Man will den so genannten Fortschritt mit aller Macht vorantreiben, um nicht die eigene Schwäche und Vergänglichkeit eingestehen zu müssen. Damit geht die Unfähigkeit einher, sich um eine internationale soziale Gerechtigkeit zu bemühen oder eine solche überhaupt für notwendig zu erachten. Der egomanische Staat wölbt sich schützend über seine großen und kleinen egomanischen Staatsbürger und wird ihnen im dauernden Streben nach Reichtum und Macht zum gelebten Vorbild. Der Psychoanalytiker und Friedensaktivist Horst-Eberhard Richter fordert in diesem Zusammenhang:

> *Wir müssen uns von Egomanie und Allmachtswahn verabschieden. Ein neues Bewusstsein der Verantwortung für das Ganze muss an die Stelle unseres Gotteskomplexes treten. Nur in Ebenbürtigkeit und Gerechtigkeit ist eine Humanisierung des weltweiten Kampfes der Kulturen zu erreichen.*

Zur Humanisierung unserer Gesellschaft brauchen wir gelebte Liebe. Das Liebe-Prinzip kann die derzeitige Gesellschaftsordnung vom Kopf auf die Füße stellen.

Narziss und Eros

Schon Säuglinge zeigen kräftige Erektionen des Penis und auch die Klitoris wird früh als Ort der Wollust entdeckt, wenn Windeln die tastenden Eroberungsfeldzüge nicht behindern. Die ursprünglichen und frühkindlichen sexuellen Erlebnisse des Menschen sind auto-erotisch, also von sexuellen Befriedigungen am eigenen Körper geprägt. Dies ist ebenso normal wie Daumenlutschen (das das Saugen an der Brust „ersetzen“ soll), Nasebohren oder das lustvolle Spiel mit Ohren, Nabel oder Anus, was auch „extragenitale Onanie“ genannt wird. Neben den Genitalien sind der Mund (Oralerotik) und der Anus (Analerotik) von frühester Zeit an hoch sensible und geliebte Lustzonen sowohl des Säuglings wie des Kleinkindes. In der westlichen Gesellschaft wird der ringmuskuläre Anus zusätzlich erotisiert durch Zäpfchengeben, Temperaturmessen, Klistiere und Eincremen; Letzteres oft deshalb, weil man Kratzspuren entdeckt hat, die sich das Kleinkind unbewusst lustvoll selbst zugefügt hat. Auch eine forcierte Sauberkeitserziehung verleiht dem Anus eine unbeabsichtigte Besonderheit. Schon Kleinstkinder streichen mit dem Zeigefinger am Anus herum, sie wollen sich dadurch angenehm erregen und eindringen. Der dann geäußerte Verdacht auf Spulwürmer bewahrheitet sich nur selten und ist eine prüde, die frühkindliche Sexualität verleugnende Ausrede. Übrigens: Die geschilderten oralen und analen Vorlieben bleiben im Erwachsenenalter mehr oder weniger erhalten, werden aber oftmals bis zur Unkenntlichkeit kaschiert.

Die Wandlung von der Selbsterotik zum lustvollen Berühren eines anderen Körpers beginnt etwa mit dem Ende des ersten Lebensjahrs, wenn die eigenen Bewegungen zunehmend selbst gesteuert werden. Natürlich interessieren sich die Kinder in diesem Lebensalter nicht primär für die Genitalien anderer Menschen, sondern für warme, liebevolle Hände, für Gestreicheltwerden, für die weichen Brüste der Mutter oder anderer Frauen, den Kitzelreiz langer Haare und Küsse. In diesem Alter beginnt auch die Trainingsphase für die lebenslang prickelnde Hauterotik. Kleine Kinder werden gebadet, massiert, eingecremt und gekitzelt. Ein übermäßiges Kitzeln im Kinderalter kann die Erogenität der Haut extrem steigern, ebenso eine unbeherrschte mütterliche Zärtlichkeit, wenn beispielsweise mehrmals am Tag der Körper des Babys mit heftig-sinnlichen Küssen übersät wird. Die Haut ist bekanntermaßen das wichtigste Empfangsorgan der gesunden, lebensfrohen Sexualität. Ohne Haut gibt es keinen Sex. Bei manchen Erwachsenen ist die Erogenität der Haut so hoch empfindsam, dass streichelnde Bewegungen am Bauch oder an den Oberschenkeln oder zartes Massieren der Brustwarzen orgasmusähnliche Erregung herbeiführen. Auch die Lust an rhythmischen Bewegungen darf zur frühkindlichen Autoerotik gezählt werden: die Freude am Wiegen in den Armen Erwachsener, am Schaukeln, Buggy- oder Autofahren. Das Gleichgewichtsorgan und die über den Körper verteilten, seismographisch-reagierenden Rezeptoren der Tiefensensibilität werden hier zu Organen der lustvoll-rhythmischen Bewegung, die dann auch bei den Sexualpraktiken im Erwachsenenalter eine begierlich-erregende Rolle spielen, sei es in der Onanie oder im partnerschaftlich-rhythmischen Streben nach einem Orgasmus.

Teil des menschlichen Reifungsprozesses ist es, wenn die sexuellen Neigungen sich auch einem anderen Menschen zuwenden und lustvolle, beidseitige Spielereien entstehen. Dies gelingt nicht immer – manche verbleiben in der ausschließlich autoerotischen Stimulierung und befriedigen sich sexuell jahrelang oder ein Leben lang alleine: aus Angst, sich gegenüber einem Partner zu sehr zu öffnen oder wegen erfahrener Zurückweisungen und Demütigungen oder ganz einfach weil es bequemer und unkomplizierter ist, durch Masturbation sexuelle Lust zu erfahren. Man muss nicht die wechselnden Launen eines Partners ertragen und selbst die One-night-Stands verlangen ein „Anbaggern“, ein gemeinsames Abendessen, womöglich mit einem Anhörenmüssen von allerlei Kümmernissen.

Manche Menschen finden aber auch einfach keinen schöneren und edleren Sexualpartner als sich selbst – Narziss erblüht in Eigenliebe und Eigenerotik. Wenn Narziss dabei glücklich ist, soll er so leben und sich so an seiner narzisstischen Lust – vor vielen Spiegeln – orgastisch berauschen.

Der 55-jährige Marc war fünfmal verheiratet und hat aus diesen Verbindungen sechs Kinder, um die er sich (außer mit regelmäßigen Überweisungen) wenig kümmert. Seit mehr als zehn Jahren lebt er alleine in einer großräumigen Jugendstilwohnung, ist von Beruf Notar, achtet auf sein Aussehen und erlebt pro Jahr (mit Hilfe von Internet) etwa zehn Kurzbeziehungen meist zu jüngeren Frauen, die ihn – ähnlich wie die fünf Ehefrauen – sofort verlassen, nachdem er seine für ihn hocherotische Leidenschaft preisgibt: Am meisten erregt es ihn, wenn er sich mit weiblichen Dessous schmückt, mit Spitzen-BH, Seidenslip, Strapsen und seidenweißen Strümpfen, und sein Gesicht hinter einer venezianischen Totenmaske verbirgt.

Marc versuchte sich im Transvestiten- und Homosexuellen-Milieu, fand dort aber nicht die ersehnte sexuelle Befreiung. Mit seiner ganz besonderen autoerotischen Stimulation verleiht sich Marc immer wieder einen wundersamen Kick, der ihn glücklich macht und mit dem er anderen nicht schadet (abgesehn von dem Leid beim Abbruch von Beziehungen).

Natürlich gibt es die Autoerotik auch als Ersatzhandlung, wenn kein Partner zur Verfügung steht. Dies ist ganz typisch für die Pubertät und – im Erwachsenenalter – in Zeiten ohne intime Beziehung. Aber auch innerhalb einer Partnerschaft kann die autoerotische Onanie eine große Rolle spielen, einmal als Ergänzung zur partnerschaftlichen Sexualität oder auch als bequemer Ersatz: Man muss nicht auf den anderen eingehen, man darf ganz auf sich konzentriert sein.

Mitunter wird auch zwischen Autoerotik und Monosexualität unterschieden: Bei Monosexualität wird die erotische Lust zwar auch alleine erlebt, aber sie ist stets gekoppelt an die angebetete „Liebe“. Auf virtuelle Weise ist die Geliebte, der Geliebte körperlich zu riechen und zu spüren. Hiermit vergleichbar ist auch diejenige Monosexualität, bei der man die virtuellen Sexpartner sieht und hört: Video- und Internet-Sex sind für viele Singles ein unbegrenztes Traumland orgastischer Begierde.

Narziss kann seine erotische Eigenliebe ästhetisch kultivieren. Im geräumig-edel ausgestatteten Badezimmer dampft es aus der schäumenden Badewanne, Kerzen flackern neben einem eiskalten Glas Champagner. Danach wird die Haut von flauschigen Tüchern getrocknet, wird gesalbt und von eigenen Küssen und Tränen der Rührung und der Lust benetzt. Dann kommt im samtenen Schlafgemach der Höhepunkt. Man/frau ist nicht mehr alleine, sondern hat sich selbst zum auserlesenen Partner erwählt.

Narziss wohnt – unterschiedlich intensiv – in jeder Frau, in jedem Mann. Wenn Sie vor dem Spiegel sich cremen, rasieren, schminken, frisieren, epilieren oder parfümieren, wenn Sie sich im Spiegel betrachten, posieren, mit den Augen zwinkern und lächeln, wenn Sie muskulöse Schultern zeigen oder ein verführerisches Dekolletee, dann werden Sie von Amor und Narziss geküsst. Vielleicht können Sie sich Ihre geheimen narzisstischen Sehnsüchte eingestehen, sich selbst im Spiegel anlächeln, sich selbst ein reizvolles Kompliment aussprechen und – sehr wichtig – sich selbst küssen, auf die Schulter, auf die Hand, auf das Knie – „I love me“.

Die Befreiung der Königskinder – der Weg zur Selbstliebe

Wenn Sie Ihr Haus nicht lieben, wird es nicht schön sein. Wenn Sie Ihr Haus jedoch ins Herz geschlossen haben, dann werden Sie es liebevoll einrichten und einen schönen Garten anlegen. Der Garten wird immer wieder mit feinem Regenwasser gegossen und aus der Erde sprießen wunderbare Pflanzen. In einen solchen Garten, in ein solches Haus kommen gerne auch andere Menschen und sie werden sich bewundernd und respektvoll verhalten.

Ähnlich ist es mit der Selbstliebe: Wer sich selbst mag, der wird seelisch und körperlich auf sich achten und innerlich erblühen. Dann gehen Wärme und Liebe von ihm aus, die Mitmenschen spüren dies und viele zeigen sich freundlich bis liebevoll und verehren den wundersamen Garten der (Selbst-) Liebe.

Wenn wir einen Kieselstein in einen See werfen, entstehen ringförmige Wellen, die sich immer weiter ausbreiten. Ähnlich kann die Liebe von einem Menschen ausgehen und sich in die Umgebung verbreiten. Wie aber sieht diese Mitte aus? Kennen Sie Ihre Mitte? Kennen Sie das Innerste Ihres Seins? Kaum jemand hat eine klare Vorstellung vom innersten Wesenskern – das Zentrum des Seins bleibt ein Mysterium. Und in diesem Mysterium wohnt wohl auch die Selbstliebe.

Selbstliebe hat nichts zu tun mit egoistischem Stolz. Ein Mensch, der sich selbst liebt, wirkt anziehend und liebenswert. Dabei sind sich selbst liebende Menschen nicht unbedingt von überragender innerer oder äußerer Attraktivität, sie können sich durchaus bescheiden geben. Auch wenn sie am Leben leiden, im Alltag nur mühsam zurecht kommen und immer wieder von Zweifeln geplagt werden, bleiben sie bei sich und wirken sympathisch. Das Leben wird nicht bewältigt, sondern – trotz Mühsal – geliebt. Paradoxerweise ist Selbstliebe oftmals selbstlos.

Im Tor schon
hobst du den Blick.
Wir sahen uns an.

Eine große Blüte stieg
leuchtend blass
aus meinem Herzen.
(Hilde Domin)

So sehr Selbstliebe eine individuelle Qualität ist, bleibt sie angewiesen auf andere. Unser Leben braucht ein seelisches Umfeld, ist letztlich dialogisch angelegt. Eine zentrale Erkenntnis Martin Bubers, des Philosophen der Dialogischen Philosophie, lautet: „Der Mensch wird am Du zum Ich." Ein gegenseitiges Geben und Nehmen ist scheinbar selbstverständlich. Aber eben nur scheinbar:

Es ist den Menschen Not und ihnen gewährt, in echten Begegnungen einander in ihrem individuellen Sein zu bestätigen ... Denn das innerste Wachstum des Selbst vollzieht sich nicht, wie man heute gerne meint, aus dem Verhältnis des Menschen zu sich selber, sondern aus dem zwischen dem Einen und dem Anderen, unter Menschen also vornehmlich aus der Gegenseitigkeit der Vergegenwärtigung.

Martin Buber denkt auch darüber nach, in welchen gesellschaftlichen Formationen das Prinzip von Geben und Nehmen – das Liebe-Prinzip – realisiert werden kann. In einem Nachruf auf den friedliebenden Anarcho-Sozialisten, Politiker und Shakespeare-Forscher Gustav Landauer skizziert Martin Buber seine Hoffnungen:

Landauers Idee war unsere Idee. Es war die Erkenntnis, dass es nicht darauf ankommt, Einrichtungen zu ändern, sondern das menschliche

Leben, die Beziehungen der Menschen zueinander zu verwandeln. Dass Sozialismus nicht etwas ist, was aus der Entwicklung der wirtschaftlichen Verhältnisse heraus entsteht, sondern dass Sozialismus etwas ist, was nie kommen wird, wenn es nicht jetzt und von uns getan wird.

Ohne Kontakte zu Menschen und Dingen kann Selbstliebe nicht gedeihen. Gerade Menschen, die allein leben und damit nicht unglücklich sind, haben oft eine tiefe Beziehung zur Natur. Aus ihr beziehen sie Kraft und Trost und leben in dem ruhigen Gefühl, nicht allein zu sein. Es ist auch hier jener harmonische Dreiklang, der die Person im Gleichgewicht hält: verwurzelt in der eigenen Tiefe (das Göttliche, das allumfassende Nichts, der Kosmos), verbunden mit anderen Menschen und getragen von „Mutter Erde“ (Natur, Elemente, magische Wesen). Die weise Weltsicht des nordamerikanischen Indianerhäuptlings Seattle heißt: „Der Mensch ist nur eine Faser im großen Gewebe des Seins.“

Der Weg zur Selbstliebe ist eigentlich einfach: Ich achte auf mich und fühle mich verbunden mit anderen. Wenn ich in Not bin, bitte ich andere um Hilfe. Und umgekehrt merke ich, ohne gebeten zu werden, wenn andere in Not sind. Ich gebe gerne und versuche gerecht zu sein. Die folgende Parabel zeigt, dass auch ein Kind diese Form von Selbstliebe praktizieren kann:

In einem Bergdorf lebte vor langer Zeit ein armes Mädchen; ihm war der Vater gestorben und nun war die Mutter krank und es fehlte an allem. Da schrieb das kleine Mädchen einen Brief an den lieben Gott, in dem sie ihn um zehn Franken bat. Sie wollte zwei Milchziegen kaufen, zehn Hühner, einen Sack Mehl und noch die Arznei für ihre Mutter bezahlen. Den Brief steckte sie in ein Kuvert und schrieb darauf: „An den lieben Gott.“ Auch ihre Adresse vergaß sie nicht zu notieren.

Als der Brief im Postamt ankam, wussten die Postleute nicht, wohin sie den Brief schicken sollten, also öffneten sie ihn. Von den Zeilen des kleinen Mädchens waren alle sehr berührt und von Mitleid erfüllt. Der Postvorsteher sagte, jeder solle für das arme Mädchen Geld sammeln. Auf diese Weise kamen erstaunlicherweise 50 Franken zusammen und diesen Betrag schickte man dem Mädchen.

Nach zwei Wochen kam wieder ein Brief von diesem Mädchen, adressiert „An den lieben Gott“. Der Postvorsteher runzelte die Stirn und meinte vorwurfsvoll: „Jetzt will sie wahrscheinlich wieder Geld haben.“ Umso erstaunter waren alle, als sie das Kuvert öffneten und

25 Franken darin vorfanden. Der Postvorsteher schämte sich ob seiner Worte und las den Brief vor: Das Mädchen bedankte sich beim lieben Gott für das zugesandte Geld und schrieb, dass sich wohl der zuständige Engel beim Geldzählen vertan hätte, sie brauchte ja nur 10 Franken! Nun habe sie – schrieb das Mädchen weiter – einem anderen armen Kind in ihrem Dorf 15 Franken gegeben, denn dieses Kind habe beide Eltern verloren. Die restlichen 25 Franken gab sie dem lieben Gott zurück, damit er sie an andere bedürftige Kinder schicken könne. Während des Vorlesens hatte der Postvorsteher Mühe, die in ihm aufsteigenden Tränen der Rührung zu verbergen. Und seine Sekretärin sagte: „Vielleicht sollte man die Geschichte dieses Kindes im ganzen Land verkünden, damit die Menschen gerechter und liebevoller werden.“

Ein Mensch ohne (Selbst-) Liebe ist verschlossen, er befasst sich nur mit sich selbst. Er trägt einen dicken Panzer, den er kaum öffnen oder gar ablegen mag. Für einen solchen Menschen ist es sicher eine große Überwindung, auf andere Menschen – in Liebe – zuzugehen. Manchmal gelingt dies, manchmal gelingt es nicht.

Wichtiger noch als der Spiegel an der Wand ist der Mitmensch als Spiegel. Man muss den anderen kennen, um sich selbst zu erfahren; der andere zeigt einem, wer man ist. „Der andere hilft mir, Teile von mir selbst zu finden. Das ist der Anfang von Selbstliebe“, so Byron Katie, amerikanische Psychotherapeutin und Autorin des Buches „Lieben was ist“. In uns sind aber auch dunkle Seiten, Zorn, Ungeduld, Anfälligkeit für Verbissenheit und Eitelkeit oder Resignation und Depression und auch egomanische Tendenzen. Auch all dem kann sich die Liebe zuwenden.

Nur in der Liebe wird Einssein erfahren: Man schließt die Augen, verbindet sich mit seinen nächsten Menschen, mit allen Mitmenschen, mit der Natur, mit all den Tieren, mit der ganzen Erde und dem Kosmos – und spürt eine grenzenlose Liebe. Dies kann Teil einer meditativ-schwebenden Versenkung sein. Diese Art Meditation ist ein zweckfreier und anstrengungsfreier Zustand, ein trance- oder traumähnliches Dasein. Man zwingt die Wirkungen nicht herbei, sondern lässt sie einfach geschehen im All-einig-Sein.

Viele Wege führen zur Selbstliebe. Wer die einfachen Wege nicht findet, kann auch professionelle Hilfe in Anspruch nehmen. Für einen Psychotherapeuten besteht die Basis heilender Arbeit in der freundlich-einfühlsamen Anteilnahme bei gleichzeitiger therapeutisch-kreativer

Distanz und einer Stimulierung der Selbstheilungskräfte. Wie geschieht dies? Der Psychotherapeut versucht, sich auf die Stimmung des Klienten einzulassen, sich auf die Ebene seiner Stimmung zu begeben, ohne seine Gestimmtheit selbst zu übernehmen. Vor allem aber bemüht er sich, den Klienten in seinem Sosein zu akzeptieren, und versucht, sich in seine Welt hineinzuversetzen, ohne zu bewerten und zu beurteilen. Der bahnbrechende amerikanische Psychotherapeut Carl Rogers verlangt: Empathie im Sinne von einfühlendem, nicht wertendem Verstehen, positive Wertschätzung, Sichsorgen, emotionale Wärme und Echtsein im Umgang mit den Klienten. Auf diese Weise können die im Menschen schlummernden positiven Möglichkeiten geweckt und aktiviert werden, auch die Liebesfähigkeit. Ziel sind Ermutigung und Stärkung der lebenserhaltenden Kräfte. Wenn diese neu erweckten Ressourcen stark genug sind, kommt der Mensch zu sich und seiner eigenen Kompetenz und lernt, sich selbst anzunehmen und zu lieben. Das ermöglicht ihm, Konzepte aufzugeben, die ihn an einem glücklichen Leben hindern. In einem solchen Prozess der Reifung wächst ein Mensch aus seiner ursprünglichen Klientenrolle heraus und kann sich – gefüllt mit Liebe – den Mitmenschen zuwenden und diese zu mehr Anteilnahme und Mitleid bewegen. So erlebt der Ex-Klient den Wert der eigenen Person in der Beziehung zum Mitmenschen. Der ehemalige „Patient“ hilft sich selbst und hilft anderen. Der „Patient“ wird zum Therapeuten des eigenen Ich und zum Therapeuten der anderen.

Die Arbeit eines Psychotherapeuten – wie sie hier skizziert wird – unterscheidet sich nicht wesentlich von der Arbeit eines Seelsorgers, der lediglich das Gottbezogensein in den Heilungsprozess der Seele mit einbringt.

Manche finden „wie von selbst“ zur Selbstliebe, manche im Erleben des Du, andere meditieren, begeben sich in Psychotherapie oder finden den Weg in das innere Schloss der Weisheit durch eine Parabel oder ein Musikstück. Poesie, Film, Bilder und Musik lösen oft die Grenzen zwischen Innen- und Außenwelt, führen in die Tiefe des eigenen Seins und lassen uns ekstatische Selbstliebe erfahren, vielleicht nur für Momente, vielleicht für unendlich dauernde Momente. „Viele Künstler können die Lichtstrahlen der göttlichen Liebe viel besser aufzeigen als wir Theologen und Prediger“, so der „Priestersoziologe“ Andre Greely. Ähnlich der Organist Edmund Pfühl in Thomas Manns „Buddenbrooks“: „Die Predigt des Pastors ist ein ziemlich albernes Geschwätz, der eigentliche Gottesdienst ist vielmehr das, was der Pastor und seine Gemeinde wohl nur für eine Beigabe zur Erhöhung der Andacht halten: nämlich die Musik."

Zur wahren Selbstliebe finde man erst – so manche Gurus –, wenn man sein Ego vernichtet. Wer sich ganz auf dieses „Ego-Killen" konzentriert, fördert jedoch eine Illusion, die er aufzulösen vorgibt. Man „muss" sein Ego nicht bekämpfen, es darf sein, wie alles sein darf am Liebenden, solange es anderen nicht schadet. Und wenn irgendwann die Liebe alles durchdringt und umfasst, dann lösen sich ohnehin alle Probleme. Dazu ein paar Verse der polnisch-jüdischen Lyrikerin Mascha Kaléko:

In mir ist alles aufgeräumt und heiter:
Die Diele blitzt. Das Feuer ist geschürt.
An solchem Tag erklettert man die Leiter,
Die von der Erde in den Himmel führt.
Da kann der Mensch, wie es ihm vorgeschrieben,
– Weil er sich selber liebt – den Nächsten lieben.
Ich freue mich, dass ich mich an das Schöne
Und an das Wunder niemals ganz gewöhne.
Dass alles so erstaunlich bleibt, und neu!
Ich freu mich, dass ich ... Dass ich mich freu.

2. Singleleben – die Kunst des All-einig-Seins

Wer alleine – all-einig – lebt, den Mitmenschen ein wenig Liebe schenkt und dabei gelegentlich glücklich ist, verdient einen Universumsorden. Denn die Leistung ist groß.

Auch wenn in den westlichen Großstädten – ob Paris, München, Amsterdam, San Francisco oder New York – der Anteil der Singlehaushalte zwischen 30 und 55 Prozent liegt, meiden die meisten Menschen das Alleinsein wie eine Krankheit. Im Alleinsein überflutet uns ein hohes Maß an Sensitivität und eine wahre Gedankenflut stürzt auf das Gehirn ein. Dies kann zu einem kreativen Höhenflug beschwingen oder zu Überforderung und Depression führen. Hinter dem Lebensstil des modernen Singledaseins schimmert eine aus der Philosophie des Existenzialismus entlehnte Lebensphilosophie durch, ohne dass sich die meisten Single-Menschen dessen bewusst sind. Dazu passt auch, dass die absolute Mehrheit der Singles sich keiner bestimmten Religion zugehörig fühlt, nicht an ein Weiterleben nach dem Tode glaubt und überwiegend atheistisch lebt, ohne es so zu nennen. Hier klingt die existenzialistische Vorstellung des letztendlichen „Alleinseins“ des Menschen an:

Nach dem Abtrennen der Nabelschnur ist der Mensch ein einzigartiges Individuum, später als Erwachsener ist er allein für sein Leben verantwortlich und er stirbt allein, auch wenn 50 Angehörige das Sterbebett umsäumen. Das Alleinsein eines nichtreligiösen Menschen wird noch verstärkt durch sein Bemühen, seinem Dasein einen „großen, allumfassenden“ Sinn zu geben. Wird sich der modern-atheistische Mensch seines Alleinseins in der Welt nicht bewusst, isoliert er sich noch mehr und kann seinem Leben noch weniger irgendeinen Sinn geben; stattdessen entstehen Angst, Verzweiflung, Depression.

Wer sein Dasein in der Welt bewusst wahrnimmt, sein Alleinsein und seine Einmaligkeit versteht, der kann auch sein Sosein, sein Singlesein akzeptieren, sich so akzeptieren, wie er fühlt, denkt, handelt und ist. Der Mensch ist für all seine Entscheidungen, auch für die Entscheidung, als Single zu leben, allein verantwortlich, er allein bestimmt seinen Lebensweg, er ist letztlich in seinen Entscheidungen frei. Diese Freiheit der Entscheidung kann einen Menschen dazu veranlassen, den Alltagstrott zu verlassen und sein Leben bewusst *anders* zu gestalten.

Anderen Kulturen, beispielsweise den Indianern Nord- und Südamerikas oder der buddhistischen Philosophie, ist die Sichtweise, das Individuum sei letztlich zum Alleinsein „verurteilt“, sehr fremd und kaum nachvollziehbar. Sie betrachten den Menschen nicht so sehr als einsames Einzelwesen, sondern sehen ihn eingebunden in ein allumfassendes Ganzes, die Natur oder den gesamten Kosmos. Ein allein in einem Ein-Zimmer-Appartement lebender moderner Stadtindianer sagt: „Ich bin nicht einsam, da ich verbunden bin mit allen Menschen dieser Erde und mit allen anderen Wesen. Manchmal vergesse ich diese Tatsache – dann geht es mir schlecht.“

Sich als vom Ganzen abgetrenntes alleiniges Individuum zu fühlen, grausam an der Einsamkeit zu leiden, ist eine mögliche Folge des Alleinseins. Andere erleben sich in der Einigkeit des Seins (des Selbst) und sehen in der dualen Sichtweise („Ich“ – Erde/Kosmos) die Ursache für alle Konflikte und alles Leiden. Die Liebe könnte dann entsprechend der kosmischen Sichtweise zum Eins-Sein führen und die Menschen würden – auch im Singlehaushalt – leben wie die Vögel am Himmel und die Blumen auf der Wiese. Wieder andere glauben an einen personifizierten Gott und fühlen sich als Einzelne dadurch getragen. Aber selbst gottesgläubigen Singles bleiben vom Zweifel nicht verschont. Der Philosoph Emile Michel Cioran: „In Gott bist du einsamer als in einer Pariser Mansarde."

Schon seit vielen Jahrhunderten – und auch gegenwärtig noch millionenfach – entscheiden sich Menschen für ein bewusst zölibatäres Leben als Nonne, Mönch oder Priester. Dieses Leben ohne Partnerschaft (aber eventuell in klösterlicher Gemeinschaft) bedeutet nicht einen übersteigerten Individualismus, sondern ein Leben für andere. Millionen Singles außerhalb der Klostermauern entscheiden sich ebenfalls bewusst für ein Alleinleben, andere geraten aufgrund biografischer Ereignisse in das Singledasein.

Wer in einer Partnerschaft gelebt hat und verlassen oder geschieden worden ist, wählt oft zunächst ein Singleleben, um wieder „zu sich zu kommen". Bei solchen Singles hausen auch Trauer, Not, Verzweiflung und Wut. Traurig-dramatisch ergeht es Menschen, die ihren Lebenspartner durch Tod verloren haben. Manche Witwe bleibt für das restliche eigene Leben dem Verstorbenen verbunden, lässt sich vielleicht nach Monaten oder Jahren der Trauer auf oberflächliche Beziehungen ein, vermeidet aber eine erneute feste Partnerschaft – eine modifizierte Form der Treue über den Tod hinaus.

Wie Orpheus spiel ich
auf den Saiten des Lebens den Tod
und deinen Augen, die den Himmel verwalten,
weiß ich nur Dunkles zu sagen.
(Ingeborg Bachmann)

Von dauernder Sehnsucht erfüllt sind Menschen, die vor Jahren, Jahrzehnten vielleicht, mit der „großen Liebe des Lebens" zusammen waren und sich schließlich in Freundschaft getrennt haben. Während der eine alleine bleibt und ein Leben lang eine innige Verbindung spürt, gründet der andere eine Familie. Das ursprüngliche Liebespaar gibt es nicht mehr, auch wenn sich die beiden immer wieder einmal treffen, füreinander da sind und auf einer anderen Ebene der Liebe zueinander finden.

In Thomas Manns Novelle „Tod in Venedig" verliebt sich der schon ältere, erfolgreiche Komponist Gustav von Aschenbach in einen Jüngling. Herzklopfende Liebe erweckt das Feuer der Leidenschaft und gleichzeitig erkennt der reife Mann die Unerfüllbarkeit seiner Gefühle – Sinnbild für viele Menschen, die womöglich ein Leben lang eine unerfüllbare Liebe zu einem anderen Menschen spüren, ohne dass es jemals zu einer Partnerschaft kommt. Hier vereinen sich dauerndes Leiden und dauerndes Lieben. Auch die ewige Geliebte eines verheirateten Mannes, der seine Familie nicht verlassen will, bleibt gefangen in dauernder Sehnsucht. Wenn der umschwärmte Mann in die Singlewohnung der Geliebten kommt, bleibt er nur kurz. Mariana Alcoforado, eine portugiesische Nonne, schreibt in den Briefen an ihren ungetreuen Geliebten von der hoffnungslosen und dennoch überwältigenden Liebe: „Ich danke Euch vom Grunde meines Herzens für die Verzweiflung, in die ihr mich stürzt, und verabscheue die Ruhe, in der ich lebte, bevor ich Euch kannte."

Besser haben es vielleicht die Scheinsingles: Sie genießen die Vorzüge des Alleinlebens, pflegen aber gleichzeitig eine mehr oder weniger intensive Beziehung zu einem anderen allein lebenden Menschen. Bei Einladungen tritt man als Paar auf und beide fahren auch gemeinsam in Urlaub. Nicht selten liegen die getrennten Wohnungen nahe beieinander – Luxusgefühle im Singleleben.

„Es gibt keine freie Gesellschaft ohne Stille", so der Philosoph Herbert Marcuse (in seinem Buch „Über Revolte, Anarchismus und Einsamkeit"), „keine freie Gesellschaft ohne einen inneren und äußeren Bereich der Einsamkeit, in dem sich die individuelle Freiheit entfalten kann …" So gesehen haben die Singles beste Voraussetzungen, ihre Freiheit zu lieben und zu leben, und sie werden, wenn sie wollen, zu Vorreitern der Kunst des Alleinseins.

Natürlich kann man – ob Single oder Familienmensch – versuchen, dem kreativen Alleinsein auszuweichen, durch Ablenkung, Fernsehen, Liebeshopper-Leben, Alkohol, zu viel Arbeit oder durch laute Feste. Doch letztlich kann niemand dem Alleinsein entfliehen. Wer aber im Alleinsein sein Selbst lebt, kann sich anderen Menschen wertschätzend zuwenden. Diese Zuwendung ist keine oberflächliche Geselligkeit (die natürlich auch sein darf), sondern mehr: Sie komponiert eine Gemeinsamkeit, die von Liebe durchdrungen ist. Liebe gibt dem Singledasein Qualität und Tiefe, denn Liebe verbindet die Menschen, ob sie zu zweit oder zu zehnt leben oder alleine.

III. Alles sexy

Sex muss extremer werden und wird es auch. Wir erleben zur Zeit die Renaissance von verdrängten Formen der Sexualität. Man könnte sogar von der Rückkehr dunkler Triebe sprechen.
(Camille Paglia, Sex-Forscherin)

In vielen wissenschaftlichen und populärwissenschaftlichen Büchern wird immer wieder behauptet, dass in unserer westlichen Kultur Sexualität Jahrhunderte lang unterdrückt, abgewertet oder verteufelt wurde. Das ist so nicht richtig. Es gab in den vergangenen Jahrhunderten immer wieder kurze Perioden, in denen Frivolität und Sexualität sehr hemmungslos und freimütig gelebt wurde, sei es für die ärmeren sozialen Schichten zu bestimmten Festen (Jahrmarkt, Frühlingsfest, Erntedankfest), sei es als Privileg für die höfisch-galante Gesellschaft.

Zweifellos besteht seit einigen Jahrzehnten ein zunehmend hohes Maß an sexuellen Freiheiten, die sich frühere Generationen nicht einmal hätten träumen lassen. Die meisten Illustrierten und Unmengen von Internetseiten sind voll von Sex und Erotik und zahllose Fernseh-Talkshows leben geradezu von der voyeuristischen Aufbereitung von Sexstorys, Sexbeichten und Sexaufklärungen. Aber im privaten Umgang, bei großen gemeinsamen Essen mit Kollegen oder auf Partys sind bestimmte Sexthemen nach wie vor – fast – tabu: Sie können Ihren Arbeitskollegen fragen, ob er mit dem Kurs seiner Aktien zufrieden sei. Sie werden aber nicht fragen, ob er Analverkehr liebt oder ob er lieber alleine oder zu zweit onaniert.

Andererseits boomt die Pornoindustrie wie nie zuvor, allein in Mitteleuropa liegt der geschätzte Umsatz bei 1 Milliarde Euro. Das Interesse an Sexualität ist enorm und Sexualität im weitesten Sinne bestimmt – ohne dass es uns immer bewusst wird – viele Bereiche unseres Alltagslebens und schließlich: Der Ursprung unseres individuellen Lebens ist Sexualität (die seltenen Retortenbabys ausgenommen).

Der Begriff „sexy“ wird seit einigen Jahren im erweiterten Sinne gebraucht. Im Amerikanischen und Englischen zum Beispiel werden Nachrichten so gestaltet, dass sie „sexed up“ sind, pfiffiger, (ver-)lockender, spritziger. Manche Politiker/innen und Vertreter/innen verbreiten angeblich ein sexy Flair; auch ein Land oder eine Stadt kann im Journalistenjargon sexy sein. Sowohl der neue Airbus als auch die eben vorgstellte Citroën-Limousine haben – so will es die Berichterstattung – „erotische Formen". Sex und Eros symbolisieren hier das Spiel der Verführung und das lockende Glitzern der Oberfläche. Der Meister des Surrealen, Salvador Dali, gibt der allseits in seinen Gemälden bekannten, sich weich verformenden Uhr eine erotische Auszeichnung:

> *Meine weiche Uhr ist ein Symbol für eine neue sinnliche, erotische, fleischliche Wirklichkeit. Mein Genie ist jener unveräußerliche Teil meiner Paranoia, aus der ich schöpfe, und die objektive Würdigung, die ich daraus ziehe. Die Fähigkeit zur Transzendenz. In der Eroberung des Irrationalen liegt meine Bedeutung.*

Die Sexualität bleibt als Faszination des Sinnlichen bestehen mit einem orgastischen Funken am Himmel, einem Funken, der nach dem Höhepunkt immer wieder erlischt. Und Eros ist ein Lebensgefühl, das einem beim morgendlichen Erwachen die Freude am Leben schenkt: Wir begrüßen einen neuen Tag, genießen die Sonne, den Regen, den Schnee, spüren den Duft von heißem Kaffee und riechen die Welt, die uns erwartet, und dann flirten wir sogar mit der Fliege, die sich keck auf unser Frühstückscroissant setzt. Ein Tag beginnt – das Leben beginnt – und wir werden heute x-mal Bildern und Symbolen voller Sex und Eros begegnen.

1. Sex und Begehren in der Geschichte

Der ursprüngliche Mensch – so Plato im „Symposion" – sah nicht aus wie Adam und Eva, war nicht Mann oder Frau, sondern hatte vier Beine und vier Hände, zwei durchaus ähnliche Gesichter, vier Augen und zwei Geschlechtsteile. Der Urmensch war Hermaphrodit, ein Zwitter, ein zweigeschlechtliches Wesen mit Vagina und Penis, mit fürsorglich-nährenden weichen Brüsten und analytischem Verstand. Schnell wie eine Kugel hat sich dieses menschliche Urwesen galant fortbewegt. Plato hätte wohl versucht, Darwin zum Schweigen zu überreden, damit dessen Abstammungsideologie die Menschen nicht verstört und sie Göttliches nicht verlieren. Nach Platos kosmischer Eingebung war es der oberste Gott Zeus, der diesen hermaphroditischen Kugelmenschen spaltete und aus einem Wesen zwei Wesen machte: „Da entflammte in jeder Hälfte ein sehnsüchtiges Verlangen nach der anderen Hälfte und sie wollten einander umschlingen voller Begierde, um wieder eins zu werden."

Seither sucht jede(r) – mehr oder weniger erfolgreich – die andere Hälfte seines Seins. Manche finden tatsächlich diese andere Hälfte ihrer Essenz, andere bemühen sich ein Leben lang vergeblich. Und – besonders tragisch: Einige begegnen der Erfüllung ihres Lebens und erkennen diese nicht. Dieses „sehnsüchtige Verlangen" könnte man auch Sexualität nennen. Nach erfolgter Vereinigung mit dem Geliebten erlischt das strebende Gefühl der Sexualität jedoch nicht, sondern es wird immer wieder neu geweckt und richtet sich sowohl auf den gefundenen Partner als auch auf andere Menschen. Natürlich werden aufkommende sexuelle Gefühle nicht immer genital abreagiert.

Als die Hippie-Generation der 60er Jahre „make love not war" proklamierte, hielten dies viele für die erste Befreiung der Sexualität in der Geschichte der Menschheit. Dies trifft – wie schon erwähnt – nicht zu. Die Sexualgeschichte Europas zeigt, dass es immer wieder Perioden sexueller Freizügigkeit ebenso wie Zeiten extremer Prüderie gab. Während des Konzils von Konstanz, der Versammlung kirchlicher Würdenträger, erschienen im Jahre 1415 Hunderte Prostituierte (die damals Landstörzerinnen genannt wurden), um die sexuellen Wünsche der offiziell zölibatären Herren zu erfüllen. Nach Schilderungen aus jener Zeit fand die triebbefriedigende Kopulation mangels besserer Gelegenheit in halboffenen Zelten oder hinter Gebüschen statt, was heutzutage als „öffentliches Ärgernis" ein gerichtliches Nachspiel haben könnte.

Zweifellos stilvoller inszenierte sich die frivole Welt der Galanterie an den französischen Fürstenhöfen des 18. Jahrhunderts. Hier wurde eine kunstvoll-charmante Erotisierung des höfischen Alltags kreiert, es entstand eine Periode der sexuellen Befreiung, zumindest für einige Jahrzehnte. Erotik und Dekadenz, Rokoko und Aufklärung gingen eine sinnliche Verbindung ein. Der stolze Mensch der Aufklärung eroberte die geistige Welt und brachte sich selbst in Bezug zum Universum. Der Sinn für das *Päpstlich*-Pompöse nahm ebenso ab wie der Sinn für das *Lutherisch*-streng-Religiöse. Stattdessen entstand – gewissermaßen parallel zum offiziellen sexfeindlichen Kirchenglauben – eine neue Religion des Glücks und der sinnlichen Freuden. Man hatte nichts gegen Gott, man betete auch und besuchte den Gottesdienst, aber die „göttlichen" Instanzen bestimmten nicht mehr alles. Paris wurde zur beneideten Hauptstadt eines neuen Lebensgefühls, voll von lustschwelgenden, zelebrierten Vergnügens und aufklärerischen Denkens. Paris war der Ort des „savoir-vivre" auf unserem Kontinent.

Damals entstand das piercing-ähnliche, hochsinnliche Ritual der „mouches", der kleinen Erospflästerchen, die von den höfischen Damen als Mittel der stilvollen Verführung kreiert wurden. Die anreizendenden „mouches“ bestanden aus Seide oder Samt und gefielen in den Formen des Herzens, der Sterne, der Sonne; sie wurden im zur Schau gestellten Dekolletee nahe der (gerade noch verdeckten) Brustwarzen platziert und als „mouches secrètes“ auf die Pobacke oder auf den (schon damals von manchen Damen rasierten) Venushügel geklebt. Das feurigste Liebespflästerchen „diable au corps“ schmückte die weiblichen Labien, die großen Schamlippen. Jedoch durften die Mätressen und Kurtisanen auch in den männlichen erogenen Zonen nach „mouches“ suchen, in der Leiste oder unterhalb des Penis. Das Intimpiercing des 21. Jahrhunderts und die Mouches-Koketterien aus der Zeit des französischen Sonnenkönigs (Ludwig XIV.) haben das körperlich-sinnliche Begehren gemeinsam.

Bei Hofe beliebte Maler wie Jean-Antoine Watteau und François Boucher verewigten die höfischen Szenen („fêtes galantes“), meist in Parklandschaften, im Mittelpunkt stets die offenherzige, wenn nicht nackte prachtvoll-sinnliche Damenwelt. Man gestattete sich, im Zeichen von Eros sich der schwärmerischen Vergötterung des Geliebten zu überlassen und erotische Fülle zu spüren ohne schlechtes Gewissen. Die wirbelnd sinnliche Musik jener Zeit lässt bereits den zauberhaften Mozart anklingen.

Es ist die Zeit des „Ancien Régime“, die auf eindrucksvolle Weise zeigt, wie Sex und Erotik auch Politik, Wirtschaft und Handel beeinflussen. Sinnbild hierfür ist die mächtige Geliebte Ludwigs XV., Madame de Pompadour, die nicht nur die Lebensart in Versailles prägte, sondern die gesamte Kultur und das politische Leben. Eine andere war Madame Poisson, gewissermaßen die geheime Generalstabschefin jener Zeit. Die lustvolle Mischung von Anmut, Sexappeal und Klugheit verschaffte den schönen und mächtigen Mätressen und Kurtisanen anerkannte gesellschaftliche Positionen; so bahnten sie letztendlich einen wichtigen Weg in Richtung Emanzipation der Frau – auch ein Aspekt des Liebe-Prinzips. Vielleicht stammt aus jener Zeit auch ein gegenwärtig noch sehr verbreitetes Vorurteil: Wenn eine attraktive Frau in einer von Männern dominierten Firma rasch die Karriereleiter nach oben klettert, entsteht bei den anderen der Verdacht, sie habe sich durch amouröse Bettgeschichten nach oben gearbeitet. Vereinzelt gibt es dies, es ist aber sicherlich nicht die Regel.

Die erotisch leuchtende Medaille des Ancient Régime hatte eine finstere Kehrseite: Die höfische Verschwendungssucht und die politische Willkür waren ebenso extrem wie die soziale Ungerechtigkeit und die Ignoranz gegenüber der Armut der Untertanen – all das führte schließlich zur Französischen Revolution (1789–1797).

Natürlich gab es nicht nur im Ancient Régime schöne, Eros verströmende, selbstbewusste Frauen, die auf ihrem Gebiet – sei es Kunst, Politik, Wissenschaft – Macht und Einfluss ausübten. Solche Frauen gab es zu allen Epochen und erst recht gibt es sie in der Gegenwart: Schauspielerinnen wie Catérine Deneuve oder Julia Roberts, Popstars wie Madonna oder Annie Lennox, Politikerinnen wie Hillary Clinton, Musikvirtuosinnen wie Anne-Sophie Mutter, Friedenskämpferinnen wie die burmesische Nobelpreisträgerin Aung San Sun Ky usw. Natürlich gibt es auch Eros versprühende bekannte Männer, bei denen männlicher Sexappeal und Klugheit und Können zusammentreffen.

Die „Inkarnation männlicher Sexfantasie" wurde Lolo Ferrari zu Lebzeiten genannt und gleichzeitig fühlte sie sich traurig, leer, verzweifelt und war abhängig von Beruhigungspillen.

Lolo Ferrari war eine junge Frau und gleichzeitig ein sexuelles Kunstwerk: 22 Mal (!) wurde sie von plastischen Chirurgen operiert – an den Augen, der Nase, den Lippen, den Wangen und vor allem am Busen: Sie war die Busenkönigin unserer Welt. Bei 165 Zentimeter Körpergröße bot sie eine Oberweite von 130 Zentimetern und trug zweimal jeweils drei Kilogramm Brust vor sich her. Auf Stöckelschuhen gehend kippte sie manchmal – ob der Busenlast – nach vorne und musste gestützt werden. Lolo Ferrari wurde als lebendiges Sexkunstwerk präsentiert, das war auch ihr Beruf, dafür wurde sie bezahlt. Auf ihren riesigen prallen Brüsten konnte sie Sektgläser balancieren und die Männer in den Nachtclubs johlten und wollten nach ihr grapschen. Sie arbeitete als Stripgirl, für Pornomagazine, zeigte sich auf Sexmessen und sprach ungern über sich selbst. Wenn sie nicht auf Tournee war, zog sie sich in die Einsamkeit zurück und döste benzodiazepin-betäubt tagelang. Im Jahre 2000 ist sie, gerade 30-jährig, gestorben. Wahrscheinlich hatte sie zu viel Beruhigungspillen geschluckt, vielleicht suchte sie Erlösung aus der von ihr präsentierten sexuellen Kuriositätenwelt.

2. Sex und Attraktivität

Erfolgreiche Liebhaberinnen – ob im Rokoko-Zeitalter oder in der Single-Gegenwart – angeln sich bewusst den Mann, den sie haben wollen. Diese Frauen haben diskret Maskulines an sich, nicht unbedingt in ihrem Aussehen, eher in ihrem Wesen. Allein schon der Umstand, dass sie in ihrem sexuellen Umwerben aktiv sind, erinnert an männliches Tun. Sie lassen sich im Himmelbett nicht nur sexuell verwöhnen, sondern sind auch hier oft die Aktive, die den Mann „flach legt". Solche Liebhaberinnen gehören zu den seltenen Frauen, die die Welt des Mannes nicht nur verstehen, sondern in sie eindringen können. Sie erfassen die männliche Art des Lebens und Leidens und fühlen sich wohl inmitten von Männern. Zu allen Zeiten waren sie erfolgreiche Politikerinnen, waren früher an Jagd, Waffen und Krieg interessiert. Heutzutage machen sie beruflich Karriere, sind exzellente Autofahrerinnen und wenn der PC-Drucker streikt, dann reparieren sie ihn selbst. Sie können – wie man sagt – überall ihren Mann stehen. Die verbreitete Ansicht, eine besonders gute Liebhaberin müsse besonders feminin sein, stimmt also nicht.

Mädchen und Frauen haben mittlerweile den Männern ihr früheres Privileg weggenommen und haben keine Hemmung, das Objekt ihrer Begierde „anzumachen".

Die „Kleine Schule der Erotik" der Nicaraguanerin Giaconda Belli ist ein prickelndes Beispiel für diesen Rollentausch. Die Dichterin hat keine Scheu, in poetisch-geheimnisvoller Weise ihren Geliebten zu einer sinnlichen Liebesreise einzuladen. Ob er sich die Zeit nehmen wird mitzukommen?

Ein Körper ist eine Himmelskarte verschlüsselter Zeichen
Du findest einen Stern dort musst du vielleicht beginnen
Oder den Kurs wechseln wenn Windwolke und dunkles Heulen
Dich schaudern lässt
Oder unverhoffte Höhlung der Hand
Gehe immer wieder die gleiche Strecke
Finde den Seerosenteich
Streichle mit deinem Anker die Mitte der Lilie
Tauche ein ertrinke vergehe
Versage dir nicht den Duft das Salz die Süße
Die tiefen Winde Haufenwolken Nimbus der Lungen
Nebel im Hirn
Zittern in den Beinen
Meerbeben schläfriger Küsse

Für den erfolgreichen männlichen Liebhaber gilt: Der „Homme à femmes", der Frauentyp, ist nicht deshalb so erfolgreich, weil er ein genialer Verführer ist, sondern weil er sich gerne in weibliche Gesellschaft begibt, sich dort wohl fühlt und weil Frauen sich wohl fühlen, wenn er dabei ist.

Der Homme à femmes respektiert die Frauen nicht nur, sondern er liebt sie, er hört ihnen aufmerksam zu, nimmt Anteil, versteht sie und wird sich hüten, Ratschläge zu geben. Er interessiert sich für die eleganten Schuhe seines weiblichen Gegenüber, für die Schulprobleme der Kinder, für die kulinarischen Vorlieben, nimmt mitfühlend Anteil am Schicksal einer kranken Freundin usw. Dies alles tut er, bevor er die Sportschau einschaltet, ins Fitnessstudio geht oder sich in die Zeitungslektüre vertieft. Der Homme à femmes liebt die Frau nicht als Objekt der sexuellen Begierde, sondern er liebt sie als faszinierendes Wesen, das in jeder Hinsicht – nicht nur in körperlicher – ganz anders ist als ein Mann. Dieser Homme à femmes ist – zumindest in seiner vollständigen „Ausfertigung“ – eine seltene Spezies. Manche dieser Männer finden sich unter Homosexuellen, die Frauen gegenüber oft besonders zuvorkommend sind.

Bei aller Aufgeklärtheit und Freiheit: Der sexuelle Appetit nimmt offenbar gesamtgesellschaftlich ab. Der Anteil der Menschen im berufstätigen Alter, die ein ganzes Jahr oder länger keinen Sex haben, ist relativ hoch: 15 bis 20 Prozent der vom Emnid-Institut Befragten gaben dies an, und jede/r Vierte hatte nur wenige Male im Jahr Sex mit seinem Partner. Etwas mehr als die Hälfte der Befragten hatte ein- bis zweimal pro Woche Partnersex. Die äußerliche Sexualisierung unserer Lebenswelt in Werbung und Talkshows geht parallel mit einer privaten De-Sexualisierung. Ein bei vielen Erwachsenen stattfindender Lustwandel – Fernsehen statt Sex, Arbeit statt Sex – fördert die sexuelle Anziehungskraft auch nicht gerade. Und so fehlt auch für die Kinder oftmals das erotische Vorbild innerhalb der eigenen Familie. Stattdessen nehmen sich die Heranwachsenden die Stars aus Werbung, Film und Sport zum anstrebenswerten Beispiel.

Womöglich ist es die neo-kapitalistische Überproduktion von Sexuellem, die die individuelle Lust zum Ermüden bringt: Die Fernsehprogramme sind voller erotikbetonter Filme, unterbrochen von sexgefärbter Werbung, es wird exzessiv das Intimleben beleuchtet, das Internet verheißt grenzenlose Pornobefriedigung und in der TV-Werbung wird Eis beworben mit einem Erotiktanz von fast nackten jungen Frauen und Männern und keine Ausgabe der Boulevardblätter kommt ohne nackte Brüste aus (oft just neben einem großen Aufmacher, der einen Sextäter verdammt). Die Werbestrategen nutzen die Sehnsucht der Menschen aus, denen Intimität und liebevolle Nähe immer weniger gelingen will. Es ist die Sehnsucht nach etwas, was hinter der Welt des schönen Scheins in den Tiefen der menschlichen Seele verborgen ist; die Sehnsucht richtet sich weniger auf Waren, sondern auf wahre Liebe und lustvolle Intimität mit einem geliebten Menschen. Die aber ist nicht wie eine Fertigpizza zu haben; sie braucht Zeit und Muße – und Innigkeit. Dazu gehört erotische Spannung. Und diese lebt auch von der respektvollen Distanz und der ruhigen Gelassenheit, die darauf verzichtet, den anderen zur berechenbaren Größe zu reduzieren. Die Sicherheit, den anderen völlig zu kennen und zu verstehen, zerstört die prickelnde Spannung, auf der die Anziehung beruht.

Wenn die Sexualwissenschaftler ein angebliches Nachlassen der sexuellen Leidenschaft konstatieren, dann lösen sie nicht nur eine weitere Flut von Sexualratgebern aus („Mehr Lust!", „Orgasmus für jeden", „Sextipps für Boys und Girls" usw.). Es beginnt auch eine Verwissenschaftlichung des Intimen, des ganz privat Sexuellen. Zusätzlich werden Normen vorgegeben: Sex einmal pro Woche ist o.k., wer sich weniger als einmal pro Monat „vergnügt", soll zum Sexualtherapeuten gehen. Die Kategorisierung durch Mediziner, Psychologen und Sexualwissenschaftler in „normal", „anomal" oder gar „pathologisch" ist gefährlich, wie in der Vergangenheit manche Auswüchse gezeigt haben:

> *In den bis in die 80er Jahre gültigen ICD8-Katalog (International Classification of Deseases) wurden bestimmte, mittlerweile längst akzeptierte Sexualpräferenzen als Krankheiten (!) diskriminiert. Zum Beispiel gab es die „Diagnose Nr. 302.0 Homosexualität: ausschließliche oder vorwiegend sexuelle Anziehung zwischen Personen des gleichen Geschlechtes mit oder ohne körperliche Beziehung. Dazugehörige Begriffe: lesbische Liebe, Sodomie … Diagnose Nr. 302.1 Fetischismus … Diagnose Nr. 302.3 Transvestitismus … und so weiter."*
> *(Originaltext ICD8)*

Dabei kann sich jede/r eingestehen – auch dies gehört zum Liebe-Prinzip –, dass sie/er zumindest kleine Anlagen zur sexuellen Übertreibung hat, zu Fetischismus, Inzest, Transvestitismus, Homosexualität. Nach wie vor wollen Sexualpsychologen und Psychiater bestimmen, was sexuell normal und sexuell pervers sei. Aber sie sind dafür nicht zuständig. Über die richtige Sexualität entscheidet jeder Einzelne.

Beim Sex ist alles erlaubt, was beiden Partnern gefällt. Wer allein lebt, kann ohnehin freimütig über sich selbst bestimmen: Wer sechsmal täglich onanieren will, ist ebenso in Ordnung wie diejenige, die über Jahre hinweg sexuelle Gleichmütigkeit übt und der ohne Sex nichts fehlt.

Zweifellos behaupten manchmal beide, ihr Sexualleben sei in Ordnung, während aber in Wirklichkeit zum Beispiel die Frau nur mitmacht, was der Mann will, sich hingibt oder aufgibt und die eigenen Lustvorstellungen längst verdrängt und vergessen hat. Die sexuellen Wünsche der Frau – ob Kuschelsex oder SM-Techniken – sind ebenso wichtig wie die des Mannes. Gerade deshalb ist er gefordert, in die verborgenen Winkel der Seele der Frau zu leuchten, um ihre geheimen Wünsche zu erahnen. Dann könnte er seine eingefahrenen Sexgewohnheiten verändern und für seine Frau wieder attraktiv werden.

Jegliche Form sexuellen Lebens ist möglich und „richtig", solange es für beide Partner gut ist und Zwang, Gewalt und Erniedrigung ausgeschlossen sind. Und selbstverständlich gebietet es die Verantwortung, auf safer sex zu achten. Was zwischen Liebenden erlaubt ist, können nur die beiden entscheiden, kein Psychiater oder Sexualwissenschaftler hat das Recht, hier Regeln aufzustellen. Stark abweichende sexuelle Praktiken haben nichts mit Krankheit zu tun. Die Grenzen zu sexueller Perversion werden dann überschritten, wenn *andere* psychisch oder körperlich verletzt und missbraucht werden, beispielsweise bei Sex mit Kindern: Hier ist soziale und therapeutische Intervention notwendig.

Die Einstellung, dass sexuell alles erlaubt sei, was gefällt, ist nicht selbstverständlich. Kirche und Staat haben Jahrhunderte lang immer wieder neue Vorschriften erschaffen, in denen das Spiel zwischen Penis und Vagina festen Regeln unterworfen werden sollte. Für das eheliche Paarungsverhalten war allein die „Missionarsstellung" akzeptiert (die auch ohne kirchliche Weisung weltweit überwiegt).

„Friendly Sex" lässt sich auf hundert- oder tausendfache Weise ausleben. Oder man/frau lässt das sexuelle Verlangen langsam erlöschen und lebt ohne die üblichen Formen von Sexualität. Für manche ist das meditative Tantra-Sex-Ritual die innigste Form sexuellen Seins, beide Partner achten auf die Lustempfindung des jeweils anderen, Sexual-Chakren werden stimuliert und im Rhythmus der Atmung erfolgt die sexuelle Vereinigung in lustvoller Ruhe bis zur sich aufbauenden Ekstase. Der Mann wird zum Gott Shiva und die Frau zur Göttin Parvati – innige sexuelle Attraktion.

3. Sex als Ware

Im 19. Jahrhundert sahen sich die europäischen Nationen angesichts rückläufiger Geburtenraten vom völkischen Aussterben bedroht und machten die private Sexualität zu einem Teil der Gesundheitsfürsorge: Um 1902 gab es allein in Frankreich 1 Million infektiöser Syphilitiker und 2 Millionen Tripperkranke. Mit diesen Zahlen wurde Panik verbreitet, jegliches voreheliche Techtelmechtel sollte unterbleiben und die eheliche Treue eingeschworen werden. Ähnliche öffentlich-hysterische Aktionen gab es in den 80er Jahren, als die Gefahren von Aids sich abzeichneten. Natürlich sind staatlich verbreitete Aufklärung und Warnung notwendig, aber gleichzeitig ist übersteigerte Angstmache unangebracht, zumal die Infektion durch Syphilis, Tripper und Aids durch entsprechende Vorsorge sich weitgehend vermeiden lässt. Überdies gibt es gegen Syphilis und Tripper potente Arzneien. Erfreulicherweise ändert sich langsam der Stil der Aufklärung in den reichen Industrieländern: statt Panikmache Lust mit Vorsicht.

Lust am Risiko ist im Handgepäck des Sextouristen, ob er nun nach Thailand oder nach Tansania fliegt. Relativ reiche Europäer suchen sich sexuelle Gespielinnen in fernen Ländern, weil die sexuelle Verwöhnung luxuriöser ist und der Lohn für die „Liebe" niedrig. Es locken der Duft der fernen Welt, die grenzenlose Freiheit (oder was einer dafür hält), die hundertprozentige Anonymität – und das Gefühl, als Weißer unangefochten überlegen zu sein. Der Sextourist will nichts davon wissen, in welchen wirtschaftlichen Nöten diese Frauen stecken (womöglich durch seinen Reichtum verursacht) und welchen Schikanen sie ausgesetzt sind. Dazu kommt, dass dort – weit weg – Verbotenes möglich wird, beispielsweise Sex mit Kindern. Will der perverse Sextourist, der sich tageweise ein Kind mietet, nur den Körper dieses Kindes oder will er auch das Lächeln dieses jungen Menschen, ein Lächeln, das scheinbar nur ihm gilt? Manche Kindersextouristen (99,99 Prozent sind Männer) beichten – anonym vor laufender Kamera – in Spätabendsendungen, dass sie das geliehene 8-jährige Mädchen natürlich nicht penetriert hätten, sondern beide hätten sich nur gegenseitig massiert und überdies habe man ja durch die finanziellen Zuwendungen zum guten Überleben der jeweiligen Familie beigetragen. Laut dem UN-Kinderhilfswerk UNICEF gibt es jährlich über 1 Million (!) Sextouristen allein aus Europa. „Millionen von Kindern werden weltweit wie Vieh gehandelt und als Sexsklaven genutzt", so eine Sprecherin von UNICEF.

Japans Gesellschaft gibt sich nach außen sexuell eher prüde und sehr konservativ. Umso mehr erstaunt es, dass offenbar viele betuchte japanische Geschäftsmänner bezahlten Sex mit Schülerinnen pflegen. Junko Miyamoto, die Vorsitzende einer japanischen Organisation gegen Kinderprostitution, versucht das Boomen der Kinderprostitution in einem reichen Land wie Japan zu erklären:

> *Vielen Japanern fehlt die Sicherheit im Umgang mit den erstarkenden Frauen, sie erkennen die Gleichheit der Geschlechter nicht an und haben auch heute noch ein traditionelles Besitzdenken gegenüber Kindern und Minderjährigen ... Oft sind es gar Familienväter, die zu Hause Töchter im selben Alter erziehen ... Die traditionell starke Stellung der Frau im eigenen Heim wird von den Männern zwar akzeptiert, doch im Zuge des gesellschaftlichen Wandels haben sie Schwierigkeiten, die stärkere Position junger Frauen am Arbeitsplatz zu ertragen. Diese Verunsicherung führt zur sexuellen Ausbeutung der Minderjährigen, was oft als Rache an den Frauen empfunden wird.*

Eine – ähnlich frauenverachtende – Errungenschaft bieten japanische Gynäkologen an: die Revirginisation, die Implantation eines künstlichen Hymens. So kann eine Frau scheinbar unberührt die (übliche) Erwartung des Bräutigams erfüllen.

Sextouristen ebenso wie japanische Geschäftsmänner wollen wohl nicht nur Sex, sondern auch Zärtlichkeit, Lächeln und gefühlvolles Berühren. Vielleicht suchen auch die anderen Kunden käuflicher Liebe danach, weil ihnen wahre Liebe fehlt.

Jede Großstadt hat ihre sodom- und gomorraartigen Rotlichtviertel: Da reihen sich Stripteaselokale, einschlägige Bars und in Separées verborgene Kleinbordelle aneinander. Der Geschäftsreisende verirrt sich zum Beispiel in eine Bar namens „Pretty Woman" oder „Las Vegas", zahlt für einen Piccolo Sekt 30 Euro und darf dafür der Tischdame an die verhüllte Brust fassen, den Oberschenkel streicheln und währenddessen den Stripteasetanz einer anderen Dame beobachten. Wer sexuell mehr will – und dazu wird ständig animiert –, muss weiter Alkohol bestellen und auch trinken. Das Mädchen an seiner Seite bleibt nüchtern. Schließlich torkelt der alkoholisierte Gast in ein Separée, wo Pseudo-Champagner für 300 Euro serviert wird.

Natürlich kann man ein Callgirl oder einen Callboy auch zu sich nach Hause kommen lassen oder ins Hotel bestellen. Selbst in renommierten Hotels bieten die Chefs der Rezeption einschlägige Telefonnummern und manchmal auch persönliche Tipps für besondere Vorlieben – von Mann zu Mann. Die Summen von 50 bis 500 Euro sind Peanuts gegenüber dem Lohn der Begierde, den einst im alten Griechenland der mazedonische König Demetrios Poliarketes bezahlte. Er verliebte sich unsterblich in eine besonders schöne Tempelhetäre und begehrte sie. Als Preis für die sexuelle Hingabe nahm die Schöne die Rekordsumme von 150 Goldtalenten, was in heutiger Währung 60 Millionen Euro entspräche. Aber was hat es mit Liebe zu tun, wenn ein Mann mit (Geld-) Macht meint, sich nehmen zu können, was ihm gefällt?

Wer Sex will, aber Angst vor körperlicher Nähe hat, der bedient sich diverser Internetangebote oder nutzt den heimlichen Telefonsex. Ein ausgefallenes Angebot im Internet trug die Schlagzeile: Studentin versteigert ihre Unschuld.

> *Das knappe – gynäkologisch attestierte – Gut bietet das Mädchen zum Höchstpreis an. Angeblich seien bereits mehr als 10.000 Euro geboten – damit hätte die Studentin für die nächsten Semester ausgesorgt. Die Auktion des Jungfernhäutchens stieß auf entrüstete Proteste. Dagegen schreibt eine ebenfalls junge Frau im Internet: „Ich finde das ganz normal. Ich wusste gar nicht, dass es da heutzutage noch ein Problem gibt. Im Grunde genommen ist das nur eine zeitgemäße Variante der Prostitution und die hat es immer schon in irgendeiner Form gegeben."*

Prostituierte sehen den Sex oft als Ware, eine Ware, die man verkaufen kann wie Schuhe, Autos oder eine notarielle Beratung. Zumindest in den relativ reichen Industrieländern – in Japan, Nordamerika und Europa – kann jeder volljährige Mensch selbst entscheiden, auf welche Weise er seinen Lebensunterhalt verdienen möchte und welchen Beruf er anstrebt – Bankkauffrau oder Philosoph oder das „älteste Gewerbe der Welt".

Auch wenn Prostitution ein (legalisierter) Beruf sein mag – die steigende Nachfrage der Konsumenten nach Prostitution in Europa und anderswo ist eine wesentliche Ursache für den zunehmenden Menschenhandel. Das ist eine nicht hinnehmbare Form der Sklaverei, zumal viele Mädchen mit falschen Versprechungen weggelockt und dann in kriminellen Milieus eingesperrt und ausgebeutet werden.

Eine internationale Tagung des Päpstlichen Rates zur Migrantenseelsorge im Juli 2005 fordert, es müsse auch den Freiern geholfen werden. Vielen Männern gehe es beim Besuch von Prostituierten weniger um sexuelle Befriedigung, sondern mehr um Beherrschung von Frauen. Solche Männer müssten unterstützt werden, ihre Schwierigkeiten zu überwinden. Sex von einer Prostituierten zu kaufen, löse nicht die Probleme, die durch Einsamkeit, Frustration und durch den Mangel an authentischen Beziehungen entstehen.

Dass Frauen für einen „Liebesdienst" zahlen, ist selten. Wenn eine alleinstehende Frau meint, sie sei nicht mehr attraktiv genug, um sich im freien Leben erobern zu lassen, oder wenn ihr ganz einfach das Kennenlernzeremoniell zu aufwändig ist und ihr die Zeit dazu fehlt: In den Großstädten gibt es genügend schöne junge Männer – etwas unfreundlich „Strichjungen" genannt –, die ihre Liebesdienste gegen Honorar anbieten.

Ein „Verhältnis" hat man früher eine unkonventionelle (unerlaubte) Beziehung genannt; es ging dabei um ein – zeitlich offenes – gegenseitiges Einverständnis vorwiegend auf sexueller Ebene. Ein solches kurzes Verhältnis unterhielt die ebenso gebildete wie vornehme Dame Lola Pless, die Verfasserin des folgenden „Billets", das einen Eindruck vermittelt von einer gewissen Szene im Wien des Jahres 1928. Es wurde im (veröffentlichten) Nachlass des Malers Wolfgang Schad (1894–1982) gefunden und stellt ihm ein witzig-freundliches Zeugnis aus:

> *Ich gebe hiemit zu Nutz und Frommen Aller, die es angehen kann, kund und zu wissen, dass unser lieber Zeitgenosse, Herr Wolfgang Schad, volle 3 Wochen als Liebhaber in meinen Diensten stand – oder sich meiner bediente, wie man's nimmt. Mit bestem Gewissen kann ich ihn in dieser Eigenschaft jeder empfehlen, denn niemals erlahmte seine Ausdauer in dieser langen Zeit. Geschmeidigen Geistes und Leibes, amüsant als Tisch- und Bettgenosse, ist es ein gleich großes Vergnügen, sich am munteren Spiel seiner Gedanken als seiner Glieder zu erfreuen. Unsentimental und romantischen Mätzchen wohltuend abhold, war er stets aufmerksam, ein geistreicher Erotiker voll zarter Rücksichtnahme. Was an ihm sonst von Wert, mag jede selbst suchen und finden; an Erfahrungen nicht sonderlich arm, kann ich behaupten, es lohnt sich wohl der Mühe. Wenn ich ihn nun an den hoffentlich vollendeten Busen möglichst vieler eifriger Sucherinnen lege, wünsche ich mit keuscher Innigkeit, man möge ihm Gleiches mit Gleichem vergelten.*

Das genussvolle sexuelle Erleben während einer „Affäre" lässt sich trennen von der tiefen und unerschütterlichen Liebe zur Ehefrau – dies demonstrierte zumindest der Seitenspringer und amerikanische Ex-Präsident Bill Clinton.

Mit dem Oralsex am präsidialen Glied ist die Praktikantin Monica Lewinski weltberühmt geworden und der ansonsten beliebte Präsident geriet in eine ernsthafte politische Krise. Er rettete sich letztlich durch eheliche Liebesbezeugungen, die die pragmatisch denkende Ehefrau Hillary hinnahm; auch sie wollte ihre Karriere als Politikerin nicht gefährden. Aufgrund dieser vermeintlichen oder tatsächlich vorhandenen ehelichen Liebe verzieh die ansonsten eher prüde reagierende amerikanische Öffentlichkeit ihrem Präsidenten den Fehltritt.

Eine ungewöhnliche Art, Zärtlichkeit und Eros weiterzugeben, bietet die ehemalige Erzieherin Nina de Vries in Berlin an: erotische Massagen für Behinderte.

„Warum", sagt sie, „soll sich ein behinderter Mensch weniger nach Zärtlichkeit sehnen als wir?" Dabei grenzt sie ihre liebevolle Dienstleistung sehr wohl ein. Sie sei nicht Freundin, sondern Masseurin. Ihr Angebot landet nicht nur bei Behinderten, die in privaten Wohnungen leben, sondern auch in Behinderteneinrichtungen wird vorsichtig darüber diskutiert. Man denkt – auch in Kreisen der Diakonie – sogar an eine pädagogisch-therapeutische Ausbildung; „Berührerin" ist als Berufsbezeichnung im Gespräch. Auch in eher zurückhaltenden Fachkreisen greift das Argument, dass bei einem Behinderten das Bedürfnis nach Zärtlichkeit, das gewohnheitsmäßig verwehrt wird, nicht unmoralisch sein kann.

4. Kuriositäten des Sexus

Lustgefühle existieren unabhängig und losgelöst vom großen Gefühl der Liebe. Der französische Regisseur André Téchiné scheint diese Diskrepanz zu kennen. Er sagt (anlässlich seines Films „Les temps qui changent"):

Heutzutage hat fast jeder verstanden, dass die Liebe und die Sexualität zwei verschiedene Dinge sind. Wie kann man beides miteinander in Einklang bringen? Bunuel hat diese Frage in „Belle de Jour" mit Catérine Deneuve genial inszeniert. Denn je mehr Deneuve als Belle de

Jour tagsüber ihre sexuellen Fantasien mit unbekannten Partnern auslebt, desto stärker lernt sie, ihren Mann zu lieben. Wir alle sind gespaltene Persönlichkeiten. Die Einheit des Menschen ist reiner Mythos.

Ein Recht auf Liebe gibt es nicht, wohl aber ein Recht auf „qualifizierten" ehelichen Sex: Ein Berliner Geschäftsmann wollte sich von seiner Ehefrau scheiden lassen, weil diese erklärte, „sie empfinde nichts beim Geschlechtsverkehr und sei imstande, dabei Zeitung zu lesen; er möge sich lieber selbst befriedigen." Der 4. Zivilsenat des Bundesgerichtshofs sprach die Scheidung aus und gab eine Begründung, die eher kurios als juristisch klingt:

Die Frau genügt ihren ehelichen Pflichten nicht schon damit, dass sie die Beiwohnung teilnahmslos geschehen lässt. Wenn es ihr infolge ihrer Veranlagung oder aus anderen Gründen … versagt bleibt, im ehelichen Verkehr Befriedigung zu finden, so fordert die Ehe von ihr doch eine Gewährung … und verbietet es, Gleichgültigkeit oder Widerwillen zur Schau zu tragen. Denn erfahrungsgemäß vermag sich der Partner, der im ehelichen Verkehr seine natürliche und legitime Befriedigung sucht, auf die Dauer kaum jemals mit der bloßen Triebstillung zu begnügen.

Dem Mann, dem es „versagt bleibt, im ehelichen Verkehr Befriedigung zu finden", bietet sich Carmen an. Wer ist Carmen?

Carmen – die diskreteste Intimgespielin der Welt! – hat alle Vorzüge einer echten Rassefrau: pralle Brüste, eine verlockende Vagina, lange, biegsame Schenkel, einen drallen Po – kurzum: einen Körper zum Anbeißen … Carmen stellt niemals Fragen und hat keine Ansprüche, außer Sex und Vergnügen. Für Carmen sind selbst ausgefallene Wünsche keine Tabus! Carmen ist 145 cm groß, ganz aus streichelweicher Kunststofffolie, anschmiegsam, aufblasbar – und sie wird Ihnen ganz nackt geliefert, so dass Sie sie selbst nach Belieben kleiden können (aus einem Beate-Uhse-Versandkatalog).

Grundsätzlich sind Männer mehr geneigt, Sexualität zu genießen, ohne dabei Liebe zu spüren. Das haben die amerikanischen Sexwissenschaftler Russell Clark und Elaine Hatfield nachgewiesen.

Die beiden engagierten eine attraktive junge Frau, die wildfremden Männern auf einem Uni-Campus ins Ohr flüsterte: „Würdest du heute Abend mit mir schlafen wollen?" 75 Prozent der so Umworbenen waren auf der Stelle bereit, der Einladung der bezaubernden Dame zu folgen. Als – umgekehrt – ein sehr attraktiver Mann unter denselben Bedingungen Frauen verführen sollte, hatte er es unvergleichlich schwerer: bei 94 Prozent erhielt er eine mehr oder weniger heftige Abfuhr und selbst die restlichen Damen wollten zwar in seine Wohnung mitgehen, alle aber betonten, dass sie keinen Sex versprechen.

Bekannt ist auch, dass Männer das nette Lächeln oder den freundlichen Blick einer Frau oftmals als zärtliche Einladung verstehen. Eine Mehrheit der Frauen, aber nur eine Minderzahl der Männer, brauchen für ein zärtliches Date mehr als nur eine Aufwühlung der Sexhormone. Sie wollen wenigstens einen Hauch von Liebe und der entsteht meistens nicht innerhalb der wenige Minuten dauernden Anmache.

Ob im „Playboy" oder „Spiegel", ob in Fachzeitschriften oder Dokumentarfilmen – immer wieder wird berichtet, dass der Mensch an sich (oder besser: der Mann an sich) nicht für eine Zweierbeziehung geschaffen, sondern von Polygamie geprägt sei. Damit würde dem Mann Polygynie, also Vielweiberei, zustehen. Als „Beweise" für diese angebliche Anlage werden meist längst ausgestorbene Stammeskulturen im tiefen Afrika, asiatische Inselkulturen oder die alten Inkavölker Südamerikas angeführt. Tatsache aber ist, dass die Monogamie das verbreitetste Partnersystem in den Industrienationen ist. Das hat kulturgeschichtliche und religiös geprägte Ursachen. Kann sich die Liebe zwischen zwei Menschen vielleicht doch stärker und inniger entwickeln als zwischen einem männlichen Patron und seinem Harem? Oder ist die Zweierbeziehung nur ein gegenseitiges Besitzenwollen? Alles entscheidend ist wohl folgendes Argument: Das Verliebtsein ist eine mysteriöse Übertreibung der Natur und richtet die ganze Leidenschaft und die gesamte sexuelle Lust ausschließlich auf den Geliebten, auf *einen* Menschen. Und diese, das Innenleben durcheinander wirbelnde, verrückt machende Verliebtheit geht bei vielen über in eine mehr oder weniger lang dauernde – und monogame – Partnerschaft.

Auch die stürmischste Verliebtheit – wir alle wissen es – lässt irgendwann nach und verwandelt sich bestenfalls in eine wertschätzende Liebe. Die dann entstehende partnerschaftliche Liebe muss den Alltag bestehen und eventuell die Erziehung der Kinder bewältigen; die banale Finanzierung des Eigenheims gehört genauso dazu wie das berufliche Vorwärtskommen. Die gemeinsame Sexualität gilt dann – in Erinnerung an die einstige Verliebtheit – als eine der Kraftquellen, aus denen mit zunehmender Gelassenheit und vielleicht auch mit immer länger werdenden Abständen getrunken wird. Aus den einst Verliebten ist ein Erlebnis- oder Familienteam geworden. Nach einer Hamburger Studie wünschen sich 83 Prozent der 30-Jährigen, mit ihren derzeitigen Partnern ein Leben lang zusammenzubleiben. Die Realität ist oft anders – dennoch gibt es lang haltende, sogar für immer haltende Partnerschaften. Sie sind ein Geschenk und beruhen auf hoher Achtsamkeit und lebenslangem Lernen – und Liebe-Verschwenden.

5. Anatomie des Sex

In der Sexualität ist alles gut, was den Beteiligten gefällt. Was beide als lustfördernd erleben, mögen sie tun – die Vielfalt sexueller Praktiken ist sicherlich unerschöpflich! Im Folgenden werden lediglich einige der in den westlichen Industrienationen geübten und probierten sexuellen Spielarten erwähnt:

> *Lust à la „soixante-neuf" – 69: Frau und Mann befriedigen sich gegenseitig und gleichzeitig mit dem Mund ... Sie können sich mit Hand- und Fußschellen fesseln und Vergewaltigung spielen ... oder in Karezzatechnik sexuell vereint und meditativ still verharren ... oder Transvestitismus – sexueller Kick durch Verkleidung nach Art des anderen Geschlechts; weiblicher Transvestitismus wird heute durch entsprechende Vermännlichung der Mode als normal sanktioniert, Männer tragen manchmal einen Damenslip unter dem Anzug ... oder sich gegenseitig auspeitschen und andere spannende SM-Techniken probieren ... oder in klassischer Weise – Frau unten, Mann oben – rhythmisch den Orgasmus erobern ... oder gegenseitiges Anallecken ... oder die männliche Morgenerektion zur Kopulation benutzen ... oder Fellatio: Oralsex am männlichen Glied, was manche Frauen als stimulierende Demütigung empfinden ... oder Sexspiele zu dritt – zwei Männer und eine Frau oder vice versa ... oder One-night-Stands: nach der Onanie das unverbindlichste sexuelle Manöver ... oder Cunnilingus, lustvolle Stimulierung der weiblichen Geschlechtsorgane mit dem Mund ... oder Klitorisbeißen: immerhin ist die Klitoris das einzige menschliche Organ, dessen alleiniger Zweck die Lust ist ... oder die Geliebte im Arm halten, während sie sich mit einem Vibrator orgastisch befeuert ... oder eine A-tergo-Position: der Mann nimmt die*

Frau von hinten und führt eventuell einen Finger in den Anus ein ... oder die Frau als Reiterin: manchen Frauen gilt dies als besonders emanzipierte Sexposition ... oder Swapper- oder Swingerklub ... oder Sie lassen sich anregen von der fast zweitausendjährigen altindischen Liebesbibel Kamasutra, die unzählige Sexstellungen bietet!

Der Mensch als (einigermaßen) freies Wesen verfügt über zahlreiche Möglichkeiten, seine sexuelle Begabung zu leben. Was für den einen Erfüllung bringt, kann einem anderen unwürdig erscheinen. Die Entscheidung für diese oder jene sexuelle Erfahrung ist in die Verantwortung des Einzelnen gestellt, wobei man den eigenen Gefühlen vertrauen kann.

Wer ist bisexuell? Die Antwort ist einfach: alle! Wir alle, ob weiblich oder männlich, haben bisexuelle Körperzellen: einen halben Chromosomensatz vom Vater und einen halben Chromosomensatz von der Mutter. Bei so viel über den Körper verteilter Bisexualität muss es nicht wundern, wenn unterschiedliche sexuelle Präferenzen immer wieder zum Vorschein kommen. Männer, die sich über Schwule lustig machen oder sie gar hassen, unterdrücken damit auf wenig elegante Weise die eigenen (angeborenen) homophilen Neigungen.

Bisexuelle, die sowohl ihren hetero- wie auch ihren homosexuellen Neigungen freien Lauf lassen, haben es manchmal gar nicht so leicht. Es gibt gerade in der lesbischen Gemeinde fundamentalistisch Gesinnte, denen es als Verrat anmutet, wenn eine Bisexuelle doch mit ihrem Ex-Freund schläft oder gar einen Dildo, also einen Penisersatz, zum Orgasmus braucht.

Die Bisexualität hat noch eine andere Wurzel: Die anatomische Sexualentwicklung von Mädchen und Jungen verläuft erstaunlich ähnlich; die weiblichen und männlichen Geschlechtsteile erwachsen aus ähnlichen bis gleichen Keimblättern. Das Gewebe, das beim männlichen Embryo den Hodensack ausbildet, formt beim weiblichen Embryo die großen Schamlippen. Und die hocherotische Spitze des Penis, die Eichel, kommt aus demselben Gewebe, aus dem die hocherotische Klitoris hervorgeht.

Manche Männer sehen den einzigen Beweis ihrer Männlichkeit in der Existenz ihres Penis! Der Penis hat für den Mann eine überragende Bedeutung – für Frauen nicht immer nachzuvollziehen.

Der Penis wird in der täglichen Vorstellungskraft des Mannes und beim gelegentlichen Sexakt überhöht zum Phallus. Dieser Stolz aller Männer hat aber – warum auch immer – öffentliches Auftrittsverbot. Die Brüste der Frau werden ohne Einschränkung öffentlich gezeigt: bei griechischen Statuen, auf Gemälden und Fotografien, in den abendfüllenden TV-Filmen und schließlich – ganz natürlich – an vielen Badestränden. Die Scham der Frau – in Frontalansicht – ist schon deutlich seltener zu sehen. Aber der männliche Penis – selbst in Ruheposition à la Michelangelos David – wird in Kunst und Medien extrem selten präsentiert und ein offenbar weltweites Publikationsverbot trifft den Phallus: Westliche Kunstwerke haben keinen Phallus im Bilde – zu den Ausnahmen zählt der zahllos vermarktete griechische Pan.

Die Sexualstatistiker haben sich intensiv mit dem erektilen Glied befasst: Die durchschnittliche Größe beträgt bei voller Steife 13 Zentimeter (gemessen vom Schambein bis zur Eichelspitze). Ein von vielen Männern erwünschter besonders langer Penis ist zumindest für den Koitus wenig dienlich, beträgt doch die durchschnittliche Länge der Vagina nur siebeneinhalb Zentimeter. Das kopulationsbedingte dauernde Anstoßen an das Vaginalgewölbe oder an den Gebärmutterhals bereitet manchen Frauen nicht Wollust, sondern Schmerzen. Natürlich wurden auch Erektionswinkel und rekordverdächtige Erektionsdauer gemessen – alles keine Voraussetzungen für lustvolle Sexualität.

Ein Mann will seiner Geliebten imponieren und sie rhythmisch-pulsierend zum Orgasmus hinbewegen. Aber Umfragen zufolge wünscht sich jede zweite Frau stattdessen Zärtlichkeit und das Gefühl, begehrt zu sein. Dennoch: Will ein Mann seine Geliebte zum Orgasmus bringen, dann benötigt er ein gewisses Stehvermögen, denn bekanntlich braucht die Frau etwas mehr Zeit, um zum Höhepunkt zu gelangen.

Viagra & Co. ist ein chemischer Beitrag zur sexuellen Emanzipation des Mannes. Erstaunlicherweise ist Viagra keineswegs die pharmakologische Prothese der über 70-Jährigen, zunehmend greifen deutlich jüngere Männer zu den relativ teueren Maskulinisierungspillen. Ein von Viagra leicht abweichendes Wirkungsspektrum haben Tadalafil (Cialis) oder Vardenafil (Levitra). Alle vermehren die Durchblutung der Penisschwellkörper – allerdings nur bei sexueller Stimulation.

Wenn die Erektion stimmt und die Vagina dazu passt, dann kommt bei entsprechenden gymnastischen Übungen – wenigstens beim Mann – der Orgasmus, der bekanntermaßen mit einer Ejakulation einhergeht. In diesem Erguss sind nicht nur die Spermien, die sich auf eine mühevolle Reise durch den Uterusmund hinauf zu den Gefilden des begehrten Ovars aufmachen, sondern auch andere Bestandteile: Fruchtzucker zum Beispiel, Vitamin C, Kalzium, Vitamin B12 usw. Beim Oralsex kann das alles geschluckt werden – und das ist gesund, wenn der Partner gesund ist. Die Geschmacksnoten des Ejakulats sind kulinarisch vertretbar: leicht salzig, milchig-würzig und – esoterisch gesehen – voll von energetischer Schöpfungskraft des Kosmos.

Wechseln wir zur Frau. Auch sie sondert bei der sexuellen Stimulation üppige Sekrete ab. Wenn der Geliebte sich mit seinem Kopf zwischen die Schenkel seiner Angebeteten begibt, weiß er nicht, was ihn da erwartet. Manche Frauen lieben es, aber andere wehren ab, wenn die Zunge des Liebhabers vaginal eindringt oder seine Lippen – oder gar die Zähne – fest das urweibliche Organ, die Klitoris, umfassen. Der pH-Wert (und damit auch der Geschmackswert) unserer Haut liegt zwischen 6 und 7, ein intensiv duftender Espresso liegt bei einem pH-Wert von 5, die berauschenden Sekrete der Vagina haben denselben pH-Wert wie edler Weißwein – er liegt etwa bei pH 4. Natürlich können Sie als Frau immer wieder mal die Geschmacksnuancen Ihrer vaginalen Öffnung auf der eigenen Zunge kosten und genießen. Sie können auch – vergleichbar den japanischen Liebeskünstlerinnen – ihr Vaginalparfum vor einem Rendezvous auf dem Hals, der Brust, dem Nabel platzieren: Es ist Ihr ureigenster Duft.

Die streng freudianisch-fundamentalistischen Psychologen unterscheiden einen klitoralen und einen angeblich reiferen und anstrebenswerteren vaginalen Orgasmus. Doch die moderne Wissenschaft zeigt eindeutig das Primat der Klitoris. Die neuronalen Fasern der Lust umgarnen die Klitoris und diese neuronalen Gebilde verlegen nicht einfach den Standort, nur weil Vaginal-Freudianer dies wollen. Die Klitoris – dieses kleine und gleichzeitig großartige Organ – hat als einzige Aufgabe Lusterzeugung und orgastische Ekstase. Befragungen zeigen immer wieder, dass 70 Prozent aller Frauen für einen Orgasmus die klitorale Stimulation brauchen. Also: Seien Sie als Mann nicht beleidigt, wenn frau – trotz männlicher Phallus-Vaginal-Aktionen – klitoral Hand anlegt oder um Ihre Hand bittet, um schneller oder überhaupt zu ihrem Genuss zu kommen.

Im Ruhezustand ist die Vagina eine eher abgeflachte Röhre, deren Seiten einander berühren. Die muskulösen Wände der Vagina sind sehr variabel: Immerhin können sie bei einer Geburt den Kopf eines Babys passieren lassen und wenn ein wesentlich kleinerer Phallus die Vagina besucht, so umschließt sie elastisch-muskulös auch dieses Geschöpf.

Michèle – eine sehr attraktive Frau – lässt sich von ihrem neuen, erst heute kennen gelernten Liebhaber entkleiden. Ihre eher üppigen Brüste sind weich und ihr wunderbarer Bauch zeigt Striae (Schwanger-

schaftsstreifen), sie hat vor vielen Jahren ein Kind geboren. An ihren Oberschenkeln hat Michèle kürzlich eine beginnende Cellulite entdeckt. Und der Liebhaber? Obwohl er an Jahren deutlich jünger ist, ist sein rundlicher Bauch nicht adonisverdächtig und die blau unterränderten Augen liegen tief. Striae können auch schön sein: Diese Frau war und ist fruchtbar und hat geboren. Die schlafunterränderten Augen des Liebhabers offenbaren: Er ist ein später Jüngling der Nacht. Und dieser sinnliche Liebhaber züngelt nachhaltig Michèles Mamillen. Sie lässt es anfänglich geschehen, dann wehrt sie ab: „Ich bin nicht deine Mama." Er: „Manche Frauen kriegen beim Lecken der Brustwarzen einen Orgasmus." Michèle: „Ich aber nicht!"

Michèles Vagina wurde nicht allzu feucht und dies gefiel dem Liebhaber sehr, er spürte sich selbst umso mehr. Im südlichen Afrika lieben Männer „dry sex" und manche Frauen präparieren ihre Vagina mit einem Gemisch aus Kräutern, Erde und Pavianurin. Solche Praktiken sind gefährlich. Da trockene Vaginalwände zur Verletzung neigen, ist bei ungeschütztem Sex das Aids-Infektionsrisiko hoch. Frauen sind aus anatomischen Gründen ohnehin einem höheren Infektionsrisiko ausgesetzt als Männer: Bei einmaligen Verkehr mit einer infizierten Person liegt die Ansteckungswahrscheinlichkeit für Frauen bei 1 : 300, für Männer bei 1 : 1000. Das Liebe-Prinzip verlangt: Wer Aids hat, muss andere davor schützen.

Bei Frauen unseres Kulturkreises ist eine trockene Vagina oft Teil einer Frigidität. Diese ist für einen eher konservativen Ehemann oft gar nicht unerwünscht: Eine solche Frau lässt Sexualität über sich ergehen, ohne eigene Wünsche anzumelden; er ist sich ihrer sicher und sie geht nie fremd.

Bei einigen Volksgruppen – vorwiegend in afrikanischen Ländern – wird immer noch eine radikale Beschneidung der Mädchen vorgenommen, wobei die Klitoris teilweise oder ganz weg geschnitten wird. Diese Genitalverstümmelung soll bei der Frau die sexuelle Lust reduzieren und die eheliche Treue garantieren. Viele einheimische Fraueninitiativen kämpfen mit zunehmendem Erfolg gegen diese absurde Entrechtung und unmenschliche Verletzung der Frauen.

Viele, vielleicht die meisten Frauen täuschen – dem Mann zuliebe – irgendwann mal einen Orgasmus vor. Vielleicht erinnern Sie sich an den Film „Harry and Sally"? In einer Szene – mitten in einem Restaurant – demonstriert Sally (kokett dargestellt von Meg Ryan), dass sich ein weiblicher Orgasmus wunderbar imitieren lässt. Was spricht dagegen, einen solchen Akt zu fingieren? Der Mann freut sich über den vermeintlichen Orgasmus und die Frau imitiert vielleicht so gut, dass sie allmählich für echt hält, was sie spielt. Hinzu kommt womöglich bei ihr die Freude darüber, dass Gespieltes bei ihm als echt wahrgenommen wird. Es kann ja sein, dass Gespieltes und Echtes ineinander fließen. Übrigens: Auch Männer täuschen Orgasmen vor und die Frau merkt es meistens nicht. Dürfen Mann und Frau heiter-liebevoll mit der „Wahrheit" (was heißt schon Wahrheit?) spielen oder wäre es doch besser für beide, darüber zu sprechen? Mit der Wahrheit zu spielen, kann sehr liebevoll sein, aber auch Zeichen von Frustration und Unterdrückung. Wenn wir achtsam und ohne Vorwürfe miteinander auch über heikle Themen sprechen, beeinträchtigt dies die Liebe nicht, vermehrt sie sogar – die Liebe, ja, die Liebe!

6. Sexualität und Spiritualität

Als im Jahre 1838 die hinduistischen Tempelanlagen vom Khajuraho nach jahrhundertelangem Dornröschenschlaf wieder entdeckt wurden, waren die englischen Kolonialherren entsetzt. Die mythologischen Friese aus dem 10. und 11. Jahrhundert zeigten eine sexuelle Freizügigkeit, die die viktorianischen Moralisten nicht einmal zu fantasieren wagten: Götter und Göttinnen begegnen einander in schöner Nacktheit und kapriziösen Positionen, gewölbte Brüste, erregtes Lingam und sinnlich geöffnete weibliche Yoni, kunstvolle Skulpturen. Ein feinsinnlich-göttlicher Mann vergnügt sich gleichzeitig mit fünf Frauen – eine sitzt auf seinem erigierten Lingam, zwei andere liegen zu seinen Seiten und lassen sich von seinen großen Zehen befriedigen, weitere zwei stehen mit geöffneten Beinen neben ihm, seine Finger in ihren Yonis. Auf anderen Skulpturen wird besonders detailliert dargestellt, wie das erhöhte Lingam eingedrungen ist in den Schoß der Geliebten, die mit akrobatisch-verschlungenen Beinen sich hingibt und mit den Blütenblattlippen ihrer Yoni die männliche Wurzel umschließt. Zwei weitere, prall-erotische Göttinnen spielen mit dem ewig vereinten Paar. Der dem Gott Shiva geweihte Tempel ist – wie manch anderer – voll von solchen erotischen Szenen. Ist die sinnlich strahlende Erotik der Götter und Göttinnen den Menschen ein Vorbild?

Was in Europa die Kathedralen mit ihren ehrwürdigen, versunken auf Postamenten weilenden Heiligenscharen, das sind in Tempeln wie Khajuraho die kunstvoll verschlungenen andachtsvoll kopulierenden

Göttinnen und Göttern. Aber auch die Skulpturen und Altarbilder der europäischen Rokokokirchen zeigen nackte und kokettierend sich gebende Engel und Heilige. Als ab dem 12. Jahrhundert der Einfluss aus den Ländern mit monotheistischen Glaubenssystemen über Indien kam, war auch die großartige erotische Kunst zum Niedergang verurteilt. Erst waren es die muslimischen Eiferer aus den Nachbarländern, später die christlichen Missionare und Kolonisatoren aus England. Zu beider „einzig wahrem" Glauben gehörte auch die Angst vor der körperlichen Liebe und die Verachtung der Sinnlichkeit. Die Frauen fingen an, gewissenhaft ihre Brüste zu verdecken und schließlich sogar ihr Gesicht.

Gegenüber den christlichen Missionaren und den prüden viktorianischen Bürokraten distanzierten sich die längst orthodox gewordenen Hindu-Brahmanen von den göttlich-sinnlichen Aspekten ihrer Glaubensvorgänger.

Die älteste, schriftlich verfasste Liebesfibel, das indische Kamasutra, und die tantrischen Rituale der Liebe sind vor Jahrtausenden aufgezeichnet worden und waren sicherlich kein kulturelles Allgemeingut, sondern reichen höheren Kasten vorbehalten. Zu diesem Spiel der körperlich-geistigen Liebe gehörten auch die Kurtisanen, die als Liebeslehrerinnen für Brahmanen eine honette und einträgliche Stellung in der damaligen High Society innehatten.

Die Stabilität und Gesundheit einer Kultur wächst, wenn die Sexualität und Erotik als Kraft kultureller wie spiritueller Entwicklung verstanden und nicht unterdrückt, verheimlicht oder als sündhaft erklärt wird. Sinnliches Geben und Nehmen dringen ineinander und werden Lebensspender jeder gesellschaftlich-geistigen Leistung. Kama, der Liebesgott, schießt Pfeile ab, welche heißen: „öffne dich", „gibt dich hin" – die Liebe soll den Einzelnen erfüllen, den Nächsten und die ganze Menschheit. Und die Liebe sucht nach dem Jenseitigen. Aber wie geht das zusammen? Eine tantrische Parabel, in Sanskrit verfasst, gibt darauf eine Antwort:

Ein frommer einsamer Pilger reiste weit, meditierte, fastete, erlegte sich strenge Askese auf, konnte aber die „höchste Wahrheit", nach der er inbrünstig suchte, nicht finden. Erschöpft und bar jeder Hoffnung machte er eines Nachmittags Rast an einem Flussufer. Zu diesem Fluss kam eine tantrische Meisterin, um zu baden und ihren Körper für die kommende Nacht der Lust zu salben. Sie sprach den Pilger an, hörte sich seine Geschichte an, ließ sich berühren von seiner Traurigkeit – und begann ihn zu liebkosen. Er spürte ihr geradezu überirdi-

sches Wesen und sie verführte ihn, indem sie seine Sinne durch die tantrischen Freuden zur Ebene der höchsten Erweckung geleitete, auf der er die Kraft fand, nach der er gesucht hatte. Und er fand sie in dem, was er sich so lange versagt hatte.

Die tantrischen Rituale machen aus der Sexualität eine Kunst, wofür es entsprechende Anleitungen und Trainings gibt. Die archaischen Rituale finden seit einigen Jahrzehnten auch im Westen bekennende Anhänger, besonders unter Menschen, die um eine umfassende persönliche Entwicklung bemüht sind. Das Kamasutra beispielsweise ist ja nicht nur eine hoch differenzierte Anleitung zu einer von tiefer Zuwendung getragenen Liebeskunst, es umfasst auch alle anderen Künste vom Blumenbinden bis zur Architektur.

Warum sollen wir gerade in Europa, wo Einflüsse von außen immer wieder Impulse gesetzt haben, nicht Elemente aufgreifen, die das Leben zusätzlich bereichern, und aus der Sexualität wieder vermehrt eine Kunst machen? So ist ja auch die Zen-Meditation längst bei uns heimisch geworden.

In der altindischen Liebeskunst ist entsprechend den alten Tempelfriesen auch göttlicher Gruppensex erlaubt. Die Orgie – heute eher frei von (bewusster) spiritueller Absicht – lässt schon vom Wort her den kultischen Ursprung erkennen: Griechisch „orgia" heißt Opfer und Gottesdienst. Tantriker betonen, beim Mehrfachsex würde mehr Energie aufgebaut als durch zwei Personen und so könne man die Kraft der Liebe stärker wahrnehmen. Diese Betrachtungsweise der Liebe kam den Männern zugute: Im hinduistischen Tantra früherer Zeiten gestatteten die Brahmanen, dass ein verheirateter Mann in Anwesenheit seiner Frau (die einwilligen sollte) einer Prostituierten, einer professionellen Shakti, beiwohnte. Diese Zeremonie sollte die Heiligkeit der Vereinigung nochmals verstärken.

Wie in der Vergangenheit ist auch heute das große Indien ein Land der eindrucksvollen Bilder (mit der weltweit größten Filmindustrie) und das Land der hunderttausend Götter, von denen jeder eine Facette des vielgestaltigen Großen Göttlichen ist. Es ist die Volksfrömmigkeit, die eine verschwenderische Flut von Bildern, Symbolen und Zeichen hervorgebracht hat – Zeichen der verschwenderischen Hingabe an höhere Welten.

Einst ging ein Hindu am Meeresstrand entlang auf der Suche nach etwas Verwertbarem. Da fand er eine Flasche und als er sie hochhob, sah er im Inneren einen Flaschengeist. Dieser sprach zu dem Mann: Befreie mich und ich werde dir einen Wunsch erfüllen. Der Mann nahm den Korken weg und der Geist entfaltete sich mächtig und fragte nach dem Wunsch. Da antwortete der Mann: „Schon immer wollte ich nach Madagaskar, aber mit dem Schiff kann ich nicht fahren, weil mir übel wird. Und vor Flugzeugen habe ich unendliche Angst. Also bitte ich dich, mir eine Brücke nach Madagaskar zu bauen, damit ich zu Fuß dorthin gelange." Darauf der Flaschengeist: „Wie stellst du dir das vor – um eine solche Brücke zu bauen, brauche ich ja Monate, wenn nicht gar Jahre. Wünsch dir bitte etwas anderes." Der Mann überlegte und antwortete dann: „Gut. Ich bin ein gläubiger Hindu. So erkläre mir doch die Bedeutung der vielen, vielen Götter, die es gibt, damit ich dies endlich verstehen lerne." Der Flaschengeist schwieg und überlegte eine Weile, dann sagte er zu dem Mann: „Gut – also: Welche Farbe soll deine Brücke nach Madagaskar haben?"

Wenn wir in der europäischen Kulturgeschichte weit zurückgehen, dann treffen wir auf Priesterinnen der keltischen und germanischen Fruchtbarkeitszeremonien, deren Nachfahrinnen im Mittelalter als Hexen verbrannt wurden. Die Mutterreligionen zerfielen aber schon lange vor der Verbreitung des Christentums; so war bereits die altgriechische und erst recht die römische Kultur vom Männerrecht geprägt. Über die uralten matriarchalischen Religionen schreibt der Sexualforscher Ernest Bornemann:

Die mutterrechtlichen Kulturen, die ihre Wertmaßstäbe aus der sexuellen Konstitution der Frau ableiteten, betrachteten die Liebe als Erfüllung des göttlichen Willens. Der „kleine Tod", der kurze Verlust des Bewusstseins beim Orgasmus, wurde als Offenbarung aufgefasst: In diesem Augenblick wird der Mensch zum Werkzeug Gottes und erlebt am eigenen Leib die Ekstase der göttlichen Schöpfung. Der Sinn der Liebe ist, dass sie uns zusammenführt, dass sie die Geschöpfe Gottes vereint … Die Frau weiß, dass das so ist, denn Gott hat ihr die Fähigkeit gegeben, Leben zu gebären. Das Kind ist die lebende Evidenz, dass Gott durch die Frau schaffen kann. Deshalb ist den mutterrechtlichen Kulturen die Liebe heilig.

Die vormals extreme, jetzt gelockerte Sexualmoral christlicher Groß-Kirchen findet keine Wurzeln bei dem, auf den sie sich berufen: Jesus Christus war offenbar von sprühender Kontaktfreudigkeit, er zeigte Nähe und Verständnis für Schwache und Verfemte, für Sünder, Ehebrecherinnen, Huren, Arme, Bettler, Aussätzige und andere Outsider. Er berührte, umarmte und küsste. Und er schätzte ganz offensichtlich auch sinnliche Freuden, ließ sich gerne zum Essen einladen, trank gerne Wein und genoss allerlei Feierlichkeiten. Der Sexualexperte Wilhelm Reich ist sich ganz sicher: „Christus kannte die Liebe des Körpers und der Frauen, wie er so viele andere natürliche Dinge auch kannte." Immer wieder tauchen Maria Magdalena und andere Frauen im Leben Jesu auf und es gefällt ihm offensichtlich.

Frauen sind es auch, die der christlichen Mystik wesentliche Impulse gegeben haben, besonders im hohen und späten Mittelalter: Hildegard von Bingen, Mechthild von Magdeburg, Gertrud die Große, Teresa von Avila. In manchen Texten knistert es hoch erotisch. Warum soll eine Nonne – unabhängig von ihrem sonstigen Lebenswandel – nicht in heißer Minne zu ihrem Bräutigam Jesus entbrennen?

> *O liebliches Antlitz, wann wirst du mich mit dir sättigen? Dann werde ich schauen und küssen meinen Jesus, den wahren Bräutigam meiner Seele, dem mein ganzes Herz schon in heißem Begehren angehangen ist …*
> *(Gertrud die Große)*

Das Alte Testament ist voll von zügelloser Sexualität; über den allseits – ob seiner Gerechtigkeit – gelobten König Salomo heißt es: „Der König Salomo liebte ausländische Weiber neben der Tochter Pharaos … An diesen hing Salomo in Liebe. Er hatte 700 fürstliche Frauen und 300 Nebenfrauen, die sein Herz verführten." (2. Buch der Könige 11, 1) Und ihm wird auch das wunderschöne „Hohelied der Liebe" zugeschrieben:

> *Schön bist du, meine Freundin. Deine zwei Brüste sind wie zwei junge Rehzwillinge, die unter den Rosen weiden. Deine Liebe ist lieblicher denn Wein und der Duft deiner Salben übertrifft alle Würze. Deine Gewächse sind wie ein Lustgarten von Granatäpfeln … Narde und Safran, Kalmus und Zimt, Myrrhe und Aloe … Ein Gartenbrunnen bist du.*

Wo immer auch – in Jahrtausende alter Vergangenheit – matriarchalische Religionen existierten, gab es den Brauch der Tempelprostitution. Es gab sie in Ägypten, in Ur-Babylon, in Zypern und in Griechenland.

Die Priesterin „vermählte" einen Mann mit einer Göttin. Wie heute ein Priester mit der Absolution, so vermittelte die „Gottesbraut" mit ihrem Körper zwischen Mensch und Gottheit.

Die in der Schweiz lebende US-Amerikanerin Maggie Tapert hat diese Tradition wieder aufgegriffen. Seit vielen Jahren wirkt sie als Meditationslehrerin und Sterbebegleiterin; außerdem veranstaltet sie Seminare, getrennt für Männer und Frauen. Dabei ist sie auf die Idee des „Tempels" gekommen und sieht sich so in der Tradition der 3000 Jahre alten Tempelprostitution. In Seminaren führt sie mit ihren Kolleginnen die männlichen Teilnehmer zu „gutem und heiligem Sex", um die Trennung zwischen Erde und Himmel aufzuheben – und den Geschlechterkampf zu dämpfen.

Der „Tempel" ist ein Platz der Versöhnung ... „Es ist ein Raum, in dem Menschen voll erwachen können und die Verantwortung für ihr Leben und ihre Lust wieder übernehmen. Zum Prozess der Bewusstwerdung gehört es, den materiellen Körper zu akzeptieren, das Gefäß sowohl für Lust wie Schmerz, und anzunehmen, was diese uns in spiritueller Hinsicht zu lehren haben ... Sie hat auch ein anderes altes Liebesritual entdeckt: die Fußwaschung. Die Frauen wuschen den Männern die Füße und nie war ich Zeugin eines schöneren und bewegenderen Rituals. Mehrere Männer waren zu Tränen gerührt. Ein Mann erzählte mir später, nie, nie habe er sich so akzeptiert gefühlt, so rundum angenommen und geliebt. Er wischte sich Tränen aus den Augen, wandte den Blick ab vor Verlegenheit und wiederholte mit versagender Stimme: ‚Nie.'"

Die Verflochtenheit von Sexualität und Spiritualität ist ein Thema auch der gegenwärtigen Frauenbewegung. Dabei wird auf die politische Dimension dieser Verflechtung hingewiesen. Audre Lorde, schwarzafrikanische lesbische Feministin, sieht in dem Buch „Macht und Sinnlichkeit" Erotik als Macht:

Weil Eros, die personifizierte Liebe, und Spiritualität auseinander gerissen wurden, ist diese zu einer Welt des schalen Geschmacks verflacht worden, zur Welt des Asketen, der danach strebt, nichts zu fühlen. Erotik als spirituelle Kraft darf nicht weiter ins Schlafzimmer verbannt werden, sie hat vielmehr politische Bedeutung und macht – in besonderer Weise den Frauen – Mut. Die Anerkennung der Macht der Erotik in unserem Leben kann uns die nötige Energie geben, um auf eine wirkliche Veränderung unserer Welt hinzuzielen ... Denn wir berühren damit nicht nur die tiefste Quelle unserer Kreativität, sondern wir handeln auf weibliche und selbstbestätigende Weise einer rassistischen, patriarchalischen und anti-erotischen Gesellschaft zuwider.

Sex – Eros – und Transzendenz des Alltags: Gerade Männer haben Schwierigkeiten, sowohl im Bereich der Beziehungen wie auch auf beruflicher Ebene, ihre spezifisch männliche Rolle zu finden. Ein neues Verständnis von Sexualität zeichnet sich ab! Frauen und Männer tun sich in grundsätzlicher gegenseitiger Akzeptanz und mit sensibler Neugier zusammen, um ihre Positionen neu abzusprechen.

Die indianische weise Frau Sojourner Truth:

Wenn die erste Frau, die Gott erschaffen hat, stark genug war, die Welt ganz allein auf den Kopf zu stellen, sollten alle Frauen zusammen doch auch imstande sein, sie wieder in Ordnung zu bringen. Sie wollen es tun, darum sollten die Männer sie gewähren lassen.

IV. Zwischen Leidenschaft und Katastrophe – die Paarbeziehung

Liebe und Sexualität können getrennt erlebt werden oder vereint als erotisch-sexuelle Liebe. „Alle Lust will Ewigkeit“ – dieses Wort Nietzsches könnte man als Ausdruck der Ur-Sehnsucht des Menschen nach Sicherheit und Dauer bezeichnen. Diese Ur-Sehnsucht erfüllt sich wenigstens ansatzweise aus dem tiefen Bedürfnis des Menschen nach Nähe und Intimität mit einem anderen Menschen: ein Paar entsteht. Quer durch die Geschichte und quer durch die Kulturen der Erde findet sich die Paarbeziehung als die bei weitem verbreitetste Lebensweise. Das hat nicht nur mit der Erzeugung von Nachkommen zu tun, sondern vor allem mit dem Wunsch nach einem erfüllten Leben. Wie alle wichtigen Dinge im Leben, so ist auch die Paarliebe ein „divergierendes“ Problem. Es gibt also keine einfachen und vorhersehbaren Lösungen wie in der Mathematik. Deshalb beschäftigen sich speziell mit dem Thema Paarliebe seit jeher so viele „Experten“ – mit immer neuen, unterschiedlichen Ergebnissen, die allesamt eher Hinweise und Impulse darstellen als endgültige Lösungen. Wir wollen Ihnen nun – schöpfend aus vielerlei Quellen – Erkenntnisse und Anregungen geben, damit Sie ein noch besserer Schmied Ihres Glückes werden.

1. Ausnahmezustand: Ich bin verliebt!

„Die Liebe gleicht einem Fieber, das unabhängig vom Willen kommt und wieder vergeht“, so der französische Romancier Stendhal. Das Verliebtsein ist eine bebende Auszeichnung – der Verliebte wird zum Auserwählten dieser Erde, hundert Engel tragen ihn und sein Herzschlag wird zum Rhythmus des Kosmos.

Für all die Mühsal des Lebens hat Gott zum Ausgleich dem Menschen fünf goldene Geschenke überreicht (modifiziert nach Nietzsche):

- das Lachen
- die Hoffnung
- den Schlaf

- die Liebe
- das Verliebtsein

Umfragen zeigen, dass nahezu alle Menschen den Ausnahmezustand des Verliebtseins kennen: diesen Zustand zwischen grenzenloser Euphorie und bangem Beben, in dem alle Gedanken und Gefühle nur noch um die angehimmelte Person kreisen. Die Verliebtheit verbreitet sich in der reinen Gegenwart. Man lebt jenseits von Zeit und Ort, ekstatisch, das heißt außerhalb normalen Erlebens. Es ist eine überwältigende, eine beinah überkörperliche Existenzerfahrung, wunderbar, kaum zu glauben und schwer zu beschreiben. Es ist das Herrlichste, was man im Leben je erleben darf: Die ganze Welt wandelt sich, ist voller Romantik, der Mittelpunkt ist nur noch der andere.

Die Verliebtheit ist nicht disponierbar. Amor spielt Schicksal und schießt seine Pfeile ab, zu wem er will, und man kann sich nicht davor schützen. Und umgekehrt kann man nicht auf Knopfdruck ein „Fall-in-love"-Gefühl herstellen. Wen Amors Pfeile treffen, weiß vorher niemand, Amor scheint sein Handwerk willkürlich zu erledigen:

> *Da verliebt sich ein verheirateter Bürovorsteher in seine neue Angestellte, obwohl diese alle Umwerbungen deutlich abweist, überdies vier Kinder hat und mit einem überaus eifersüchtigen Sizilianer verheiratet ist. Die wenigen Worte, die die Angebetete geäußert hat, sausen wie verrückt im Gehirn des „Vernarrten" umher, ständig muss er an diese Frau denken, hat Herzrasen, kann nicht mehr schlafen. Zwischendurch lässt er ab von seinen Umwerbungen, findet aber irgendwelche Erklärungen für die erlittenen Zurückweisungen und tritt erneut als Werbender auf. In kurzen hellen Momenten merkt er, wie lächerlich er auf seine übrigen Angestellten wirkt, er zittert, stottert, macht Fehler, ist wie besessen, wie von einem Liebesgift betört und um alle Vernunft gebracht.*

Wenn die Verliebtheit nicht erwidert wird, nimmt die Anzahl der Eroberungsversuche ab und die Verliebtheit vergeht dann genauso schicksalhaft wie sie gekommen ist – ein Sturz vom Himmel auf die kalte Erde. Wer das nicht verkraftet, wird traurig, verzweifelt, rachsüchtig oder versucht gar, sich zu töten.

Wenn Amor mit seinen Pfeilen spielt und dabei zwei Menschen zusammenführt, dann begegnen sich tiefe Blicke und sofort entsteht eine innige Verbindung, manchmal ohne Worte – „Liebe auf den ersten

Blick". Magisch voneinander angezogen sind frisch Verliebte, doch die Realität türmt allerlei Hindernisse zwischen die beiden: Manch' Verliebte brauchen viele Tage, Wochen oder Monate, bis sie sich endlich in den Armen liegen und sich küssen. Andere, vom Liebesblitz berührte Paare überschreiten augenblicklich alle gesellschaftlichen Schranken und schon nach wenigen Minuten werden die innigsten Liebesschwüre dargebracht, man beschließt eine gemeinsame Reise für den kommenden Tag und einigt sich bereits, an welchem idyllischen Ort man ein gemeinsames Haus errichten will und wie viele Kinder aus dieser Liebe erwachsen sollen.

Das romantische Verliebtsein ist so alt wie die Menschheit. Schon vor 2500 Jahren wurde dieses fulminante Gefühl von Sappho von Lesbos besungen:

Sehe
ich dich nämlich flüchtig nur an,
so stocken jäh mir die Worte,
mehr noch, meine Zunge zerbricht, ein zartes
Flämmchen rieselt unter der Haut entlang mir.

Obwohl Millionen von Gedichten, Liedern, Romanen, Filmen, Opern, Märchen, Mythen und Sagen aus vielerlei Epochen die frisch entbrannte Liebe, dieses animalische Hingezogensein, zum Thema haben und obwohl die moderne Laborwissenschaft zahlreiche „Moleküle der Liebe" entdeckt hat, bleibt das Sichverlieben ein Geheimnis, ein Mythos. Warum verliebt sich Mark in Jeniffer und nicht in Anna-Maria oder Hillary?

Die Neurophysiologen und Biochemiker machen einen bestimmten Cocktail von Neurotransmittern und Pheromonen dafür verantwortlich, doch die Frage, welche Umstände die Liebesmoleküle in Wallung versetzen, bleibt unbeantwortet. Vielleicht fliegen doch Amor und seine Kollegen unermüdlich umher und erst durch ihre Liebespfeile werden diverse Eros-Transmitter stimuliert, die wesentlich dazu beitragen, dass Verliebte in einen absoluten Ausnahmezustand geraten. Im Liebescocktail wirken mindestens ein halbes Dutzend namhafter Neurotransmitter zusammen, die Powerdroge Adrenalin, der Gute-Laune-Stoff Noradrenalin, Endorphine und Dopamin – all das lässt uns die verrücktesten Sachen tun. Verständlich, wenn Verliebte ganze Nächte einander erzählen, nicht enden wollen mit Umarmungen und Umkosungen, wenn sie einander die rührendsten Gedichte widmen und sogar E-Mails mit Herzblut schreiben.

Macht Liebe blind? Verliebtheit jedenfalls kann die Wahrnehmung trüben.

> *In dem Film „Manche mögen's heiß" verliebt sich ein wohlhabender Herr in eine Dame aus der Musikband. Aber die Dame ist gar keine Dame, sondern ein Herr, der sich verkleidet hat, um Mafiakillern zu entgehen. In der Schlussszene entführt der unsterblich Verliebte die verkleidete Schöne in einem Motorboot. „Sie" versucht ihm verzweifelt klarzumachen, dass sie gar keine Frau ist. Darauf der immer noch von Liebe Entbrannte: „Nobody is perfect."*

In früheren Kulturen brüteten Frauen in ihrer Achselhöhle einen geschälten Apfel so lange, bis er durchdrungen war vom weiblichen Geruch. Dann wurde dieser Liebesapfel dem begehrten Mann überreicht zum Riechen und zum Essen und auf dass er sich um die lockende Frau lust- und huldvoll bewarb.

Ein Liebhaber teilte seiner Angebeteten mit: Ich komme morgen Abend zu dir, bitte bade nicht vorher. Körpergerüche beschwingen das Verliebtsein und verbinden die Geliebten noch mehr. Schon seit Menschheitsgedenken gaben die Frauen den – beispielsweise in den Krieg ziehenden – Männern kleine, auf der weiblichen Haut getragene Tüchlein mit, zum Schutz, zur Erinnerung, zur Festigung der Liebesbande.

Gerüche werden von Frauen differenzierter und über größere Entfernungen wahrgenommen. Beide Geschlechter jedoch haben ein gut funktionierendes Geruchsgedächtnis, das im Limbischen System (Mittelhirn) beheimatet ist; dort werden nicht nur lustvolle, sondern auch angst- und hassbesetzte Geruchserinnerungen gespeichert. Sie sind, wenn ähnliche Gerüche in die Nase ziehen, jederzeit abrufbar und bestimmen dann unsere Stimmung und unsere Handlungen. Manchmal reichen schon wenige Pheromone, die wir *nicht* bewusst als Geruch wahrnehmen, um treibende Impulse der Ablehnung oder der Hinwendung auszulösen.

Für viele Erstverliebte spielt anfänglich das sexuelle Begehren eher eine geringe Rolle. Mädchen und Frauen sind mehr als die männlichen Verliebten darauf aus, vom anderen Blicke zu erhaschen, vom anderen gesehen, interessant gefunden zu werden und ein bestätigendes Lächeln zu ernten.

Die Romeo-Julia-Tragödie zeigt, dass Hindernisse die Verliebtheit eher anfeuern und noch spannender machen. Die Verliebtheit überspringt gänzlich verschiedene Kulturen, größte soziale Unterschiede und macht nicht Halt vor Verheirateten und unerreichbaren Filmstars, katholischen Priestern oder Prostituierten. Doch in der Regel ist der verschleierte Blick eines Verliebten doch noch scharf genug, um die Liebe an jemanden seinesgleichen zu schenken: Die meisten Verliebten haben etwa denselben Bildungsgrad, gehören derselben Nationalität an und haben allerlei körperliche, geistige und emotionale Ähnlichkeit.

Die ersten Verliebtheiten geschehen in Zeiten der Pubertät und Zurückweisungen und Trennungen werden dann – weil nie vorher erlebt – als ganz besonders schmerzhaft und ausweglos erfahren. In den Folgejahren und -jahrzehnten kann man sich immer wieder über beide Ohren verlieben, natürlich auch im Älterwerden. Auch bei 70- oder 80-Jährigen ist das Sichverlieben nicht wesentlich anders als bei 20-Jährigen. Die ozeanischen Gefühle verleihen auch dem älteren Menschen Flügel – und Abstürze.

Von forschenden Psychologen wurde natürlich auch die Dauer einer romantischen Verliebtheit statistisch abgefragt; sie liegt zwischen wenigen Tagen (vor allem bei erfahrener Zurückweisung) und mehreren Monaten, kann aber bei einigen besonders Auserwählten ein oder zwei oder mehr Jahre dauern, sie kann sogar zwischendurch abflachen und dann wieder aufflammen.

Wohl gibt es unendlich viele Formen von Verliebtheit, auch viele Formen verrückter Verliebtheit: Da ist ein Mann in eine Frau verliebt, zeigt es ihr aber nicht im Geringsten, obwohl er sicher ist, dass auch die Frau ihn liebt. Der kubanische Schriftsteller Virgilio Piñera beschreibt in „Augenliebe“ ein Beispiel:

> *Es ist nicht erstaunlich, dass ich mich in Elena verliebt habe … Elena, mein Herz, wenn ich bedenke, dass du mich liebst und ich dich liebe und du dies niemals erfahren wirst! Niemals, Elena! Denn du musst wissen, dass meine Methode, verstohlene Blicke zu werfen, einen solchen Grad an Perfektion erreicht hat, dass du mich nie dabei ertappen wirst, dass ich dich anhimmle … Und so gehe ich geliebt und gefürchtet durch das Leben, das heißt, durch das Leben, das mir noch bleibt … Bisweilen gelingt es, wie in meinem Fall, über die Flammen und Klageschreie der Hölle den Schleier des Vergessens zu breiten.*

Auch Cyrano de Bergerac und Roxana sind Liebende, die nie zusammenkamen. Erst in seiner Todesstunde erfährt Roxana, dass all die Liebesbriefe, deretwegen sie ihren Ehemann liebte, von Cyrano verfasst wurden und *seine* Gefühle widerspiegelten.

Die Vision eines bestimmten Kunstwerkes erfasst manchen Künstler mit voller Leidenschaft, er fiebert und ist besessen von dieser Vision. Irgendwann wird er beginnen, die Vision umzusetzen. Dann folgt oft eine gewisse Ernüchterung und es beginnt eine tagtägliche, oft mühevolle und zermürbende Arbeit. Vielleicht hat die leidenschaftliche Vision eines Künstlers oder auch die mystische Verzückung eines spirituell Suchenden Ähnlichkeit mit der Vision einer absoluten Liebe, in der die Verliebten schweben. Beide versuchen, ihrer absoluten Vision im Alltag möglichst treu zu bleiben. Sowohl die grandiose Verliebtheit (die Vision der absoluten Liebe) als auch die – dann hoffentlich folgende Paarbeziehung – sind monumentale Kunstwerke menschlichen Seins.

Die Zeit der Verliebtheit prägt sich intensiv in unser Herz und Hirn ein und ist – dies wird viel zu wenig beachtet – immer wieder abrufbar! Den einst erfahrenen Verliebtheitszustand horten wir in den Tiefen unserer Seele als überaus wertvollen Schatz. Diese Schatzkammern lassen sich öffnen, indem man sich erinnert. Wenn Sie sich in Konfliktsituationen in den damaligen Zustand des Verliebtseins begeben (möglichst detailgenau: Was habe ich damals gespürt, gehört, gesehen, gerochen, geschmeckt, ersehnt …), dann werden Sie sich deutlich besser fühlen und werden – fast spielerisch – Beziehungsprobleme in der Gegenwart lösen.

2. Tango der Liebe – zwischen Ekstase und Verzweiflung

Wir verbinden uns mit einem anderen Menschen zu einer Liebesgemeinschaft, um dem Leben eine Ewigkeit zu schenken. Diesem allernächsten, geliebten Menschen können wir immer wieder von unseren Reisen im Labyrinth der Träume erzählen, vielleicht versteht der andere diese Reisen nicht immer, aber er hört zu. Die Träume verwehen und die Realität kehrt zurück: Pünktlich zum Abendessen sitzen wir wieder gemeinsam am Tisch und plaudern über die Rhythmen des Alltags. Die Liebesbeziehung weitet spielerisch den Horizont und ist überdies der „einfachste“ Weg, die Grenzen des eigenen Ichs zu erweitern und die Ländereien des anderen Ichs mitbereisen und mitbenutzen zu dürfen. So wird die Beziehung zu einem Atmen und zu einem Spiel der Gezeiten.

Im Alleinsein – all-einig Sein – kann man sehr wohl glücklich sein, dagegen mag niemand einsam leben. In der Einsamkeit liegt Verzweiflung. Wer einsam ist, der verliert die Farben des Lebens, sein Feuer erlischt und um ihn herum erwächst düsteres Dickicht, man sieht die Sonne nicht mehr und hört nicht mehr den Gesang der Vögel.

Niemand mag einsam sein und dennoch spürt jeder immer wieder tief im Innersten schmerzhafte Einsamkeit, selbst dann, wenn ihm die Nähe des Geliebten Wärme gibt. Dieser tief sitzenden Einsamkeit können wir nicht entfliehen, wir werden sie nicht los, aber wir können uns mit ihr versöhnen, wenn wir uns mit einem anderen Menschen verbinden, uns umarmen, küssen ... und lieben! Deshalb begeben sich Männer und Frauen immer wieder auf die Suche nach der berührenden Liebe eines anderen Menschen. Und deshalb ist Trennung auch so schwer, weil wir in der Trennung vom geliebten Menschen tief hinunter fallen in den dunklen Schlund der Einsamkeit. Die meisten erholen sich vom Sturz in die Tiefe und spüren ihre erneute Sehnsucht im Herzen – Tango der Liebe. Tango, der Tanz, ist so dramatisch und sinnlich, so stark und zärtlich wie die Liebe! Nicole Nau, eine leidenschaftliche Meisterin des modernen Tango argentino, schreibt in „Tango – Dimensionen“:

> *Oft wird dieser Tanz gedankenlos mit dem Wort Erotik charakterisiert. Doch es geht im Tango nicht um das „Fleischliche“, sondern vielmehr um die Vielfalt der zwischenmenschlichen Beziehung von Mann und Frau. Neben dem Männlichen und Weiblichen drücken sich Liebe, Hass, Zärtlichkeit und Aggression genauso aus wie die Einsamkeit ... Der Tango birgt in sich eine schier unendliche Palette von Gefühlen ... Ein Paartanz, bei dem jeder Mensch so sein kann, wie er ist. So lautet auch ein bekannter Tango-Titel „Yo soy asi“.*

Ein Tanz wie die Liebe, „Yo soy asi“ – auch in der Liebe darf jeder Mensch sein, so wie er ist.

Helden, Hofdamen, Hexenjagd – die Paarliebe im Spiegel der Geschichte und der Gegenwart

Im Lauf der Kulturgeschichte hat sich die Liebesbeziehung immer wieder geändert. Jede Epoche hatte eine andere Einstellung zu Liebe, Sexualität und Ehe. An der jeweiligen gesellschaftlichen und familiären Rolle der Frau lassen sich besonders auffällige Wandlungen ablesen.

Im antiken Athen galt Sex als etwas ganz Natürliches, zumindest für die Männer. Die jungen Frauen wurden meist im Alter von 15 Jahren an etablierte Männer über 30 verheiratet und dann ins Häusliche verbannt: Küche, Haushalt und Kinder. Die sonst so schöpferischen Griechen schufen hier eine „klassische" Trennung von Männer- und Frauenwelt, die 2500 Jahre überdauerte bis in die Gegenwart und Kontinente übergreift. Die antiken Griechen haben dieses Zwei-Welten-System „Mann – Frau" von ihren orientalischen Handelspartnern übernommen. Der Mann lebte in der Öffentlichkeit, tätigte die Geschäfte, traf sich in philosophischen oder politischen Kreisen und hatte seine sexuellen Abenteuer mit aufregenden, oft klugen Frauen – Luxusprostituierten – oder schönen Jünglingen. Die häusliche Ehefrau blieb missachtet, letztlich eingesperrt in der Küche und ausgesperrt von den großen Geschehnissen im Lande. All dies bewirkte verständlicherweise Übellaunigkeit und Meckern: Xanthippe, die Ehegattin von Sokrates, wird zum Symbol dieses Frauen-Typus, den es auch gegenwärtig noch geben soll – wie auch den dazugehörigen Mann-Typus, den Karrieristen mit vielen Freundes- und Geschäftskontakten und mancherlei Affären.

Die Germanen in den ersten Jahrhunderten der neuen Zeitrechnung gelten als kulturarme Barbaren, doch ihren Frauen brachten sie mehr Respekt und Achtung entgegen als die Griechen. Der Römer Tacitus staunt: „Die Germanen glauben sogar, den Frauen wohne etwas Heiliges und Seherisches inne. Deshalb achten sie auch ihren Rat und hören auf ihren Bescheid." Treue von den Ehefrauen verlangen sowohl die griechischen wie die germanischen Machos, vice versa galt der Treueid selbst bei den Germanen nicht immer: Die germanischen Krieger führten ein hartes, entbehrungsreiches Leben in fremden Landen und wenn ihnen ein Weib eine zärtliche Umarmung schenkte, so fühlten sie sich gekräftigt für neue Raubzüge. Kamen die bewaffneten Helden endlich wieder nach Hause – was bei der Blutrünstigkeit der Schlachten ein kleines Wunder war –, dann wurden weinfeuchte Feste und leidenschaftliche Liebesnächte gefeiert. Der Germane von damals ist der Antityp eines gegenwärtigen, behäbig-langweiligen Ehemannes, der vor der Sportschau sitzt und Weißbier trinkt.

Im frühen Mittelalter wurde für die christlichen Priester der Zölibat gefordert. Dabei schrieb man die Tradition der Kirchenväter fort, indem man die Frauen generell herabwürdigte. Die Kleriker schnitten sich die erotische Sehnsucht aus dem Herzen; das Volk aber wurde ermuntert, nicht sündhaft miteinander zu verkehren, sondern die Ehe einzugehen, die schließlich im 12. Jahrhundert zum Sakrament erhoben wurde. Gleichzeitig mit der frömmelnden Lustfeindlichkeit erblühte aber eine naiv-fröhliche Sinnlichkeit, die im Minnesang künstlerisches Niveau erreichte: eine mystifizierende Verherrlichung besonders der Hofdamen. Im krassen Gegensatz dazu stand die Position der Ehefrauen, den Männern untertan und abhängig von ihnen. Und beide Varianten – männliche Schwärmerei für einen Star und finanzielle Abhängigkeit der Hausfrau – gibt es in anderen Kostümen und Farben durchaus auch in der Gegenwart. Hat sich seit dem Mittelalter wirklich so wenig geändert?

Bis vor wenigen Jahrzehnten waren die Ehe und andere Paarbeziehungen sehr oft bizarre Institutionen, voller Engstirnigkeit, liebloser Härte, Unterdrückung und Gewalt. Erst seit den 60er und 70er Jahren findet eine radikale Wende statt. Die relativ freie und relativ gleichberechtigte Partner-Ehe der Gegenwart ist überhaupt nicht vergleichbar mit den ehernen, dunklen Ehebräuchen vor 50 oder 150 oder 500 Jahren.

Zwischen dem 14. und 18. Jahrhundert, vor allem im 16., werden völlig unschuldige Frauen als „Hexen" gefoltert, malträtiert und schließlich auf dem Scheiterhaufen hingerichtet – mehr als 200.000 Frauen allein in Deutschland und 1,5 Millionen Frauen im gesamten Europa! In den kurzen Epochen vor diesem mittelalterlichen Holocaust erstarkte die Rolle der Frau innerhalb der Ehe (das Konzil von Konstanz schuf 563 ein verbindliches Eherecht) und auch ihr allgemein-gesellschaftliches Ansehen wuchs. Durch den Hexenwahn aber wurde die Frau wieder zum rechtlosen Wesen gemacht. Wenn ein neues Zeitalter sich anbahnt – wie im 16. Jahrhundert –, dann lassen sich Menschen leicht von Scharlatanen verführen. Die zerstörerische Hexenhysterie der Männer erfasste erstaunlicherweise auch ansonsten kluge Köpfe jener Zeit, wie Albertus Magnus, Thomas von Aquin, Martin Luther und sogar den revolutionären Astronomen Johannes Kepler. In Massen wurden auch Ehefrauen in Ketten abgeführt, danach den tödlichen Torturen ausgeliefert, ohne dass ihre Männer sich mutig gewehrt hätten. Welche Macht der Finsternis hatte die Herzen jener Männer erfasst?

Die Ehe als Institution wurde im Lauf der Geschichte immer wieder angegriffen und Frauen und Männer suchten nach anderen Formen des Zusammenlebens. Das ungenierte und freimütige Ausleben von Erotik und Sexualität in den 60er und 70er Jahren des vorigen Jahrhunderts in kleinen und großen Kommunen erinnert an den erotisch-revolutionären Elan der Aristokratie im Rokoko-Zeitalter, das auch als Epoche der Frau in die Geschichte eingegangen ist. An den französischen Höfen des 18. Jahrhunderts wie auch in den Matratzenlagern der 68er-Studentenkommunen war die klassische Ehe aufgehoben.

Sogar mit dem Prinzip des Harems nach Osmanen-Art wurde in den 50er und 60er Jahren experimentiert: Neureiche, sonnengebräunte Junggesellen nannten sich Playboy und versammelten auf glitzernden Jachten vollbusige Blondinen. Von den jungen Frauen wurde weder Herzenswärme noch scharfer Verstand erwartet, sondern das Talent einer drallen Sexgespielin. Das Playboykonzept hat sich selbst bei finanzstarken Machos der Gegenwart nicht durchgesetzt.

Aus jener Zeit des Experimentierens haben sich einige neue Formen des Zusammenlebens bis in die Gegenwart erhalten oder wurden weiter entwickelt.

> *Damanhur ist ein besonders ungewöhnliches Lebensmodell. Etwa 400 Menschen leben in diesem Dorf seitwärts des Nationalparks „Gran Paradiso" in den piemontesischen Alpen. Sie betreiben Land- und Forstwirtschaft, Laboratorien, kleine Fabriken, Werkstätten und Ateliers. Feste, Tanz und Meditation sind Wege der Entwicklung. Ein unterirdischer Tempel ist geistiges Zentrum. Eine der vielen Besonderheiten: Ehen werden für jeweils ein Jahr geschlossen. Dann entscheiden die Partner neu. Wenn einer „aussteigt", wird das nicht so tragisch empfunden: Die Gemeinschaft fängt den „Verlassenen" auf; er muss sich eben nicht verlassen fühlen wie manch einer in der gewöhnlichen „Zivilisation" der westlichen Welt.*
>
> *In Thailand und Cuba wird Touristen eine „Ehe auf Zeit" angeboten. Junge Frauen reisen mit einem „Partner" durch ihr Land wie ein Paar mit allem, was dazu gehört. Die Frauen sehen sich dabei nicht als Prostituierte, sondern als kluge und sinnliche Partnerinnen, die nicht einen plumpen Sextouristen bedienen, sondern sich von einem Gentleman verwöhnen lassen.*

Auch hierzulande sind Experimente mit „offener Ehe" und anderen Formen wechselnder Zweierbeziehung nicht ungewöhnlich. Ein Plädoyer für neue Formen der Paarbeziehung ist das Buch „Die neuen Paare. Anleitung zur Polygamie" der Schweizer Juristin Regula Heinzelmann. Ihr Resümee:

> *Wer mehrere harmonische Partnerschaften und deren wesentliche Probleme gelöst hat, kann sich glücklich schätzen … Wer mehrere Partnerschaften gleichzeitig hat, muss sie pflegen – wie eine monoga-*

me Beziehung. Außerdem können neue Beziehungen hinzukommen oder eine bestehende aufgelöst werden. So ergeben sich immer wieder Neuanfänge. Das ist nicht immer einfach, aber sehr wertvoll und lohnend.

Dimensionen der Paarbeziehung

Einerseits wird in Europa jede dritte Ehe geschieden, in manchen Großstädten sogar jede zweite. Andererseits gab es noch nie so viele Ehen, die mehr als 40 Jahre halten. Bei diesem Zahlenspiel ist zu berücksichtigen, dass schon immer Ehen in großem Umfang getrennt wurden: durch den Tod eines Partners, Tod infolge Krankheit und Krieg. Ende des 19. Jahrhunderts und zu Anfang des 20. Jahrhunderts wurde auf diese Weise jede dritte Ehe nach ca. 20 Jahren beendet.

Die Frauen und Männer früherer Generationen hatten in ihrem Leben meist nur zwei oder drei Chancen, eine Ehe zu schließen. Beim zweiten Angebot war schon sehr genau zu überlegen, ob frau oder man das Risiko eingehen sollte, eine alte Jungfer oder ein Eigenbrötler zu werden, oder ob man doch lieber eine Kompromissehe schloss. Viele fanden keinen gesellschaftlich passenden Partner und blieben ledig, im Europa des 19. Jahrhunderts immerhin jeder Vierte. Im Internetzeitalter erhöht sich der Kennenlernfaktor um das Hundert- oder Mehrfache und in dieser Atmosphäre von Pararomantik ist die Erstanbahnung problemloser.

Daneben gibt es natürlich immer noch die romantische Begegnung mit der „Liebe auf den ersten Blick“ und dem ersten Kuss als Anfang einer lebenslangen Verbindung. Beide sind unendlich verliebt und fasziniert voneinander, ihre Idealwelt kennen wir von tief berührenden Liebesfilmen. Selbst hier steht vor einer Heirat meist ein rechtlich unverbindliches Zusammenleben und manchmal wird das erste Kind in eine solche nichteheliche Situation hineingeboren und niemand stört sich daran.

Die Zweierbeziehung – mit und ohne Trauschein – ist die Norm in den westlichen Ländern. In Hamburg beispielsweise leben in der Gruppe der 30-Jährigen rund 25 Prozent in fester Beziehung, aber mit getrennten Haushalten, 29 Prozent leben zusammen, ohne verheiratet zu sein, 16 Prozent haben sogar das eheliche Ja-Wort im Standesamt abgegeben. Der Anteil der Singles ohne feste Beziehung liegt – je nach Altersstufe – bei 25 bis 30 Prozent. Mit dem Älterwerden wächst der Anteil der Verheirateten: Bei den 45-Jährigen liegt sie (wieder in Hamburg) bei 43 Prozent, bei den 60-Jährigen sogar bei 55 Prozent. Die Menschen heiraten später und auch das Alter, in dem Kinder geboren werden, wird immer höher.

Die Erfordernisse unserer „Wissensgesellschaft“ bringen es mit sich, dass junge Erwachsene viel Aufwand für Bildung und Beruf treiben müssen, während in früheren Generationen die Mehrheit der Kinder bereits mit 14 oder 16 Jahren als Lehrling ein eigenes, wenn auch kleines Einkommen hatte. Der aufwändige berufliche Einstieg verschiebt das Eingehen einer Ehe in die mittleren Jahre. Ist endlich eine verbindliche Partnerschaft entstanden, dann heißt es im Märchen: „Prinz und Prinzessin heirateten und waren glücklich bis an das Ende ihrer Tage.“ Und in der Wirklichkeit?

Hochzeit und die Zeit danach

„So nimm denn meine Hände“, singt die Sopranistin, dann braust die Orgel auf und die Hochzeitsglocken läuten. Ein Relikt aus alten Zeiten? In allen Kulturen werden Lebenshöhepunkte mit Ritualen gefeiert („damit man lernt, über wichtige Dinge nachzudenken“, wie der Philosoph Hans-Georg Gadamer lakonisch sagt). Bei der Hochzeit geht es um Wichtiges. Und dazu gehört ein wichtiger Ort.

Das kann eine schmucke Kirche sein, eine romantische Burg, eine Insel oder ein sonstiger „Kraftplatz“, eine schwankende Hängebrücke 300 Meter über einem Canyon oder ein Palmenstrand auf den Seychellen oder eine Alm in Tirol. Oder es gibt ein Ritual unter Wasser für Taucher oder für Leute, die gerne noch höher wollen, eine Fahrt mit dem Heißluftballon. In Indien reiten Braut und Bräutigam auf prächtigen Elefanten aufeinander zu (auch für Hochzeitstouristen zu haben).

Hochzeit ist nicht immer nur der reine weiße Glanz und die überschwängliche Freude (gewesen). Was mochte wohl einst eine Braut am Hochzeitstage erahnen, wie sie Hugo von Hofmannsthal in seinem Gedicht „ Auf einer Burg“ sieht?

Eine Hochzeit fährt da unten
Auf dem Rhein im Sonnenscheine,
Musikanten spielen munter,
Und die schöne Braut, die weinet.

Warum weint die schöne Braut? Ist es nur die Rührung des großen Tages?

Nach der Hochzeit beginnt das Paarleben mit einer Menge von Herausforderungen. Beide müssen einen Platz in der Gesellschaft finden, einen gemeinsamen Lebensstil entwickeln, die Aufgaben verteilen, Freizeit gestalten und ihre wirtschaftliche Situation absichern; wenn sie Kinder bekommen, dann kommt eine nicht enden wollende Fürsorge für die Sprösslinge hinzu. Überdies kümmert sich das Paar noch um die eigenen Eltern und übernimmt oftmals noch allgemeine gesellschaftspolitische oder schulspezifische Aufgaben. Ein Paar erfüllt also zentral wichtige Aufgaben. Umso erstaunlicher ist es, dass manche Staaten – beispielsweise Deutschland – diese Basis der Gesellschaft kaum fördern. Ein progressiver Staat mit all seinen Institutionen könnte das Liebe-Prinzip aufgreifen und den Zentren der Liebe – der Paarbeziehung, der Familie, den Kindern – notwendig-großzügige finanzielle Unterstützung geben und ihnen vor allem aufmerksame Wertschätzung und Ansehen entgegenbringen.

Bis vor etwa einem halben Jahrhundert war es einer kleinen Wohlstands- und Adelselite vorbehalten, die Liebe als Luxus zu erleben und ihr verschwenderisch Zeit zu widmen. Nur eine wohlhabende Minderheit konnte durch schulische Bildung die Kultiviertheit erlangen, die es erleichtert, tiefe Gefühle zu spüren und zu reflektieren. Diese Welt der verschwenderischen Liebe steht im Westen nunmehr allen Angehörigen der Mittel- und Oberschicht offen.

Gegensätze ziehen sich an, Ähnlichkeiten auch. Sowohl sehr unterschiedliche Menschen als auch wesensähnliche können im Rausch gegenseitiger Liebe aufgehen und dabei manchmal zu Kindern regredieren, sich kindlich verhalten und kindliche Sprache benutzen. Auch gegenseitiges Liebkosen kann kindlich wirken. Wenn Liebende wie Kinder werden, so ist dies wunderbar. Wenn aber die verliebte Frau die Mutterrolle übernimmt und das Objekt ihrer Liebe in der Rolle des verwöhnten, regredierten Kindes stecken geblieben ist? Treffend beschreibt diese Situation der Eheberater Hans Jellouschek in „Die Kunst, als Paar zu leben“:

> *Da gibt es viele Paare, die lieben sich wie Eltern ihre Kinder und Kinder ihre Eltern. Der Mann liebt seine Frau wie ein Junge seine Mutter: Er braucht mit ihr keinen besonderen Austausch. Wenn sie nur „um ihn herum ist“ und er seinen Hobbys und Unternehmungen nachgeben kann, dann ist es ihm schon genug. Oder die Frau liebt den Mann wie eine Mutter ihren Jungen: Sie erzieht an ihm herum, bringt ihn mit verschiedenen Tricks geschickt zu dem, was sie von ihm will, ohne dass er es merkt.*

Anders problematisch wird es, wenn gleich zu Anfang einer Beziehung einer sich hart und stur verhält, um nicht als Schwächling zu gelten und möglichst kein Terrain zu verlieren. „Wehret den Anfängen“, ist sein einförmiges Motto, das er sich auf die Kampffahne schreibt. Dabei bietet die Paarbeziehung die Chance, die eigene Persönlichkeit weiter zu entfalten; der Partner wird zu einem zweiten Ich, womit sich nicht nur Bedürfnisse, sondern auch Entwicklungsmöglichkeiten erweitern.

Die Liebe muss immer gepflegt, wieder neu entzündet werden. Wenn wir mit offenen Sinnen und offenem Herzen durch den Alltag schreiten, erleben wir unzählige kleine Liebesschauspiele, nicht nur von Menschen, auch von Tieren, die zur Nachahmung einladen: Da singt eine Amsel so inbrünstig, als wolle sie das ganze Universum bekehren: „Vielleicht soll ich meinem Freund wieder – wie damals – Lieder auf meiner Gitarre darbringen.“ Zwei Schmetterlinge flattern einen Reigen, werden noch bunter und liebkosen einander: „Vielleicht frage ich meine Frau, ob wir zusammen Tango/Salsa/Walzer tanzen gehen.“ Da sind zwei halbwüchsige geschmückte Mädchen, die kichern und krümmen sich schließlich vor Lachen und Fröhlichkeit: „Vielleicht soll ich in meiner Beziehung wieder die bunten Blumen der Heiterkeit verstreuen, mich schön machen, mich schmücken, einfach *nur* für ihn/sie.“ Selbst eine Fahrt in der ansonsten eher tristen S-Bahn kann zündende Anregung geben – ein Gedicht von Dagmar Scherf-Deskau:

Wie die zwei versunken sind ineinander –
dann legt er
den Arm noch fester um sie.

Warum tut das so weh?
Es war einmal – ist es das?

Wende den Blick nicht ab,
in zehn Minuten bist du zu Hause.
Vielleicht kannst du ihm
tiefer in die Augen sehen
als sonst bei der Begrüßung.

Aber wie ist das mit fünfzig, sechzig, siebzig?
Muss das denn enden,
und: Warum?

„Männer sind anders, Frauen auch“

So heißt ein Bestseller des amerikanischen Familientherapeuten John Gray. Dass Mann und Frau sich körperlich *sehr* unterscheiden, wird niemand bestreiten. Doch die geistigen und emotionalen Unterschiede sind vielleicht noch eindrucksvoller, auch wenn Frauen und Männer dieselben Berufe wählen, ähnliche Kleidung tragen und ins selbe Fitnessstudio gehen. Die Nichtbeachtung der gravierenden Unterschiede zwischen Mann und Frau führt im Alltag oft zu Reibereien, Frust und Aggression. Beginnen wir mit einem Beispiel:

> *Die Ehefrau bereitet das Abendessen vor und schaut zwischendurch nach dem 16-jährigen Sohn Alexander, der sich mit Englischvokabeln abplagt. Da kommt ihr Mann nach vollendeter Arbeit endlich nach Hause. Nach einer kurzen Begrüßung sprudelt die Frau los: „Stell dir vor, mein Chef bringt mir kurz vor zwei Uhr noch einen Packen Arbeit, obwohl er weiß, dass ich die Kleine abholen muss, aber man kann ja nicht mit ihm reden …“ Der Mann unterbricht: „Lass doch diese Arbeit endlich sausen, sie ist ohnehin schlecht bezahlt.“ Die Frau sprudelt weiter: „Jetzt hab’ ich den ganzen Nachmittag mit Alexander Englisch geübt, aber Alexander gibt sich keine Mühe. Je älter er wird, desto weniger lernt er selbstständig, dabei hat er morgen die entscheidende Schularbeit …“ Der Mann unterbricht wieder: „Ich sag’s doch schon immer: Er braucht einen Nachhilfelehrer und zwar einen, der strenger ist als du!“ Die Frau schluckt, schaut etwas irritiert ihren Mann an und redet weiter: „Zu allem Überfluss kam noch Jerry mit ihrem furchtbar kribbligen Sohn, nichts ist vor ihm sicher, ich krieg’ noch ein Magengeschwür …“ Wieder unterbricht der Mann: „Setz die beiden doch einfach vor die Tür.“ Die Frau schaut ihren Mann empört an und nach einer sehr kurzen Pause spricht sie weiter und macht ihrem Mann schließlich den Vorwurf, dass er so spät nach Hause kommt. Die sprudelnde Frau ist jetzt noch mehr aufgewühlt und Tränen stehen ihr in den Augen. Der Mann reagiert gekränkt und wütend und erwidert laut: „Da gehe ich Tag für Tag in diese blöde Firma, um meine Familie zu ernähren und zu verwöhnen, dann krieg’ ich statt Dankbarkeit auch noch Vorwürfe serviert!“*

Der Mann in diesem Beispiel hat drei Fehler gemacht. Er hat dreimal unterbrochen und dreimal die Heimwerkermütze aufgesetzt, die Ärmel hochgekrempelt und nicht erbetene Ratschläge erteilt. Die Frau wollte nur erzählen, wollte sich nur entlasten. Sie wünschte sich von ihrem Mann Mitgefühl *ohne* Gebrauchsanweisungen und hätte Mitgefühl als Liebesbeweis gedeutet. Stattdessen fühlt sie sich unverstanden, wird wütend auf ihren Mann und zeigt es auch. Dieser reagiert mit einem Gegenangriff und die traurig-wütende Eskalation ist perfekt.

Das Folgende klingt einfach, ist aber in dieser Einfachheit hilfreich: *Sie werden in der persönlichen Paarbeziehung und Ihrer Arbeitswelt und ebenso in Ihrem weiteren sozialen Umfeld (Freunde, Bekannte, Verwandte) kreative, innige und erfreuliche Kontakte herstellen können, wenn sie drei Punkte beherzigen:*

1. Versuchen Sie Ihr Gegenüber (ob Frau oder Mann oder Kind) *wertschätzend zu akzeptieren.*
2. Begeben Sie sich in die Rolle des *Zuhörers: mit offenem, frei schwingendem Herzen* (für einige Männer ist dies eine Art Feuerprobe und extrem schwer, für die meisten Frauen ziemlich leicht, weil sie eine andere Art des Zuhörens haben).
3. *Frauen und Männer sind völlig anders.* Wenn Sie dies erkennen, verstehen Sie mehr vom Leben und dies erleichtert Ihre alltägliche Kommunikation.

Der bereits erwähnte John Gray:

> *Männer und Frauen haben nicht nur eine unterschiedliche Art, sich verständlich zu machen, sondern sie denken, fühlen, reagieren, lieben und freuen sich anders. Außerdem nehmen sie ihre Umwelt grundverschieden wahr und haben völlig unterschiedliche Bedürfnisse. Es ist, als kämen sie von zwei verschiedenen Planeten, sprächen verschiedene Sprachen und würden sich unterschiedlich ernähren.*

Lange vor den epochalen 70er Jahren schrieb Anaïs Nin, die sich ihr Leben lang mit der Mann-Frau-Beziehung konfrontiert hat, vor allem durch sinnlich-exzessive Eigenerfahrungen unter dem Titel „Die neue Empfindsamkeit“:

> *Der empfindsame Mann kennt die Bedürfnisse der Frau. Er ist bestrebt, diese Bedürfnisse leben zu lassen. Aber die Frauen erkennen manchmal nicht, dass das, was sie vermissen, gerade dasjenige ist, das die Entfaltung der Frau … verhindert hat. Sie verwechseln Empfindsamkeit mit Schwäche; vielleicht, weil dem empfindsamen Mann die Aggressivität des* Macho-*Mannes fehlt.*

In der folgenden Charakterisierung vereinfachen wir, um die weiblich-männlichen Unterschiede besonders deutlich zu machen. Und natürlich existieren auch weibliche Anteile im Mann und männliche Anteile in der Frau.

Betreten wir zunächst die Welt der Frauen. Die Prioritäten liegen hier vor allem im Kommunizieren, im Miteinanderreden, im Teilen und Mitteilen, im Schaffen ästhetischer Atmosphären. Gelebte Liebe verbreitet sich wellenförmig. Frauen zeigen ihre Gefühle, manchmal zeigen sie sie dramatisch und lautstark im heftigen Reden, Weinen und Lachen. Und Frauen pflegen und fördern bestehende Beziehungen, wobei sie bei auftretenden Schwierigkeiten viel länger durchhalten und sich mehr bemühen als Männer. *Aus all dem entwickeln die Frauen – im Gegensatz zu den Männern – einen großen Teil ihres Selbstbewusstseins.*

Viel Zeit verbringen sie, indem sie einander helfen (den Freunden, Verwandten, Bekannten) und sich um die eigene Familie, um eigene und andere Kinder kümmern, und zwar auch, wenn sie beruflich eingespannt sind. Statt Wolkenkratzer und Mondraketen zu konstruieren, bemühen sich Frauen um Harmonie und um stimmungsvolle Atmosphäre und – wenn man ihnen die Muße lässt – schmücken sie sich und ihre Umgebung mit inniger Hingabe. Und natürlich kleiden sie sich – wenn es irgendwie geht – jeden Tag anders.

Um Harmonie und Atmosphäre zu kreieren, müssen Frauen sich nicht besonders aufraffen, sondern sie tun es so, wie sie ein- und ausatmen.

Frauen zeigen Aufmerksamkeit, Verständnis, Mitgefühl, sie können warmherzig und einfühlsam sein und können *zuhören* – sie haben das Talent eines natürlichen Psychotherapeuten. Das weibliche Zuhören ist kein(!) männlich-detailliert genaues Zuhören, sondern eher ein umfassend atmosphärisches. Das Zuhören wird auch häufig unterbrochen, nicht aus Besserwisserei (wie oft bei Männern), sondern weil eigene Impulse hochkommen, die über die Lippen wollen. Grundsätzlich sind Gefühl und Intuition für Frauen wichtiger als die Ratio, was zu Entscheidungen führt, die Männer oft nicht nachvollziehen können. Beim Kauf eines Gebrauchtautos kann für eine Frau die ansprechende Farbe entscheidend sein oder das freundliche Wesen des Vorbesitzers (von einem Unsympathen übernimmt man ohnehin kein Auto). Der Mann dagegen studiert das Wartungsheft und prüft den Klang des Motors. So unterschiedlich die Herangehensweisen sind – Untersuchungen zeigen, dass die positive Trefferquote bei beiden Vorgehensweisen gleich ist.

Selbst intellektuell-kritische und künstlerisch-anspruchsvolle Frauen bummeln gerne durch Boutiquen und Schuhgeschäfte. Wird einer Frau Hilfe angeboten, so erlebt sie dies – anders als der Mann – als Kompliment und nimmt das Angebot selbstverständlich und gerne an. Hat sich eine Frau mit dem Auto verfahren, dann fragt sie so lange und so viele Menschen, bis sie endlich wieder auf der richtigen Fährte ist. Männer vertiefen sich lieber in Stadtpläne und Landkarten.

Wenn Frauen erzählen, wünschen sie sich, dass der Mann nur zuhört, ohne Lösungen anzubieten. Umgekehrt sind sie überzeugt davon, dass ausgerechnet sie dem „starken" Geschlecht mitteilen „müssen", wie man effektiver arbeiten könnte. Bei der Flut von Verbesserungsvorschlägen, mit denen manche Frauen ihre Partner überschütten, entsteht in der männlichen Seele oft der Eindruck, eine nie zufrieden zu stellende Frau vor sich zu haben.

Begeben wir uns nun in die Welt der Männer. Ein Mann ist bestrebt und stolz darauf, Dinge aus *eigenem* Impuls (auch wenn es manchmal dauert) zu tun, und will Vorhaben alleine schaffen. Damit demonstriert er Autonomie, Zielbewusstsein und vor allem Kompetenz. Wenn dies – womöglich von einer Frau – angezweifelt wird, dann empfindet der Mann das als Majestätsbeleidigung. Kommt eine Frau mit nicht erbetenen, aber gut gemeinten Verbesserungsideen und Ratschlägen, dann empfindet der Mann, dass sie ihn für unfähig hält. Der wohlgemeinte Ratschlag einer Frau ist für den Mann keine Erleichterung, sondern ein Affront.

Der Leitspruch heißt: „Selbst ist der Mann!" Die Kompetenz des Mannes darf nicht angezweifelt werden, sonst wird er (manchmal gar überschießend) zornig oder traurig (wobei Letzteres nicht offen gezeigt wird). Für viele Männer ist es ein Zeichen von Niederlage, wenn sie Hilfe vom „schwachen Geschlecht" annehmen müssen.

Für Männer ist es wichtig, Macht zu haben. Das Gegenteil von Macht ist aus der Sicht des Mannes nicht Gleichheit, sondern Ohnmacht. *Dauernd wollen die Männer etwas leisten, Effizienz zeigen und Erfolge einheimsen. Das brauchen sie für ihr Selbstwertgefühl.* Die Uniform ist das sichtbare Zeichen von Kompetenz und Macht. Es waren Männer, die die Uniformen erfunden haben, für Polizisten, Richter, Ärzte, Soldaten – und auch für Krankenschwestern und Stewardessen.

Viele Männer haben die Steinzeit-Mentalität der Jäger und Sammler beibehalten und bleiben in ihren Gedanken und Fantasien beim Dinglichen: Sie reden über die fortschreitende Elektronik des Autos, über PC-Festplatten und technische Spielereien und sprechen mit Sicherheit nicht über einen neuen Liebesroman, weil sie einen solchen gar nicht in die Hand nehmen. Beim Fernsehen meiden viele Männer Liebesfilme und bevorzugen Nachrichtensendungen und die Sportschau.

Tiefe Gefühle zu zeigen, fällt vielen Männer schwer und ist für viele auch gar nicht erstrebenswert. Es gibt Männer, die sagen in jahrelanger Partnerschaft ihrer (wirklich geliebten) Frau nur ein einziges Mal: „Ich liebe dich!" Und manche sagen es nie, weil sie die tiefen Archive ihrer Seele vorsichtshalber lieber verschlossen halten. Trotzdem lieben diese Männer, lieben auch innig, aber sie zeigen es oft verhalten und indirekt: durch Großzügigkeit, Fürsorge, gemeinsam geplante Unternehmungen, Spaßmachen, indem sie die Fäden des Geschehens (scheinbar) in der Hand halten und nett und freundlich sind.

Wenn ein Mann einem anderen Mann ein Problem schildert, dann erteilt er diesem anderen die Ehre, gemeinsam nach Lösungen zu suchen. Weiß der andere einen Rat, dann nimmt der Mann diesen Rat freundlich entgegen. Aufgrund dieser Haltung wird verständlich, dass ein Mann seiner über Probleme klagenden Frau sofort Ratschläge gibt; er will ihr damit Gutes tun und sieht dies als Liebesbeweis und Hilfsbereitschaft.

Wenn etwas gut und lange Zeit funktioniert – sei es die Beziehung oder die Gartengestaltung – dann neigen Männer dazu, alles so zu belassen und so weiter zu machen wie bisher. Das scheint logisch. Frauen dagegen wünschen immer wieder Veränderungen, Altes soll sich neu kombinieren (gleichgültig, ob es sich bewährt hat oder nicht). Frauen wollen einen Wechsel in den Alltag bringen, so wie sie auch immer wieder ihre Kleider variieren. Auf die vom Mann gestellte Frage nach dem „Warum?" (ohnehin eine Fragestellung, die Frauen nicht mögen) antwortet die Frau: „Weil ich es will!"

„Amor fatal" – sie quälen und sie lieben sich

Amor, amor / Liebe,
die verwundet ist.
Verwundet von entflohener Liebe;
verwundet,
tot vor Liebe.
Sagt allen, dass es
die Nachtigall war.
(Garcia Lorca)

Für die meisten Paare ist klar: Wenn im Laufe von Monaten oder Jahren Streit, Missachtung, Nörgelei, Distanz oder Kälte überwiegen, dann muss die Beziehung radikal geändert oder notfalls beendet werden. In unserem Kulturkreis wird Trennung – selbst eine Ehescheidung – relativ leicht gemacht und ist gesellschaftlich akzeptiert. Nun gibt es aber unzählig viele Paare, die sich quälen und sich trotzdem lieben. Entweder leidet nur ein Partner oder es leiden beide und dennoch schaffen sie es nicht, sich zu trennen. Sie bleiben zusammen und machen sich weiterhin das Leben schwer.

Die „femme fatal" spielt in der Literatur eine hervorstechende Rolle: Ein Mann erliegt der unwiderstehlichen Attraktivität einer Frau, die ihn aber schlecht oder gar böse behandelt. Natürlich gibt es die Faszination des Bösen auch in der „homme fatal"-Version, wo das Demütigende vom Manne ausgeht. Der erniedrigte Partner erkennt zwar rational seine entwürdigende Lage, fühlt sich aber durch die negativstarken Gefühle wenigstens wahrgenommen, spürt eine – wenn auch negative – Bedeutung, etwa nach dem Motto: Lieber kriege ich negative Gefühle als gar keine Gefühle. Amor fatal.

Einige besonders problematische Paarkonstellationen stellen wir im Folgenden vor – von der typischen Amor-fatal-Situation bis zur lebenslangen Kumpelliebe. Manche Menschen – Frauen sehr viel mehr als Männer – haben ein großes und gutmütiges Herz, sie ertragen viele Kränkungen und Demütigungen und ertragen auch, dass die eigene Würde massiv verletzt wird. Sie ertragen dies nur, weil sie unendlich viel Liebe für genau *den* Partner empfinden, der sie demütigt und verletzt. Alle Liebe und alles Leid sind auf *einen* Menschen fokussiert – Amor fatal:

Celestina, Mitte vierzig, beruflich erfolgreich im oberen Management eines Konzerns, ist seit acht Jahren mit einem Mann zusammen, den sie über alles liebt. Nie zuvor hat sie einen Menschen so geliebt wie ihn! Beide Partner leben in getrennten Wohnungen, sehen sich aber dennoch häufig. Vor vier Jahren hat Celestina herausbekommen, dass ihr Lebenspartner seit mehr als zwölf Jahren (also schon vor Beginn der Beziehung zu ihr) eine geheime erotisch-sexuelle Beziehung zu einer deutlich jüngeren Frau pflegt. Als sie das entdeckte, war sie tief erschüttert und verzweifelt, wollte sich trennen, was ihr aber nicht gelang. Er beteuerte wiederholt die innige Liebe zu ihr und bedeutete ihr, dass die andere Frau nicht so wichtig sei. Celestina erfährt – mittels Privatdetektiv –, dass die meisten Geschäfts- und Fortbildungsreisen ihres Lebensgefährten versüßt waren durch Honey-moon-Aben-

teuer mit der ihn begleitenden jungen Geliebten. Alle Freundinnen rieten Celestina, sich endlich von diesem Mann zu trennen. Aber – wie kann sie sich trennen von einem Menschen, der der wichtigste ist in ihrem Leben, der – wenn sie mit ihm zusammen ist – sich überaus liebevoll ihr gegenüber verhält, Anteil nimmt an der Schwere ihres Jobs, sie mit zärtlicher Sexualität verwöhnt. „Wenn ich mich trenne, schneide ich mein Lebenselixier ab, mein Leben wird keinen Sinn mehr haben." Wenn sie an die Zweitbeziehung ihres Lebenspartners denkt, spürt sie vernichtende Schauder, und gleichzeitig spürt sie: Ohne ihn kann ich nicht leben. Homme fatal.

Was tun? Einmal: Sie akzeptiert ihren Freund so, wie er ist, akzeptiert ihn (letztlich so, wie sie ihn kennen gelernt hat) und akzeptiert auch seine Schattenseiten, akzeptiert gewissermaßen sein nicht körperliches, aber mentales Handicap. Oder Celestina kann als zweite Möglichkeit die eigene Würde, die Selbstliebe wieder entdecken; sie könnte auf Respekt und Achtung bestehen, was sie beispielsweise in ihrer Arbeitswelt tut, wo sie sich mit zwingender Stimme durchsetzt und dabei nett und beliebt ist. In der zermürbend-verletzenden Beziehung zu ihrem Lebenspartner wird sie jedoch – wohl auch aufgrund kindlicher Prägungen – zur erniedrigten Sklavin. Wer eine liebevolle Kindheit mit elterlicher Wertschätzung erfährt, lernt schon als Kind, sich selbst zu lieben. In Celestinas Kindheitsbiografie sind dagegen allerlei dunkle Stellen, die sie im Erwachsenenalter offenbar nicht ausreichend geheilt hat.

Bekanntermaßen gibt es Frauen und Männer, die aus einer masochistisch erlebten Erniedrigung und aus körperlich demütigender Gewalt (Schläge, Anspucken, Fußtritte, Peitschen usw.) eine hoch-sexuelle Befriedigung beziehen. Celestina ist keine Masochistin (im engeren Sinne). Sie liebt ebenbürtige Zärtlichkeit.

Die Liebe, die Celestina ihrem homme fatal schenkt, könnte sie erst einmal für sich behalten, sich selbst mit Liebe beschenken, sich – auch körperlich – Gutes tun, *ohne* diesen Mann. Gelingt es Celestina, diesen Weg zu gehen, wird sie sich irgendwann von diesem Lebensgefährten trennen; dann wird ihr – erwartungsgemäß – das Herz bluten, sie wird leiden und viel weinen. In dieser tieftraurigen Situation wird sie vielleicht immer wieder den erlösenden Tod herbeiwünschen und so voll von Leiden sein, dass sie den gleichzeitig ablaufenden kathartischen Prozess nicht erkennen kann, obwohl dieser sie weiterentwickelt. Liebe, Leiden und Leidenschaft sind in der Paarbeziehung eng vertraute Gespielinnen. Amor fatal zeigt viele Gesichter:

Shirleys fünf Beziehungen dauerten jeweils ein bis drei Jahre; ihre Männer hatten sehr unterschiedliche Berufe, aber eines hatten alle gemeinsam – sie neigten zu Gewalt, unflätig beschimpften sie Shirley und schlugen sie. Nun gehört Shirley keineswegs zur untersten sozialen Schicht, sondern sie ist Krankenschwester und wohnt in einer anspruchsvoll eingerichteten Eigentumswohnung. Ihr jetziger Freund – mehrfach vorbestraft – hat sie während eines drogeninduzierten Gewaltrausches zum dritten Mal mit Fäusten und Stiefeln malträtiert, diesmal besonders schlimm: Zähne sind eingedroschen, Platzwunden geschlagen. Drei Tage bleibt Shirley im Krankenhaus, bei der Entlassung holt ihr Peiniger sie ab, entschuldigt sich dürftig und Shirley bleibt bei ihm und sagt zwei Tage später zu ihrem Therapeuten: „Ich bin sicher, dass mein Freund mich liebt; wenn ich ihm nicht wichtig wäre, würde er nicht so starke Gefühle zeigen. Ich weiß, dass Sie jetzt denken, ich sei nun total verrückt geworden."

Die Demütigung, die eine femme fatale ihrem Verehrer, Freund oder Ehemann zufügt, kann subtil sein oder offen zynisch:

Pierre ist mit Catherine liiert, die ihm intellektuell überlegen ist und ihn wegen seiner geringen Bildung verachtet: „Pierre, wenn du mal ausnahmsweise außer dem Sportteil auch ein paar andere Zeilen lesen würdest, dann könntest du zu einem Gespräch wie bei der gestrigen Einladung auch mal was halbwegs Kluges beitragen." Dies sagt Catherine ihm nicht unter vier Augen, sondern im Beisein einer Freundin. Pierre schluckt, er spürt eine kurze Enge im Hals, zeigt ein gequältes Lächeln und – sagt nichts. Dann nimmt Pierre ein Bier aus dem Kühlschrank, geht ins Nebenzimmer und schaltet den Fernsehapparat ein.

Catherine wird von ihrer Freundin vorsichtig darauf angesprochen, dass sie ihren Mann doch nicht so unfreundlich behandeln soll. „Du weißt ja gar nicht, was ich mit Pierre durchmache", verteidigt sich Catherine. „Er redet fast gar nicht mit mir, er versteht mich nicht, aber du verstehst mich ja offenbar auch nicht."

An diesem Beispiel werden gleich mehrere „Beziehungskiller" offenbar. *Killer Nr. 1 – Angriff und missbilligende Kritik:* Catherine übt harsche Kritik; längst ist im Laufe der Ehejahre Pierre zu einem Feind geworden. Und in dieser Kritik sind gleich noch zwei weitere Beziehungskiller enthalten: *Killer Nr. 2 – Verachtung:* Dass Pierre offenbar weniger intellektuell parlieren kann als Catherine, empfindet er im Zusammensein mit ihr als Schwäche, nicht aber bei Treffen mit seinen Freunden. Wenn intimes Wissen über den Lebenspartner gegen diesen verwendet wird, verhärten sich die Fronten. Catherines Verachtung wird noch dadurch gesteigert, dass sie Pierres Schwäche vor ihrer Freundin anprangert. Zusätzlich erscheint der *Killer Nr. 3 – Machtgehabe:* Schonungslos schwelgt Catherine in Pseudo-Überlegenheit und Machtgehabe, was die Kluft in der Beziehung noch vergrößert. „Geliebt wirst du einzig, wo du schwach dich zeigen darfst, ohne Stärke zu provozieren“, meinte der Philosoph Theodor W. Adorno.

Auch Pierre hat Killer-Gehabe gezeigt, denn das ist *Killer Nr. 4 – emotionales Mauern:* Vom jahrelangen Gezänk der Ehefrau ist Pierre innerlich müde, abgestumpft geworden, die Vorwürfe verletzen ihn zwar noch, aber er erwidert nichts mehr. Catherines Gespräch mit ihrer Freundin zeigt überdies noch eine andere verbreitete Kommunikationsstörung: Die vorsichtige Kritik der Freundin wird von Catherine nicht beachtet und abgewogen, sondern als Angriff erlebt und wird so zum Signal für den Gegenangriff.

Der von Catherine und Pierre aufgesuchte Paartherapeut hört sich eine Weile die heftigen gegenseitigen Beschimpfungen und Beschuldigungen an, dann bittet er das Paar um eine gemeinsame Übung: Catherine und Pierre stellen sich einander gegenüber und sollen sich zurückerinnern an die Zeit, als sie sich kennen gelernt haben und heftig ineinander verliebt waren. Beide schließen die Augen und beiden gelingt es erstaunlich gut, sich in die Verliebtheit von damals hineinzuversetzen, das Herzklopfen von einst zu spüren, die heiße Haut und die Sehnsucht nach den Blicken und der Zärtlichkeit des anderen. Als Catherine und Pierre – mit Hilfe des Therapeuten – tief in das damalige Verliebtsein eingetaucht sind, verschwimmt das Bewerten und Kritisieren. Catherine und Pierre öffnen die Augen, sehen einander an – und beide weinen. Die sonst so hart angreifende Catherine liegt plötzlich schluchzend in den Armen ihres Mannes, der zum ersten Mal seit zehn Jahren seine Frau „berührbar“ und weich erlebt.

Neben den oben genannten vier Beziehungskillern lässt sich noch ein *Killer Nr. 5* finden – *Eifersucht und Seitensprung:* Unberechtigte, starke Eifersucht stört und zerstört eine Beziehung und dennoch ist dieses Gefühl weit verbreitet. Eine maßvolle Eifersucht ist durchaus natürlich, vielleicht sogar notwendig. Wer einen mühsam gewonnenen, schönen und tüchtigen Lebenspartner an seiner Seite weiß, der verzichtet nicht einfach, wenn ein Fremder erscheint und mit der „besseren Hälfte" hemmungslos flirtet und sie zu entführen droht. Man wird seinen Lebenspartner beschimpfen, bedrohen oder mit Liebesbeweisen überhäufen; man wird schlecht über den Rivalen reden und versuchen, ihn zu verjagen.

Problematisch wird es, wenn – womöglich täglich – ohne ersichtlichen Grund Eifersucht hochkommt. Nur jahrelang erfahrene Treue lässt dieses quälende Gefühl kleiner werden. Eine größere Belastung ist es, wenn ein Partner eine amouröse Affäre mit einer anderen Frau, einem anderen Mann hat. Männer sind die häufigeren Seitenspringer, können aber gleichzeitig ihren Frauen kaum verzeihen, wenn diese Sex mit einem anderen haben. Will die/der Betrogene die Partnerschaft retten, so führen nicht Vorhaltungen, Drohungen und Rachegelüste zurück zur ursprünglichen Zweierbeziehung, sondern eher ein gewisses Verständnis und ein gewinnendes Locken mit den eigenen Vorzügen, der gemeinsamen Geschichte, der jahrelangen Vertrautheit oder – falls Kinder da sind – mit dem Familiengefühl.

Der fatalen Beziehung von Catherine und Pierre ähnlich ist die Sklave-Herr-Beziehung: Ein Partner tut alles, was der andere verlangt, toleriert auch alles (einschließlich gelegentliche Affären) und ist dabei einigermaßen zufrieden oder in seinem inferioren Verhalten sogar glücklich. Dieses System sei keineswegs zur Nachahmung empfohlen, aber Faktum ist, dass immer wieder zwei sehr unterschiedliche Partner aufeinander treffen und – entgegen allen abratenden Meinungen der Umgebung – ein Paar bilden und auf diese Weise eine kurze oder lange Zeit zufrieden oder sogar glücklich werden.

Manchmal hat man den Eindruck, Amor verschieße seine Pfeile willkürlich; so finden sich auch sehr unterschiedliche Partner: Die berühmte, megareiche Liz Taylor heiratet einen unbekannten, mittellosen, 40 Jahre jüngeren Mann – Prinzessinnen küssen bekanntermaßen die zweifellos ungleichen Kröten. Eine attraktive und fröhliche 30-Jährige zieht in die Familie eines Witwers, Vater von drei pflegebedürftigen, an einer Erbkrankheit leidenden Kindern und sorgt sich um diese Kinder, als wären es die ihren. Ein 25-jähriger Mann, der aussieht, als wäre er dem Werbeplakat eines Fitnessstudios entstiegen, verliebt sich in eine gleichaltrige, körperlich mehrfach behinderte Frau. Summa summarum: Wem sich eine ungewöhnliche oder exotische Paarbeziehung bietet – nur Mut!

Eine Trennung zu vollziehen, fällt schwer und so quälen sich manche Paare Jahr um Jahr und werden zu *„chronifizierten Langzeit-*

quälern". Wenn beide emotional abstumpfen, dann wird es – paradoxerweise – für beide erträglicher und sie leben nebeneinander her, scheinbar ohne große Verwundungen, aber auch nur selten mit gegenseitigen Freuden.

Bei anderen Partnern entsteht bei Unstimmigkeiten das Gefühl, Trennung sei der einzig richtige Weg, und dennoch verbleiben sie in der Beziehung, weil die materiellen Vorteile überwiegen oder weil man den Kindern eine Ehescheidung nicht antun will. Richtig ist zweifellos, mit Trennungsplänen abwägend und abwartend umzugehen und zu bedenken, dass nicht wenige Frauen und Männer nach dem Auseinandergehen die Trennung bereuen.

Zahlreiche Partnerschaften mögen – wenn ein Psychologe sie von außen betrachtet – pathologische Formen widerspiegeln, sie „funktionieren" aber dennoch zur Zufriedenheit aller Beteiligten. Da ist beispielsweise die liebevoll-dominante, alles regelnde Mama – *„Mama total"*, Mutter von drei Kindern, zwei hat sie selbst geboren, das dritte Kind ist ihr Mann. Sie fühlt sich wohl in ihrer Rolle als alles beherrschende Mutter und hat nichts dagegen, wenn ihr Mann von der Arbeit nach Hause kommt und gleich am Computer spielt oder an den Wochenenden an seinem Oldtimer bastelt. Sie kümmert sich um alles, um seine Termine, seine Finanzen, seine Kleidung, sein Gewicht, seine Frisur, seine Weltanschauung, seinen neuen Handyvertrag und sagt ihm, was ihm gut tut. Er fühlt sich wohl in dieser Rolle des kleinen, unbeschwerten Jungen; die Mama ist im Hintergrund und er kann tun und lassen, was er will. Wenn alle glücklich sind – warum sollten sie an dieser zwar wenig emanzipierten, eher komischen Situation etwas ändern wollen?

Eine besondere Form von Liebe erleben wir beim *„verschmolzenen Paar"*. Sie haben seit Jahren, Jahrzehnten im Wesentlichen dieselben Gedanken, fühlen gemeinsam, machen – fast – alles gemeinsam, haben gar ein gemeinsames „Unbewusstes" und dieselben Passionen, die gleiche Art, zu träumen und zu lachen. Das Platonsche Kugelwesen ist in diesen Paaren moderne Realität geworden. So viel Verschmelzung klingt für Paarexperten nach einer Therapieindikation. Doch vielleicht sind die beiden glücklich in ihrer Verschmelzung und überhaupt nicht gewillt, ihr Glück durch „Therapie" zu beenden.

In der Paarbeziehung – ähnlich wie in der Beziehung zu Kindern – kreieren sich die buntesten Spielformen der Liebe. Das Liebe-Prinzip akzeptiert grundsätzlich, was beide Partner glücklich macht, und die Paarkonstellation kann auch etwas schräg sein. Der eher konservative südamerikanische Starautor Mario Vargas Llosa beschreibt ein solches Beispiel in seinem Roman „Tante Julia und der Kunstschreiber“:

Tante Julia, eine 32-jährige und attraktive Bolivianerin, kommt nach ihrer Scheidung nach Lima, um dort einen neuen Ehemann zu finden. Stattdessen verliebt sich ihr 18-jähriger Neffe Mario in sie, ein ambitionsloser Student der Jurisprudenz, der unentwegt von seinem zukünftigen Leben als Schriftsteller in einem Pariser Dachzimmer träumt. Aus der anfänglich versteckten Verliebtheit wird allmählich eine große Liebe, dann ein Skandal. Der Familienclan versucht unbedingt, eine Ehe zu verhindern. Mario und Julia fliehen und finden nach einer Irrfahrt durch die peruanische Provinz endlich den bestechlichen Bürgermeister, der den Minderjährigen mit seiner vierzehn Jahre älteren Tante traut.

Es erfordert Mut, auch eine etwas ausgefallene, gesellschaftlich wenig akzeptierte Liebe zu leben. Wer halbwegs Selbstvertrauen hat, kann es sich leisten, auch eine Beziehung einzugehen, die nach Risiko riecht – lieber ein Liebesexperiment wagen, als einsam versauern. Ein Kaufmann mit gut gefülltem Geldtresor wird gerne mal eine Risikoinvestition wagen, denn wenn die Investition scheitert, dann ist dennoch ein gutes Überleben garantiert. Ähnlich ist es mit dem, der emotionale Wagnisse eingeht, aber tief im Tresor der Seele genügend Selbstbewusstsein und Kraft speichert. Selbst wenn das Liebesabenteuer scheitert, wird er überleben; selbst wenn er emotional abstürzt, wird er sich wieder erholen.

Kein Risiko gehen Menschen ein, die eine *„Beziehung auf Distanz“* pflegen. Sie haben getrennte Wohnungen, heiraten nicht und vermeiden dinglich und zeremoniell Verbindendes. Ohne Kündigungsfrist kann eine derartige Beziehung, schneller als ein Arbeitsvertrag, gekündigt werden. Einer solchen Einstellung haftet etwas Ängstliches an – Angst, sich zu öffnen, Angst, Verantwortung auch für den anderen zu übernehmen. Dieser reduzierten Form der Liebe fehlt der Mut zum eventuellen Leiden, es fehlt die Leidenschaft. Otto René Castello:

Einer muss um zu lieben
alles verlangen.

Wenn jemand etwas versagt,
behängt er seinen Körper
mit Trauer.

Deshalb lehnt man sich auf,
wenn die Hingabe nicht vollkommen ist.

Die Leidenschaft fehlt auch in einer oft lebenslangen *„Kumpel-Ehe"* oder wenn aus dem Liebespaar eine *„gut funktionierende Lebensgemeinschaft"* geworden ist. Die Lebenspartner verhalten sich durchaus fair zueinander, sie verbringen gemeinsame Urlaube, unternehmen auch sonst viel zusammen, haben sogar manchmal Sex miteinander. Das Feuer der Leidenschaft lässt sich immer wieder entfachen wie im Tango argentino.

Im Tango der Liebe kommen wir uns nahe, fasziniert voneinander, dann entfernen wir uns, bis Sehnsucht sich erhebt und uns wieder zusammenführt – für tage-atmende Augenblicke. Vielleicht weht in jeder menschlichen Liebe ein Hauch von Amor fatal.

3. Forever together – Grundprinzipien langlebiger Paarbeziehungen

Als sie einander acht Jahre kannten
(und man kann sagen: sie kannten sich gut),
kam ihre Liebe plötzlich abhanden,
wie anderen Leuten ein Stock oder Hut.
...
Sie saßen allein, und sie sprachen kein Wort
und konnten es einfach nicht fassen.
(Erich Kästner)

„... kam ihre Liebe plötzlich abhanden." Um dies zu vermeiden, bedarf es einer *„inneren Einstellung zur Liebe"*, die manche als optimistisches Naturtalent einfach haben, andere dagegen erst finden und lernen müssen. Im Folgenden zeigen wir fünf Quellen, aus denen der Garten der Liebe gegossen werden kann:

1. Den anderen *positiv* akzeptieren, so wie er ist, inklusive Schattenseiten.
2. Wir-Gefühl entwickeln und ein gewisses Sich-Anpassen an den anderen.
3. Immer wieder Gleichwertigkeit schaffen und Zuwendung geben.
4. *Gemeinsamen* Lebensstil finden.
5. Den anderen *idealisieren.*

Zu 1.: Wenn ich meinen Lebenspartner *wahrnehme, ohne zu bewerten,* wenn ich ihn herzlich akzeptiere und sogar die (scheinbaren) Schattenseiten mag, dann strömt Liebe. Mit der strömenden Liebe entwickeln sich Sensitivität und Zartheit und es wächst Wertgefühl für den anderen *und* für mich selbst.

Oft hört man in Paarbeziehungen die „Wenn-dann-Klagen“: „Wenn mein Mann nicht so viel unterwegs wäre, dann ...“ „Wenn meine Frau nicht so viel Geld ausgeben/nicht dauernd meckern würde/ nicht so depressiv wäre, dann ...“ Als Voraussetzung für die positive Änderung einer Paarbeziehung wird die Beseitigung einer (angeblichen) Charaktereigenschaft des anderen gesehen. Jedoch sollte der Beziehungs-Jammernde mit Änderungen bei *sich selbst* beginnen und gleichzeitig seine Einstellung zum anderen korrigieren. Der Paartherapeut Daniel Wile meint: „In gewissem Sinne ist eine Beziehung der Versuch, mit den negativen Seiten der Münze zurecht zu kommen, deren positive Seiten man liebt und bewundert.“

Manche schaffen sich in ihrer Fantasie einen Traumprinzen, eine Traumprinzessin, die es in der Realität nicht gibt. Somit ist jegliche Suche von Anfang an mit Frust belegt. Wenn wir mit einem anderen Menschen eine Beziehung eingehen, dann zeigt dieser andere Mensch „natürlich“ ein paar Eigenschaften, die uns nicht gut oder gar nicht gefallen. Aber dieser andere ist nur als *Gesamt*-Persönlichkeit zu haben. Wer damit nicht zufrieden ist, der muss sich – wie der Volksmund sagt – seinen Mann, seine Frau selber backen oder, wie Goethe meint, schnitzen: „Doch bin ich, wie ich bin, und nimm mich nur hin! Willst du bessre besitzen, so lass dir sie schnitzen.“

Und der Traumpartner lässt sich wohl schnitzen und dies geht ganz einfach: Sie nehmen die Frau, den Mann, mit der/dem Sie zusammen sind, und akzeptieren die (scheinbaren) Mängel und Schattenseiten. Nochmals Goethe: „Der liebt nicht, der die Fehler des Geliebten nicht für Tugenden hält!“ Dann werden aus vormaligen Fehlern akzeptierbare oder liebenswerte Unterschiede. Und unterschiedlich sind wir alle, auch unterschiedlich liebenswert.

„Wie soll ich das Meckern und die nie enden wollende Unzufriedenheit meiner Frau akzeptieren“, klagt der seit zehn Jahren verheiratete Mann. „Wenn ich etwas später von der Arbeit nach Hause komme, wird mir dies vorgehalten. Komme ich überraschend früher als sonst, dann meckert sie auch. Das soll ich einfach akzeptieren?“

Und die Antwort lautet: Ja! Seit Jahren wehrt sich der Mann erfolg-

los gegen die meckernde Frau, jetzt kann er ein anderes Programm einschalten und dieses Programm heißt „Akzeptanz". Tatsächlich versucht der Mann das Meckern seiner Frau zu akzeptieren und merkt – überraschenderweise – in sich ein inneres Lächeln, kein Belächeln. Während er bei seiner Frau in der Küche verweilt, kommen ihm allerlei Gedanken wie: Sie hat wohl einen schweren Tag gehabt, sie ist unzufrieden, sie möchte anders leben und wieder in ihrem früheren Beruf arbeiten. Während der Mann gedankenversunken dasteht, hört seine Frau plötzlich auf zu meckern und fragt: „Was ist mir dir?" Der Mann erwacht aus seinen Gedanken und fragt spontan: „Wie kann ich dir helfen?" „Die Nudeln abgießen", antwortet die Frau und lächelt – und meckert den ganzen Abend nicht mehr.

Zu 2.: In Zeiten der Verliebtheit entsteht ein stärkeres *Wir-Gefühl*, das sogar soweit geht, dass sich die Geschlechter hormonell angleichen. Verliebte sind durch ihren Ausnahmezustand auf natürliche Weise von der Umwelt abgegrenzt. Das Paar, das langjährig zusammenlebt, braucht ebenfalls klare, aber natürlich durchlässige Grenzen gegenüber dem sozialen Umfeld; das fördert das Zusammenhalten. In der Paarbeziehung ist der Partner die Vertrauensperson Nr. 1. Wenn ich mich an ihn wende, um Ärger oder gar existenzielle Not mitzuteilen, dann ist er ebenso für mich da, wie wenn ich mit freudigen oder lustigen Ereignissen zu ihm komme.

Wenn ich im Ich-Gefühl lebe, dann wird in einem Streit der Partner zum Feind, den ich besiegen muss. Ich bin dann zwar Sieger, die Partnerschaft aber Verlierer. Gelingt es mir, auch in einem Streit Wir-Gefühl zu spüren, dann wird der Streit zum Feind und es gilt, ihn zu besiegen. Früher hielten Forscher Paare, die ihre Beziehung als glücklich bezeichnen, für kreative Streitexperten, aber (zig Videoaufnahmen haben das gezeigt) das Gegenteil ist der Fall: In einer überwiegend glücklichen Beziehung sind Frau und Mann viel zu großzügig, um große Streitereien auszufechten. Entsteht mal ein größerer Konflikt, so legen glückliche Paare nach dem ersten Schlagabtausch die Säbel sehr rasch wieder zur Seite, weil abwechselnd beide einlenken. Nachgeben gilt nicht als Schwäche!

Der Weg des Himmels ist
nicht kämpfen
und nicht einmal wissen, wie man gewinnt.
(Lao-tse)

Dieser Aufruf aus dem fast 2500 Jahre alten Tao-te-ching galt allen Menschen und natürlich auch dem Paar.

Innerhalb des Palastes der Liebe bewohnt das Wir-Gefühl besonders schöne Gemächer und direkt neben diesen Gemächern liegen stattliche Vorratskammern. Immer wenn wir gegenseitige Anerkennung und Zärtlichkeit zeigen, wachsen die emotionalen Vorräte, ebenso wenn wir Lob schenken, interessiert nachfragen, Komplimente machen.

Der Ehemann einer Rechtsanwältin hat sich angewöhnt, seiner Frau vor schwierigen Gerichtsterminen eine aufmunternde oder witzige SMS zu schicken. Die Ehefrau: „Manchmal musste ich über eine SMS so sehr lachen, dass ich mich beim Betreten des Gerichtssaals richtig zusammenreißen musste. So eine witzige SMS gibt mir Heiterkeit und Power. Ich habe dann das Gefühl, nicht mehr allein auf meiner Verteidigerbank zu sitzen."

Solche Zeichen von Aufmerksamkeit sind die kleinen Goldkörnchen täglicher Liebe.

Die analytische Auswertung von Videoaufnahmen, die Gespräche glücklicher Paare wiedergaben, waren ernüchternd: Es zeigten sich keine geheimen Botschaften, keine psychologischen Tricks, selbst Kosenamen oder positive Wörter waren nicht besonders häufig und für das Beobachterteam waren die Gespräche schlichtweg langweilig. Schließlich aber erkannte man, dass es weniger an den Worten liegt, sondern daran, dass beide Partner unspektakulär-achtsam miteinander umgehen. Ihnen geht es nicht so sehr darum, *für* den anderen etwas zu tun, sondern *mit* dem anderen.

Frau und Mann sind zum Wochenendeinkauf im Supermarkt. Der Einkaufswagen ist schon gehäuft voll, da fragt die Frau: „Haben wir eigentlich noch Toastbrot zu Hause?" Der angesprochene Mann kann nun unterschiedlich reagieren:

Version 1: Der Mann reagiert aufgebracht und wird laut: „Woher soll ich das wissen, muss ich mich jetzt auch noch um den Haushalt kümmern?!"

Version 2: Der Mann ist leicht genervt, findet die Frage unwichtig, zuckt die Schultern und wendet sich ab.

Version 3: Der Mann sagt im normalen Tonfall: „Das weiß ich jetzt auch nicht, warte bitte, ich hol' einfach ein Päckchen – OK?"

Klar ist, dass die dritte Version beziehungsförderlich ist. Dabei hat der Mann nicht viel getan. Er hat weder Liebesschwüre geleistet noch hundert rote Rosen gebracht, er hat einfach nur zugehört, die Frage ernst genommen und das Anliegen gleich selbst erledigt – *einfache Gesten mit großer Wirkung.*

Zu 3.: Aus der dritten Quelle für den „Garten der Liebe“ fließt die *Gleichwertigkeit von Frau und Mann.* Wenn wir in der Geschichte zurückblicken, dann sehen wir jahrtausendealte Unterdrückung, Demütigung, Erniedrigung, Entrechtung der Frau. Unsere Gegenwart des beginnenden 21. Jahrhunderts ist ein Sonnenaufgang für die Gleichwertigkeit von Frau und Mann. Allerdings sind manche Männer in ihrem Verhalten noch in früheren tyrannischen Epochen hängen geblieben.

In der Partnerschaft gibt es unterschiedliche Aufgaben (eine Familie würde sonst kaum funktionieren), aber daraus leitet sich keine superiore oder inferiore Position ab – beide Partner sind gleichwertig. Das muss sich auch im Alltag widerspiegeln. Beispielsweise nimmt sich eine extrovertierte Frau in Gesellschaft flexibel zurück, um ihren eher introvertiert-ruhigen Mann nicht in eine Außenseiterrolle zu drängen. Diese Frau zeigt eine besondere Form von *„Zuwendung“*. Obwohl sie viel redet, verbindet sie sich immer wieder mit ihrem Mann, indem sie ihn anlächelt, berührt oder umarmt, Nähe demonstriert.

Im Verlaufe langer Partnerschaften wird manchmal aus ursprünglicher Ebenbürtigkeit eine Ungleichheit, beispielsweise dann, wenn ein Partner eine steile Karriere macht. Doch auch dann lässt sich eine erneute innere Ebenbürtigkeit herstellen. Bisweilen mag es für einen Partner, um die Ausgewogenheit zu erhalten, nötig sein, auf ein bestimmtes Ziel (zum Beispiel Wunschjob in einer anderen Stadt) zu verzichten. Aus Liebe.

Zu 4.: In einer langlebigen Paarbeziehung sollten die Partner einen *gemeinsamen Lebensstil* finden, wobei dieser Lebensstil von Paar zu Paar *sehr* unterschiedlich sein kann.

„Variatio delectat“ (Abwechslung erfreut), predigen moderne Paartherapeuten in vielerlei Zeitschriften und betonen, dass ein regelmäßiger Adrenalinschuss eine Partnerschaft zusammenschweißt. Viele Studien gibt es darüber, zum Beispiel:

50 Paare (mehr als fünf Jahre liiert) verbringen (als Gruppe A) ein angenehmes, harmonisches Wochenende: Kochen mit Freunden, ein heiterer Videofilm, morgendliches Sonntagskuscheln. Es dominiert Serotonin, der Neurotransmitter für Harmonie und Relaxen.

50 andere Paare (Gruppe B) verbringen ein etwas aufregenderes Wochenende, je nach Wahl Salsatanz, Marathonlauf, Steilwandklettern oder Wochenendtrip nach Paris oder New York. Das Neurotransmitter-Paar Adrenalin und Dopamin schnellen in die Höhe und machen aus dem Wochenende ein unvergessliches Ereignis.

Nach diesem Experiment sind die Frauen und Männer der Gruppe B (Aufregung und Abenteuer) bezüglich der Partnerschaft deutlich zufriedener und zukunftssicherer als vorher. Bei den Teilnehmern der Gruppe A (Harmonie) hat sich dagegen so gut wie nichts verändert.

Aufregung und Abenteuer reanimieren die einstige Verliebtheit – als honey-moon light – und beflügeln auch eine bereits mehrere Jahre alte Liebe. Heißt dies nun, dass sich eine liebevolle Partnerschaft nur dann über Jahre oder Jahrzehnte erhalten lässt, wenn immer wieder aufregende Events und Abenteuer dazwischengefunkt werden?

Paare mit Kindern erleben im gewöhnlichen Alltag stündlich mehrmals massive Kicks vom Adrenalin-Dopamin-Typ bis hin zu Grenzerfahrungen vom Typ Formel-I-Rennen. Vielleicht ist dies ein Grund, warum Ehen mit Kindern länger halten als Ehen ohne Nachwuchs.

Nun werden natürlich auch Paare ohne Steilwandabenteuer und ohne Adrenalinkick glücklich und führen jahrzehntelang ein erfülltes Leben. Hier liegt der Kick gewissermaßen in der Harmonie, im gemeinsamen Innehalten und in dem Verbinden mit dem Partner.

Dem widerspricht nicht, dass Alltagstrott oftmals zum Mörder der Paarbeziehung werden kann. Es wird umso schwieriger, wenn die lebenserhaltenden Stimuli fälschlich in virtuellen Aufregungen gesucht werden, in Fernsehabenteuern oder in PC-Spielereien. Vielleicht mag diese artifizielle Buntheit manch' Paarliebe erhalten, jedoch ist Lifeerleben zweifellos schöner und intensiver.

Zu 5.: Die fünfte Quelle ist der Ursprung des glanzvollen Lichts, das *den Partner wunderbar erscheinen lässt*, in liebevoller Schönheit. Die Liebe zum Mann/zur Frau erfährt etwas Idealisierendes und liebevoll Verklärtes.

Du bist wie eine Blume,
so hold und schön und rein;
ich schau dich an, und Wehmut

schleicht mir ins Herz hinein.
Mir ist, als ob ich die Hände
aufs Haupt dir legen sollt,
betend, dass Gott dich erhalte
So rein und schön und hold.
(Heinrich Heine)

Im Überhöhen des Partners erhöht man sich selbst und ist überzeugt: „Einen besseren Mann gibt es nicht, wunderbar, dass wir zusammen sind." Manche Frau und mancher Mann wachsen in das idealisierende Fantasiebild ihres Geliebten langsam und beständig hinein. Dazu die Psychotherapeutin Verena Kast in „Paare":

In der Liebe sehen wir vielmehr die besten Möglichkeiten in einen Partner hinein und geben ihm durch unsere Liebe auch das Gefühl, dass er sie verwirklichen kann. Und wenn wir wirklich lieben, werden wir ihm auch verzeihen, wenn er in der Realisation seiner besten Möglichkeiten weit hinter ihnen zurückbleibt. Wir werden vielleicht ... daran denken ..., dass die Möglichkeit, sie zu realisieren, so lange besteht, so lange wir sie in unserer Phantasie aufrechterhalten.

Viele Paartests beweisen: Glückliche Paare nehmen ihren Partner wie durch eine rosarote Brille wahr: Sie/er ist vorbildhaft und phänomenal attraktiv. Gleichzeitig entdecken die Liebespartner allerlei Vorzüge an sich selbst, Vorzüge, die nicht einmal engste Freunde je bemerkt haben. Die amerikanische Psychoexpertin Sandra Murray: „Wenn wir bewundert werden, blühen wir auf. Aus den Menschen, die sich selbst als Frösche sahen, wurden die Prinzen, für die ihre Lebensgefährten sie hielten."

Griechische Statuen sind schön, weil sie idealisieren. Und lebende Menschen? Wir wissen: Liebe macht schön, der liebende Blick holt aus einem Menschen auf ähnlich wunderbare Weise heraus, was der charismatische Bildhauer aus dem Marmorblock herausholt: Was lange verborgen war, kommt ans Licht.

Und doch werden wir die Idealisierung nicht übertreiben, damit der Partner nicht unter Erfolgsdruck gerät. Das Liebe-Prinzip hilft uns, im Maßlosen auch maßvoll zu sein und in der rosaroten Illusion noch den Scharfblick zu bewahren.

Liebe ist Behutsamkeit, Heiterkeit, Füreinanderdasein. Manch' ältere Paare sagen von sich selbst, sie seien erst im Laufe von Jahrzehnten in die Liebe hineingewachsen und könnten sie jetzt erst genießen. Von der Glut der Altersliebe ist die Rede. Manchmal sogar von einer neu entfachten Wiederkehr hoch-zärtlicher Gefühle. Ein anderes Zeitgefühl stellt sich ein, es ist mehr Zeit füreinander – mehr Liebeszeit.

Viele, die mit Sex in den aufgeregten Jahren nicht immer glücklich waren, erleben jetzt – mit 60 oder 70 oder 80 – ein Revival; sie haben sich im Lauf der langen Jahre von Kummer und Entfremdung nicht erdrücken lassen, haben Zweifel, Midlifecrisis und Trennungsgedanken überwunden. Natürlich verschwinden sexuelle Unzufriedenheit und Störungen, die nie behoben wurden, auch im Alter nicht von selbst. Aufmerksamkeit und Interesse an der anderen Person sind in jeder Altersstufe Voraussetzung für Intimität. Ernst Bloch – einer der „Ideologen" der 68er-Revolte – rühmt die Ehe älterer Menschen als „das Abenteuer erotischer Weisheit".

Ein häufiges Problem im Alter ist Krankheit. Da bewährt sich Liebe, wenn ein Partner wirklich auf den anderen angewiesen ist oder beide aufeinander. Hier zeigt sich Liebe auch als Kümmern und Zuwendung. Der Mensch geht aus sich heraus und auf den anderen zu, liebevoll, engagiert, hochherzig.

Schönheit und Liebe – auch sie gehören zusammen. Liebe macht schön, das kennt jeder, und Jung-Verliebte, gleich welchen Alters, strahlen sich an und werden besonders attraktiv. Und wenn die Schönheit mit den Jahren verblasst? Verblasst Schönheit wirklich oder wandelt sie sich nur? Wenn ein Paar sich über jahrzehntelange Lebensphasen akzeptiert, so wird es auch die im Alter auftretenden natürlichen Veränderungen annehmen können. Alberto Moravia lässt in seinem Roman „Eheliche Liebe" den alternden Ehemann über seine alternde Frau sagen:

> *Lieben heißt, alles an der geliebten Person lieben … Ich wusste, dass meine Frau zu gewissen Zeiten nicht schön aussah, das erschien mir seltsam und wie alles, was sie betraf, liebenswert … In der Liebesekstase schien sie jedoch wieder einen Höhepunkt ihrer unglaublichen und unaussprechlichen Schönheit zu erreichen. Dann lag in den weit geöffneten, feucht schimmernden Pupillen der großen Augen ein wehmütiger, sanfter, süßer Anruf, ausdrucksvoller als irgendein Wort.*

5. Trennung und Scheidung – in Liebe?

Wir sollen heiter Raum um Raum durchschreiten,
an keinem wie an einer Heimat hängen,
der Westgeist will nicht fesseln uns und engen,
er will uns Stuf' um Stufe heben, weiten.
(Hermann Hesse)

Stuf' um Stufe uns entwickeln – dies kann in einer Partnerschaft geschehen, in der selbst gegründeten Familie oder auch durch und nach einer Trennung.

In der Einheit zweier Menschen entsteht manchmal ein Riss, eine Kluft, Trennendes. Meist hat ein Partner sich in eine andere Frau, einen anderen Mann verliebt (dies ist der häufigste Grund für eine Trennung) oder sie/er kann die bisherige Enge der Partnerschaft nicht mehr ertragen und strebt nach Freiheit. In der langjährigen Partnerschaft sind – wie Unkraut – Zweifel, Kummer, sexuelle Zurückweisung, ständiges Fernsehen, Humorlosigkeit und Ehemüdigkeit hineingewuchert und haben das einst feine Gebilde der Partnerschaft zersetzt. Die Gründe für eine Trennung sind so vielfältig wie die für eine Heirat und oft nicht nachvollziehbar. Nach internationalen Untersuchungen werden außer dem Fremdgehen noch andere Gründe genannt: mangelndes Einfühlungsvermögen bis (seelische) Grausamkeit, nicht erfüllter Kinderwunsch (aufgrund von Unfruchtbarkeit oder Verweigerung eigener Kinder), extrem anstrengende Charaktereigenschaften (Nörgeleien, fehlende Fürsorge, intellektuelle Abstumpfung usw.).

Die Trennung geschieht ganz selten als plötzlicher Schnitt. Meist verliert sich die Liebe langsam und umgekehrt proportional dazu wachsen Trennungsgedanken; dabei sind einzelne Trennungsphasen zu erkennen: Anfangs werden Probleme noch angesprochen, die Gespräche enden aber oft im Streit. Schließlich sehen beide oder ein Partner die Probleme als so entzweiend, dass Gespräche als sinnlos empfunden werden. In diesen beiden ersten Phasen sind Lösungsgespräche (mit Hilfe von Freunden, Verwandten, Paartherapeuten) noch Erfolg versprechend. Kommt es jedoch zu keiner Entwirrung der Probleme, dann werden oft nur noch Gemeinheiten ausgetauscht und schließlich versiegt jegliche Kommunikation und beide leben nebeneinander her. Sie sind einsam zu zweit und sehnen sich nach einer anderen Nähe. In diesem Stadium bedarf es oft nur einer kleinen erotischen Verlockung von außen, die aus der Partnerschaft fliehen lässt.

Immer wieder werden die hohe Trennungsrate bei Paaren und die enorme Ehescheidungsquote beklagt. Scheidung ist aber nicht nur Zeichen von Scheitern, sondern auch ein Zeichen von Freiheit! Frühere Generationen von Frauen hätten wohl nicht einmal im Traum daran gedacht, dass sie sich von unterdrückenden oder gar gewalttätigen Männern (oder einfach nur „langweiligen" Männern) relativ problemlos scheiden lassen könnten und danach sogar eine andere Beziehung eingehen dürften, ob als Lebenspartnerschaft oder als zweite Ehe. Beides ist gesellschaftlich voll akzeptiert.

Die amerikanische Anthropologin Helen Fischer hat die Scheidungsstatistiken von 62 Ländern (mit christlichen oder islamischen Kulturen) durchforstet und festgestellt, dass nicht das ominöse „verflixte siebte Jahr" das Schicksalsjahr der Ehen ist, sondern im vierten Jahr die Scheidung am häufigsten ist. Zu diesem Zeitpunkt – so spekuliert die Anthropologin – sind die Kinder eines Paares nicht mehr so fürsorgebedürftig, sodass die Partner mit Gedanken an Trennung spielen können.

Den Kindern geht es natürlich besser, wenn die Eltern zusammenbleiben, selbst dann, wenn sie es vorwiegend ihretwegen tun. Ein wesentliches Kriterium für oder gegen Trennung dürfte in der Art und Weise liegen, wie die Eltern miteinander umgehen. Wenn sie nur noch Krieg führen und die Kinder täglich Zeugen von Verletzungen, verbaler oder physischer Gewalt sind, dann wird Trennung zur Erlösung für alle Beteiligten.

Bei Familien mit Kindern bleibt nach dem Auszug eines Ehepartners die Trennungsproblematik bestehen. So muss Finanzielles ebenso gelöst werden wie die gemeinsame Sorge für die Kinder. Um die Trennungsgespräche zu entschärfen, ist es wichtig, sich der gemeinsamen schönen Zeiten zu erinnern, der einstmaligen Verliebtheit, der erfüllenden erotischen Abenteuer und der gemeinsam erlebten Geburt der Kinder. Mütter wie Väter sollten wissen: Auch getrennte Partner *bleiben Eltern.*

6. „Wenn ich sterb', bleibt meine Liebe dir …" – Liebe und Tod

Auch wer Shakespeares Tragödie „Romeo und Julia" nie gelesen und nie gesehen hat, weiß von der tödlichen Dramatik. Die heftige – auch erotische – Liebe zweier Menschen wird verwehrt und scheitert tragisch an den Widerständen der realen Welt. Tödlich.

Julia: … Gift, seh ich, war sein vorzeitiges Ende.
… Dann küss ich deine Lippen. Kann doch sein,
Wenn noch genügend Gift dran hängt, dass ich
Am Lebenselixier der Küsse sterbe.

Manchmal lächelt der Tod – auf seine Weise freundlich – und reicht die Hand. Manche Todgeweihte lächeln wie der Tod, andere sind vor Angst und Gram erstarrt und wieder andere sterben in trance-verschleierter Umarmung.

Carlos umarmt seinen durch Chemotherapie kahlköpfig gewordenen Mario im Don-Federico-Hospital mit Küssen und Tränen. „Ich liebe dich." Mario schließt sanft die Augen und lächelt. Mit schluchzendem Herzen trocknet Carlos die feuchte Stirn des Geliebten, es ist eine unendliche Stunde voll vom grausamen Zauber der Vergangenheit: „Wenn ich sterb', stirbt nur ein Teil von mir und meine Liebe bleibt bei dir." Und langsam atmet Mario sein Leben aus …

Der Tod hat einen kleinen Bruder, den Tiefschlaf. „Der Schlaf ist der genossene Tod", so der Dramatiker Friedrich Hebbel. Viele ältere Menschen lieben den Schlaf und nicht wenige sterben im Schlaf – sie „entschlafen". Den Schlaf lieben und auch den Tod lieben?

Die Götter und Dämonen, die den Schlaf bewachen und schützen, sind vielleicht identisch mit den Hütern des Todes. Das macht den Schlaf für manche von uns unheimlich, die Nähe des Todes macht Angst und hält wach. Doch eigentlich wissen wir aus Erfahrung: Wenn wir uns abends dem Schlaf hingeben, dann entdecken wir am Morgen ein neues Leben.

Absolut befreit von jeglichem Leid, von Trauer und Schmerz sind wir Lebende nur im traumfreien Tiefschlaf. Wir verlieren im Tiefschlaf gewissermaßen unseren Körper, verlieren alle Menschen um uns, unseren Beruf, unser Hobby – alles löst sich im Tiefschlaf auf in Nichts und wir werden getragen von einem stillen Glücklichsein. Ist auch dies eine Form von Liebe? Transzendenz der Liebe? Wenn wir das Überschreiten der Schwelle zum Tod vergleichen mit dem Eintritt in den Tiefschlaf, dann folgt dem Abend des Sterbens ein Morgen des Erwachens – die Gezeiten der Liebe.

„Ach, kein Lebender und erst recht kein Liebender kann sich vorstellen, wie wunderbar es ist, tot zu sein", flüstert Rabindra, der am Vortag vom Fährmann des Todes zum anderen Ufer gebracht wurde.

Du lebst, um zu sterben.
Du stirbst, um zu leben.

Können wir uns anfreunden mit dieser – tröstlichen – alten Weisheit?

Matthias, 53-jährig, leidet seit Jahren an einem Lungenkarzinom und stirbt – langsam über zwei Wochen hinweg – im Kreis von Familie und Freunden. Wenige Tage vor dem gespürten Tod bespricht er mit dem Pfarrer Einzelheiten seiner Beerdigung, traurig mit viel Tränen, aber zwischendurch mit Lachen: Alle sind um ihn, ohne Leichenbittermiene, sind gegenwärtig, aufmerksam, nicht aufdringlich, nicht betulich. Die Liebe zum Leben schließt den Tod nicht aus, der greifbar wird. Matthias fühlt sich geborgen, lächelt, bedankt sich, umarmt seine Frau und die drei erwachsenen Kinder.

Diese den Tod überlebende Liebe erscheint manchmal den trostlosen Hinterbliebenen als traurig lächelnder Engel, der mit sanften Händen die bitteren Tränen aus den Augen wischt. Der Tod mag für einen Schwerkranken manchmal Erlösung sein, beim zurückbleibenden Lebenspartner löst der Tod Trauer aus, Nichtverständnis, oft ohnmächtige Wut und Verzweiflung.

Die Hoffnung auf ein Weiterleben ist ein zentrales Thema der Menschheit aller Zeiten. In der vorchristlichen Zeit sind es die Ägypter, die einem möglichen Leben nach dem Tod größte Aufmerksamkeit schenken. Eine der ältesten Dichtungen der Menschheit ist das „Gespräch eines Lebensmüden mit seiner Seele“ (Ägypten, 6. Jahrhundert v. Chr.):

Zu wem soll ich heute reden? Die Kameraden sind schlecht, die Freunde von heute haben keine Liebe … Die Herzen sind habgierig, ein jeder raubt die Habe seines Nächsten. Der Sanfte geht zugrunde … Der Tod steht mir heute vor Augen wie Myrrhenduft … wie Lotusduft … wie das Aufhören des Regens … Das Jenseits ist die Stätte, wo man sich niederlässt, wo es das Herz hinzieht.

Im alten Ägypten wurde die Seele in Vogelgestalt gesehen. „Ba“ ist der menschenköpfige Seelenvogel hier auf Erden, der tief im Inneren unserer Seele wirkt, und „Ka“ ist der Doppelgänger der Seele im Himmel. „Und meine Seele spannte weit ihre Flügel aus … als flöge sie nach Haus’“ (Joseph von Eichendorff). Sind wir Menschen auf Erden zu

Hause oder in einem Jenseits, einem Jenseits, das wir nicht kennen und von dem wir nicht einmal sicher wissen, ob es existiert? Für die alten Ägypter bedeutete der Tod kein Verlöschen; die Gräber waren gefüllt mit Bildern des Lebens und in den blinkenden Sternen der unermesslichen afrikanischen Nacht erblickte der Mensch die Seelen der Verstorbenen. Er war sich gewiss, dass er selber eines Tages zu einem solchen Lichtpunkt werden würde. Himmelfahrt, Auferstehung, Teilhabe am Gott Osiris, Verwandlung in Licht, Überfahrt mit der Barke der Sonne – die Sehnsucht der Menschen im Ägypten der Pharaonen unterscheidet sich nur wenig von der Sehnsucht tiefsinniger Menschen unserer Moderne.

„Die Tränen bringen den Wind zum Schweigen/und man hört nichts als Weinen" (Federico Garcia Lorca).

Im Haus der Longhini wollte das Wehklagen nicht enden. Manu, der 18-jährige Sohn ist tot. Tot! Unerwartet griff der Tod zu. An einem der ersten süßen Sommertage nahm er stolz seine fast neue Vespa, fasste fest den Lenker, ließ den Motor singen und genoss das Leben. Wer jung ist, denkt nicht an den Tod. Was mag Manu in seinen letzten Sekunden gefühlt haben, als plötzlich die Straße schwankte und ein riesiger Lastwagen ihn tötete. Der Himmel brach in Stücke und zertrümmerte Manus Körper. Auf der Straße suchte Manu das Leben, aber es erwartete ihn der Tod … „Wäre doch ich statt seiner gestorben", flüsterte die Mutter mit bebenden Lippen immer wieder. Manus Geschwister brachten die Eltern dazu, einen hellen Sarg mit bunten Sternen zu wählen, bunt wie die Wände in Manus Zimmer. New-Orleans-Jazz war Manus Lieblingsmusik und eine Jazz-Combo begleitet den Trauerzug zum Grab. Die heiter-melancholischen Klänge ließen zwischendurch die Tränen trocknen und zauberten gar trauriges Lächeln hervor. Am Ende sang am Grab eine Freundin noch ein Lied von Francesco Guccini:

Ich will mich erinnern, wie du warst,
Ich will denken, dass du noch lebst,
Und will denken, dass du mir immer noch zuhörst
Und dass du mir zulächelst wie einst …
… voglio pensare che ancora mi ascolti.

Der Tod reißt manchmal – niemand kann's verstehen – zwei Liebende, ob jung an Jahren oder betagt und erfahren, jäh und hartherzig auseinander. Zwei unschuldige Seelen brennen füreinander und werden gemeinsam zur Flamme der Liebe und plötzlich drischt das Schicksal mit eiserner Faust dazwischen und mordet das Glück. François Villon, Revolutionär und Lyriker des 15. Jahrhunderts, empfindet hochsensibel:

Zwei waren wir, doch nur ein Herz!
Nun starb das Herz! In Gram gehüllt,
Leblos, leb ich mit meinem Schmerz,
Ein Schatten, schweigend wie ein Bild,
Tot!

Das Sterben ins Leben holen – so überwindet die Liebe auch den Tod.

Der alte Mann ließ seine sterbenskranke Ehefrau von der Klinikstation nach Hause bringen, in jene Räume, wo die beiden 50 Jahre ihres Lebens verbracht hatten, lange Jahre mit Kindern, dann zu zweit. Die sterbende Frau sollte nicht anonymen Klinikexperten überantwortet werden, sie sollte zu Hause aus ihrem Leben scheiden dürfen. Die alte Frau erinnerte sich noch genau an die Hebamme, die einst die Geburt ihrer drei Kinder zu Hause ermöglicht hatte. Jetzt war eine andere bestellte Frau an ihrer Seite, Sterbebegleiterin, eine Hebamme für die unbekannte Reise ins Jenseits. Vor allem aber stand ihr Mann an ihrer Seite, „ihr Mann" war da, Tag für Tag. Früher war er oft garstig zu seiner Frau, zynisch, geringschätzig. Dies erkannte er und es tat ihm jetzt Leid. „Bitte verzeih mir", brachte er leise hauchend über die Lippen. In diesen letzten gemeinsamen Tagen erleben die beiden noch eine tief-innige Verbundenheit – warm, versöhnlich, tröstlich, überirdisch?

Ist der Tod eine letzte Bewährungsprobe für die Liebe? Das oft künstlich verlängerte Leben in der hoch technisierten Klinik – ist es nicht ein sinnlos verlängertes Sterben? Besser als Elektronik sind tröstende Hände und Liebe auch im Schmerz:

Nicht tadl' ich deiner Schmerzen Glut, Verwitweter!
Wer glücklich war, der wiederholt sein Glück im Schmerz.
(Johann Wolfgang von Goethe)

Manche sich liebende alte Menschen haben weniger Angst vor dem eigenen Tod als davor, dass der Partner zuerst geht. Philemon und Baukis sind das klassische Alterspaar der griechischen Mythologie:

Zeus und Hermes wandern in Menschengestalt über die Erde. Niemand nimmt sie auf, nur ein altes Ehepaar gewährt ihnen in seiner einfachen Hütte herzliche Gastfreundschaft und will für sie sogar die einzige Gans schlachten. Die göttlichen Gäste geben sich zu erkennen und geizen nicht mit Belohnung. Sie verwandeln die Hütte in einen herrlichen Tempel. Gefragt, was die beiden sich noch wünschen, bitten sie darum, den Rest ihrer irdischen Tage im Tempel den Göttern dienen zu dürfen und dass keiner des anderen Grab sehen soll. So geschieht es: Sie leben noch lange als Priesterin und Priester und zur gleichen Stunde sterbend werden sie in eine Linde und eine Eiche verwandelt.

7. Wie finde ich den richtigen Mann, die richtige Frau?

Millionen Menschen wünschen sich eine Partnerschaft, wünschen sich ein liebevolles Verbundensein, leben aber alleine, viele im traurigen Gefühl der Einsamkeit. Warum tun sich manche so schwer, einen Liebespartner zu finden, eine Beziehung entstehen und wachsen zu lassen? Warum suchen manche ihr Leben lang einen Traumpartner und bleiben dennoch Einzelgänger?

Mr. Adams, ein Mann von 70 Jahren, war Junggeselle geblieben, obwohl er sowohl als junger als auch als älterer Mann attraktiv aussah, charmant und sogar vermögend war. Sein ganzes Leben lang suchte er die perfekte Frau. „In der Partnerschaft bin ich sehr anspruchsvoll", pflegte er zu sagen. In seinem langen Leben bereiste er – beruflich und privat – viele Länder und begegnete zahlreichen Frauen; zweimal ging er auch eine kurze Beziehung ein, die letztlich er wieder löste.

An seinem 70. Geburtstag wurde Mr. Adams gefragt, ob er denn in seinem bisherigen Leben wirklich nie die perfekte, genau zu ihm passende Frau gefunden habe: „Doch", antwortete der Mann und wurde ganz traurig, „das war vor 30 Jahren in Milwaukee und die perfekte Frau hieß Mary." „Und was passierte dann? Warum hast du sie nicht geheiratet?" Da wurde Mr. Adams noch trauriger: „Ich habe mich um sie bemüht, aber sie war auf der Suche nach dem perfekten Mann."

Viele, die das ideale Pendant suchen, blockieren sich, wie Mr. Adams, durch völlig überzogene Fantasien.

Cora sucht einen Mann, der sensibel ist, die Küche aufräumt, gut aussieht und Karriere macht. Diese weiblichen Forderungen scheinen auf den ersten Blick nicht überhöht, sind es aber doch! Also: Fehlanzeige. Das hier herbeigewünschte männliche Idealexemplar ist so selten (wie eine Nadel im Heuhaufen), dass sich Suchen nicht lohnt. Wer als Mann wirklich Karriere macht, zeigt eher selten Sensibilität (weil im Karriereboxen hinderlich) und die Küche wird er bestenfalls zu Silvester auf Hochglanz bringen.

Stuart, 46-jährig, im mittleren Management etabliert und viel reisend, hat aus einer früheren Verbindung eine 20-jährige Tochter, die er aber nur sehr selten sieht. Er wünscht sich eine Lebensgefährtin, ebenfalls beruflich abgesichert, autark, bis 35, hingebungsvoll, attraktiv. Sie soll einen Mann verwöhnen können und soll ohne Kinderwunsch sein. Ebenfalls Fehlanzeige: Diesen Typus von Frau gibt es selten und die wenigen Exemplare suchen sich einen anderen Mann.

Den äußeren Hemmungen, eine Beziehung einzugehen, folgen innere Ängste und Zweifel: Da ist bei manchen die Angst vor einer Trennung schon riesengroß, obwohl eine Beziehung noch gar nicht besteht. Andere haben Bange, ihre Freiheit zu verlieren – aber welche Freiheit meinen sie, die Freiheit der Einsamkeit? Manchmal drängen sich allerlei störende Bilder auf: Verlust der eigenen Identität, sexuelles Versagen, zu große Anpassung, emotionales oder finanzielles Ausgenutztwerden. Manche Ängste sind verständlich, denn während der langsamen Geburt einer Liebesbeziehung fallen die Vorhänge und Mauern und entblößen bisher verborgene Intimitäten und Neigungen.

Die Partnersuche – ob hetero- oder homosexuell ausgerichtet – beginnt sehr früh, bei Mädchen oft schon mit dem 11. oder 12. Lebensjahr. Natürlich sind es anfangs meist wechselnde Partner und je toller der erste Freund, die erste Freundin ist, desto mehr wächst das eigene Selbstbewusstsein. Das verliebte Pärchen sieht sich tief in die Augen, berührt und küsst sich und sexuelle Erregung fiebert in beiden Körpern. Manche Jugendliche geben dem lustvollen Verlangen rasch nach, andere warten Jahre, bis sie das Gefühl haben: Dies ist der richtige Prinz, die wahre Prinzessin.

Die erste Liebesenttäuschung, die erste Trennung ist grausam. Der Himmel stürzt über einem zusammen und das Herz zerspringt fast, düster ist das Leben und wolkenverhangen, Tränen verschleiern den Blick und gar Todessehnsucht schleicht sich an. Die wohl berühmteste aus Liebesschmerz zerbrochene Literaturgestalt ist Johann Wolfgang von Goethes „Werther“:

> *In diesen Kleidern, Lotte, will ich begraben sein, du hast sie berührt, geheiligt; ich habe auch deinen Vater darum gebeten. Meine Seele schwebt über dem Sarge. Man soll meine Taschen nicht aussuchen. Diese blassrote Schleife, die du am Busen hattest … soll mit mir begraben werden.*

Ob Werther auch heute noch Selbstmord beginge? Oder würde er im Internet nach einer anderen Freundin suchen? Das muss nicht der Verlust jeglicher Romantik sein. Vielleicht sollten wir uns angewöhnen, die Partnersuche im Internet als „moderne Romantik“ zu erleben, notfalls lässt sich der Laptop ans Seeufer mitnehmen, zum intensiven Sunset-Erlebnis. Aus der Sicht der Soziologin Eva Illouz wird die Romantik auch als Konsumprodukt offeriert, was wir bei der Partnersuche nutzen sollten:

> *Das, was wir seit dem 20. Jahrhundert zunehmend als romantische Augenblicke empfinden, diese romantische Atmosphäre, die Menschen ihre Gefühle gegenüber den Partnern intensiver spüren lässt, wird als Konsumprodukt angeboten: Wir gehen in Restaurants für ein romantisches Dinner, wir verabreden uns im Kino, wir gönnen uns exklusiven Champagner.*

Wenn wir mit Liebe verschwenderisch umgehen und Liebe versprühen, ist es leichter, als Single einen anderen Single ausfindig zu machen. Sprühende Liebe macht innerlich attraktiv und äußerlich schön. Da jede(r) bekanntermaßen von Liebe erfüllt ist und Liebe immer wieder nachfließt, sobald wir sie verschenken, will diese Liebe auch – wirksam – unter die Menschen gebracht werden! Für den Single, der sein Singledasein nicht mehr mag, gibt es nur eines: sich unter die Menschen mischen. Besonders aussichtsreich sind Orte, wo *Interessensähnliche* sich treffen: Fitnessstudio, Bibliotheken, Vorträge, Seminare, Kurse (ob Tai-Chi, Aktzeichnen oder Italienischkurs), thematische Reisen (ob Tanzkurs in Griechenland, romanische Kirchen in Südfrankreich, Korallentauchen oder Wildwasserkajak). Schüchterne bleiben lieber anonym, sitzen verträumt im Café oder im Biergarten (da ist Nähe dosierbar), streifen durch Museen, Volksfeste, Flohmärkte, Antiquitäten- und Gemüsemärkte. Bei all dem sollen die Augen weit und das Herz wenigstens ein bisschen geöffnet sein. Zu Hause sitzen zu bleiben und zu hoffen, dass der Pizzaservice einen heimlichen Prinzen vorbeischickt, ist keine echte Alternative.

Wer intensiv auf Partnersuche geht, sollte sich zum einen fragen, ob sein Herz wirklich frei ist für einen neuen Geliebten oder doch noch heimlich verbunden mit der letzten Beziehung, auch wenn diese eventuell schon viele Jahre zurückliegt. Dann ist es zum anderen dienlich, den Wunsch nach einer Partnerschaft „öffentlich" zu verkünden: das Vorhaben allen Freunden und Bekannten mitzuteilen, eine Partner-Such-Anzeige zu formulieren (Gelingt es, mich positiv darzustellen? Wen suche ich?) und diese zu veröffentlichen, entweder gezielt in einer bestimmten Zeitung oder im Internet.

Die Auswahl an potenziellen Prinzessinnen und Prinzen der Liebe ist grandios und die modernen Partnersuchenden sind verständlicherweise wählerisch geworden. Die Liebe muss stimmen; gleich zu Anfang einen Kompromiss einzugehen, ist eher verpönt. Allein schon die ersten Kontaktanbahnungen ändern das Leben eines Partnersuchenden positiv und selbst dann, wenn beim ersten Rendezvous weder Romeo noch Julia anzutreffen sind, erwachsen beim Suchenden langsam aber stetig Paarungsgefühle, was die eigene Anziehungskraft (sogar biochemisch erwiesen) nachhaltig erhöht.

Sonya, Ende 30, hatte gerade ihr siebtes Date hinter sich. Auf den ersten Blick war ihr klar: Dieser kommt nicht in Frage. Dennoch schmeichelte es Sonya sehr, dass ihr Gegenüber sie offensichtlich anhimmelte und herzrasend umwarb. Sie verabschiedete sich freundlich und setzte sich in ein Straßencafé – vom vergeblichen Bewerber immer noch innerlich aufgewühlt, im Rausch der Liebesmoleküle. Der Mann vom Nebentisch, eher unscheinbar, aber charmant, versuchte mit ihr zu flirten und sie ließ es zu.

Das war vor einem Jahr und Sonya ist immer noch mit diesem Flirt-Mann liiert und sie ist sich sicher: Wenn der vergebliche Vorbewerber sie nicht so heftig „angeliebt" hätte, dann hätte sie die Anbahnungsversuche ihres eher schüchternen, jetzigen Lebenspartners gar nicht bemerkt.

Frau/man sollte den Wunsch nach einer Paarbeziehung offen zur Schau tragen: sich schminken und schmücken, die Augen weit geöffnet (die Biologen sprechen von einem Kopulationsblick) und mit verführerisch gewinnendem Lächeln. Vielleicht bahnen die Augen am besten den Weg zu einem Liebesabenteuer. Entsteht langsam eine gewisse Annäherung, dann sollten, selbst bei aufkommenden Zweifeln, weitere Fäden der Liebe gesponnen werden: Das Lächeln kann einladender werden, ein tastendes Gespräch entsteht, man schiebt eine Tasse hin und her, zupft sich am Ohrläppchen (oder macht andere „Übersprungshandlungen“) und äußert erste, noch zurückhaltende Komplimente („Hübsche Kette, die Sie da tragen“). Eine Annäherung wird erleichtert, wenn man – was meist automatisch geschieht – Körperhaltung (Oberkörper leicht zugeneigt) und Gesten des anderen übernimmt.

Letzte Barrieren lassen sich durch Lachen auflösen, denn das Lachen stoppt den Verstand, der dem frisch sich Kennenlernen immer hinderlich ist. Wenn ein sich näher kommendes Pärchen gemeinsam lachen kann, dann gelingt den beiden bereits die erste Verschmelzung, sie baden in einer gemeinsamen Quelle der Freude. In einer frühen Kennenlernphase wird bereits eine unverbindliche filigrane Beziehung aufgebaut, die freilich jederzeit von einem der Partner wie ein Kartenhaus zum Einsturz gebracht werden kann. Oft entstehen früh sexuelle Liebesspiele, die so gut wie nie – im Gegensatz zu früher – mit einem Eheversprechen gekoppelt sind. Jederzeit ist ein mehr oder weniger galanter Abgang möglich.

Wie zur Zeit der mittelalterlichen Minnesänger, einer Blütezeit fröhlicher Sinnlichkeit, wird auch vom Mann der Moderne manchmal erwartet, dass er mit Geduld und Ausdauer die von ihm bewunderte Frau umwirbt, wobei die Frau vorher, beispielsweise durch einladende Blicke oder andere Willkommensgesten, zeigt, dass sie hofiert und umworben werden will. Letztlich wählt dann die Frau und – in einem fortgeschrittenen Stadium des Kennenlernens – ist sie es auch, die eine sexuelle Annäherung „heimlich“ einfädelt. Dem darf natürlich eine Einladung zum gemeinsamen Abendessen vorausgehen, wobei der Mann (wenn er sich an die im Tierreich bekannten Regeln des „Balz-Fütterns“ hält) selbstverständlich die Rechnung begleicht.

Letztlich geht es bei der Partnersuche vielleicht weniger darum, den *Richtigen* zu finden – den suchen viele vergebens –, als vielmehr darum, einen Menschen zu *finden,* der Schwächen hat wie ich selber, und mich für ihn zu *entscheiden*. Prinzen und Prinzessinnen erscheinen selten in ihrer wahren Gestalt, manchmal verwandelt als Frosch.

Eine amerikanische Journalistin, etwa 50-jährig, interviewt im nördlichen Nigeria den wohlhabenden Bürgermeister eines Dorfes, der mit seinen drei Frauen zusammenlebt und acht Kinder hat. Am Ende des Interviews fragt der lebensbejahende Bürgermeister die Journalistin, ob sie verheiratet sei.

Die Frau erzählt erstaunlich offenherzig: „Vor 15 Jahren bin ich geschieden worden. Und zuletzt vor circa zehn Jahren hatte ich eine längere Affäre mit einem verheirateten Mann, der sich dann aber leider für seine Ehefrau und seine Familie entschieden hat. Das war sehr schlimm für mich. Seither lebe ich alleine." Völlig erstaunt und verständnislos fragt der Bürgermeister: „Aber in Amerika leben doch viele Millionen Männer. Warum haben Sie sich nicht einfach einen anderen Mann genommen und ihn geheiratet?"

V. *Die Befreiung der Kinder*

Eine in der Menschheitsgeschichte einmalige Revolution vollzieht sich seit mehr als 30 Jahren in einem großen Teil der Welt und manche merken es kaum. Das Leitmotiv dieser Revolution könnte heißen: „Jedes Kind hat ein Grundrecht auf Würde, Fröhlichkeit und Liebe!"

Dies mag gerade für jüngere Leser wie selbstverständlich klingen, ist aber relativ neu: In den Jahren der Nachkriegszeit (also in den 50er Jahren des 20. Jahrhunderts) gab es in den Schulen vieler Länder noch die Prügelstrafe – und es gibt sie in einigen Ländern immer noch, wenn sie auch gesellschaftlich geächtet ist. In den letzten Jahren des 2. Weltkrieges (1944/1945) wurden größere Kinder und Jugendliche als Kriegsarbeiter und Kriegssoldaten eingesetzt und für die „goldenen 20er Jahre" müssen wir erstaunt feststellen, dass damals pädagogische Gewalt sowohl in der Schule wie im Elternhaus die überwiegende Norm war.

Die moderne „Kinderrevolution" steht im Zeichen des Liebe-Prinzips und erfasst vor allem die relativ wohlhabenden Länder Westeuropas und Nordamerikas. Die Position der Kinder innerhalb der Gesellschaft und innerhalb von ca. 80 Prozent der Familien hat sich in den vergangenen 50 Jahren radikal verbessert. Die radikal-positive Änderung in der Beziehung zum Kind ist etwas epochal Neues.

Die Situation der Kinder in den armen sozialen Schichten der Länder Afrikas, Südamerikas und großer Teile Asiens wird jedoch von Jahr zu Jahr schlimmer: In jeder Minute sterben Hunderte von Kindern an Hunger und Entkräftung (Ausbeutung als Arbeitskraft), an Krankheiten (Malaria, Aids, Diarrhoe und anderen Infektionskrankheiten) und an psychischem Elend (ausgesetzt, gedemütigt, vergewaltigt). Es liegen wahrlich unüberbrückbare Welten zwischen dem Leben beispielsweise eines 3-jährigen französischen Mädchens, eingebettet in liebevoller Familienobhut, und dem Aids-infizierten 5-jährigen Jungen, der sich elternlos in den Slums am Stadtrand von Lagos einer Kindergang angeschlossen hat.

1. Die Quelle des Lebens – Pränatalzeit und Geburt

Wenn wir geboren werden, weinen wir,
weil wir diese große Narrenbühne betreten.
(Shakespeare, King Lear)

Die australischen Ureinwohner – die Aborigines – glauben, dass alle Kinder von der Mutter Erde „vor-geboren“ wurden und als Kinderseelen in Flüssen, Bergen, Höhlen, alten Bäumen hausen. Wenn eine Frau – absichtlich oder unabsichtlich – an diesen magischen Orten vorübergeht, schlüpfen diese Kinderseelen hurtig in ihren Leib, um „richtige“ Erdenkinder zu werden.

Die Biologie der Menschwerdung ist eines der größten Geheimnisse auf Erden. Vielleicht haben die Aborigines Recht, vielleicht ist auch die folgende Darstellung richtig. Nach westlich-aufgeklärter Sicht geschieht die Menschwerdung in mikroskopischen Bereichen: Dem Mondzyklus folgend darf eine einzelne weibliche Urzelle (Eizelle) das Ovar verlassen, spürt irgendeine Sorte von Liebe und nimmt eine andere, extrem kleinere und andersartige Urzelle (Spermium) in sich auf. Sofort nachdem die weibliche Urzelle sich die andere Zelle einverleibt hat, beginnt – als lange Geschichte – eine menschliche Individualisierung und jedes (!) eben entstandene humanoide Individuum erfährt noch einmal die gesamte Erdgeschichte. Jeder Mensch durchlebt – als Embryo, Fötus – intrauterin eingebettet neun Monate lang die vergangenen vier bis fünf Milliarden Jahre, von der Uratmosphäre über die ersten Zellteilungen bis zum Menschen.

Die Spermazellen haben bei ihrer Ankunft am ovariellen Ziel ein gigantisches Wettrennen und einen kaum vorstellbaren Überlebenskampf hinter sich. Von Anfang an ein hartes Leben? Aldous Huxley hat diesem harten Geschehen heitere Verse gewidmet:

Millionen Millionen
von Spermatozoen
sind alle am Streben,
die Sintflut zu überleben,
doch Hoffnung besteht hier:
ein Noah entgeht ihr.

Die weibliche Eizelle mit inkorporiertem Spermium bleibt eine Weile einzellig, dann wird sie langsam mehrzellig und ein Blastula-Wesen entsteht. In diesem Stadium ist bereits völlig klar, dass in den Körperzellen eines künftigen Mädchens jeweils zwei vollständige X-Chromosomen vorhanden sind, in den Körperzellen eines künftigen Jungen hingegen verbleiben nur ein vollständiges X- und das unvollständige Y-Chromosom.

Früh beginnt ein intrauteriner Existenzkampf, das Überlebenwollen ist wohl genetisch festgelegt. Doch ist in dieser frühen Phase des Lebens auch Selbsttötung, Freitod möglich. Außerdem kann auch der mütterliche Uterus die Nahrungsgabe verweigern oder gar toxische Substanzen mobilisieren, die die Leibesfrucht töten und abstoßen. Ein solcher früher Abbruch des Lebens geschieht keineswegs selten, wahrscheinlich mehrmals im Leben einer Frau, die ohne Verhütung regelmäßige Sexualität pflegt. Bei den meisten Embryos entwickelt sich die Liebe zum Weiterleben und auch viele werdende Mütter akzeptieren oder lieben ihren Winzling, der in der ersten Woche seines Seins damit beschäftigt ist, sich einen guten Platz innerhalb der Uterushöhle zu suchen. Manche schwangeren Frauen haben in den ersten Wochen keine besonderen Gefühle, auch keine Liebesgefühle zu dem embryonalen Wesen in ihrem Innern. Stärkere Gefühle zum werdenden Baby entstehen bisweilen erst später und wachsen langsam.

Das frühe menschliche Sein entwickelt sich zu einer einschichtigen Zellkugel, zu einem Hohltierchen. Jeder Mensch war einmal ein Hohltierchen! Und das kleine, allseits gefährdete Hohltierchen hat Angst gehabt, gezittert, ums Überleben gekämpft. Seine gesamte Plastula-Oberfläche war mit Sinneszellen bedeckt und der Embryo konnte alles wahrnehmen: Licht und Farben, Formen und Töne, Gefühle, Bedrohung, Geschmack, Vibrieren, Hitze und Kälte und Schmerz und Wollust. Dann wird das winzige Wesen zu einem Fisch mit Kiementaschen und empfindet wie ein Fisch. Schließlich transformiert sich das Wesen zum Lurch mit einem lurchtypischen Schwanz und endlich lebt und fühlt es als früher Hominoider, mit dem Gesicht eines Menschenäffleins.

Am Ende dieses reichen Pränatallebens: die Geburt! Verglichen mit dem Millionen Jahre langen Vorleben ist die Geburt der Beginn einer relativ winzigen Lebensspanne. Und am Ende dieses individuellen Lebens? Wartet hier der endgültige Tod oder steht eine neue Geburt bevor? Eine große Frage mit vielen Antworten.

Die Erlebnisse des intrauterinen Winzlings sind *ein* Aspekt des werdenden Lebens, der andere Aspekt gebührt der Frau: „Mein Bauch gehört mir!“

Die bunten Facetten der Schwangerschaft

„Ich krieg' ein Kind!", kann ein Ausruf der Begeisterung sein, mit der etwas Großes mitgeteilt wird, oder auch ein Ausruf des Entsetzens, das eine 16-Jährige überfällt, die nicht verstehen mag, was da geschieht. Ein Paar in mittleren Jahren, das verzweifelt alle akrobatischen Versuche, ein Kind zu zeugen, aufgegeben hat, kann es kaum glauben, dass jetzt ein Baby kommt. Eine andere Frau, die alles getan hat, um kein Kind zu bekommen und jetzt doch schwanger ist, wendet sich verzweifelt an ihren Arzt. Ja, so ein Winzling überlistet oftmals Frauen und Männer. Es scheint fast, als würde das Baby bestimmen, ob es in den weiblichen Uterus einzieht oder nicht. Hierzu passt auch, dass es mehr ungeplante als geplante Babys geben soll. Heißt das, es gibt mehr ungeliebte als geliebte Babys? Nein – denn die Liebe ist nicht entweder da oder nicht da. Und die werdende Mutter und auch der werdende Vater können sich zumindest auf den – zunächst vielleicht abgelehnten – Winzling langsam einstellen und einstimmen und schließlich behutsam in die elterliche Liebe hineinwachsen. Tun sie das nicht, dann wird es für alle Beteiligten schwierig. Nach der Abtreibungsstatistik sind es zu 80 Prozent die Väter, die eine Abtreibung wollen und die Frauen dazu überreden, wenn nicht sogar zwingen.

Wenn eine Frau ungewollt schwanger wird, aber ein Kind überhaupt nicht in ihre Lebensplanung passt, und wenn womöglich der Vater ebenfalls kein Kind will und vielleicht sogar die Beziehung löst – was tun? Je mehr Menschen diese ratlose Frau fragt, desto mehr Ratschläge wird sie hören. Es mag einfach und pathetisch klingen, ist aber wohl der einzige Weg: Die Frau könnte ihr Herz befragen. Selbst bei widrigen äußeren Umständen ergeben sich manchmal überraschende Zwischenlösungen, die keineswegs optimal sind, aber vielleicht ein – auch glücklich machendes – Provisorium ermöglichen.

Eine junge Frau hat sich dem Drängen des Freundes, das Kind abzutreiben, widersetzt und das Kind in ihrem Bauch heranreifen lassen. Die werdende Mutter und der von ihr getrennt lebende Freund haben sich oft heftig auseinandergesetzt und schließlich scheint der widerstrebende Vater ein wenig „bekehrt" und ist sogar bei der Geburt dabei. Dann aber kommt wieder eine Kehrtwendung und der Vater kann mit dem Neugeborenen nichts anfangen, lässt die Freundin im Stich und kümmert sich kaum um das putzmuntere Kerlchen. Und jetzt geschieht ein Wunder: Plötzlich entdeckt der bislang abweisende Vater seine Liebe zum Kind – mittlerweile zwei Jahre alt – und wird ein fürsorglicher Vater.

Manch eine mehr als 40-jährige Frau blickt wehmütig zurück und bereut und beweint die einstige Abtreibung. Stimmungen dieser Art sind nicht wegzudiskutieren und es „darf" auch noch nach Jahren das Geschehene betrauert werden. Hilfreich ist manchmal, wenn frau sich Folgendes vorstellt: Die damalige Kinderseele, die sich in ihrem Uterus eingenistet hatte, hat nach dem Schwangerschaftsabbruch einfach eine andere Frau aufgesucht und ist dann geboren worden. Die Kinderseele von damals lebt also.

Unzählige Male geschieht es, dass trotz Verhütung ein Tropfen Leben dem Nichts entrinnt und sich uterin einnistet, um das „Licht der Welt" zu erblicken – nicht irgendwo, sondern bei genau dieser Frau. Diese tiefere Dimension eines solchen Zufalls, eines solchen frechen Eisprungs sollte das ungewollt zu Eltern gewordene Liebespaar bedenken. In ihrem millionenfach gelesenen Buch „Brief an ein nie geborenes Kind" beschreibt Oriana Fallaci eindrucksvoll die dramatische Beziehung einer zur Abtreibung entschlossenen Mutter und dem uterinen Baby:

> *Weiß du, meine Mutter wollte mich nämlich gar nicht. Ich hatte aus Irrtum begonnen, in einem Augenblick der Unaufmerksamkeit anderer. Und damit ich nicht geboren würde, löste sie jeden Abend eine Medizin im Wasser auf und trank sie weinend. Trank sie bis zu dem Abend, als ich mich in ihrem Leib bewegte und ihr einen Fußtritt gab, um ihr zu bedeuten, dass sie mich nicht wegwerfen sollte. Sie war gerade dabei, das Glas an die Lippen zu führen. Sie nahm es augenblicklich weg und goss den Inhalt auf den Boden. Einige Monate danach kullerte ich mich siegreich in der Sonne, und ob das nun gut oder schlecht gewesen ist, weiß ich nicht. Wenn ich glücklich bin, denke ich, dass es gut gewesen ist, und wenn ich unglücklich bin, denke ich, dass es schlecht gewesen ist. Aber selbst wenn ich unglücklich bin, denke ich, dass ich es bedauern würde, nicht geboren zu sein, weil es nichts Schlimmeres gibt als das Nichts.*

Drei Wochen nach der intrauterinen Einnistung erreicht das Embryowesen eine Größe von zwei bis drei Millimetern und schon jetzt formt sich das Herz zu einem kleinen Organ, das regelmäßig schlägt. Und in der siebten Woche ist es bereits zu einem äffleinähnlichen Wesen geworden, sogar die Linien auf den Handflächen bilden sich aus. Kann man dieses Wesen wegwerfen? Was bedeutet es dabei, ob das kleine Leben per Irrtum oder Zufall entstanden ist! Vielleicht liegt zu Anfang der Entstehungsgeschichte der Erde, auf der wir leben, auch Irrtum oder Zufall?

Viele Frauen und Männer fragen sich grundsätzlich: Warum soll ich ein Kind in *diese* Welt setzen? Der Zustand unserer Welt ist mehr als beklagenswert, die großen Flüsse sind verseucht, unzählig Tausende sterben auf der Straße und irgendwann wird es ein zweites Tschernobyl geben; irgendwo verheeren Kriege die Welt, Folter und Ausbeutung sind an der Tagesordnung. Soll ich ein Kind in diese Welt bringen, damit es Hunger leidet, gedemütigt oder gar ermordet wird oder an qualvollen Krankheiten stirbt? Aber vielleicht gelingt mir die Ansicht, dass das Kind einst seinen Hunger stillen kann, dass man freundlich und achtsam zu ihm ist und dass es lange und gesund leben wird und vielleicht selbst dazu beitragen kann, dass Not und Krieg getilgt werden. Und dennoch gebietet das Liebe-Prinzip auch Verständnis für diejenigen, die bewusst keine eigenen Kinder zeugen, kinderlos bleiben oder sich um Not leidende Kinder kümmern.

Das Sicherheitsmaß für Schwangerschaft und Geburt hat dank Aufklärung und medizinischer Hilfestellung in den nördlichen Ländern ein hohes Niveau erreicht. In armen Ländern ist dagegen das Risiko immer noch unglaublich hoch. Der WHO-Weltgesundheitsbericht 2005 nennt horrende Zahlen: Jedes Jahr sterben 530.000 Frauen während der Schwangerschaft, der Geburt oder im Kindbett. 3 Millionen Kinder werden tot geboren, 4 Millionen sterben in den ersten Wochen nach der Geburt. Die Gefahr für eine afrikanische Frau, während der Schwangerschaft oder bei der Geburt zu sterben, steht 1:15, während sie für eine europäische Frau nur 1:50.000 ausmacht. Vielfältige Hilfen wären möglich, besonders durch Förderung von Hygiene und durch Aufklärung, zum Beispiel über Babyernährung. „Nestlé tötet Babys" war das Motto einer Schweizer Aufklärungskampagne, um die Verbreitung von Babyfertignahrung in den Ländern der so genannten Dritten Welt massiv zu reduzieren: Die Muttermilch ist ungleich gesünder, enthält mehr Aufbau- und Abwehrstoffe und ist vor allem keimfrei im Gegensatz zum offen herumstehenden Nahrungspulver, das in meist verseuchtem Wasser aufgelöst wird und tödliche Diarrhöen auslösen kann.

„Kinder kommen wie der Regen“

Dieses Sprichwort der mexikanischen Mixteca-Indianer symbolisiert ein Leben, das mit fruchtbaren Wiesen und Feldern eng verbunden ist, denn die keimende Saat gedeiht und wächst nur im mit Regen gesegneten Boden.

In vielen Kulturen galten bestimmte weibliche Merkmale als Zeichen der Fruchtbarkeit: große Brüste, auslandendes Becken oder breite rundliche Lippen. Stellt sich die erwartete Fruchtbarkeit dann doch nicht ein, liegt die Ursache dafür mit 40–50 Prozent Wahrscheinlichkeit beim Mann; jedoch weigern sich viele Männer auch heute immer noch, ein womöglich für das männliche Selbstbewusstsein folgenschweres Spermiogramm anfertigen zu lassen. Generell ist die Unfruchtbarkeitsrate in den Industrienationen explodiert: Nach Zahlen der WHO sind 10–20 Prozent aller Paare mit Kinderwunsch ungewollt unfruchtbar; vor allem nordamerikanische Männer erzeugen immer weniger Sperma und der Großteil ihrer Samenzellen lahmt und bleibt beim Rennen um die Eroberung der weiblichen Urzelle schmählich auf der Strecke. Als Ursache diskutiert man den letztlich lieblosen Umgang mit Mensch und Umwelt: Moderner Mega-Stress in der Arbeitswelt und diverse Industriegifte vermindern die Fruchtbarkeit. Bei der Frau kommen negative Effekte durch Langzeitanwendung von Pille und Spirale hinzu.

Eltern bekommen ihr Baby nicht nur wegen ihrer eigenen sexuellen Regsamkeit, sondern auch aufgrund eines transpersonalen Einflusses, den man elementar-naturhaft oder schicksalhaft oder göttlich nennen kann. Wenn zwei Liebende sich ein Kind wünschen, können gute Gedanken und eine heitere Stimmung eine einladende Atmosphäre verbreiten, die eine Kinderseele anlocken könnte. Die rein biologischen Vorgänge bei Empfängnis und Geburt sind durch Mediziner und Geburtshelfer bis in die letzten Details erforscht. Rationale Naturwissenschaftler würden die Vorstellung von geheimnisvoll umher fliegenden Kinderseelen, die sich ihre Eltern suchen, nur belächeln, doch können sie *nicht* beweisen, dass diese archaische Vorstellung einer immateriellen Welt falsch ist.

Der Mond des fünften Monats
wirft seine Schatten
Ein heimliches Leben regt sich in
meinem Leib

O mein Kind, ich kann den Schlag
deines Herzens hören
(Indischer Geburtsgesang)

Ein Fötus kann sehen, hören, gähnen, lachen, sich strecken und einen Schluckauf bekommen und er träumt sehr viel – wovon, können wir nur erahnen. Er ist ständig in Bewegung: Wenn die Mutter geht, stehen bleibt, sich wendet und dreht – immer ist Bewegung. Natürlich lebt der Winzling bereits in Gefühlen, die stark geprägt sind von der Entwicklungsphase, die er gerade durchlebt, sowie von den Erlebnissen und Stimmungen seiner Mutter. Er hört ihr Lachen und Singen, ihr Streiten und Weinen, er hört die Lieblingsmusik der Mutter und erinnert sich später vielleicht sogar daran; er spürt Mutters Ängste und Freuden und nimmt Teil an ihrem Schicksal, das auch ihn prägt. Gestörte Liebesfähigkeit im Kindes- und Erwachsenenalter ist in einem erstaunlich hohen Maße auch auf belastende Erfahrungen im Mutterleib oder während der Geburtsphase zurückzuführen. Kinder mit pränatalen Belastungen oder Traumata können dennoch durch eine heile und einigermaßen liebevolle Kindheit und Jugendzeit wieder einen Ausgleich finden und sehr wohl psychisch und sozial stabil werden.

Was immer der Mutter von der Zeugung bis zur Geburt des Kindes widerfährt oder was sie begeistert – all dies teilt sich dem winzigen Leib-Seele-Wesen in Form von psycho-chemischen Impulsen mit. Im antiken Griechenland legte man großen Wert darauf, dass schwangere Frauen mit Plastiken schöner Menschen oder Götter und Göttinnen umgeben waren, damit sie wohlgestaltete und gesunde Kinder zur Welt brachten. Dazu Aristoteles:

Schwangere Frauen müssen für ihren Körper Sorge tragen; ihr Gemüt aber sollen sie von Sorgen freihalten, denn das werdende Kind nimmt vieles von der es tragenden Mutter an, wie die Pflanze von dem Erdreich, in dem sie wurzelt.

„Die Neugeburt der Geburt" (Michel Odent)

Wenn das Baby auf die Welt kommt, soll es liebevoll empfangen werden, ohne grelle OP-Lampen, sondern in mildem Licht und in warmem Ambiente. Der weltbekannte Frauenarzt und Geburtshelfer Frédérick Leboyer macht die in einigen Kliniken der „zivilisierten" Länder immer noch gepflegte kühl-sachliche Art der Geburt verantwortlich für später entstehende verkrümmte Charaktere:

Sind wir wirklich so naiv zu meinen, dass eine solche Katastrophe keine Spuren hinterlässt? Dabei findet man sie überall … in den Alpträumen, im Wahnsinn, in unseren Wahnsinnstaten: Folter und Gefängnis. Die Mythen, die heiligen Schriften erzählen von nichts anderem als von dieser tragischen Odyssee.

Die Grundprinzipien der sanften Geburt – als Pionier wirkte auch der Gynäkologe Michel Odent – wenden sich gegen die von Teilen der Schulmedizin so betonte sterile Technik, Pharmazie und das eiskalte OP-Milieu und wollen mit allen Mitteln dem Baby den Übergang erleichtern vom „völligen Eingebettet-Sein innerhalb der Mutter" zur „harten Realität, als Einzelwesen leben zu müssen" (Odent). Deshalb herrscht im Entbindungszimmer immer eine liebevolle Atmosphäre, eine harmonische Ruhe, lediglich unterbrochen von den Lauten der gebärenden Frau. Getragen – nicht nur körperlich, sondern auch emotional – wird die Frau von der allgegenwärtigen Hebamme.

Während der Geburt tritt der Vater in den Hintergrund. Ist das Baby da, ist er oft voll gefordert (obwohl er nicht stillen kann) und hilft der neuen Mutter, so gut er kann. Zärtliche Nähe ersetzt über Wochen hinweg sexuelle Anwandlungen.

Für das Baby soll es ein herzlich-zärtlicher Empfang sein, damit es weniger schockiert ist, weniger schreien muss. Leboyer in seinem Buch „Sanfte Hände":

Wir sollten nie vergessen, wie angenehm es für das Kind im Mutterleib war, wie wohlig die Berührung am Rücken … Ich habe auch das unerträgliche Gefühl der Leere beschrieben, das das Baby bei seiner Geburt überkommt: Plötzlich ist da nichts mehr, was seinen Körper hält, seinen Rücken stützt. Der furchtbare, erschütternde Schrei der Geburt ist nichts anderes als der Ausdruck dieses plötzlichen, unerträglichen, wahnsinnigen Nichts: Keine Berührung. Nichts an meinem Rücken.
Nichts außen,
alles innen!
Totale Verkehrung.
Die Welt ist verrückt!

Gleich nach der Geburt wird das Kind der Mutter auf den Bauch gelegt, erst später abgenabelt. Es folgt eine sanfte, Leboyer-typische Babymassage, die die rhythmischen Bewegungen der Gebärmutter imitiert, damit das Kleine den Übergang leichter erlebt. Etwas später darf das Kindlein im warmen Wasser schwimmen, um die angenehme Erinnerung an das Schwimmen im Fruchtwasser zu beleben.

Das Sanfte an der Geburt nach Leboyer bezieht sich auf das Baby. Für die Mutter ist die Geburt mit Wehen verbunden, mit nahezu überirdischem Kraftaufwand, tiefen Gefühlen und archaischer Liebe. Die mit den Wehen verbundenen Schmerzen werden durch körpereigene Morphine (Endorphine) gedämpft. Durch den „Rausch der Endorphine" schweben die entbindende Frau und ihr „auf die Welt drängendes" Baby in einem tranceähnlichen Zustand, der tiefe Zusammengehörigkeitsgefühle erzeugt. Gleich nach der Geburt sinken die körpereigenen Endorphine wieder auf das Normalniveau; wenn dieser Endorphin-Sturz zu krass erfolgt, bekommt manche junge Mutter eine Art Endorphin-Entzugssyndrom, also ausgelöst von den körpereigenen Drogen. Von „Baby-Blues" wird gesprochen, wenn die gerade entbundene Frau traurig wird, verzweifelt, gar depressiv, weint und von Ängsten und Tränen heimgesucht wird, manchmal sogar von massiven Wahrnehmungsstörungen. In solchen Situationen ist aber kein Psychiater gefragt, sondern die Mutter braucht Zuwendung, Wärme, Liebe und – falls Arznei nötig – das, was ihr an körpereigenen Drogen fehlt: Morphium oder Opium (Analgetikum und Antidepressivum in einem).

Es ist überraschend, wie schnell sich das Baby nach der Geburt in seiner neuen Situation anheimelt. Warm und zart spürt es die Haut der Mutter und findet instinktiv den Weg zur Brust; der Saugeffekt ist ausreichend entwickelt und die Muttermilch befriedigt und befriedet das Baby. Der Oxytocinspiegel ist während des Stillens so hoch wie beim Orgasmus. Vielleicht soll dies eine Belohnung sein für die Hingabe der Mutter. Weniger orgiastisch und dennoch bemerkenswert hoch gebärdet sich der Oxytozinspiegel übrigens bei anderen Formen von Mahlzeiten: beim heiter-wohlwollenden Essen in der Familie und mit Freunden.

Die sanften Ideen von Leboyer wurden von unzählig Tausenden von Schwangeren und Müttern begeistert aufgenommen und auch von vielen Hebammen und einigen Ärzten begrüßt. Immer wieder jedoch geriet Leboyer in Konflikte mit der Schulmedizin. Viele konnten einfach nicht verstehen, worum es Leboyer ging. Als wieder jemand zum soundsovielten Male mit dem Argument der Keimfreiheit kam, sagte er lächelnd, wer das Kind wirklich absolut keimfrei haben wolle, der müsse es eben zehn Minuten abkochen. Mittlerweile haben weite Bereiche der schulmedizinischen Geburtshilfe viele der atmosphärischen

Elemente von Leboyer und Odent übernommen – immer mehr Babys werden liebevoll und achtsam zur Welt gebracht.

Und auch die Wiege der Kinder – und damit die Wiege der Menschheit – ist wieder im Kommen. Zu Beginn des 20. Jahrhunderts drängten Professoren der Kinderheilkunde in Nordamerika auf die Abschaffung der Wiege und auf ein Minimum an Zärtlichkeit. John B. Watson, der Begründer der Verhaltenspsychologie, empfahl den Müttern, emotionale Distanz zu ihren Kindern zu halten und auf Reinlichkeitserziehung und strikte Speisepläne zu achten; so ermöglichten sie den Kindern die Eroberung der Welt, wenn sie, wie er sagte, so frei wie möglich von der Sensitivität für andere Leute seien.

Ein schreiender Säugling, den die Eltern aus Unwissenheit, Ignoranz oder – durchaus häufig – aufgrund falscher Informationen „einfach" schreien lassen, ist auf sich allein geworfen und leidet Angst und Qual. Mutter und Vater, die den kleinen Schreihals hochnehmen und an sich drücken, empfinden neben warmem Mitgefühl oft auch die eigene Müdigkeit und Genervtheit. Aber selbst dann können sie dem angstschreienden Kind noch das elementar wichtige Gefühl des Getragenwerdens schenken.

Das „Seelenheil" der Neugeborenen ist das primäre Anliegen vieler Religionen. Die Taufe ist ein Weg, um die Verbindung zum Göttlichen sichtbar zu machen. Ob dieses Wasserritual unbedingt einem schreienden Säugling angetan werden soll, ist allerdings fraglich. Vielleicht sollte man besser warten, bis das Kind in einem Alter ist, in dem es die Tragweite dieses Geschehens (Aufnahme in die Gemeinde) wenigstens ansatzweise erfasst. Weltweit verbreitet ist der Segen über das Neugeborene: Behütet sei dein Leben in Freude und Liebe!

Ein Säugling „verlangt" von seinen Eltern vielerlei Zuwendungen: Geduld, Zeit, unterbrochene Nächte, Windelwechseln, Milch, Lächeln, Schmusen, Baden, Massieren und nie enden wollende Liebe. Aber das Baby ist auch freigiebig; die Eltern finden durch ihr Kind neues Lächeln und Lachen, Unbekümmertheit, das Leben im Jetzt, eine spezifische Weisheit, eine ganz besondere Wahrnehmung, archaisches Eingebettetsein in die Geschehnisse des Alltags, Neugierde und Staunen. Vielleicht kommen die Kinderseelen tatsächlich – wie Indianervölker in Guatemala glauben – von herabfallenden Sternen. So schaffen Kinder eine wunderbare Form kosmischer Verbindung.

Ein Kind ist wie der Beginn aller Dinge – Wunder, Hoffnung, ein Traum von Möglichkeiten. In einer Welt, in der man die Bäume ab-

schlägt, um Autostraßen zu bauen, und den Boden dem Beton opfert, sind Kinder nahezu das letzte Verbindungsglied zu der natürlichen Welt lebender Dinge, denen wir entspringen.
(Eda J. Leshan)

2. Leben mit Kindern – Paradies und Herausforderung

In der Eltern-Kind-Beziehung spiegelt sich oft die jeweilige Gesellschaftsordnung wider. Das Spektrum der Eltern-Kind-Beziehung bewegt sich zwischen zwei extremen Polen: einerseits Wertschätzung des Kindes, Verständnis für die kindlichen Gefühle, herzliches Fördern und Liebe, andererseits strenge Zucht, absoluter Gehorsam, körperliche Strafen, Demütigung, Gewalt. Zunächst ein kurzer Blick zurück in die Geschichte der Eltern-Kind-Beziehung, die auch unsere Gegenwart immer noch mitprägt.

Frühere Kindheiten – Züchtigung als paradoxe Form der Liebe

In allen Epochen gab es vereinzelt Eltern, die ihren Kindern eine liebevolle Atmosphäre geschaffen haben, auch wenn die jeweilige gesellschaftliche Ordnung und der jeweilige Zeitgeist anderes verlangten. Und immer wieder erschienen Reformatoren und Visionäre, die das Leben der Kinder mit Liebe füllen wollten und nach paradiesischen Zuständen strebten. Dennoch war für die überwiegende Mehrzahl der Kinder in den vergangenen Jahrhunderten und Jahrtausenden die Erziehung geprägt von Angstmachen, Demütigungen und Strafen. Selbst der reformierende, von großer sozialer Verantwortung erfüllte Pädagoge Johann Heinrich Pestalozzi (1746–1827), der sich zeitlebens für arme Kinder eingesetzt hat, wollte seine „notwendigen Methoden“ des Unterrichtens mit „strenger Zucht, klarer Weisung und Gehorsam“ realisieren. Eines der wohl bekanntesten pädagogischen Werke der westlichen Kultur ist „Emile“ von Jean-Jacques Rousseau (1712–1778). Dieses Werk sollte (gekürzt und modern formuliert) Standardwerk sein bei der – leider noch nicht existierenden – Ausbildung zum Elternberuf. Rousseau betont: „Alles ist gut, wenn es aus den Händen des Schöpfers hervorgeht, alles entartet unter den Händen der Menschen.“ Daraus leitet er sein Grundprinzip ab: die Freiheit der kindlichen Entwicklung. Das Kind ist von Natur aus gut und soll sich frei und ohne Einschränkungen entwickeln können.

Man weiß nicht mehr, was die wahre Liebe über die Neigungen junger Leute vermag, weil, da man diese Liebe nicht besser kennt als die jungen Leute, diejenigen, die sie erziehen, sie davon abwenden. Indessen muss doch ein junger Mensch entweder lieben oder liederlich sein … Wir wissen, dass allen die gleiche Aufgabe gestellt ist, dass, wer das Gute von ganzem Herzen liebt und mit all seinen Kräften tut, sie vollbracht hat.

Im selben 18. Jahrhundert, in dem Rousseaus revolutionärer „Emile“ erschien, wurden pro Jahr Zehntausende, manchmal Hunderttausende von Kindern ausgesetzt oder fremden Frauen, Ziehammen, übergeben; nur die wenigsten überlebten. Kinderreiche arme Familien überließen manches Kind einer besser gestellten Bauern- oder Handwerkerfamilie, in der es als billige Arbeitskraft (und manchmal auch als heimliches Sexualobjekt) diente.

Es ist unvorstellbar, wie damals mit Kindern umgegangen wurde: Im Jahre 1780 wurden in Paris (mit damals ca. 900.000 Einwohnern) 21.000 Kinder geboren, davon wurden 19.000 (!) an ländliche Pflegeeltern abgegeben. Außer bei den ganz armen Familien (sie konnten sich keine Pflegeeltern leisten) war es also üblich, Säuglinge und kleinere Kinder aus der eigenen Familie zu verbannen. Die Pflegefamilien waren ärmlich und lebten oft weit von Paris entfernt; oft kam es jahrelang zu keinerlei Besuchskontakten mit den Eltern.

Im selben Jahr lag die Zahl der in Paris ausgesetzten Kinder (vor allem Säuglinge, aber auch Kleinkinder) bei 5.800. Viele wurden in Heimen untergebracht, wo der Großteil dahinsiechte und elendiglich starb.

Das übliche Weggeben und Aussetzen von Kindern war gesellschaftlich weitgehend toleriert und spiegelt sich in volkstümlichen Geschichten und Märchen, beispielsweise in einem der populärsten:

Vor einem großen Walde wohnte ein armer Holzhacker mit seiner Frau und seinen zwei Kindern; das Büblein hieß Hänsel und das Mädchen Gretel. Er hatte wenig zu beißen und zu brechen, und einmal, als große Teuerung ins Land kam, konnte er auch das tägliche Brot nicht mehr schaffen. Wie er sich nun abends im Bette Gedanken machte und sich vor Sorgen herumwälzte, seufzte er und sprach zu seiner Frau: „Was soll aus uns werden? Wie können wir unsere armen Kinder ernähren, da wir für uns selbst nichts mehr haben?“ „Weiß du was, Mann“, antwortete die Frau, „wir wollen morgen in aller Frühe die Kinder hinaus in den Wald führen, wo er am dichtesten ist. Da machen wir ihnen ein Feuer an und geben jedem noch ein Stückchen Bot, dann gehen wir an unsere Arbeit und lassen sie allein. Sie finden den Weg nicht wieder nach Hause, und wir sind sie los." „Nein, Frau", sagte der Mann, „das tue ich nicht; wie sollt' ich's übers Herz bringen, meine Kinder im Walde allein zu lassen? Die wilden Tiere würden bald kommen und sie zerreißen." „O du Narr", sagte sie, „dann müssen wir alle vier Hungers sterben, du kannst nur gleich die Bretter für die Särge hobeln", und ließ ihm keine Ruhe, bis er einwilligte.

Auch Kinder und Jugendliche, die die herrschende Gesellschaftsordnung verletzten, zum Beispiel durch Diebstahl oder durch vorehelichen Geschlechtsverkehr, konnten von den Eltern verbannt werden („Du bist nicht mehr meine Tochter ..."). Dabei mussten diese Eltern nicht ungewöhnlich hartherzig gewesen sein und manche Mutter verstieß ihre unehelich schwanger gewordene 16-jährige Tochter und überließ sie den grausigen Gesetzen der Straße, obwohl es ihr schwer fiel, aber die „gottgewollte" Gesellschaftsordnung verlangte eine von der Familie ausgehende Bestrafung der „Gesetzesbrecherin", damit eben diese Ordnung wiederhergestellt würde. Den ungeschriebenen, mächtigen, scheinbar vom Schöpfer selbst eingesetzten Geboten musste man sich widerstandslos beugen wie einer metaphysischen Macht.

Rousseaus „Emile" (erstmals erschienen 1762) wurde in den folgenden 200 Jahren millionenfach verbreitet und dennoch blieb das pädagogische Züchtigen und Strafen bestehen. Ein „Sinnenbild" aus dem Jahre 1785 endet mit dem Vers:

Drum wer an Kindern will erleben Freud' und Ehr',
Der spar' an ihnen nicht die Ruten, Zucht und Lehr'.

Die unterdrückende und das Kind abwertende Erziehung zeigte sich auch in der zunehmenden Kinderarbeit während der Industrialisierung im 19. Jahrhundert. In besonders niedrigen Bergwerksstollen arbeiteten nur Kinder. Traurige Berühmtheit erfuhren die „chimney-boys", die aufgrund ihrer schmächtigen Statur von den Kaminkehrern in die engen Kaminschlote hinab gelassen wurden. Viele dieser chimney-boys wurden nicht alt; durch die dauernde Rauchexposition entstanden schwere Lungenkrankheiten und der im Kindesalter ansonsten extrem seltene Hodenkrebs. Dies alles liegt nicht 1000 Jahre zurück, sondern etwas mehr als 100 Jahre.

1915 erschien der Roman „Der Untertan“ von Heinrich Mann, der so beginnt:

> *Diederich Hessling war ein weiches Kind, das am liebsten träumte, sich vor allem fürchtete und viel an den Ohren litt … Wenn er genascht oder gelogen hatte, drückte er sich so lange schmatzend und scheu wedelnd am Schreibpult umher, bis Herr Hessling etwas merkte und den Stock von der Wand nahm … Kam er nach einer Abstrafung mit gedunsenem Gesicht und unter Geheul an der Werkstätte vorbei, dann lachten die Arbeiter. Sofort aber streckte Diederich nach ihnen die Zunge aus und stampfte. Er war sich bewusst: „Ich habe Prügel bekommen, aber von meinem Papa. Ihr wäret froh, wenn ihr auch Prügel von ihm bekommen könntet. Aber dafür seid ihr viel zu wenig.“*

Würde ein solches Züchtigungsritual heutzutage in Madrid, Heidelberg, Houston, Ottawa, Stockholm oder Mailand stattfinden und würde eine solche Prügel-Misshandlung von einer Nachbarfamilie mehrmals beobachtet und dem Jugendamt gemeldet, dann würden Behörden und ehrenamtliche Kinderschutzorganisationen zugunsten des Kindes intervenieren.

Ein tief berührendes Beispiel zeigt Federico Fellini in einem seiner ersten Filme „La Strada“:

> *Einem fahrenden Zirkusathleten wird von armen kinderreichen Eltern eine ihrer Töchter mitgegeben. Das Mädchen wird zu seiner Assistentin; mit ihrem herzergreifenden Trompetenspiel lockt sie das Publikum an. Als die Einkünfte des Zirkusmannes weniger werden, will er nicht mehr für das Mädchen sorgen und setzt es am Straßenrand aus, wie manche einen Hund aussetzen. Der Mann leidet sichtbar an seiner harten Entscheidung, will sich aber dieses Leiden nicht zugestehen. Mehr noch leidet das Mädchen – von den Eltern in die Fremde geschickt, verlassen von ihrem scheinbaren Beschützer. Alle leiden.*

Bis in die 50er Jahre wurden „kindliche Vergehen“ (wie Ungehorsam, Frechsein) von vielen Eltern und Lehrern (vor allem in den Grundschulen) mit Schlägen bestraft: Geschlagen wurde mit der bloßen Hand, bei Lehrern war zum Zudreschen der Rohrstock beliebt, manche Väter verwendeten Lederriemen und Pferdepeitschen. In manchen Familien sammelte die Mutter tagsüber die „Vergehen“ der Kinder und wenn dann der Vater nach Hause kam, wurde die Strafe vollstreckt. Die Familie wurde zum Tribunal. Der Vater galt einerseits als Ernährer und Beschützer der Familie, andererseits war er Richter und Vollstrecker drakonischer Strafen. Der japanische Lyriker Nagaardschuna:

Wenn ein Feuer im Wasser entzündet wird,
wie ist es dann zu löschen?
Wenn Furcht ist vor dem Beschützer,
wer ist dann da, um dich zu beschützen?

Trotz aufkommender Reformpädagogik galten auch noch bis in die 50er Jahre folgende Grundüberzeugungen: Körperliche Züchtigung als Erziehungsmittel ist ein unverzichtbarer Teil elterlicher „Liebe"; die Eltern haben ein absolutes Recht, über ihre Kinder zu verfügen; der eigene Wille des Kindes muss gebrochen werden im Sinne von: „Du sollst nur wollen, was du sollst."

Trotz all der strengen Erziehung jener Zeiten suchten und fanden die Kinder glücklicherweise schon immer *Freiräume,* wo sie sich austoben konnten, wo sie endlich – ohne Erwachsene – unter sich waren und sich letztlich gegenseitig eine besondere Form von Liebe gaben. Jungen bildeten rivalisierende Gangs, denen sich manchmal auch Mädchen anschließen durften, und erfreuten sich daran, Streiche zu spielen und unbeliebte Erwachsene zu ärgern.

In versteckt gebauten Hütten rauchten die Kinderbanden gemeinsam eine geklaute Zigarette, auf nächtlichen Friedhöfen wurden Mutproben absolviert und wo immer sich Gelegenheit bot, versuchte man andere zu necken und zu hänseln:

Tom und Jack hatten sich beim Tischler ein wenig Geld verdient und gingen zum Wanderzirkus auf der Stadtwiese. Am Ende einer langen Menschenschlange warteten sie, als ein etwas dicklicher, ihnen unbekannter Junge herankam. Jack ging auf den verblüfften Jungen zu, klopfte ihm auf die Schulter und sagte: „Hallo Brucy, jetzt hätte ich dich beinah nicht erkannt, guter alter Freund. Du hast dich ja mächtig verändert. Du bist zehn Zentimeter kleiner geworden und zehn Kilo schwerer, seitdem ich dich zuletzt gesehen habe. Und deine Nase ist viel länger geworden, aber das macht nichts, Brucy." Der fremde Junge wurde zornig: „Hör auf!", sagte er, „ich heiße nicht Brucy!" „Na, Donnerwetter", sagte Jack zu Tom, „sogar seinen Namen hat er geändert!" Der kindliche Umgangston ist manchmal hart, aber nicht eigentlich böse.

Nochmals: In allen Epochen gab es auch gewaltfreie Familien mit liebevoller Atmosphäre, vor allem im aufgeklärten Bildungsbürgertum und in Teilen der Mittelschicht und – schichtenunabhängig – wenn Mutter oder Vater oder gar beide ganz einfach liebevolle Menschen waren.

Auch in der Gegenwart ist die Scheu groß, während der Kindheit erlittene Verletzungen und emotionale Kälte sich einzugestehen oder gar – in Gesprächen mit einem Freund oder im psychotherapeutischen Rahmen – wieder nachzuerleben. Diese Scheu ist zwar verständlich und nachvollziehbar, bewirkt aber manchmal eine völlige Verdrängung und in der Folge eine falsche Idealisierung der Kindheit oder der Eltern. Oder es entsteht die bedrückende Scham des Opfers, sich nicht gewehrt zu haben gegen psychische und physische Misshandlungen (auch wenn Wehren gar nicht möglich war); es ist darüber hinaus die Scham, eine „solche" Mutter, einen „solchen" Vater zu haben.

Sowohl für frühere wie auch für gegenwärtige Generationen gilt: Ein Kind, das psychisch und physisch drangsaliert oder gefoltert wird, erleidet nicht „nur" die Prägungen als misshandeltes Opfer, sondern es erlebt den „Folterknecht" als mächtig und damit vorbildlich. Still entsteht in solchen Opferkindern manchmal der Leitsatz „Wenn ich groß bin, werde ich auch mächtig und gewaltig sein." Bleibt eine solche Einstellung im Erwachsenenalter erhalten, dann erlischt jegliches Mitgefühl und Empfinden für den Nächsten. Die Macht des in der Kindheit erfahrenen Folterknechts vor Augen, schlüpft mancher in ein ähnliches Machtgehabe und wird zum bösartigen Egomanen, der andere ausgrenzt und bedroht und dies womöglich als Patriotismus glorifiziert.

Die meisten Kinder mit schlimmer Kindheit werden erfreulicherweise nicht zu gewalttätigen „Folterknechten", zeigen sich aber manchmal sehr verschlossen, gefühlsarm bis hart, vielleicht auch übermäßig aggressiv. Innerlich sind jedoch die alten Verletzungen noch vorhanden und so reagieren solche Erwachsene leicht verletzlich und überempfindsam: Hinter einer scheinbar coolen Fassade wohnt eine leicht verletzbare kindliche Seele. Das Bild der strafenden oder grausamen eigenen Eltern wird manchmal idealisiert und die erfahrenen Qualen werden an andere weitergegeben, an den Lebenspartner, an die Kinder, an untergebene Arbeitskollegen. In der Zweierbeziehung ergibt sich oft die Chance, in einem solchermaßen verhärteten Menschen liebevolle Anteile tief im Innern seiner Seele zu entdecken und durch Liebe wachsen zu lassen. Langsam aufblühende Selbstliebe ist ein Weg aus den Katakomben dunkler Kindheitserfahrungen.

Wer als Kind nicht gelernt hat, sich zu wehren oder aufmüpfig zu sein (weil es verboten war oder bestraft wurde), der tut sich auch schwer, sich im Erwachsenenalter zu wehren und sich durchzusetzen (eine ähnliche Situation kann entstehen bei extrem schwacher Mutter oder einem wehrlosen Vater). Doch ein adäquates Sich-Wehren und Durchsetzungsvermögen kann man im Erwachsenenalter (mit Hilfe von Freunden, Lebenspartnern, Psychotherapeuten) nachlernen und schließlich kann man – auch wenn es in der Kindheit anders war – lernen, dass man auch schlecht gelaunt, frech sein und schimpfen darf, ohne dass jemand stirbt oder eine Migräneattacke bekommt. Und man darf Grenzen ziehen, ohne Angst zu haben, verlassen zu werden.

Die weltweit erfolgreichste Kinderbuchautorin, Astrid Lindgren, veröffentlichte im Jahre 1948 einen Aufsatz (besser gesagt: einen Aufruf) mit dem Titel „Schenkt den Kindern Liebe – ein Plädoyer für eine freie Erziehung". In ihren in Millionenauflage erschienenen Büchern schildert Lindgren starke, liebenswerte Kindercharaktere, die *ihren* Weg im Leben finden.

> *„Der Michel aus Lönneberga war ein kleiner wilder und eigensinniger Junge, nicht etwa so brav wie du" ... und er trieb seinen immer wieder Strafe und Schläge androhenden Vater zu cholerischen Ausbrüchen, wovon sich der Michel in den Tischlerschuppen rettete, den er von innen verschloss. Nahezu jeden Tag beging er irgendeine Untat, entweder unabsichtlich (Michel stellte eine Mausefalle auf, aber statt einer Maus tappte der barfüßige Vater hinein) oder absichtlich (so aß er heimlich die Speisen, die die Eltern für einen Besuch vorbereitet hatten). Entgegen den Prophezeiungen aller Dorfbewohner wurde aus Michel im Mannesalter nicht etwa ein Taugenichts, sondern ein Gemeinderatspräsident.*

Elternliebe statt Elternmacht

Für *die wichtigste aller menschlichen Aufgaben* waren nahezu alle Mütter und Väter völlig unvorbereitet und nicht mal ansatzweise ausgebildet. Verständlich, dass sie oft das wiederholt haben, was sie selbst erfahren haben und was die jeweilige Gesellschaft ihnen vorgelebt hat.

Jahrhunderte lang lag über allen Generationen ein Fluch, überwiegend liebesunfähige Menschen hervorzubringen, die unreflektiert und blind in mörderischen Kriegen mitmachten und gefangen waren im circulus vitiosus der menschenverachtenden Erziehung. Gängig waren (und sind es vereinzelt immer noch) das Einflößen von Angst („Wenn du nicht sofort aufräumst, rede ich nicht mehr mit dir") und Androhung oder Vollzug von Strafe („Sei jetzt still, sonst bekommst du eine Ohrfeige"). Trotz düsterer Kindheit ist im Erwachsenenalter oft ein „normales" oder sogar erfolgreiches Leben möglich.

Judy wurde 1946 in einer Wohnsiedlung am Rande einer Industriestadt geboren, der Vater arbeitete als Hilfskraft in einer Stahlfabrik, die Mutter gelegentlich als Kellnerin. Im Alter von vier Monaten brachten die Eltern die kleine Judy ins Krankenhaus. Diagnose: Battered-child-Syndrom, aber – trotz diagnostizierter Gewalt – intervenierte niemand. Bevor die Eltern nach wenigen Tagen das Kind wieder abholen durften, wurde das Jugendamt hinzugezogen, doch die Eltern bestritten jegliche Gewaltanwendung.

Immer wenn Judys Vater zu viel Alkohol getrunken hatte, konnte er das schrille Babyschreien nicht ertragen und schlug zu. Der Tod kauerte in der Nähe des Babys, aber Judy überlebte. Je größer Judy wurde, desto häufiger kamen die Schläge auch von der völlig überforderten Mutter.

Judy kam in die Grundschule und war – für alle überraschend – eine sehr gute Schülerin. Judy war neun Jahre, als die Mutter ernsthaft erkrankte und wegen Brustkrebs wochenlang im Krankenhaus lag. Ein Jahr später starb die Mutter und in den Monaten davor pflegte Judy die sterbenskranke Mutter zu Hause. Als Erwachsene erzählt Judy: „Es war eine gute Zeit für mich. Endlich war ich die Mächtigere. Seltsamerweise bin ich sicher: Sie hat mich – trotz aller Quälereien – als Kind sehr geliebt."

Erstaunlicherweise schaffte Judy (inzwischen in einer Pflegefamilie) den Übertritt ins Gymnasium und ein gutes Abitur. 18-jährig zog sie in eine Wohngemeinschaft und lernte 20-jährig einen Philosophiestudenten kennen, der sie über alles liebte und der ihr eine Geborgenheit und eine emotionale Sicherheit gab, die sie bislang nicht einmal ansatzweise kannte. In dieser Beziehung heilten viele ihrer in der Kindheit erfahrenen schrecklichen Wunden und vernarbten. Judy studierte Pädagogik, sie promovierte, machte Karriere an der Universität.

In den 20er Jahren des 20. Jahrhunderts entstehen in vielen Herzen und Hirnen pädagogisch engagierter Menschen neue Konzepte für einen würdigen Umgang mit Kindern. Ansatzpunkt ist dabei oft die Schule, wo Kinder möglichst viel selbst bestimmen sollen und wo erlebnisorientierte Methoden den traditionellen Frontalunterricht ablösen, der immer noch geprägt war von straffer Disziplin und körperlichen Strafen. Von dem neuen Geist schreibt der große Philosoph des 20. Jahrhunderts, Jean-Paul Sartre, in „Die Wörter“:

> *Mein Großvater bestärkte mich in meinen Vertraulichkeiten: Alle Kinder sind inspiriert, sie stehen den Dichtern nicht nach, denn auch die Dichter sind schließlich ganz einfach Kinder. Ich war restlos begeistert von Kurteline und lief der Köchin bis in die Küche nach, um ihr laut vorzulesen, wie Theodor die Streichhölzer sucht. Man amüsierte sich über mein Entzücken, förderte es sogar ganz bewusst, machte daraus eine öffentliche Leidenschaft …*
>
> *Ich schwärmte für Überraschungen. Aus Überraschungen bestand unser ganzes Leben. Heitere und tugendhafte Geheimniskrämereien, unerwartete Geschenke, theatralische Enthüllungen, die in Küssereien übergingen: Das war der Ton unseres Alltagslebens … Wieder bin ich wie damals mit sieben Jahren der Reisende ohne Fahrkarte: Der Schaffner ist in mein Abteil gekommen und schaut mich an, weniger streng als einst. Er möchte am liebsten wieder hinausgehen, damit ich meine Reise in Frieden beenden kann; ich soll ihm nur eine annehmbare Entschuldigung sagen, ganz gleich welche, dann ist er zufrieden. Unglücklicherweise finde ich keine und habe übrigens auch keine Lust, eine zu suchen.*

Die Kinder bestimmen mit – die Eltern setzen nicht mehr auf Macht, sondern auf Liebe. So könnte man das Leitbild der Reformpädagogik skizzieren. Die Reformideen rüttelten nicht nur an den hierarchisch verkrusteten Schulsystemen, sondern auch an den Familiensystemen. Für diese Reformen stehen Namen wie John Dewey, Maria Montessori und viele andere.

Natürlich lehnt auch der spirituell orientierte Rudolf Steiner Repressalien gegen Kinder ab. Die schwedische Pädagogin und Schriftstellerin Ellen Key umschreibt in ihrem Buch „Das Jahrhundert des Kindes“ das wichtigste pädagogische Prinzip Rudolf Steiners sehr griffig:

> *Das eigene Wesen des Kindes zu unterdrücken und es mit anderem zu überfüllen, ist noch immer das pädagogische Verbrechen, das auch die auszeichnet, die laut verkünden, dass die Erziehung nur die eigene individuelle Natur des Kindes ausbilden solle! … ruhig und langsam die Natur sich selbst helfen zu lassen und nur zu sehen, dass die umgebenden Verhältnisse die Arbeit der Natur unterstützen, das ist Erziehung.*

Die italienische Ärztin Maria Montessori hat früh ihr Herz für Kinder geöffnet:

> *Wenn das Kind eines Tages sagen würde: „Ihr hindert mich, einen Willen und einen Charakter zu entwickeln; wenn ich so böse erscheine, ist das gerade deshalb, weil ich versuche, mich zu retten; wie soll ich nicht plump sein, wenn ich schlecht gehalten wurde?"*

Die Theorien von Sigmund Freud, Alfred Adler und Wilhelm Reich, dazu marxistisches Gedankengut haben Theorie und Praxis der aufkeimenden modernen Erziehung in der westlichen Welt mitgeprägt.

Die Zeit des Faschismus und des 2. Weltkrieges vernichtete – vor allem in Deutschland – die reformpädagogischen Ansätze, die erst wieder ab den 50er Jahren zum Tragen kamen. Einflüsse aus den humanistischen Psychologien bereicherten zusätzlich die Reformpädagogik; immer wieder wird von der Würde der kindlichen Persönlichkeit gesprochen und vor allem von Liebe.

Strafe ist sinnlos

Körperliche Strafen und Strafen überhaupt verletzen die Würde der kindlichen Persönlichkeit. Natürlich wurde in der Reformpädagogik diskutiert und untersucht, welche Effekte körperliche Strafen haben und ob „milde" und „nicht-körperliche" Strafen positive erzieherische Effekte haben.

Sollte einem Kind eine bestimmte störende Gewohnheit (aus der Sicht des Erwachsenen) aberzogen werden und sollte das Erziehungsmittel hierfür Strafe sein, so müsste ein spezifischer „Strafcodex" eingehalten werden, um einigermaßen „erfolgreich" zu sein. Sehen wir uns einige dieser – dem Liebe-Prinzip widersprechenden – Regeln an: Wenn ein bestimmtes Verhalten (zum Beispiel Nasebohren, den kleinen Bruder Ärgern, Lügen, Hausaufgabenverweigerung usw.) einmal bestraft wurde, muss es immer bestraft werden. Die Bestrafung soll nicht in Gegenwart anderer Kinder stattfinden, sonst entsteht innerlich brodelnde Aggression (die sich irgendwann entlädt und *neue* Probleme schafft). Strafexperten fordern einen engen zeitlichen Zusammenhang zwischen „Vergehen" und Strafe. All das Gesagte kann dazu führen, dass der Strafvollziehende – ob Lehrer oder Elternteil – mit der Einhaltung der Regeln ziemlich beschäftigt ist. Milde Strafen haben keinen nachhaltigen Effekt, schwere Strafen fügen der empfindsamen Seele des

Kindes bleibende Verletzungen zu. Will man aggressives kindliches Verhalten durch Strafen abschwächen, so entsteht das Gegenteil – die Aggression wächst.

Beispiel 1: Die 5-jährige Susan nimmt ihren eineinhalbjährigen Bruder triumphierend die Rassel weg, der kleine Bruder schreit, die genervte Mutter verpasst Susan einen Klaps auf die Hand und gibt die Rassel zurück. Der Klaps war zu schwach, die Freude am schreienden Bruder überwiegt und die Rassel wird erneut weggenommen. Ergebnis: Strafe ist sinnlos.

Beispiel 2: Der 9-jährige Kevin ärgert seine Schwester, erschreckt sie, schubst sie und – trotz Mahnung – tut er das immer wieder. Überdies weigert er sich trotz mehrfacher Aufforderung, beim Ausräumen der Geschirrspülmaschine zu helfen. Der Vater spricht ein Computer- und Fernsehverbot aus. Der Vater will einiges erledigen. Kevin ist gelangweilt, genervt, aggressiv und stört dauernd und der Vater kommt nicht zu seiner Arbeit. Der Vater hat sich eigentlich selbst bestraft. Ergebnis: Strafe trifft eher den, der sie verhängt.

Beispiel 3: Lilian, 10-jährig, ist aufgeweckt und provokativ, wiederholt stört sie den Unterricht und bringt mit ihren Clownereien die Klasse zum schallenden Lachen. Der Lehrer ist hilflos und verzweifelt und verdonnert zum zigsten Male Lilian zum Nachsitzen. Diese Strafe nimmt sie gerne in Kauf, denn die Belohnung durch die Mitschüler ist ihr wertvoller. Ergebnis: Der Erfolg und die Belohnung durch die Klasse überwiegen gegenüber Strafe. Die Strafe ist sinnlos.

Schon in den 80er Jahren wurde wiederholt nachgewiesen, dass milde Strafen keinerlei erzieherische Effekte haben und dass drakonische Strafen mentale Krüppel erzeugen. Kleine wie große Strafen sind Gegenpole des Liebe-Prinzips. Die auch im aufgeklärten erzieherischen Alltag aufgrund der Ratlosigkeit des Erziehers immer wieder verhängten milden (nicht-körperlichen) Strafen werden oft inkonsequent ausgesprochen und von Kindern durchschaut und umgangen. Auch milde Strafen sind – wie wir gesehen haben – pädagogisch sinnlos, hinterlassen wohl aber (wenn sie sich nicht allzu sehr häufen) keine signifikanten Schäden beim Kind.

Der Verzicht auf Strafe heißt *nicht* völliges Gewährenlassen oder absolutes laissez-faire. Eine liebevolle Erziehung verlangt sehr wohl einige *für alle* geltende Regeln und Grenzen und es wird rücksichtsvolles, einfühlendes, freundliches Sozialverhalten geübt. Und ebenso wird die natürliche, vordrängende Kreativität des Kindes auf sozial verträgliche Weise gefördert (beispielsweise ist das großflächige Malen mit Fingerfarben auf großen Papierbögen anregenswert, die weiß gestrichene Haustüre muss aber nicht unbedingt mit Filzstiften bearbeitet werden). Welche *nicht-strafenden* Methoden es gibt, um Kinder zu Verhaltensänderungen zu bewegen, erfahren Sie ab Seite 177. Auf poetische Weise setzt sich die Sängerin und Friedenskämpferin Joan Baez mit diesem Thema auseinander (der Text stammt von Bettina Wegener, die einst u.a. wegen dieses Textes aus der ehemaligen DDR ausgewiesen wurde):

Sind so kleine Hände – winzge Finger dran.
Darf man nie drauf schlagen, die zerbrechen dann.
Sind so kleine Füße mit so kleinen Zehn.
Darf man nie drauf treten, könn' sonst nicht gehen.

Sind so kleine Seelen – offen und ganz frei.
Darf man niemals quälen, gehen kaputt dabei.
Ist so'n kleines Rückgrat, sieht man fast noch nicht.
Darf man niemals beugen, weil es sonst zerbricht.
Grade klare Menschen – wärn ein schönes Ziel.
Leute ohne Rückgrat hab'n wir schon zu viel.

Einer der seit einigen Jahrzehnten meistgelesenen pädagogischen Autoren ist der feinfühlig-radikale Humanist Thomas Gordon („Familienkonferenz"); selbstverständlich spricht er sich dezidiert gegen jegliche Form von Strafen aus und hat andere wirksame Konzepte erarbeitet:

> *Strafen – oder die Drohung damit – können gelegentlich inakzeptables oder störendes Verhalten bei Kindern verhindern. Das funktioniert aber nur,* solange der Kontrollierende anwesend ist. *Sobald der strafende Elternteil oder Lehrer die Szene verlässt, ist das strafwürdige Verhalten wieder zu beobachten. In direktem Gegensatz zu der altbekannten Annahme des „gesunden Menschenverstandes", dass Strafen aggressives Verhalten von Kindern verhindern, deuten alle Beweise darauf hin, dass hartes, strenges, auf Macht pochendes Strafen tatsächlich Aggression bei Kindern* hervorruft.
>
> *Ich habe alle Sympathie für Menschen, die Angst vor absolutem Gewährenlassen haben, denn ich habe gesehen, was geschieht, wenn Eltern und Lehrer die Kinder tun lassen, was sie wollen, ohne Grenzen oder Regeln zu setzen. Es macht das Leben für die Erwachsenen*

zur Hölle und bringt Kinder hervor, die rücksichtslos, gedankenlos, selbstsüchtig, unkontrollierbar und nicht liebenswert sind. Leider verstehen nur wenige Eltern und Lehrer, dass es viele Alternativen zum „Kontrollieren mittels Disziplin" gibt.

Gordon nennt im Zusammenhang mit den angesprochenen Alternativen folgende Stichworte: herausfinden, was das Kind braucht; einen Tauschhandel machen; die Umgebung verändern; konfrontative Ich-Botschaft; Widerstand abbauen usw.

Nicht strafen, sondern lieben!

Die reformpädagogischen Bewegungen gründen auf Einstellungen, die radikal neue Perspektiven in der Erziehung eröffnen und dem Liebe-Prinzip entsprechen:

1. Ein Kind will geliebt werden (so wie letztlich auch jeder Erwachsene geliebt werden will) und so wird die Liebe zum wichtigsten „Instrument" moderner Pädagogik. Man begegnet dem Kind mit Achtung und Wertschätzung und vermeidet Demütigungen, Kränkungen, Bloßstellungen.
2. Die individuellen Besonderheiten und Talente eines Kindes wollen erspürt und gefördert werden. Vor Verwöhnung hat der Erzieher weniger Angst als vor Behinderung des Freiheitsdranges eines Kindes.
3. Auf körperliche Strafen (Schläge, Essensentzug, Zimmerarrest usw.) kann verzichtet werden, zumal die gewünschten Effekte (mehr Anpassung, mehr Gehorsam) sich nicht zeigen. Wunderbar wäre, wenn jegliche Form von Strafe unterbliebe.
4. Widerspruch und abweichende Vorschläge sind nicht nur erlaubt, sondern fördern den Dialog mit Erwachsenen und dienen der Vermehrung von kindlichem Selbstbewusstsein. Statt stur-dogmatischem Festhalten an irgendwann aufgestellten Regeln kann der Erzieher in Absprache mit dem Kind Meinung und Einstellung neuen Situationen anpassen, wobei das Kind flexibles Denken erlebt.
5. In jeder Lebenslage gilt: Empathie = Einfühlungsvermögen = fundamentale Basis. Die Welt des Kindes zu verstehen, ist entscheidender, als das Kind zu formen und zu prägen oder ihm Ratschläge zu geben.

Der wohl radikalste Pädagoge des 20. Jahrhunderts, Alexander S. Neill, fasst dies in einem Satz zusammen: „In einer glücklichen Familie herrscht Liebe, in einer unglücklichen Spannung."

In den 60er und 70er Jahren wurden in der westlichen Welt zahlreiche „alternative Schulen" gegründet, die – mehr oder weniger – vom frischen Wind der damals aufkommenden antiautoritären Erziehung beeinflusst wurden. Manche feierten die antiautoritäre Erziehung als Kulturrevolution, andere waren geschockt und lehnten alles ab, wieder andere haben die Erziehung zur Freiheit verwechselt mit einem Leben ohne Grenzen und Regeln, was rücksichtslose, egoistische oder ratlose Kinder und völlig verzweifelte Eltern hervorbringt. Früher hatten die Kinder in den streng strafenden Schulen und Familien *keine* Rechte, in den absolut frei gestalteten *antiautoritären* Einrichtungen (zum Beispiel in einigen Kinderläden der 68er-Generation) hatten sie *alle* Rechte, in einer *freiheitlichen, sozial verantwortlichen Erziehung* haben die Kinder in den Elementarbereichen (soziales Miteinander, Essensaufteilung, Freizeitgestaltung, Meinungen äußern usw.) *gleiche* Rechte, auch wenn Eltern und Kinder nicht Partner auf einer Ebene sind.

Die studentischen Rebellen der 68er-Zeit stellten die gesellschaftliche Ordnung und die politischen und wirtschaftlichen Machthaber radikal infrage. Der Protest der „zornigen Studenten" war auch gegen die Generation ihrer Väter gerichtet: Diese Väter hatten oft – vor allem in Deutschland – eine schwer erträgliche Vergangenheit, hatten in der Zeit des Faschismus gelebt, waren Soldaten, auch mordende Soldaten gewesen und kannten nur autoritäre Familienstrukturen. Die studentischen Rebellen wollten eine radikale Änderung der *gesamten* Gesellschaft herbeiführen: Gerechtigkeit statt wirtschaftliche Ausbeutung, Frieden statt Vietnamkrieg, internationale Verantwortung statt Imperialismus, freiheitliche Erziehung statt Zwang und Drill. Um verkrustete Strukturen zu ändern, bedarf es leuchtender Signale. Als bei Demonstrationen in Paris Autos angezündet wurden und die Boulevardpresse und Normalbürger sich erregten, da meinte in einem Zeitungsinterview der Philosoph Herbert Marcuse (der „geistige Vater" der radikalen Linken): Statt sich über verbrannte Autos aufzuregen, sollte man sich darüber erregen, dass es allein in Frankreich (damals) pro Jahr 14.000 Verkehrstote gab: die „Gegebenheiten" auf eine neue, radikale Art sehen und – im Sinne der Menschenwürde – radikal ändern!

Radikal wurde natürlich auch das elementare Thema Erziehung angegangen. Fundamentale Änderungen fordert der friedliche Radikalismus, Reformen würden verpuffen. Die von linken Theoretikern erneut präsentierte Synthese von (friedlichem) Marxismus und Psychoanalyse (von Sigmund Freud bis Wilhelm Reich) verlangte konkrete Experimente: Kinder sollten möglichst repressionsfrei aufwachsen und dabei auch die kindliche Sexualität als Spielraum erleben dürfen. Den Kindern der neuen Generation sollten die autoritären Zwänge und Disziplinierungen erspart bleiben, die man selbst erfahren hatte. Linksradikale Studenten, die Eltern wurden, gründeten vor allem in Berlin, Paris, Frankfurt und München antiautoritäre „Kinderläden", in denen den Kindern eine ungebundene, freie Entwicklung gewährleistet wurde, ein (durchaus gesteuertes) Ausleben von Aggression und sexueller Neugierde.

„Hier tun die Kinder, was sie wollen", hieß die Titelüberschrift einer Zeitschrift, die über einen Münchner Kinderladen berichtete.

Alice war das zweite von drei Kindern, die ein Jahr jüngere Schwester war leicht behindert, schwächelte und erforderte dauernde Rücksichtnahme. Der Bruder war eineinhalb Jahre älter und schikanierte Alice ständig, schubste sie, schlug sie immer wieder, nahm ihr Sachen weg – und all das durfte er in Alices ersten zwei oder drei Lebensjahren: Es war die Zeit der antiautoritären Erziehung. Jedes Kind sollte das Recht haben, aufkommende Triebe und Regungen ausagieren zu dürfen.

Alices Familie wohnte mit einer anderen Familie, die zwei Kinder hatte, und zwei Singles in einer Groß-WG in Berlin-Kreuzberg. „Als Kinder durften wir fast alles", so Alice aus ihrer Erwachsenensicht. „Wir durften einfach an den Kühlschrank gehen oder wenn Schokolade da war, durften wir sie essen, ohne zu fragen. Komischerweise haben wir Kinder untereinander darauf geachtet, dass nicht alles auf einmal weggefuttert wurde. Wenn es warm war, liefen wir Kinder in der riesigen Wohnung nackt umher und auch die Erwachsenen sahen wir natürlich nackt. Und ich kann mich erinnern, dass wir – alle fünf Kinder – in einer offenen Schlafzimmertür standen und einem Paar beim Liebe-Machen zuschauten. Wir Kinder waren erstarrt vor Erstaunen und tief ergriffen. Als die beiden Liebe-Machenden uns bemerkten, da lachten sie und sagten, wir könnten ruhig näher kommen, Liebe-Machen sei was Schönes."

In Berlin besuchten 1969 mehr als 800 Kinder die antiautoritären Kinderläden; gemessen an den 25.000 Kindern, die damals in „normale" Tagesstätten und Vorschulen gingen, war dies eine kleine Anzahl und dennoch wurde ständig sensationell in den Medien über diese Experimente berichtet. Die pädagogische Diskussion jener Zeit war geprägt von den neuen radikalen Erziehungskonzepten und erfuhr eine zusätzliche Stimulierung durch den Bestseller von Alexander S. Neill (1883–1973): „Theorie und Praxis der Antiautoritären Erziehung am Beispiel Summerhill". Auf leicht verständliche, ja, unterhaltsame Weise schildert Neill seine pädagogischen Forderungen: Das Kind soll in seiner Entwicklung größtmögliche Freiheit genießen, während die Autorität der Eltern gegen Null schrumpfen soll. Gegenseitiges Vertrauen und liebenvolle Beziehungen werden zur Grundlage des Zusammenlebens. Die revolutionäre, repressionsfreie Internatsschule Summerhill gründete Neill bereits 1921. Die Teilnahme am Unterricht war freiwillig, es gab keine Hausaufgaben, keine Prüfungen und keine Zensuren; in allgemeinen Schulversammlungen hatten Schüler und Lehrer gleiches Stimmrecht! Trotz allerlei Kritik und Anfeindungen wirkt die Schule bis heute jahrzehntelang und brachte Tausende von Schülern zu einem erfreulichen Schulabschluss. Die überragende Bedeutung von Summerhill lag darin, dass nahezu täglich in den Medien über diese radikal-freiheitliche Erziehung berichtet wurde und dadurch unschätzbar großer Einfluss auf die damaligen pädagogischen Diskussionen und Experimente entstand. Alexander S. Neill selbst hatte eine überaus strenge und geschlagene Kindheit hinter sich. Als junger Lehrer erhielt er von seinen Vorgesetzten die Anweisung, häufig den Schlagstock gegen die Zöglinge einzusetzen. Als die ersten Bücher von A. S. Neill erschienen, gab es kaum vergleichbare Werke über freie und kreative Erziehung:

> *Freie Verfügung über sich selbst schließt ein, dass man die menschliche Natur für gut hält und nicht daran glaubt, dass es Erbsünde gibt oder jemals gegeben hat … Leben nach eigenen Gesetzen, das ist das Recht des Kleinkindes auf freie Entfaltung, ohne äußere Autorität in seelischen und körperlichen Dingen. Das Kind bekommt zu essen, wenn es hungrig ist, es wird selber sauber und nur, weil es dies wünscht, es wird weder angebrüllt noch geschlagen, sondern immer geliebt und beschützt …*

Freiheit bedeutet für A. S. Neill nicht Regellosigkeit. Es gibt sehr wohl Bestimmungen, die alle beherzigen sollen und wollen. Und zwischendurch darf man als Erwachsener sehr wohl auch mal laut werden und ein Kind anherrschen, *ohne* dass damit die Liebe schwindet. A. S. Neill erzählte eine Episode:

> *Ich erinnere mich, wie ich einmal mit einem Freund im Londoner Opernhaus Covent Garden saß. Während des ersten Balletts unterhielt sich vor uns ein Kind laut mit seinem Vater. Als Pause war, suchte ich uns andere Plätze. Mein Begleiter sagte: „Was würdest du tun, wenn sich ein Summerhill-Kind so verhielte?“ „Ich würde ihm sagen:*

Halt's Maul!", antwortete ich. Mein Freund sagte: „Das wäre gar nicht notwendig. Ein Summerhill-Kind würde sich nicht so verhalten." Und ich glaube, er hatte Recht.

„All you need is love" – die amerikanisch-europäische Kulturrevolution

Die Befreiung des Kindes ist wesentlich erleichtert worden durch die europäisch-amerikanische Kulturrevolution seit den 60er Jahren des vergangenen Jahrhunderts. Popmusik und Popkunst erfasste in nie gekanntem Ausmaß Millionen von Jugendlichen. Viele Popsänger singen Protestlieder und fordern politisches Engagement und läuten so eine neue Ära ein. Bob Dylan, der einer kleinbürgerlichen jüdischen Familie des mittleren Westens der USA entstammt, singt:

Kommt, ihr Väter und ihr Mütter überall im Lande,
und kritisiert nicht, was ihr nicht versteht.
Ihr könnt euern Söhnen und Töchtern nichts mehr sagen,
auf euern alten Wegen wächst schon das Gras,
denn die Zeiten ändern sich.

In den 60er Jahren entwickelt sich – ausgehend von Kalifornien – als Gegenkultur die Hippie-Bewegung. Junge Menschen kleiden sich verrückt in Großmutters Gewändern oder antiquierten Marineuniformen, schmücken sich mit Blumen und versammeln sich zu Hunderttausenden in Openairkonzerten. Flower children – Blumenkinder – werden sie genannt und für die flower girls entwirft Mary Quant aus London den Minirock.

Die Hippie-Generation ist zur Überzeugung gekommen, dass die Gesellschaft, in der sie lebt, die Kinder und Jugendlichen nicht glücklich macht. Sie wollen keine funktionierenden Rädchen im Getriebe der kapitalistischen Konsumgesellschaft sein, sondern *anders* leben, in Landkommunen, als Künstler und Kunsthandwerker, und die Basis sehen sie in der Liebe.

Im Jahre 1963 wird Bob Dylans „Blowing in the Wind" der Tophit in den USA, später wird der Song aufgenommen in den Liederschatz der Friedensbewegung.

Wie oft kann ein Mensch seinen Kopf wenden
und so tun, als habe er nichts gesehen?
the answer my friend is blowing in the wind ...

Ein Jahr später sang Joan Baez während einer Sit-in-Demonstration für die Meinungsfreiheit für alle laut vernehmbar: „we shall overcome …“ (wir werden siegen).

Viele akzentuiert gesellschaftskritische Liedermacher faszinierten im deutschsprachigen Raum Hunderttausende von Friedensdemonstranten; die Palette reicht von Franz Josef Degenhardt über die Gruppe „Ton-Steine-Scherben“ mit ihrem Sänger Rio Reiser bis zu Wolf Biermann. Sehnsucht erfüllt die Herzen, Sehnsucht nach einer gerechteren Welt. Und vor allem die Jugendlichen der damaligen Zeit grenzen sich ab gegen die grauen, angepassten Vertreter der Normalität, die dabei waren, zu treuen Sklaven des immer größer werdenden Konsumismus zu werden, jener Haben-wollen-Mentalität, die ferne Hungerkatastrophen und ferne Kriege nicht wahrhaben wollte. „… so tun, als habe er nichts gesehen?“

In den Jahren 1967/68 erblühte der Himmel der Hippie-Bewegung pinkfarbig und bunt, der Frühling der Blumen und der Liebe wird zur immerwährenden Jahreszeit. Kindermärchen und psychedelischer Drogentrip werden eins. Kaleidoskopartige Bilder flattern auf der Leinwand des einstigen Kultfilms „Yellow Submarine“, es ist die Geschichte eines Landes voll von Blumen, Musik und – Liebe. Und die Beatles singen „Seargent Pepper“:

It's wunderful to be here
It's certainly a thrill,
You 're such a lovely audience,
We'd like to take you with us,
We'd love to take you home.

Konsumismus und Militarismus sind zwar keineswegs überwunden, aber eine neue, humanere Einstellung zum Mitmenschen zeichnet sich ab.

Die meisten Popstars von damals haben längst die Bühne verlassen und die Hippies haben ihre Blumen verloren, aber – wie wir alle wissen – aus den Samen vergangener Blüten sprießen frische Blumen: „There will be an answer – let it be, let it be …“

Die Kunst, (k)eine perfekte Mutter, (k)ein perfekter Vater zu sein

Die Liebe gibt Kraft,
alles zu ändern,
zum Guten zu wenden.

Wenn vieles vergeht,
besitzt sie die Gabe,
niemals zu enden.
Sie blüht im Herzen
und wächst noch, obwohl wir
sie oft verschwenden.
(Michael Schernthaner)

Wenn Menschen das großartige Talent haben, ihr kindliches Gegenüber „ganz einfach" zu lieben, dann lösen sich Probleme.

Im strömenden Regen und völlig durchnässt kommt der 11-jährige José von der Schule nach Hause, sein Freund ist mit dabei. Mit trister Mine und mit Regentropfen im Gesicht sagt José zum Vater: „Ich hab' für die Englischarbeit eine 5 gekriegt ..." Der Vater erwidert: „Macht nichts, ich freu' mich, dass du wieder zu Hause bist. Ihr beide kommt jetzt bitte rein und trocknet eure nassen Haare." Josés Freund flüstert leise: „Dein Papa schimpft ja gar nicht?"

Die Welt der Erwachsenen ist eine völlig andere als die Welt der Kinder. In den kindlichen Welten wohnen – nebenbei bemerkt – auch die Künstler, die Genies, die Heiligen und Visionäre. Natürlich sind Kinder etwas ganz Besonderes, sind extravagante Künstler, unerkannte Genies, alles verzaubernde Heilige und herausfordernde bunt-schillernde und lachende Meister des Zen. Anerkennen Sie dieses wunderbare Sein der Kinder, auch wenn diese Kinderwelt Ihnen manchmal fremd ist, Sie sie nicht immer ganz verstehen – und sich deshalb ärgern.

Aus der Erkenntnis, dass die Erwachsenen die Welt mit anderen Augen erleben als die Kinder und dass sie die Welt seit Jahrzehnten erfahren haben, erwächst für *alle* Erwachsenen (nicht nur für Eltern) eine ganz besondere Aufgabe, die als Auszeichnung zu verstehen ist. Astrid Lindgren formuliert dies so:

Die Welt ist so voller unbekannter, erschreckender Dinge und das Einzige, worauf das arme kleine Wurm sich verlassen kann, sind die Erwachsenen, die schon so lange gelebt haben und so viel wissen. Es müsste ihre Sache sein, um das kleine Wurm herum eine Welt aus Geborgenheit, Wärme und Liebe zu erschaffen. Aber tun sie das?

Als Astrid Lindgren diese Frage 1948 stellte, waren die Eltern, die auf körperliche Strafen verzichteten und Wärme und Geborgenheit gaben, eine Minderheit; heutzutage ist es erfreulicherweise die absolute Mehrheit. In einigen Familien hat sich die Situation gar umgedreht: Wenn Kindern grenzenlos alle Freiheiten gegeben werden, dann werden sie zu Tyrannen und die Eltern zu Sklaven. Das vor einigen Jahren erschienene Buch „Der kleine Tyrann“ wurde zum Bestseller. Offenbar werden viele Eltern von kleinen Tyrannen beherrscht. Kindliche Tyrannei ist aber nicht angeboren, sondern anerzogen. Ein Kind braucht Liebe, wie eine Pflanze Wasser und Sonne braucht. Wer aber einer Pflanze zu viel Wasser und zu viel Sonne gibt, der schadet ihr, so wie man einem Kind schaden kann durch falsch verstandene überschwängliche „Liebe“.

Zu viel Liebe schadet, zu wenig Liebe erst recht. Sogar zu viel Lob kann ungesund sein, zu wenig körperliche Nähe führt zu emotional unsicheren Youngsters. Wenn Eltern „zu sehr lieben“, verwöhnen sie ihre Sprösslinge maßlos. Den Kindern fehlen die notwendigen Grenzen und die Eltern vergessen ihre eigenen Bedürfnisse.

Was also sollen Eltern, Lehrer, alle Erwachsenen im Umgang mit Kindern tun? Mit vier Spielregeln lassen sich *alle* Fragen in der Begegnung mit Kindern und alle Erziehungsprobleme lösen:

1. Die eigene (Erwachsenen-) Würde leben und die Würde des Kindes achten.
2. Die Diskrepanz zwischen Erwachsenen- und Kinderwelt erkennen.
3. Konflikte friedlich lösen.
4. Soziales Miteinander täglich trainieren.

Wir plädieren dabei für einen einfühlsamen, friedlichen und straffreien, liebevollen Umgang mit den Kindern. Eine solche freiheitliche Erziehung muss nun nicht in allen Phasen des Alltags wie ein Dogma befolgt werden; es darf auch mal sanft autoritär durchgegriffen werden.

1. Die eigene (Erwachsenen-) Würde leben und die Würde des Kindes achten

Durch aufmerksames, nicht wertendes Zuhören und geduldiges Beobachten lernen wir unsere Kinder kennen und können uns immer mehr in sie hineinfühlen (Empathie). Wenn wir dabei – nach Carl Rogers – zusätzlich Herzenswärme zeigen und eine innere Übereinstimmung herstellen können, fühlt sich das Kind verstanden, öffnet sich und gibt uns Einblick in seine Gefühle. Selbst wenn wir Änderungen am Verhalten des Kindes herbeiführen wollen, besteht der erste Schritt darin, das

Kind so zu akzeptieren, wie es ist. Denn das Kind kann primär nur so sein, wie es ist

Das Kind in seiner Würde zu akzeptieren, heißt auch, das Kind möglichst selten und wenn, dann achtsam zu kritisieren und vom Kind begangene Fehler eher zu verkleinern. Und dies heißt auch, dass ein Kind nicht verspottet und nicht vor anderen bloßgestellt wird.

Begreiflicherweise ist die Mutter genervt, da das Bettnässen ihres 6-jährigen Sohnes kein Ende haben mag. Trotz Genervtheit ist die Mutter einfühlsam und bespricht das Bettnässen nicht vor allen anderen beim Abendessen, sondern unter vier Augen als „konfrontative Ich-Botschaft“ (S. 183): „Ich kann nicht dauernd so viel Wäsche waschen, hernach muss ich in die Arbeit und möchte auch noch Zeit für mich haben. Du weißt, dass ich dich liebe, aber wir müssen eine Lösung finden.“ Der Junge weiß spontan auch keine Lösung, aber seit diesem Gespräch wird das Bettnässen erheblich seltener.

Wenn wir feststellen, was ein Kind will, dann sollten wir gleichzeitig feststellen, was *wir* als Erwachsene wollen, und dies dem Kind auch mitteilen, nicht nur verbal, sondern (vor allem gegenüber sehr kleinen Kindern) auch mit Gesten und Handlungen. Die eigene Würde der Mutter und des Vaters und anderer Erwachsener sollte den Kindern mit Klarheit vermittelt werden.

Wenn Sie sich überfordert fühlen, trösten Sie sich – immer wieder kommt zwischen viel Genervtheit und Frust die Freude zum Vorschein.

Die Würde des Kindes und die Würde des Erwachsenen werden gleichermaßen verletzt, wenn die moderne Armut den Alltag beherrscht: Der Vater ist arbeitslos geworden, die Mutter hat einen schlecht bezahlten Putzjob und die Familie ist auf Sozialhilfe angewiesen. Das vorher schon schwierige System der Familie ist zusammengebrochen. Verständlich, dass in einer solchen Situation ein Aggressionspotenzial entsteht und die Eltern gegenüber ihren Kindern so reagieren, wie schon in früheren Jahrhunderten andere Eltern gehandelt haben, mit einer Hartherzigkeit, die aus der Armut erwächst. Nicht zu billigen, aber vielleicht verständlich, dass der sozial gedemütigte Vater – vor allem im alkoholisierten Zustand – Frust und Zorn an Frau und Kindern auslässt. Wie soll eine Hilfe aussehen, damit die Kinder in dieser an den sozialen Rand gedrängten Familie nicht untergehen?

Die verzweifelte Mutter formuliert etwas unbeholfen in einem Wochenblatt und bittet: „Welche vermögende Familie kann einer unverschuldet in Not geratene Familie mit drei Kindern helfen? Wir wissen einfach nicht mehr weiter.“ Erstaunlicherweise melden sich zwei Hilfswillige: Einer kann „nur“ 100 € anbieten, ein anderer offenbar Vermögenderer übernimmt eine monatliche Unterstützung von 300 € für mindestens ein Jahr.

Wie groß muss die Verzweiflung der Mutter sein, dass sie sich zu diesem Schritt entschließt? Neben individueller Hilfe, zu der jeder aufgerufen ist, ist es hohe Zeit, dass das Liebe-Prinzip die Politik dazu bringt, Strukturen zu ändern, die zu solchen Missständen führen.

Die Würde eines Kindes, das in Armut lebt, ist gefährdet. Auf andere Weise ist die Würde des Kindes verletzt, wenn der Vater verschwindet und sich nie wieder sehen lässt. Zum eigenen Ursprung gehört nun mal der Vater. Ihn nicht zu kennen, kann zur Qual werden. Daraus resultiert ein Appell an alle Väter, die sich anonym gemacht haben: Meldet euch und übernehmt Verantwortung! Aus dieser Verantwortung erwächst beiden Freude.

Wenn wir den würdevollen Umgang mit Kindern für zentral wichtig erachten, dann heißt das auch: Die Eltern wissen nicht immer alles besser, sind nicht in allen Bereichen gescheiter, sondern es zählt auch die Meinung und Sichtweise des Kindes. Und wenn wir – umgekehrt – die Würde von Mama und Papa und anderer Erwachsener ins Visier nehmen, dann bedeutet dies: Die Kinder des frühen 21. Jahrhunderts können auch mal den Erfahrungsschatz der Erwachsenen respektieren (und dabei nicht allzu viel motzen).

Einfühlungsvermögen für ein Baby verlangt den Eltern manchmal olympische Fähigkeiten ab. Der Säugling schreit, obwohl er satt ist, die Windel sauber, der Bauch weich, die Decke warm ist und er zusätzlich in den Armen gewiegt wird. Trotzdem schreit er.

Die frisch gebackene Mutter ist drei Monate nach der Geburt ihrer Tochter von der besten Freundin zum Nachmittagskaffee eingeladen und drei weitere Freundinnen haben sich angesagt. Zum ersten Mal seit Monaten schminkt sich die junge Frau, kleidet sich elegant und legt – endlich mal wieder – ihr Lieblingsparfum an. Herzlich und Glück wünschend wird sie von den Freundinnen empfangen und als das Baby im gestylten Kinderwagen zu quengeln beginnt, soll eigentlich souveränes Stillen zelebriert werden. Aber beim Anlegen an die diskret entblößte Brust schreit das Baby noch mehr, strampelt und wehrt sich. Die Mutter ist ratlos und überdies frustriert über den misslungenen Auftritt. Mit dem anhaltend schreienden Baby auf dem Arm verlässt die Mutter mit Tränen in den Augen die misslungene Nachmittagsparty. Mit wem haben wir jetzt Mitleid – mit dem schreienden Baby oder mit der frustrierten Mutter? Und warum schreit das Baby so fürchterlich? Monate später erfährt die Mutter von einer Freundin – Kosmetikerin von Beruf – die Lösung: Das Baby hat die Schminke und das für sie fremde Parfum gerochen und die Mutter nicht mehr erkannt und deshalb verzweifelt geschrieen.

Die Würde der Erwachsenen – die Würde der Kinder: Sie ergänzen sich. *Alle* Erwachsenen (ob Eltern oder nicht) sind aufgerufen, *allen* Kindern eine Welt der Geborgenheit zu schaffen, in der sich *alle* geborgen fühlen.

2. Die Diskrepanz zwischen der Erwachsenen- und Kinderwelt erkennen
Bis zum sechsten oder siebten, manchmal auch bis zum zehnten Lebensjahr oder länger leben die Kinder in einer eigenen irrealen Welt, die einer archaischen Urwelt sehr nahe kommt, einer Welt, in der die Tiere sprechen können und Elfen, Kobolde, Hobbits den Wald bevölkern. Zwischen der immer aufdringlicher werdenden Realitätswelt der Erwachsenen und der archaischen Welt der Kinder, die unendlich viel bunter und freier ist, besteht eine sehr fragile Grenze, eine permeable Membran, die ein stimmiges Hin- und Herfließen erlaubt und dadurch die Trennlinie verwischt. Kinder in dieser archaischen Welt verfügen über Kenntnisse, die uns Erwachsenen abhanden gekommen sind, beispielsweise die kindliche Zeitlosigkeit:

Die Familie startet mit dem voll gepackten Familien-Van zum Urlaub am Meer und die Mutter wiederholt: „Wir sitzen jetzt mindestens sieben Stunden im Auto, aber wir machen mittags eine Pause." Die 3-jährige Ida sitzt neben ihrem großen Bruder auf dem Rücksitz. Nach zehn Minuten Autobahnfahrt ist eine Tankstelle in Sicht und Klein-Ida ruft: „Das ist die Tankstelle am Meer. Wir sind da!" Die anderen müssen lachen und Ida wird aufgeklärt. Nach weiteren 15 Minuten ruft Klein-Ida etwas ungeduldig: „Wann sind wir endlich da, ich will jetzt baden!" Natürlich hat die Mutter vorgesorgt und füllt das kindlich andere Zeiterleben ihrer Tochter mit Spielen, Vorlesen und Kinder-CDs.

Die archaische Welt der Kinder ist voll von Freiheitsdrang, Omnipotenzgefühlen, Mystik und nicht enden wollender Spielfreude. Wir Erwachsenen können von den Kindern lernen, von ihrer oft surrealen Fantasie und der drängenden Neugierde, Neuland zu erobern. Auch von den Kindern lernen zu wollen, ist ein Akt der Liebe. das meinte wohl Jesus, wenn er aufforderte: „Werdet wie die Kinder!“

Gerade kleine Kinder werden manchmal von der eigenen Neugierde so gefesselt, dass sie alles um sich herum vergessen, was dann zu Konflikten mit Erwachsenen führt:

Der Schulbus ist vorgefahren und die 6-jährige Lucy ist fast fertig angezogen, da schickt sie die Mutter noch schnell nach oben in ihr Kinderzimmer, um die Mütze zu holen. „Aber beeil dich!“, ruft die Mutter hinterher und geht eilig zum schreienden Baby ins Wohnzimmer. Nach einer Weile läutet es an der Haustüre und der geduldige Schulbusfahrer fragt, wo denn Lucy bleibe. „Ja, ist Lucy immer noch oben?“, entfährt es der sichtlich genervten Mutter und sie rennt in Lucys Zimmer. Lucy sitzt am Boden vor einem aufgeschlagenen Buch und hat die Erwachsenenrealität – einschließlich Schulbus – einfach vergessen.

Die frei gestaltete Zeit der Kinder, in denen sie unbekümmert in die Stunden hineinleben, ohne sie zählen zu müssen, ist ein Pol, der andere Pol ist die von Eltern und Institutionen vorgegebene Zeitstruktur. Eine gesunde Balance zwischen diesen beiden Polen lässt sich nur durch liebevolle Geduld herstellen.

Gerade kleine Kinder nützen manchmal die *Kraft eines Augenblicks* und sind beispielsweise beim Spielen im Sand, beim Baden im See oder beim Wälzen im Schnee von tiefer Faszination erfüllt; sie stellen dann vielleicht Fragen, die einem Erwachsenen banal erscheinen oder worüber er lachen muss. Für das Kind jedoch sind diese Fragen elementar:

Zum ersten Mal ist der 3-jährige Sven mit seinen Eltern am Lago di Garda, es ist bewölkt und dämmrig und der See wirkt tief und dunkel. Sven: „Sind da Krokodile drin?“ „Nein.“ „Sind Haie drin?“ „Nein.“ „Ein versunkenes Schloss?“ „Nein.“ Da wird das Gesicht von Sven ganz enttäuscht und er fragt: „Was ist dann im See, tief da unten?“

Das Kind ahnt Geheimnisvolles, der Erwachsene ignoriert dies. Aber vielleicht sind die Ahnungen des Kindes richtiger?

Die 6-jährige Azna hatte gestern ihren ersten Religionsunterricht; jetzt steht sie im Garten neben ihrer Großmutter und sagt ganz aufgeregt: „Schau mal zum Himmel, da oben fliegt eine Seele, die aussieht wie eine kleine Wolke. Siehst du das am Himmel? Verstehst du mich?" Und die Großmutter schaut kurz von der Zeitungslektüre auf und sagt: „Ja, ich sehe die Wolke."

Wolke oder Seele? Indem wir uns in die kindlich-archaische Welt hineinbegeben, verstehen wir die Kinder besser und lernen überdies eine *andere* Realität (wieder) kennen. Phantásien nennt Michael Ende in seinem Buch „Die unendliche Geschichte" das Reich, in dem die Kindliche Kaiserin der Mittelpunkt allen Lebens ist:

Es gibt Menschen, die können nie nach Phantásien kommen, und es gibt Menschen, die können es, aber sie bleiben für immer dort. Und dann gibt es noch einige, die gehen nach Phantásien und kehren wieder zurück. Und sie machen beide Welten gesund.

Werden wir zu Wanderern zwischen diesen beiden Welten und lassen wir uns den Weg von Kindern zeigen, horchend, staunend.

3. Konflikte friedlich lösen

Ein Kind zeigt nicht im eigentlichen Sinne ein „schlechtes Verhalten", sondern es spürt allerlei Bedürfnisse und versucht diese spontan und sofort zu befriedigen. Das „schlechte Verhalten" entsteht im Kopf des Erwachsenen. Von den wenigen Ausnahmen abgesehen, bei denen Kinder einen Erwachsenen bewusst ärgern, tun Kinder lediglich das, was sie aus einem inneren Drang heraus tun müssen, sie reagieren auf die Umgebung oder versuchen aufkommende Wünsche sich möglichst rasch zu erfüllen.

Wenn wir versuchen, aus einer grundsätzlich liebevollen Einstellung das Verhalten der Kinder wahrzunehmen, dann unterlassen wir eine Beurteilung und sprechen auch nicht von „schlechtem Verhalten", auch wenn die spielenden Kinder extrem laut und wild umhertoben.

Entsteht ein Problem – also eine Situation, über die sich die Erwachsenen ärgern –, dann ist es förderlich zu klären, *wer* das Problem hat.

Mette-Marie läuft zielstrebig mit den schmutzigen Turnschuhen von der Terrasse über den hellen Teppich des Wohnzimmers und steigt un-

beschwert auf das sandfarbene Sofa, um an ihre Lieblingspuppe zu gelangen. Der hinzukommende Vater ist entsetzt und schimpft laut.

In diesem Beispiel hat der *Vater* ein Problem. Mette-Marie hat primär *kein* Problem, sie hatte lediglich das dringende Bedürfnis, ihre Puppe zu holen, und der Drang zur Puppe war so groß, dass sie alle Sauberkeitsregeln vergessen hat.

Paolo ist nachmittags allein zu Hause, sein bester Freund ist beim Basketball und so ruft er noch drei weitere Freunde an, die alle entweder keine Zeit haben oder sich nicht mit ihm treffen wollen. Schließlich fragt Paolo seinen Vater, der im Büro sitzt, ob er mit ihm Schach spielt. Der Vater verneint und sagt, er müsse arbeiten. Paolo schlägt Türen zu, schreit und verkriecht sich schmollend in sein Zimmer.

Hier hat eindeutig das *Kind* ein Problem; es fühlt sich abgelehnt, es ist ihm langweilig.

Um Konflikte zu lösen, ist es also zunächst notwendig, das Problem dem Kind oder dem Erwachsenen zuzuordnen. Erst dann – in einem zweiten Schritt – ist eine eventuell notwendige Verhaltensänderung anzupeilen.

Eine hilfreiche Methode, um bei Kindern eine Verhaltensänderung herbeizuführen – ohne Strafe, ohne Drohung – ist die von Thomas Gordon so genannte „konfrontierende Ich-Botschaft“: Der Erwachsene bemerkt ein für ihn inakzeptables Kinderverhalten (zum Beispiel lautes Schreien, während er telefoniert) und teilt dem Kind auf *nicht vorwurfsvolle* Weise mit, was *er* erlebt (er kann nicht telefonieren, weil es zu laut ist). Der telefonierende Erwachsene würde also folgende Ich-Botschaft aussenden: „Ich kann nicht telefonieren, wenn ihr so laut seid!“ Eine etwas harsche Du-Botschaft in derselben Situation wäre: „Haltet endlich die Klappe!“ Du-Botschaften enthalten Kritik, Zwang und Drohungen und lösen beim betroffenen Kind oft Gefühle von Schuld oder eigener Unzulänglichkeit aus. (Das ist bei Erwachsenen übrigens kaum anders!) Wenn Kinder durch Du-Botschaften („Ihr macht mich ganz verrückt mit eurem Geschrei“) herabgewürdigt und beschuldigt werden, reagieren sie mit Trotz, Verletzung und Weinen oder mit Aggressionen und Rachegefühlen (wie manche Erwachsene!). Durch Schuld zuweisende Du-Botschaften entstehen also zusätzliche, neue Probleme.

Bei einer Ich-Botschaft bleibt die Verantwortung beim Erwachsenen – *er* hat das Problem. Bei einer solchen Konstellation sind Kinder erstaunlicherweise eher bereit, dem Erwachsenen bei seinen Problemen zu „helfen“ (und damit das eigene kindliche Verhalten zu ändern), denn grundsätzlich wollen Kinder ihre Eltern glücklich machen.

Die 5-jährige Silvana isst gerne und schmatzt dabei. Nun könnte der entnervte Vater beim Mittagstisch, wo alle zusammensitzen, laut und vorwurfsvoll Silvana rügen: „Du schmatzt wie ein Schwein!“ Silvana wäre dann verletzt, zusätzlich würde sie durch ihre Geschwister ausgelacht. Eine förderliche Ich-Botschaft wäre beispielsweise: „Ich esse gerne mit euch Kindern und freue mich, wenn ihr besonders leise esst.“

Anstatt Verhaltensänderungen durch Disziplinierung, Strafen, Verbote und Drohungen anzustreben, bietet sich – neben der Anwendung von „Ich-Botschaften“ – eine Reihe liebevoller Methoden an. Im Folgenden ein paar Beispiele dazu:

Umgebung ändern statt das Kind ändern: Die 4-jährigen Zwillinge rattern mit ihren Bobbycars durch die geräumige Altbauwohnung. Die Nachbarn in der darunter liegenden Wohnung und selbst die eigenen Eltern stöhnen unter dem Lärm. Verbieten wäre eine einfache, aber nicht förderliche Lösung. Besser ist es, zusammen auf den Spielplatz zu gehen: die Umgebung verändern.

Eigene Wertmaßstäbe ändern: Ein leidiges Dauerthema ist Ordnunghalten. Kinder empfinden sich nicht als unordentlich oder schlampig, sondern haben ein ganz eigenes Ordnungsgefühl. Und selbst im größten Kinderzimmerchaos wird manchmal ein bestimmtes Buch oder eine bestimmte Puppe sofort gefunden. Anstatt dass die Eltern für die Kinder aufräumen, sollten sie lieber mehr Toleranz zeigen. Und zwischendurch bedarf es nur eines kleinen Impulses („du machst mir eine große Freude, wenn du deine Kleider wieder sortierst und in den Schrank hängst“) und Erstaunliches geschieht.

Geschwindigkeit ändern: „In einer Stunde kommt Besuch und bis dahin solltest du deine Hausaufgaben fertig machen!“ Zwanzig Minuten vor vier gibt Simone endgültig auf und legt erschöpft ihren Kopf auf die Aufgabenhefte. Nun könnte man den Druck erhöhen oder einen Gang zurückschalten. Dann würde die Mutter sagen: „O.k., dann hören wir jetzt auf und den Rest machen wir nach dem Abendessen …" Plötzlich richtet sich Simone wie frisch gestärkt auf und sagt: „Zwei Aufgaben rechne ich noch!" Kinder ändern sich leichter, wenn sie den Eindruck haben, dass die Erwachsenen verstehen, wie schwer bestimmte Erledigungen fallen.

Kindliche Entscheidungen grundsätzlich respektieren: Kinder müssen immer wieder daran erinnert werden, dass sie sich auf die Mutter/den Vater verlassen können. Dieses Urvertrauen wächst langsam und muss immer wieder erneuert werden. Entscheidungen, die Kinder für sich treffen, sollten möglichst immer respektiert werden:

Der 9-jährige Eric tauscht ein neues, relativ teueres Computerspiel gegen einen (eigentlich wertlosen) Katalog über Computerspiele. Die Mutter könnte dies nun auf der Erwachsenenebene „wieder in Ordnung bringen", mit der anderen Mutter reden und den Tausch rückgängig machen (was von dem 9-Jährigen als Niederlage und Entmündigung erlebt werden würde). Oder die Mutter äußert lediglich ihre eigenen Bedenken und fragt am nächsten (!) Tag ihren Sohn nach dem finanziellen Wert des Computerspiels und nach dem finanziellen Wert des Katalogs. Dann wird wahrscheinlich der 9-Jährige selbst mit seinem Freund reden und den Tausch rückgängig machen.

Fehler verkleinern, Erfolge erhöhen: Wer nach dieser Doktrin verfährt, erhöht zweifellos langsam, aber sicher das Selbstbewusstsein seiner Sprösslinge, muss aber zweifellos darauf achten, dass nicht allzu viel Lob die Geschwisterliebe verdirbt.

Lustiges und Paradoxes bewirkt kreative Änderung: Dies ist ein überaus wichtiger, leider jedoch oft vernachlässigter Aspekt. Kinder schaffen Paradoxes, scheinbar Sinnloses, Surreales, Verrücktes und bizarr Versponnenes und lachen gerne und ausgiebig darüber. Viele Probleme lassen sich lösen, wenn alle Beteiligten zum Lachen gebracht werden. Manche Mütter haben ein natürlich-heiteres Gemüt und lachen selbst viele Male am Tag und bringen dadurch auch ihre Kinder immer wieder zum Lachen. Diese heiteren Naturtalente haben es leichter in der Erziehung ihrer Kinder, weil Heiterkeit und Lachen zu ihrem Erziehungsinstrumentarium gehören. Die 6-jährige Simone beispielsweise weigert sich heftig, den Fahrradhelm aufzusetzen, ihre beiden älteren Geschwister sind bereits startbereit. Die kleine Simone will lieber zu Hause bleiben, als diesen vertrackten Helm aufzusetzen. Da entdeckt der Vater im Fahrradschuppen einen alten Aluminiumtopf, nimmt ihn und sagt zu seiner Tochter: „Dann setz wenigstens diesen Fahrradhelm auf." Die kleine Simone muss lachen und sagt vorwurfsvoll zu ihren größeren Geschwistern: „Der Papa weiß nicht einmal, wie ein Fahrradhelm aussieht, so was Blödes." Und während sie redet, setzt sie wie selbstverständlich ihren richtigen Fahrradhelm auf den Kopf.

4. Soziales Miteinander trainieren

Das Geheimnis eines guten sozialen Miteinanders liegt erstens in der Fähigkeit des Erwachsenen, sowohl die jeweilige Familienatmosphäre als auch das eigene Gefühl zu erkennen und zweitens der Förderung der Familienatmosphäre den Vortritt zu geben. Das ist nicht immer leicht, denn auch als Erwachsene reagieren wir oft spontan mit Ablehnung, Zuwendung, Drohung oder Lob. Wenn es gelingt, eine für Eltern *und* Kinder angenehme Atmosphäre zu schaffen – zum Beispiel beim Miteinander-Reden nach dem gemeinsamen Mahl, beim gemeinsamen Baden im See, beim Picknick –, dann sind es *auch* die Kinder, die gewissermaßen gleichberechtigt die gute Atmosphäre aufrechterhalten. Der Reformpädagoge Rudolf Dreikurs schrieb 1964 in seinem Buch „Kinder fordern uns heraus":

> *Kinder sind für das soziale Klima besonders empfindlich. Rasch, wenn auch meist unbewusst, machen sie sich die Vorstellung gleicher Rechte für jedermann zu Eigen. Sie spüren ihre Gleichwertigkeit mit den Erwachsenen und können ein autokratisches Verhältnis des Herrschens und Sich-Unterwerfens nicht mehr ertragen. Auch Eltern spüren, wenn auch nur vage, dass ihre Kinder gleichwertig geworden sind.*

Wenn Erwachsene im Alltag spontane Hilfsbereitschaft, Fairness und aufmerksame Höflichkeiten zeigen – innerhalb der eigenen Familie, aber auch gegenüber anderen –, ahmen die Kinder dies gerne nach. Wenn beispielsweise Handwerker im Hause sind und der Vater serviert diesen Arbeitern Sandwiches und Getränke, dann lernen die Kinder, dass man nicht nur die (bezahlten) Dienste der Arbeiter in Anspruch nimmt, sondern sich auch selbst zum Diener machen kann und dabei die eigene Würde nicht verliert, sondern vermehrt. Wenn Sie andere, auch fremde in Not geratene Menschen unterstützen, ist es gut, die Kinder in dieses Tun mit einzubeziehen. Eine für Kinder nachvollziehbare „gute Tat" ist die Förderung von so genannten Patenkindern in den armen Ländern der südlichen Erdhälfte; Ihre Kinder können in Briefkontakt treten, die Patenkinder vielleicht sogar persönlich kennen lernen und damit einen Hauch von internationalem Familiengefühl spüren. Nach der verheerenden Flutkatastrophe in Asien im Jahr 2004 sprachen manche Gastgeber vor der Sylvesterfeier und vor dem feierlichen Essen zu den versammelten Kindern und Erwachsenen von dem tiefen Mitgefühl mit den Hunderttausenden von Tsunami-Opfern und der eigenen Bereitschaft, mit deutlichen Spenden zu helfen. Trotz des tiefen Leids in fernen Ländern durfte an diesem Tag gefeiert werden.

Fühlt ein Kind sich im Familienalltag zu wenig beachtet, dann setzt es zunächst gefällige Mittel ein, um Aufmerksamkeit zu erregen (Schoßsitzen, Erzählen-Wollen, Zeigen-Wollen usw.). Wenn diese Aktionen versagen oder wenn die Erwachsenenaufmerksamkeit zu gering ausfällt, dann wird das Kind zu störenden Methoden übergehen: Geschwister ärgern, laut schreien, Zimmerwände anmalen. Reagieren dann die Eltern mit lautem Geschimpfe, dann fühlt sich das Kind – wenn auch negativ – wahrgenommen. Je lauter die Eltern schimpfen, desto größer ist die Bestätigung. Ein angenehmes soziales Miteinander ist erst dann wieder gegeben, wenn das Kind „einfach so, wie es ist", spürbare Bestätigung erfährt, und zwar täglich mehrmals.

All die Jahrhunderte der disziplinierenden Erziehung haben nicht so sehr selbstbewusste und hilfsbereite Menschen hervorgebracht, sondern angepasste Mitläufer, die sich als Ausbeuter und befehlsergebene Soldaten missbrauchen ließen. Jeder von uns wünscht eine friedliche Ordnung, ein menschenfreundliches und liebevolles Zusammenleben. Gerade die freiheitlich-liebevolle Erziehung bringt erfahrungsgemäß freie und liebevolle Kinder hervor. Nochmals Astrid Lindgren:

> *Behandelt eure Kinder mit ungefähr der gleichen Rücksicht, die ihr wohl oder übel euren erwachsenen Mitmenschen zeigt. Schenkt den Kindern Liebe, mehr Liebe und noch mehr Liebe, dann kommen die Manieren von allein.*

VI. Die Familie ist tot – es lebe die Familie!

Ähnlich wie sich die Erziehung der Kinder in den letzten Jahrzehnten radikal geändert hat, so haben sich auch die Machtverhältnisse innerhalb der Familie und die Familienstrukturen geändert. Manche Eltern leben zusammen, ohne verheiratet zu sein, andere Familien zerfallen und es entstehen Alleinerziehende mit Kindern, die sich manchmal mit anderen Halbfamilien kombinieren, manche Eltern leben getrennt und entsprechend getrennt werden die Kinder erzogen – klassische Familien, Patchwork-Familien, Mama solo und andere Alleinerziehende, zwischen Mama und Papa pendelnde Kinder.

Candy hat eine 5-jährige Tochter, mit der sie alleine lebt. Der Vater hatte sich bereits vor der Geburt aus der Partnerschaft verabschiedet. Bei einer Bergwanderung lernen Mutter und Tochter den charmanten Owen kennen, 15 Jahre älter als Candy, alleinerziehender Vater einer 16-jährigen Tochter und eines 19-jährigen Sohns. Schon nach zwei Monaten ziehen die beiden Halbfamilien zusammen in ein großes Haus und bald erwartet Candy ein Baby. Zwei Jahre später wird Candy erneut schwanger und gleichzeitig ist auch die Freundin ihres Stiefsohns schwanger. Bald leben in dem großen Haus neun große und kleine Menschen und Papa Owen ist vierfacher Vater und zugleich Opa und Candy ist dreifache Mama und gleichzeitig Vize-Oma.

1. „Familie macht krank", sagen ihre Kritiker

Zunächst musste wohl die klassische Familie radikal infrage gestellt werden, bevor neue, fantasievolle Formen des Zusammenlebens entstanden.

In den 70er Jahren erschien das Buch „Der Tod der Familie" von David Cooper; es wurde in alle europäische Sprachen übersetzt und millionenfach gelesen. Eine heute 55-Jährige erinnert sich an ihre Zeit als 20-jährige Studentin: „Das Buch ‚Der Tod der Familie' war für mich wie eine neue Bibel und wochenlang meine Bettlektüre … ich war damals oft bei Studentendemonstrationen, hab' mich von meinen Eltern abgegrenzt, lebte in einer WG – ein neues Zeitalter begann und die alte Familienstruktur sollte begraben werden." Der radikale Psychiater und Philosoph David Cooper schildert in seinem Buch „Der Tod der Familie" die Familie als rigide Institution, in der sich die einzelnen Familienmitglieder gegenseitig erpressen und die natürlichen Instinkte erstickt werden.

> *Bezeichnenderweise wird das Kind in der Familie gewöhnlich mit dem Wunsch indoktriniert, es möge ein bestimmter Sohn oder eine bestimmte Tochter ... aus ihm werden, ausgestattet mit einer genau vorgeschriebenen Bewegungs-„Freiheit" im engen Rahmen eines starren Bezugssystems. Anstatt die – gefürchtete – Möglichkeit zu haben, aus einer gewählten und selbst gefundenen Ichmitte heraus zu handeln ..., wird man zur Unterwerfung erzogen ... Blut ist insofern dickflüssiger als Wasser, als es für eine gewisse soziale Dummheit der lebensspendende Quell ist. Die Familie, mangels ihrer Fähigkeit heilige Idioten hervorzubringen, wird schwachsinnig.*

Auch aus dem Bereich der damals entstehenden Sozialpsychiatrie und Antipsychiatrie gab es harte Hiebe gegen die Familie: Die Ursachen vieler psychosomatischer Krankheiten (zum Beispiel Asthma, Neurodermitis, Sexualstörungen usw.) und einiger schwerer psychischer Krankheiten werden da in der krankmachenden Familienkonstellation gesehen. In der Tat gibt es in nicht wenigen Familien unüberschaubare, völlig verwirrende und letztendlich krankmachende Beziehungen. Wenn ein kindliches Familienmitglied sich konfrontiert sieht mit widersprüchlichen Botschaften (zum Beispiel von der Mutter) oder mit Botschaften, die Tatsachen verleugnen, dann entsteht große Unsicherheit (man sprach in diesem Zusammenhang auch von Double-bind-Situationen). Ein mental eher schwaches Kind wird dann sowohl im Bereich der Ratio als auch im Bereich der Gefühle jegliche Klarheit verlieren. Eine Tatsachen verleugnende Botschaft ist beispielsweise:

> *Eine überforderte, eher cholerisch reagierende, zwischendurch auch liebevolle Mutter schickt ihren 9-jährigen Sohn zu Bett. Nach einer halben Stunde kommt sie ins Kinderzimmer und der Junge ist immer noch nicht im Schlafanzug, sondern spielt völlig gebannt mit seinem Gameboy. Die Mutter gerät in Rage, beschimpft ihn laut und gibt ihm zwei knallende Ohrfeigen. Der Junge weint heftig und klagt die Mutter verzweifelt an: „Jetzt schlägst du mich schon wieder!" Die Mutter antwortet: „Ach was, das war kein Schlagen, ich hab' dich doch lieb."*

Eine typische Double-bind-Situation, die als eine der Ursachen der so genannten Schizophrenie gesehen wird, schildert der Psychiater Gregory Bateson:

> *Ein junger Mann [der stationär in einer psychiatrischen Klinik war] erhielt Besuch von seiner Mutter. Er freute sich, sie zu sehen, und legte ihr impulsiv seinen Arm um die Schulter, worauf sie erstarrte. Er zog seinen Arm zurück und sie fragte: „Liebst du mich nicht mehr?“ Er wurde rot und sie sagte: „Lieber, du musst nicht so leicht verlegen werden und Angst vor deinen Gefühlen haben.“*

Die Mutter macht in diesem Beispiel ihre Gefühlsprobleme zu den Problemen des Sohnes, der sich nicht dagegen zu wehren versteht.

Weit verbreitet sind auch Botschaften, die einer Enteignung der Gefühle des Kindes gleichkommen, obwohl die Botschaften scheinbar harmlos klingen:

> *Die Mutter sagt zu ihrer 4-jährigen Tochter: „Du bist müde und möchtest jetzt sicherlich schlafen gehen.“ Ein selbstbewusstes Kind würde sich wehren: „Quatsch, ich bin gar nicht müde!“ Ein unsicheres, eventuell vortraumatisiertes Kind adoptiert gehorsam die Gefühle der Mutter als eigene Gefühle und verlernt peu à peu, eigene Gefühle wahrzunehmen, und orientiert sich fürderhin an den Gefühlen seiner Mitmenschen.*

Wenn die Mutter ihre Tochter ins Bett schicken will, sind andere Formulierungen sinnvoller, zum Beispiel: „Es ist Schlafenszeit und *ich* möchte dich jetzt zu Bett bringen.“ oder: „*Ich* bin müde (ich = Mutter) und ich möchte ...“

Wenn man davon ausgeht, dass bestimmte psychische und somatische Krankheiten (ob Magersucht, Paranoia oder Magengeschwür) durch den pathologischen Kommunikationsstil innerhalb der Familien hervorgerufen werden, dann ist das Symptom nicht Ausdruck einer individuellen Krankheit, sondern im Kontext mit dem jeweiligen Familiensystem zu sehen (die Familientherapie findet hier ihren Ansatz). Nicht das Individuum ist der Patient, sondern die Beziehung. Besonders verwirrend ist es für die Kinder, wenn belastende bis gewalttätige Beziehungen vom Erwachsenen als „liebevoll“ deklariert werden.

Natürlich führen nicht alle Kommunikationsstörungen innerhalb einer Familie zu psychischen Störungen und selbst in gestörten Familienstrukturen existiert oft parallel auch das Gefühl von Geborgenheit und Rückhalt.

David Cooper wollte die klassische Familie abschaffen, ein anderer Therapeut der Gegenwart erhebt die Familie auf den hohen Thron aller Moralitäten – Bert Hellinger:

> *Es gibt nichts Stärkeres als die Familie. Wenn ich da in einer Weise eingreife, die sich über diese Familie erhebt, störe ich die Ordnung. Deshalb gehe ich in die Familie als einer, der diese Familie würdigt. Ich kann die Eltern würdigen. Denn Elternschaft ist für mich etwas so Großes, dass ich mich als Therapeut nie gegen die Eltern stellen würde. Für mich ist es unvorstellbar, jemanden gegen seine Eltern aufzuhetzen, wie es in manchen Therapien gemacht wird, in dem Sinne: „Ihr müsst euch von den Eltern befreien." Das ist für mich absurd. Wie kann sich jemand von seinen Eltern befreien? Er ist ja seine Eltern.*

Obwohl die Gegensätze zwischen dem Anglikaner D. Cooper, einem der radikalsten Denker der Moderne, und dem ehemaligen katholischen Afrikamissionar B. Hellinger kaum größer sein können, sind Berührungspunkte vorhanden und in beiden Exponenten steckt letztendlich eine Form des „neuen Humanismus", auch wenn sich Betrachtung und Bewertung der Familie extrem unterscheiden.

Die klassische Großfamilie, in der Eltern mit vielen Kindern, mit Großeltern, Schwestern, Brüdern, Onkels, Tanten, Neffen, Cousinen und Enkeln nahe zusammenleben, werden in der westlichen Welt immer seltener und finden sich meist nur noch in ländlichen Gegenden. Etwas häufiger sind Familien, die zwar alleine für sich leben, aber regelmäßigen und häufigen Kontakt zu Geschwistern und Großeltern haben. Diese enge familiäre Verflochtenheit hat Vorteile: Es gibt regelmäßigen Austausch, gemeinsame Feste und gegenseitige Hilfen, vor allem bei der Betreuung der Kinder. Und die Kinder erfahren ganz natürlich, dass es außer der strengen Mama-Frau auch eine gutmütige Oma-Frau gibt, dass der 75-jährige Opa immer noch fit in seiner Gärtnerei arbeitet, jede Blume kennt und selbstverständlich eine Lehrstelle für die Heranwachsenden anbietet.

Auch die Nachteile von Großfamilienstrukturen sind bekannt. Oft herrscht ein konservatives, kontrollierendes Klima, Veränderungen werden nur schwer zugelassen, Intrigen werden gesponnen. Nicht von ungefähr also stellt in typischen Single-Großstädten der Anteil von Familien mit fünf und mehr Personen gerade mal 2,5 Prozent der Gesamthaushalte dar, 55 Prozent sind Singlehaushalte!

Obwohl die einzelnen Verwandten getrennt voneinander leben und vielleicht auch nur lose Kontakte haben, können sich dennoch starke Beziehungen entwickeln:

Der 45-jährige Boris hat eine immer wieder aufflackernde Drogenkarriere hinter sich und sitzt nunmehr in einem verwahrlosten Gefängnis in Kambodscha, verurteilt zu zwölf Jahren Haft. Boris sucht Hilfe, aber er findet keine Freunde, die ihm beistehen würden. Den Vater hat er 20 Jahre lang nicht gesehen, die 85-jährige Mutter ist seit Monaten schwer krank. In seiner Not erinnert er sich an seine mittlerweile 72-jährige Tante Katharina, an die er sich nun Hilfe suchend wendet. Die pensionierte Lehrerin nimmt wie selbstverständlich das nächste Flugzeug und gleich nach der Landung in Kambodscha fädelt sie geschickt eine Befreiungsaktion für ihren Neffen ein. Nach der vorläufigen Entlassung aus dem Gefängnis umarmt Boris seine Tante – die letzte Umarmung der beiden liegt 40 Jahre zurück.

Nach der klassischen Vater-Mutter-Kind-Familie betrachten wir nun die immer mehr zunehmenden Mutter-Kind-Familien, seltener Vater-Kind-Familien und dann die Patchwork-Familien, die noch vor 50 Jahren als exotisch galten.

2. Mama solo

Die Mutter-Kind-Familie ist sehr viel häufiger als die Vater-Kind-Familie. Der erste Gedanke zu einer alleinerziehenden Mutter ist häufig: Es fehlt die männliche Bezugsperson. Auf diesen angeblichen Mangel werden dann auch oft alle auftauchenden kindliche Verhaltensauffälligkeiten und jegliche Schulprobleme zurückgeführt. Viele alleinerziehenden Frauen glauben, sie hätten versagt, wenn sie dem Kind keinen Vater bieten können, und das Kind würde Defizite erleben. Mit einer solchen Einstellung schaffen sie aber geradezu eine sich selbst erfüllende Prophezeiung, die *nicht* gerechtfertigt ist. Allein in Deutschland wachsen knapp 3 Millionen Kinder bei Alleinerziehenden auf. Und Statistiken zeigen: Diese Kinder sind keine schlechteren Schüler, zeigen keine Verhaltensstörungen und sind nicht häufiger kriminell oder drogenabhängig als die üblichen „normalen“ Familienkinder. Dies ist – auf positive

Weise – erstaunlich, denn die Mutter-Kind-Familien müssen oft besondere finanzielle und mentale Überlebenstechniken entwickeln. Ihre Devise lautet: Wir müssen es schaffen, halten wir zusammen. Die Leichtigkeit des Seins ist nur manchmal zu Gast, wird dann aber umso mehr genossen und schweißt die Mutter-Kind-Truppe zusammen.

Viele alleinerziehende Frauen zeigen sich selbstbewusst und finden Bestätigung im Beruf, machen gar Karriere und sind noch zusätzlich im Elternbeirat aktiv. Sie wollen demonstrieren, dass ihre spezifische Familiensituation kein Handicap, sondern eine Herausforderung ist, die sie – natürlich! – bewältigen. Andere Alleinerziehende geben sich eher als Dauerleidende, die sich benachteiligt fühlen (was sie real auch sind!) und immer unterschwellig Unterstützung einfordern. Diese Forderungen nach zusätzlicher Hilfe sind mehr als berechtigt; die staatliche Hilfe versagt hier völlig. Wirkt das Liebe-Prinzip, entsteht bei Freunden, Verwandten und Bekannten von Alleinerziehenden eine spontane und unkomplizierte Hilfsbereitschaft, die sich nicht als großartige Unterstützung selbst beweihräuchert.

Kinder neigen stark dazu, getrennte Elternteile wieder zusammenführen zu wollen. Dies gelingt ihnen manchmal – zumindest vorübergehend –, wenn sie in schulischen Leistungen stark absacken und zum Lehrerabend gleich beide Eltern erscheinen, oder wenn sie – noch dramatischer – im Krankenhaus sind und den Vater, der sich seit Monaten nicht gemeldet hat, endlich tief besorgt am Krankenbett erleben. Das Kind sollte früh – und immer wieder – *Klarheit* erfahren über die Endgültigkeit der Trennung von Mutter und Vater. Wenn dies einem Kind sehr bewusst ist, unterlässt es eher die archaischen Zusammenführungsversuche mittels Krankwerden oder schulischem Leistungsabfall.

Wenn die alleinerziehende Mutter ihre Situation – vielleicht sogar positiv – akzeptiert, dann akzeptiert dies auch die Tochter oder der Sohn. Überdies existieren außer dem leiblichen Vater und außer den gelegentlichen Freunden und Lovern der Mutter noch viele weitere Männer, die sich als Orientierungshilfe eignen: Nachbarn, Onkels, Lehrer, Ballett- oder Sporttrainer, Vereinsmitglieder usw.

Alleinerziehende sehen aufgrund ihrer Erfahrungen folgende Erleichterungen:

- Alleinerziehende tun gut daran, sich nicht mit anderen Familien zu vergleichen; ihre Herausforderungen sind größer und – ganz offenbar – haben sie auch viel Kraft, diese Situationen zu bewältigen.

- Der Haushalt muss nicht immer tipptopp in Ordnung sein, es reicht auch eine „Überlebensordnung".
- Man kann sich von der Hausaufgabenverpflichtung entbinden (und andere dafür gewinnen) und stattdessen mit dem Kind etwas unternehmen, das für *beide* schön ist.
- Alleinerziehende sind weder geschlechtslose Wesen noch sind sie dankbare Objekte für Kurzaffären. Vielleicht finden sie einen für sie richtigen Mittelweg, bestellen einen Babysitter, gehen allein oder mit Freunden aus, lassen sich einladen – Leben nicht nur als Mutter/Vater, sondern als Frau/Mann!
- Unumgänglich sind „Netzwerke" (Verwandte, Bekannte, Freunde, bezahlte Hilfen), und zwar nicht nur für Krisensituationen (wie Krankheit), sondern auch für den Alltag.

3. Patchwork-Familien

Die Begriffe Stiefmutter und Stiefvater sind in Sagen und Märchen negativ geprägt, weshalb wir die Termini „Vize-Mutter" und „Vize-Vater" vorschlagen. Die oben geschilderte Entstehungsgeschichte einer Patchwork-Familie zeigt, dass ihr oftmals rasches Zustandekommen ausschließlich von den Erwachsenen ausgeht. Bekanntermaßen sind Kinder sehr flexibel und können zu mehreren Personen enge Gefühle aufbauen.

Wenn nun zu einer Mutter-Kind-Familie ein neuer von der Mutter geliebter Mann hinzukommt, entstehen natürlich Probleme: Vorher hatte das Kind die Mama lange Zeit für sich ganz alleine und war der unstreitbare Mittelpunkt; diese Position geht jetzt scheinbar verloren. Für die Mutter kann die neue Männerbeziehung zur lang ersehnten Traumerfüllung werden, für das Kind entstehen spürbare Unsicherheiten. Hinzu kommt, dass die Mutter-Kind-Familien meist eine schmerzliche Trennung vom leiblichen Vater hinter sich haben, voll von Enttäuschung, Wut, Trauer, Rachegelüsten. Es fehlt auf der Erwachsenenebene manchmal die Leichtigkeit des frisch verliebten Paars – das soll aber nicht entmutigen. Bisweilen wächst die Liebe langsam und blüht erst später.

Frau plus Kind plus neuer Mann – dies kann für alle Beteiligten ein großer Gewinn werden, wenn auch hier wieder das Liebe-Prinzip beherzigt wird. Wenn der neue Lebenspartner der Mutter für deren 12-jähriger Tochter auch ein „guter Vater" sein will, entstehen Konflikte (so sagt die 12-Jährige zum Beispiel: „Du hast mir überhaupt nichts zu sagen, du bist nicht mein Vater!"). Spielt der leibliche Vater eine erzieherische Rolle (zum Beispiel, indem das Kind jedes zweite Wochenende bei ihm verbringt), dann ist es gewinnbringend, wenn Vater und Vize-Vater nicht gegeneinander ausgespielt werden, sondern miteinander reden. Auch sollte der leibliche Vater (und Ex-Partner) nicht herabgewürdigt werden, selbst dann nicht, wenn er sich unfair verhält. Das Kind gerät sonst schnell in Loyalitätskonflikte. Selbst wenn das Kind den leiblichen Vater sehr selten sieht, weiß es, dass dieser Mann sein Erzeuger ist, und jede Schmach gegen diesen Mann wird anteilig auch zur eigenen Schmach des Kindes.

Wenn das Kind in einer Patchwork-Familie regelmäßigen Kontakt zum leiblichen Vater pflegt und hin- und herpendelt (woran sich die meisten Kinder erstaunlich gut gewöhnen), dann ist es für den Vize-Vater günstiger, *keine* Konkurrenzposition aufzubauen, sondern eine ganz eigene Beziehung zu kreieren: Bei größeren Jungen wird der Vize-Vater oft zum erwachsenen Vorbild-Freund, der dann selbstverständlich auch nicht mit „Papa" angesprochen wird, sondern mit seinem Vornamen. Andererseits wird der Vize-Vater – auch in der Benennung – wie selbstverständlich zum „Papa", wenn ihn das Kind im Alter von zwei bis drei Jahren kennen lernt und der leibliche Vater gar nicht oder kaum in Erscheinung tritt.

In den meisten Patchwork-Familien mühen sich alle Beteiligten sehr um die Gemeinschaft und dennoch entstehen immer wieder schwierige Situationen:

> *Der 11-jährige Maurizio lebt bei seinem Vater und dessen neuer Lebenspartnerin, zu der er eine sehr liebevolle Beziehung hat. Einmal im Monat verbringt er ein Wochenende bei seiner leiblichen Mutter, die auf dem Land – absichtlich sehr zurückgezogen – lebt. Ausnahmsweise fährt die Vize-Mama aufs Land, um Maurizio nach einem Mutter-Wochenende abzuholen; sie klingelt am Gartentor und wartet etwas verunsichert am Auto. Die Haustür öffnet sich und Maurizio und seine Mutter erscheinen. Die beiden Frauen winken sich freundlich-distanziert zu, der Sohn umarmt seine Mutter und es gibt noch einen Kuss auf die Lippen. Der Sohn läuft zum Gartentor, er spürt Abschiedstränen in den Augen und gleichzeitig freut er sich auf seine Vize-Mama. Diese bemerkt seine feuchten Augen und will ihn besonders liebevoll empfangen und umarmen. Der Junge aber umarmt sie nur sehr kurz, wirft noch einen Blick auf die nochmals winkende Mutter und eilt in das bereitstehende Auto. Die leibliche Mutter spürt*

einen Stich im Herzen, als sie sieht, wie ihr Sohn die „fremde Mama" umarmt. Und die Vize-Mama ist traurig und enttäuscht, weil sie die nur flüchtige Umarmung fälschlicherweise als verminderte Liebe erlebt und sich zurückgestuft fühlt. Und der pubertierende Sohn – inzwischen artig angegurtet im Auto sitzend – fragt sich, warum Liebe so kompliziert sein muss.

Selbst wenn die Kontakte zur getrennt lebenden Mutter/zum getrennt lebenden Vater nur in großen Abständen stattfinden, können sie das Kind manchmal sehr intensiv prägen. Der jetzt 30-jährige William ist als 3-Jähriger zusammen mit seiner amerikanischen Mutter zurück nach New York gezogen, der leibliche Vater blieb in Frankreich. Bald heiratete die Mutter einen anderen Mann, der zu William eine gute Beziehung aufbaute. William erzählt aus heutiger Sicht:

Meine Mutter und mein Ziehvater waren beide immer sehr lieb zu mir. Beide waren Geschäftsleute und hatten eigentlich nur wenig Zeit, es war immer eine leicht hektische Atmosphäre. Ich war und blieb ihr einziges Kind und sie ermöglichten mir, obwohl ich kein guter Schüler war, eine exzellente Ausbildung in der Hotelbranche.

Ab dem sechsten Lebensjahr fuhr ich einmal pro Jahr für drei Wochen zu meinem leiblichen Vater nach Südfrankreich. Ich kam in eine völlig andere Welt. Mein Vater war ein leidenschaftlicher Koch, hatte ein kleines Restaurant mit Familienpension und hatte noch vier Kinder mit seiner neuen Frau. Der Vater hatte eigentlich immer Zeit, war stets für Späße zu haben und verlor viel Geld bei Pferdewetten. Wenn er Witze erzählte und dabei seinen Rotwein trank, dann lachte er selbst so heftig, dass Lachtränen über sein rundliches Gesicht kullerten. Er nahm mich – und natürlich auch seine anderen Kinder – mit zum Fischmarkt und in seinen kleinen Weinberg und wollte immer wieder mal, dass ich seine dicke Zigarre probiere.

Er ist letztes Jahr – sehr plötzlich – gestorben. An seinem Grab hab' ich mehr Tränen vergossen als in den 29 Jahren davor. Meine Halbgeschwister taten ihr Bestes, mich zu trösten, aber ich war untröstlich.

Es ist die Liebe. Die Liebe lässt die traurigsten Tränen fließen und die Liebe gewährt in der Trauer ein Lächeln, die Liebe verbindet Traurigsein, Hoffen und Lächeln.

VII. Neuer Stundenplan – weniger Mathe, mehr Liebe

Es gibt Orte, die Menschen (es sei denn, sie haben dort einen befriedigenden Arbeitsplatz gefunden) nur sehr ungern aufsuchen. Dazu gehören Gefängnisse, Krankenhäuser, Friedhöfe und – Schulen: Die überwiegende Zahl der Schüler geht nicht gerne in die Schule, die Eltern kommen zur Sprechstunde mit Widerwillen und klopfenden Herzens und auch viele Lehrer mögen ihren Arbeitsplatz nicht.

1. Schule – Brennpunkt der Gesellschaft

An kaum einer anderen Institution fließen so viele Interessen, gesellschaftliche Erwartungen, Hoffnungen und Ängste zusammen wie hier. Schule ist ein hochsensibler Bereich unserer Gesellschaft, wo die herrschende Wirtschaft – mehr als die Staatsphilosophie, die Religion oder die Tradition – die wesentlichen Bildungsziele vorgibt. Dennoch beklagen gerade Wirtschaftsmanager ebenso wie Handwerksmeister, wie wenig das gegenwärtige Schulsystem für ihre wirtschaftlichen Ziele leiste; die Schulabgänger seien zu angepasst, es fehle ihnen an Fantasie und Neugierde und auch die Grundqualitäten – wie Mathematik oder das Beherrschen der Muttersprache – seien mangelhaft. Sowohl von wirtschaftlicher als auch von humanistischer Seite wird eine Änderung des klassischen Schulsystems erstrebt; hierzu Jürgen Hogefoster vom Vorstand der Handwerkskammer Hamburg:

> *Die Art, wie wir lernen, stimmt nicht mehr. Wir brauchen eine Pädagogik, die wieder Leben als Erlebnis sieht … Schule müsste Liebe vermitteln. Ich halte Liebe für eine unwahrscheinliche Produktivität. Man müsste sicherstellen, dass Kinder Liebe und Zuneigung erfahren, die sie weitergeben können … Eigentlich müssten Lehrer das Ziel haben, die Kinder so auszubilden, dass sie in ihrem Leben etwas herausfinden, von dem der Lehrer noch gar keine Ahnung hat.*

Was lernen heutzutage die Hauptschüler und Gymnasiasten? Viele Stoffgebiete werden ihnen eingetrichtert, mechanisch gelernte Fakten.

„In einer feierlichen Folter, Prüfung genannt", so der Pädagoge Ashley Montagu, sollen sie „diese Fakten auf einem leeren Blatt Papier wieder von sich geben, worauf ihr Kopf dann wieder so leer ist wie zuvor."

Natürlich haben technischer Fortschritt und wirtschaftliches Wachstum schon spektakuläre Erfolge gezeitigt. Aber wurde dabei der tragende Grund des Menschseins vergessen? Die immer mehr vom technisch Verwertbaren gefesselte Bildungslandschaft baut zu sehr auf die materielle Seite menschlicher Existenz. Es fehlt an Bildung im Sinne eines neuen Humanismus. Werfen wir einen kurzen Blick zurück in die Gründerzeit der „humanistischen Gymnasien": Die Gebrüder Wilhelm und Alexander von Humboldt waren die eigentlichen Initiatoren; es war die hohe Zeit der Weimarer Klassik und der Romantik in den Jahren um 1800. Alexander von Humboldt gilt als einer der Begründer der experimentellen Naturwissenschaft, die die exakte Messung nicht im Labor, sondern in der Natur vornimmt; all seine Erfahrungen hat er dem damaligen Schulsystem zuzuführen versucht. Wilhelm vom Humboldt war der Geisteswissenschaftler, Philosoph und Sprachkundige. Weil er in jeder Sprache eine je eigene Weltansicht begründet sah, legte er größten Wert auf das Studium der Sprachen. Die Mischung aus experimenteller Naturforschung und geistiger/sprachlicher wie musischer Formung des Menschen bildeten die Grundlage humanistischer Allgemeinbildung, wie sie noch heute grundsätzlich gültig ist.

Goethe skizziert in der „Pädagogischen Provinz" (in Wilhelm Meisters Wanderjahre) ein besonderes, von Humanismus geprägtes Schulmodell:

> *Die pädagogische Provinz ist ein Lebensort, eine Art Landkommune. Die Lehrer zeichnen sich aus nicht nur durch Fachkompetenz, sondern auch durch eine hohe Umsicht, die jeden einzelnen Schüler behutsam darin unterstützt, was er gerade zu seiner Entwicklung braucht. Es mutet an wie ein großes Theater des Lebens: die höchst individuelle bunte Kleidung, eine ausgefeilte Gebärdensprache und über dem Ganzen „ein wohllautender Gesang"; man hat „die Musik zum Element unserer Erziehung gewählt". Die jungen Leute bringen vieles von Natur aus mit, „aber eins bringt niemand mit auf die Welt und doch ist es das, worauf alles ankommt, damit der Mensch nach allen Seiten zu ein Mensch sei": die Ehrfurcht. Goethe unterscheidet drei Formen von Ehrfurcht: die vor dem, „was über uns ist", vor dem, „was uns gleich ist", und vor dem, „was unter uns ist". „... aus diesen drei Ehrfurchten entspringt die oberste Ehrfurcht, die Ehr-*

furcht vor sich selbst ..., sodass der Mensch zum Höchsten gelangt, was er zu erreichen fähig ist."

Was ist im Laufe der Jahrhunderte daraus geworden? Es kann eine unter mehreren Anregungen sein für die moderne Schulpädagogik, ein zusätzlicher Impuls für die PISA-Debatte, vielleicht auch eine Alternative zu den populistischen Reaktionen der Politiker, die ein „Ende der Kuschelpädagogik" fordern oder ein „Zurück zu den ‚alten Werten' wie Fleiß, Strenge, Ordnung".

Eine liebevoll-heitere wie traurig-melancholische Schulvision führt uns Petr Weir mit seinem Film „Der Club der toten Dichter" vor Augen. Ein altehrwürdiges Nobelinternat erhält eine unerwartete Erfrischung durch einen neuen Englischlehrer. Er stellt dem heilig gehaltenen Tugendkanon Tradition – Ehre – Disziplin – Leistung das Motto „Carpe diem" (Nütze den Tag!) entgegen und versucht mit Humor und Menschlichkeit, in den Schülern den Sinn für Poesie, Schönheit und Liebe zu wecken. Er heißt sie aus den Schulbüchern Seiten entfernen, die er für falsch hält (was dem Direktor, der die Klasse übernimmt, den Atem stocken lässt). Ein Plädoyer für „Liebe in die Schule".

Die zwei ideologischen Säulen, auf denen das noch weithin herrschende Schulsystem im Wesentlichen basiert, sind Zwangslernen und Auslese durch Noten. All dies ist von Liebe weit entfernt. Vielleicht ist das einer der Gründe, weshalb Lehrer zu den am meisten vom Burn-out heimgesuchten Berufsgruppen gehören.

Gewiss gibt es charismatische Lehrer und es gibt Schüler, die am (traditionell für notwendig erachteten) Widerstand wachsen und tüchtige Leute werden. Glücklicherweise sind Vorkommnisse wie die Amokläufe in Amerika oder am Erfurter Gutenberg-Gymnasium seltene Einzelerscheinungen. Und dennoch: Die so genannten Regelschulen sind – auch ohne Schießereien – eher Kampfplätze als Horte des Friedens und der Zufriedenheit. Es wird gekämpft um Noten und Versetzung, um Notendurchschnitte und das Bestehen des Numerus clausus, nicht zu reden vom aufreibenden Kampf um Anerkennung und sozialen Status, der manchmal körperlich-gewalttätig ausgetragen wird. Es ist umstritten, inwieweit Lehrer auch Erzieher sein sollen und sie damit – im Zusammenwirken mit Sozialarbeitern – aufgefordert wären, die Defizite der Eltern zu kompensieren.

Natürlich hat die Reformpädagogik der vergangenen Jahrzehnte den ursprünglichen paramilitärischen Drill an den Schulen ebenso abgeschafft wie die körperlichen Züchtigungen (unter denen – belegt durch Selbstzeugnisse – Schiller, Rilke, Musil, Balzac, Mörike, Joyce und viele andere gelitten haben). Und es ist eine Reihe von pädagogisch-revolutionären Schulen entstanden, die Freiheit statt Zwang, eine freundlichere Lernpsychologie und eine neue Sexualmoral für die jugendlichen Schüler propagierten. Das spektakulärste Projekt war das 1921 etablierte Summerhill (S. 172), das jetzt von Neills Tochter, Zoe Readhead weitergeführt wird.

In der Regel entfalten Kinder und Jugendliche in Schulen, die von einer Atmosphäre liebevoller Anerkennung getragen sind, eher die Fülle ihrer Potenziale und erbringen im Schnitt auch bessere Abfrageleistungen (die sich in Noten messen lassen) als Schüler vergleichbarer Regelschulen. Die Gründe sind einsichtig: Wer Prüfungen schreiben muss, die benotet werden, gerät in Angst und Angst verengt die Aufnahmekapazität, die Fantasie und die natürliche, kindlich-wissenschaftliche Neugierde.

Erfreulicherweise unterbleibt auch in den Regelschulen während der ersten beiden Schuljahre die Benotung von Leistungen. Und eine ganze Reihe von (privaten) weiterführenden Schulen verzichtet auch in den Folgejahren auf Schulnoten und fördert und „bewertet" eher das soziale Verhalten, das Sich-Einbringen in den Unterricht, Gerechtigkeitsempfinden und gegenseitige Hilfe und Respekt.

2. Das Ende der Lernfabrik – Lust am Lernen

Die meisten Menschen lernen dann am meisten, wenn sie tun, was ihnen Freude macht; die meisten Menschen sind neugierig und bestrebt, in all ihren Erfahrungen einen Sinn zu erkennen; und die meisten Menschen sind fähig zu persönlichem, direktem Verkehr mit anderen, solange sie nicht durch eine inhumane Arbeit abgestumpft und durch Verschulung verblödet sind.
(Ivan Illich)

Diese vor 30 Jahren formulierte Einschätzung des Pädagogen und Philosophen Ivan Ilich hat grundsätzlich immer noch Bedeutung. Erfreulicherweise verblöden viele Schulen garantiert nicht und es existieren auch vorbildliche – auch staatliche – Schulen, in denen die Liebe das Klima und das Lernen prägt.

Im Folgenden werden vier vorbildlich gelingende Schulprojekte aus Deutschland vorgestellt, die der Journalist und Schulspezialist Reinhard Kahl „Treibhäuser der Zukunft“ nennt:

1. Die Bodensee-Schule St. Martin in Friedrichshafen
Dies ist eine staatliche Grund-, Haupt- und Werkrealschule in kirchlicher Trägerschaft, Ganztagsschule seit 1971. Die einzelnen Schulfächer wurden abgeschafft, an ihre Stelle treten Freiarbeit, vernetzter Unterricht und Projekte. Freiheit und Struktur sind das „Yin und Yang der Schule“. Die Altersmischung lässt die Versuchung nicht aufkommen, die Kinder auf den gleichen Stand zu bringen. Das Besondere jeden Kindes soll nicht abgeschliffen werden, sondern das Verschiedensein wird von Anfang an als wertvoll entdeckt.

Statt detaillierten und isolierten Wissens werden den Schülern Erkenntnisse vermittelt, die sich aus der Beziehung zwischen den Dingen ableiten; methodisch geht es dabei um die Balance zwischen kognitiver, emotionaler und sozialer Leistung. Klar ist, „dass wir Religion auch nicht mehr als Fach in 45 Minuten haben, was der gleiche Unsinn ist wie Erdkunde in 45 Minuten, sondern dass wir vernetzen und Religion ist natürlich das Vernetzungsfach überhaupt“, so der Schulleiter Alfred Hinz. Auch sonst ist der 45-Minuten-Takt abgeschafft. Wenn die Schüler um 16 Uhr nach Hause kommen, haben sie frei; alles, was mit Schule zu tun hat – einschließlich „Hausaufgaben“ –, ist erledigt.

Auch andere Regelschulen übernehmen zunehmend die Methode des Projektunterrichts und damit die Vernetzung der Fächer, die jedoch nicht abgeschafft, aber durchlässig und transparent werden. Das nährt die Hoffnung, dass immer mehr Schulen die Liebe zur kooperativen und beglückenden schulischen Arbeit entdecken.

2. Evangelische Ganztagsgesamtschule Gelsenkirchen
Vier Arten von Pädagogen sind hier am Werk: die Lehrer, die anderen Schüler, rhythmisierte Zeit und der Raum. Alle vier sind gleichermaßen wichtig. Beispielsweise der Raum der Schule: Jede Klasse bewohnt ihr eigenes zweistöckiges Reihenhaus; da die Schule noch im Aufbau ist, planen die Klassen an ihrem Haus mit, die Architekten berücksichtigen die Vorschläge der Kinder. Neben dem Klassenhaus gibt es noch weitere Räume und Nischen, in denen das Eigene und Besondere der Schüler gedeihen kann. Und mit den vielfältigen Gelegenheiten zur Individualisierung wächst der Sog zur Kooperation.

3. Waldorfschulen

Zu den pädagogisch fortschrittlichen Einrichtungen zählt auch eine Richtung, die schon bald 100 Jahre alt ist: Über 130 Waldorfschulen existieren allein in Deutschland, meist Gesamtschulen, die zum Abitur führen und ein „Durchfallen" nicht kennen. Diese Schulen haben eine lange Tradition und ihr Konzept beruht vor allem auf den Auffassungen von Rudolf Steiner, angereichert nach modernen Erfordernissen.

Nicht an die üblichen, vermeintlichen Wahrheiten sollen die Schüler glauben, sondern sie sollen sich an der Persönlichkeit der Lehrer orientieren. Zumindest in den ersten Jahren soll der Lehrer den Kindern so gegenübertreten, dass er geliebt wird und als Suchender erlebt werden kann. Es geht um eine „gründliche, tiefe und liebevolle Menschenerkenntnis" (Steiner). Ist es in den ersten Jahren das Seelische, Intuitive, Mythische, das die Kinder in ihrem Wesen anspricht, so steht in den oberen Klassen die Durchdringung der äußeren Welt im Mittelpunkt. Immer aber geht es um Anschaulichkeit, Experiment, Kunst und Bewegung (Eurythmie). Nur ein beweglicher Körper macht einen beweglichen Geist – so Rudolf Steiner.

Die Waldorfschule ist zugegebenermaßen eine Weltanschauungsschule. Aufbauend auf dem naturwissenschaftlichen Werk Goethes schafft Steiner die Verflechtung von Geist und Materie; zur Wahrheit, wie er sie sieht, kommt der Mensch durch Denken in der Seele. Dadurch durchdringt und versteht er die Welt, die mehr ist als reine Materie.

4. Montessorischulen

„Eine Schule zum Verlieben" – so mutet den bereits erwähnten R. Kahl die Montessorischule hinter dem Schloss in Potsdam an. Auch sie ist eine Staatsschule, wenngleich mit Freiheiten einer Versuchsschule, und sie gewann den Brandenburger Wettbewerb innovativer Schulen. Eine Schule, wo Respekt und Würde den Ton angeben. Die Lehrer verharren nicht in ihrer Machtposition, sie schaffen eine würdevolle Lernumgebung, in der kein Schüler beschämt werden soll und in der jeder auf seinem eigenen Niveau anerkannt wird.

Ulrike Kegler, die Schulleiterin: „Die Schüler können nur lernen, wenn sie das Gefühl haben: Ich kann nicht ausgelacht werden. Das ist die wesentlichste Innovation in Deutschland."

Es gibt keine Klassen, sondern altersgemischte integrative Gruppen. Die behinderten Kinder „bringen in jede Gruppe die natürliche Notwendigkeit zu sehen, dass jeder Mensch wirklich anders ist und unter-

schiedliche Bedürfnisse hat", so die Schulleiterin. Entgegen der verbreiteten Ideologie brauchen besonders Begabte keine homogene Lerngruppe, um am besten zu lernen. Dies hat die wissenschaftliche Begleitung der besagten Montessorischule klar bestätigt.

Abgeschafft ist – wie an allen Montessorischulen – die „Osterhasen-Pädagogik", der so genannte Fragen entwickelnde Unterricht: Der Lehrer versteckt – wie der Osterhase die Eier – das Wissen und die Schüler sollen es finden. Eine solche Didaktik, die PISA-Studie hat es erwiesen, ist träge und wenig geeignet, komplexere Aufgaben kreativ zu lösen.

Maria Montessori legte weniger Wert auf eine bestimmte Erziehungsmethode, vielmehr ging es ihr darum, die Person des Kindes in den Mittelpunkt zu stellen und ihm den unausgesprochenen Wunsch zu erfüllen: Hilf mir, es allein zu tun! Neben dem möglichst selbstständigen Erwerb von Wissen und Fertigkeiten ist die Charakter- oder Seelenbildung von größter Bedeutung. Und diese beginnt bereits im Kindergarten.

Maria Montessori: „Kleine Kinder zwischen drei und sechs Jahren … sind voller Liebe. Ohne Liebe sind sie nur, wenn man sie schlecht behandelt. Wenn man schlecht mit ihnen umgeht, ändert sich ihre wirkliche Natur. Sie selbst sind voller Liebe und sie brauchen Liebe, um aufzuwachsen."

Liebe hat für Maria Montessori religiösen Charakter; die Liebe ist uns – so sagt sie – mit der Geburt als kostbare Begabung geschenkt, aber sie muss genährt werden, damit sie sich entwickeln kann. Nach einem fast zehnjährigen Aufenthalt in Indien hat die Pädagogin ihre ursprüngliche katholische Religiosität erweitert: „Wir müssen bedenken, dass Religion eine universale Empfindung ist, die in jedem Menschen existiert und existiert hat seit Beginn der Welt … Wenn uns Religion fehlt, so fehlt uns etwas Fundmentales für die Entwicklung des Menschen."

Für 12- bis 18-Jährige hat Maria Montessori den „Erdkinderplan" erdacht, eine „Erfahrungsschule des sozialen Lernen". Dies ist ein Weg zur „kosmischen Erziehung" – an Montessorischulen auch Unterrichtsfach. Montessoris Idee ging dahin, um die Schule herum kleine Betriebe aus dem Bereich Landwirtschaft, Handwerk, Handel und Gastronomie anzusiedeln. Dort sollten die Kinder ihren Bedürfnissen nachgehen und etwas Sinn- und Wertvolles zum Leben der Gemeinschaft beitragen dürfen.

Eine besonders eindrucksvolle Montessorischule findet sich in München-Großhadern, die überdies durch eine faszinierende Architektur imponiert. Wenn man diese Schule betritt, empfängt einen eine liebevolle, freiheitliche Atmosphäre, mit lachend umhertobenden oder in Grüppchen zusammen diskutierenden Schülern. Und sofort fällt auf, dass diese Schule – wie kaum eine andere in Europa – sehr viele (auch mehrfach) behinderte Kinder in das freie Unterrichtssystem integriert. Es sind oft nur 12 oder 15 Schüler pro Klasse und dem Lehrer assistieren ein oder zwei Praktikanten. Einige Schüler streben das Abitur an, manch anderer Schüler derselben Klasse wäre – wenn es Montessori- oder ähnliche Schulen nicht gäbe – in Sonderschulen ausgegrenzt.

Im Vordergrund steht nicht das Ziel besonders guter Leistungen in Mathematik oder Englisch, sondern das freundliche, hilfsbereite soziale Miteinander. Im Jahreszeugnis einer 7. Klasse stehen dann zum Beispiel folgende „schulische Leistungen" (die vom Lehrer „bewertet" werden): „Hilfsbereitschaft", „freundlicher Umgang mit Kindern und Erwachsenen", „selbstständiges Arbeiten", „gerne mit anderen lernen" usw. Als vorbildlich gilt ein Schüler dann, wenn er das soziale Miteinander fördert.

Beim Fußballspiel im Pausenhof ist zu beobachten, wie die Schüler das Tor des an athetotischen Bewegungsstörungen leidenden Torhüters einfach kleiner machen, damit die Chancen gleich sind – eine scheinbare Kleinigkeit, die doch tief berührt. Würden doch die Erwachsenen im Alltag gegenüber Benachteiligten ähnlich einfühlsam handeln, wie diese Schüler es tun!

Bemerkenswert sind die schulischen Aufbrüche in Deutschland und in anderen europäischen wie außereuropäischen Ländern – Aufbrüche mit dem Ideal eines neuen, durchaus bunten Humanismus. Werfen wir noch einen kurzen Blick in das Bildungs-Wunderland Dänemark:

Da wurde eine Berufsschule aufgebaut, die aussieht wie ein Museum. Überall an den Wänden, auch in der Kfz-Werkstatt, hängen kostbare Bilder und Gemälde, aber es gibt keinerlei Vandalismus und nichts wird gestohlen. Eine Berufsschule voller Kunst? Ja, sagt einer der Rektoren: „Zum Lernen und Arbeiten gehört die Kunst, die ist so nötig wie Stühle und Tische. Man muss Orte kultivieren, an denen sich Menschen zum Lernen und Forschen verabreden, weil sie handeln wollen und Lust auf die Welt haben." Lust auf Forschen und Lust auf die Welt bei allen Schülern wecken – das könnte eine hervorragende pädagogische Aufforderung sein.

Und blicken wir noch ein wenig weiter, nach Indien:

> *400 Kilometer südlich von Neu Delhi, am Rande der Wüste von Rajastan, liegt das Dorf Tilonia, Sitz des „Social Work and Research Centre" (SWRC). Ein im ganzen Land weit verzweigtes Projekt ist das Barefoot College, die Barfuß-Schule. Es ist ein Lernort für alle Altersstufen, für Arbeitslose und Schulabbrecher, für alle, die lernen wollen und sich die üblichen Schulen nicht leisten können. Gelernt wird von allen Menschen, die praktisches Lebenswissen vermitteln. Vom Ausland (den so genannten Geberstaaten) kommende Experten sind weniger gefragt, weil ihnen die Erfahrung am Ort fehlt und das isolierte Bücherwissen wenig hilfreich ist. Nach mehr als 30 Jahren existieren mittlerweile 150 Abendschulen speziell für arme Kinder aus ländlichen Gegenden. Der Gründer, Snjit Bunker Roy: „Viele Probleme, die von so genannten Experten identifiziert wurden, haben die Armen längst auf ihre Weise gelöst. Nur: Wir haben nicht die Geduld, zuzuhören und zu lernen. Der Süden unserer Welt mit seinem kollektiven Reichtum an Weisheit, Wissen und Fähigkeiten könnte dem Norden viele Wege weisen … Vor Jahrhunderten gab es in Indien Selbsthilfestrukturen, die jeder Frau und jedem Mann das Grundrecht auf Trinkwasser, Nahrung, Ausbildung, Gesundheit, Wohnung und Arbeit gewährten. Heute ist dieses Netz gegenseitiger Hilfe und Unterstützung der einseitigen Abhängigkeit von Regierung und ausländischer Hilfe gewichen."*

3. Zauberlehrling Computer

Mit der „Produktivkraft" Liebe lassen sich – durchaus spielerisch – *alle* Probleme lösen, die im schulischen Alltag herausfordern. „Natürlich" wollen größere Kinder und Jugendliche möglichst oft und lange am PC sitzen und allerlei Computerspiele (oft gefüllt mit Kampf und Gewalt) dirigieren. Joseph Weizenbaum, einer der Pioniere der Computertechnologie, ist mittlerweile zu einem der schärfsten Kritiker der Computerkultur geworden. Es entstehen militärische Projekte – so seine Kritik –, in denen alle Aktionen von Computern gesteuert werden und in denen der „Schwachpunkt Mensch" eliminiert wird; als Konsequenz fühlen die Menschen sich – nicht nur im militärischen Bereich – immer weniger für Aktionen, die sie ausgelöst haben, verantwortlich. Hier liegt eine Gefahr der bei Jugendlichen so beliebten gewalttätigen Computerspiele: Die Grenze zwischen fiktivem Spiel (am PC) und der Realität (im Alltag) könnte in Zukunft immer undeutlicher werden und computergesteuerte Grausamkeit könnte das ursprünglich natürliche Mitgefühl zu anderen Kreaturen langsam zum Absterben bringen.

Gewaltbetonte Computerspiele lassen sich leider nicht eliminieren (sind diese Spiele zu Hause verboten, so finden Jugendliche bei ihren Freunden oder gar in manchen Kaufhäusern entsprechenden Ersatz). Umso mehr sind Lehrer und Eltern gefordert, PC-Spiele gewissenhaft auszuwählen, die Spielzeit deutlich zu limitieren und vor allem die Jugendlichen immer wieder dazu zu bringen, dass sie die *Realität,* die auch spannend und lustig sein kann, erleben. Das gilt auch für manche Erwachsene, die nicht selten in eine PC-Spielmanie verfallen. Der Pädagogikprofessor Hartmut von Hentig:

> *Wir brauchen für eine Welt, in der es Computer gibt, vor allem etwas, was wir an den Computern gerade nicht lernen können – das offene, dialogische, zweifelnde, entwerfende, bewertende, philosophische Denken.*

4. Wärme gegen Gewalt

Das „Deutsche Jugendinstitut“ in München hat in einer „Täterstudie“ das soziale Umfeld von Kindern und Jugendlichen eruiert, die als Gewaltdelinquenten auffällig geworden sind: In fast allen Fällen herrscht im Elternhaus ein kaltes, gewalttätiges Erziehungsklima und unterschiedliche Formen von Gewalt werden als Hauptmittel zur Regulierung alltäglicher Situationen erfahren und angeeignet. Die Kinder erleben starke Emotionen wie Angst, Trauer, Ohnmacht und Wut, setzen diese aber in Aggressivität um. In der Schule fallen diese Kinder und Jugendlichen auf durch Leistungsversagen, Aggressivität, Schulabbruch und straffälliges Verhalten.

Emotional auffälligen Kindern (die zu Wutanfällen neigen, sehr ängstlich oder verstört-traurig sind) muss sehr früh und individuell mehr Aufmerksamkeit geschenkt werden. Es trifft für diese – oft ungeliebten, emotional ausgehungerten – Kinder besonders zu, was die Lehrerschaft der Adorno-Schule in Elze (bei Hannover) propagiert und worauf sie ihre Erziehung aufbaut: *Bevor Kinder belehrt werden, müssen sie gewärmt werden.*

> *Roubaix ist eine Industriestadt mit circa 100.000 Einwohnern in Nordfrankreich, mit einem extrem hohen Migrantenanteil (meist mus-*

limischen Glaubens) und sehr viel Arbeitslosen. An einem Gymnasium herrschte furchtbares Chaos: Schlägereien, Leistungsverweigerung, Vandalismus, die Lehrer waren am Ende.

Dann kam ein neuer Schulleiter. Er knüpfte Beziehungen zu allen, von denen er sich Hilfe versprach: zu Nachbarn und Geschäftsleuten, zum Einwohnerrat, zur Stadtverwaltung, zu Vereinen und er holte Hilfe beim „Internationalen Versöhnungsbund", einer christlichen, vorwiegend in Krisengebieten weltweit tätigen Konfliktlösungsinitiative. Diese Organisation schuf auf der Basis der „écoute sympathique" (einfühlendes Zuhören) eine Schulung in Mediation für Lehrer und Schüler.

Innerhalb weniger Jahre ist eine völlig neue Schule entstanden. Sie ist eine Art Stadtteilzentrum geworden und an 365 Tagen geöffnet. Der Direktor wohnt in der Schule und neben den Lehrern arbeiten ehemals Arbeitslose im Haus, vor allem bei der täglichen Küchenarbeit. Die Lebensmittel werden von benachbarten Geschäften geliefert oder stammen vom eigens angelegten Garten. Dieser Garten wurde überdies zu einer Blumenoase gestaltet und Blumen sind zu einem Heilmittel geworden. Wo früher Zerstörung waltete, haben sich Sorgfalt, Achtung und Liebe zu den Dingen entwickelt. Den Schülern wurde Verantwortung nicht nur für den Garten, sondern für ihre gesamte Schule übertragen.

Die verschiedenen Kulturen, die sich früher bekämpft haben, fördern sich nun gegenseitig und man lernt voneinander.

5. Die modernen Zappelphilipps

Nicht nur gewalttätige Schüler bringen Probleme in den Schulalltag. Eine andere Gruppe von Schülern, die manchen Lehrer an seine Kompetenzgrenzen bringt, sind die Kinder mit dem so genannten Aufmerksamkeits-Defizit-Syndrom (ADS) oder Aufmerksamkeits-Defizit-Hyperaktivitäts-Syndrom (ADHS). Bei diesen Kindern wird oft das umstrittene Ritalin (Methylphendidat) eingesetzt; das stimulierende Ritalin wirkt gewissermaßen paradox und macht die meisten Kinder deutlich ruhiger. Allerdings nur für wenige Stunden, dann kommt die Zappeligkeit erneut. Die Symptome werden also lediglich vorübergehend gemildert, geheilt werden die Kinder nicht, außerdem muss mit vielen Nebenwirkungen gerechnet werden, da das Mittel in das diffizile Neutransmitter-Synapsen-System des Gehirns eingreift. Allein in Deutschland werden ca. 100.000 Ritalin-Packungen pro Jahr für Kinder rezeptiert, obwohl ein gewisses Suchtrisiko besteht und es durchaus alternative Vorgehensweisen gibt (Familien- und Verhaltenstherapie, die Methodik der Klinischen Ökologie = Austestung einer Nahrungsmittelallergie, Gabe von Magnesium und anderen Mineralstoffen usw.) Vor allem würde helfen: mehr Toleranz und weniger Überforderung.

Nicht jedes temperamentvolle, laute und gelegentlich auch ungezogene Kind muss mit der ADHS-Diagnose belegt werden. Außerdem gab es „Zappelphilipps“ schon immer:

Ob der Philipp heute still
wohl bei Tische sitzen will?
Aber nein –
Er gaukelt und schaukelt
Er trappelt und zappelt
auf dem Stuhle hin und her.

Der Stuhl fällt schließlich um und löst eine Familienkatastrophe aus. Schon 1845 beschrieb Heinrich Hoffmann gewissermaßen zum ersten Mal das ADHS-Syndrom in seinem berühmten „Struwwelpeter“-Werk (einem ziemlich sadistischen Kinderbuch). Manche Eltern und Lehrer verzichten auf Ritalin und nehmen die übertemperamentvollen Kinder als positive Herausforderung und hinterfragen die Familienstruktur bzw. die (vielleicht sehr langweilige) Unterrichtsgestaltung.

In eher spirituell orientierten Kreisen wird seit einigen Jahren von Indigo-Kindern gesprochen. Der Begriff leitet sich vom – so beschriebenen – Überwiegen des Blautones in der Aura bestimmter Kinder ab. Diese Kinder haben, so erklären es die inzwischen zahlreichen Publikationen, ähnliche „Symptome“ wie die genannten ADS- oder ADHS-Kinder; sie sind auf ihre spezifische Weise eher überdurchschnittlich intelligent und durchaus sprachgewandt und *sie haben eine Botschaft für die Welt der Erwachsenen.*

Bei der ADS-Diagnose erscheinen die Kinder *aus der Sicht von Erwachsenen* als auffällig. *Aus der Sicht von Indigo-Kindern* (und vielleicht auch aus der Sicht von ADS-Kindern) erscheinen die Erwachsenen verhaltensauffällig und gestört. Und die ganz besonderen (vielleicht auserwählten?) Indigo- und ADS-Kinder wollen etwas mitteilen, ohne vielleicht die rechten Worte zu finden. Werden sie nicht gehört und nicht verstanden, sondern „zurecht“gewiesen oder gar gedemütigt, dann wehren sie sich, werden ungeduldig und wütend. Nimmt man sie dagegen ernst und hört sich ihre oft erstaunlich klugen (mitunter hellsichtigen) Erkenntnisse und Gedanken an, werden sie oft ruhiger und zufriedener. Vielleicht können wir, die Erwachsenen, uns mehr als bisher angewöhnen, auf die manchmal sehr verschlüsselten Botschaften der kindlichen Propheten zu hören.

Erich Kästner gibt in seiner humorigen „Ansprache zum Schulbeginn“ Schulanfängern aufmüpfige Hinweise:

> *Lasst euch die Kindheit nicht austreiben! ... Nur wer erwachsen wird und Kind bleibt, ist ein Mensch ... Seid nicht zu fleißig! Der Mensch soll lernen, nur die Ochsen büffeln. Der Kopf ist nicht der einzige Körperteil. Man muss nämlich auch springen, turnen, tanzen und singen können ... Lacht die Dummen nicht aus! Sie sind nicht aus freien Stücken dumm und auch nicht zu euerem Vergnügen ... Misstraut gelegentlich eueren Schulbüchern! Sie sind nicht auf dem Berge Sinai entstanden, meistens nicht einmal auf verständige Art und Weise, sondern aus alten Schulbüchern, die aus alten Schulbüchern entstanden sind, die aus alten Schulbüchern entstanden sind, die ... Wenn ihr etwas nicht verstanden haben solltet, fragt euere Eltern! Und, liebe Eltern, wenn Sie etwas nicht verstanden haben sollten, fragen Sie Ihre Kinder!*

„Weniger Mathe – mehr Liebe“ ist der Leitspruch dieses Kapitels: Liebe wird das Unterrichtsfach der Zukunft sein, weil Liebe *alle* pädagogischen Probleme löst.

VIII. Lust und Liebe am Arbeitsplatz?

„Der Prozess des Denkens, genau wie der der Arbeit“, so schreibt der einst viel gelesene Sexualforscher Ernest Bornemann, „muss *lustbetont* sein, wenn er erfolgreich sein soll.“

Lust und Liebe am Arbeitsplatz – damit ist weder die sexuelle Verführung im Büro gemeint noch die Situation im Rotlichtmilieu, sondern die massive Verbesserung des Betriebsklimas und der gesamten Arbeitswelt, firmen- und kontinentübergreifend.

1. Zauberwort „Emotionale Intelligenz“

Lob statt Mobbing, entspanntes Arbeiten statt Burn-out, liebevolles Einander-Helfen statt Ellbogenkonkurrenz – dies ist die neue Erfolgsformel und das Zauberwort heißt EQ = Emotions-Quotient (analog zum IQ, dem Intelligenzquotienten), also Emotionale Intelligenz. Viele Abteilungsleiter und Chefs versuchen jedoch möglichst alle Emotionen aus dem Arbeitsleben herauszuhalten und sprechen verächtlich von „Gefühlsduselei“. Dabei wäre es gerade in Zeiten rücksichtslosen Konkurrenzkampfes und wachsender Rationalisierung wichtig, das Augenmerk auf solche Arbeitskollegen zu richten, die offensichtlich die Fähigkeit haben, mit Fingerspitzengefühl und Empathie Spannungen abzubauen und damit einen Hauch von Liebe ins Großraumbüro zu bringen.

Mit hochrotem Kopf schreit der Abteilungschef Dr. K. zuerst seine Sekretärin an: „Schalten Sie doch wenigstens einmal am Tag Ihr Hirn ein, wenn Sie …“ Dann beschimpft er seinen Assistenten. Schließlich fuchtelt er mit dem Beschwerdebrief eines wichtigen Kunden hin und her und mit drohenden Schritten eilt er zum Büro der zuständigen Verkaufsleiterin Frau B. Durch die Glaswände sehen alle Mitarbeiter, wie der cholerische Chef wild gestikulierend auf Frau B. einredet. Doch Frau B. bleibt erstaunlich ruhig und erreicht sogar, dass sich der Chef zu ihr an den Besprechungstisch setzt. Das Gespräch wird entspannter, man sieht Frau B. mehrmals lächeln und gegen Ende des Dialogs wirkt der Chef wie ein gezähmter Löwe.

Was ist passiert? Frau B. ist zuerst über die Wutattacke ihres Vorgesetzten erschrocken, dann musste sie an ihren Sohn denken, der als 5-Jähriger manchmal ähnliche Zornes- und Trotzausbrüche hat und den sie beruhigt, indem sie ihn – trotz anfänglichen Widerstrebens – liebevoll in die Arme schließt. Mit einer ähnlichen Liebe begegnete sie ihrem in Rage geratenen Boss. Natürlich umarmte sie ihn nicht, aber sie umhüllte, bezauberte ihn gewissermaßen mit der umfassenden Macht der Liebe, blieb selbstbewusst, gelassen und fand intuitiv die richtigen Worte, also Worte, die nicht Widerstand auslösen, sondern positive Assoziationen erwecken.

Natürliche EQ-Begabungen wie Frau B. gibt es viele, doch die meisten nutzen ihre emotionale Fähigkeiten und Intuitionen zu wenig. Die folgenden Seiten zeigen, wie man zu einem EQ-Meister wird.

Fähigkeiten des Herzens

Daniel Goleman, Autor des Bestsellers „Emotionale Intelligenz“, schreibt: „In unserem Zeitalter sind die Kräfte und Fähigkeiten des Herzens genauso lebenswichtig wie die des Kopfes. Rationalität und Mitgefühl müssen ins Gleichgewicht gebracht werden.“ Menschen, die grundsätzlich eher liebevoll sind, benötigen kein Training in emotionaler Intelligenz, sie finden sich im Labyrinth der eigenen Gefühle zurecht und sie sind Meister der Empathie, sie wissen, was andere fühlen.

Wer in Übereinstimmung mit seinen positiven Gefühlen handelt, wird versuchen, den anderen – den Kollegen, den Mitmenschen – in seinem Sosein zu verstehen und sich in ihn hineinzufühlen. So lassen sich Beziehungen aufbauen und Konflikte werden nicht als Anlass dafür genommen, sich gegenseitig aus dem Rennen zu werfen. Manche Menschen verfügen über eine besonders ausgeprägte Intuition, also eine Art Instinkt, der sie leitet, im richtigen Moment ohne logisches Überlegen das Richtige zu tun. Intuition besitzt jeder Mensch, doch manche sind damit besonders üppig gesegnet. Und: Wir alle brauchen Intuition, um Entscheidungen zu treffen, um andere Menschen gewähren zu lassen, um Entscheidungen zu ermöglichen.

Zahlreiche Untersuchungen zeigen, dass nur etwa 10 Prozent aller menschlichen Erfolge – sei es im Beruf oder Privatleben – auf Fakten, Logik oder Intelligenzquotienten gründen, 90 Prozent aber auf emotionaler Ausstrahlung, Empathie und Intuition basieren. Inmitten einer Fülle von Details und Fakten spüren wir so etwas wie einen „sechsten Sinn“, der uns zum Handeln oder Nichthandeln bringt.

Wer die Liebe in sich spürt und den Mut aufbringt, Liebe zu leben, wird mit besinnlichem Glück und sensibler Kreativität belohnt. Die Liebe in uns lehrt uns, nicht nur mit den Augen zu sehen, sondern auch mit dem Herzen. Die Vernunft wird dabei nicht verachtet, aber sie gibt ihre Rolle als letztgültige Instanz des Wissens ab. Liebe, Emotionen und Empfindsamkeit richten sich nicht gegen die Ratio oder die Wissenschaft, sondern sind ein bedeutendes Element der Logik. Es gibt eine Intelligenz der Gefühle.

Klara ist Bankerin und Chefin der Kreditabteilung II; sie arbeitet viel und bemüht sich, ihre Position zu halten. Anfang 40 ist sie, leicht mollig, eher unscheinbar und eigentlich immer gestresst. Da kommt als Leiterin der Kreditabteilung I eine Neue namens Jeannette. Die männlichen Mitarbeiter schauen unverblümt auf die modelähnliche Figur der Neuen und sind irritiert von der Schönheit und freundlichen Ausstrahlung ihres Gesichts. Mit den langen, lockig-schwarzen Haaren kreiert die Enddreißigerin wechselnde Frisuren. Jeanette verbreitet nicht nur ein sexy Flair, sondern sie ist auch noch überlegen intelligent und im harten Business überaus erfolgreich.

Klara muss mit der Neuen zusammenarbeiten und wird von Woche zu Woche deprimierter. Die Konkurrentin ist schön, nett und clever – das ist zu viel. Zunehmend gerät Klara an den Rand des Abteilungsgeschehens und ihr ohnehin brüchiges Selbstwertgefühl versinkt in quälende Selbstzweifel. Eines Tages spricht sie mit einer deutlich älteren Freundin über die niederschmetternde Arbeitssituation. Und diese sagt ihr: „Das Problem ist einfach zu lösen. Du musst deine angebliche Konkurrentin loben und ihr Komplimente machen, damit wirst du *zur Überlegenen. Denn gemeinhin ist es so, dass die Klügere die Kluge lobt und die Schönere die Schöne."*

Gehört – getan: Fein eingestreute Komplimente und anerkennende Worte beherrschen fortan den Umgang Klaras mit ihrer Kontrahentin. Und siehe da: Klara fühlt sich zunehmend größer und überlegener und der Kontakt zur vermeintlichen Rivalin entspannt sich deutlich.

Die Welt der Gefühle

Jeden Moment unseres wachen Lebens erfahren wir in einer spezifischen Gestimmtheit. Immer sind wir in einer Stimmung, in einer Kombination von Gefühlen. Es gibt einen gedankenfreien, aber keinen gefühlsfreien Zustand. Solange wir leben, fühlen wir.

Emotion, Gefühl, Affekt, Stimmung werden in diesem Buch als Synonyme verwendet. Die künstliche Abtrennung von Affekt als „reaktives Gefühl“ ist genauso wenig aufschlussreich wie die Festlegung, dass „Emotionen“ nach außen gerichtet seien, „Gefühle“ jedoch nach innen.

Im Folgenden wird das breite Spektrum von sehr unterschiedlichen, *intensiven Gefühlen* beschrieben, die Stunde für Stunde zur Verfügung stehen. Durch bestimmte Reize oder Aktionen lassen sich Gefühle gezielt stimulieren, zum Beispiel entstehen Freude und Glücksgefühl bei manchen Menschen aufgrund eines Lieblingsgerichts oder während eines heiteren Films, bei berührenden Naturereignissen oder im fröhlichen Zusammensein mit Freunden. *Liebe* ist die Königin aller Gefühle und gleichzeitig *mehr* als ein Gefühl: Liebe ist ubiquitäre Energie, kann aber auch – ähnlich wie Freude – durch spezifische Reize hervorgerufen werden. Die bunte Vielfalt unserer Gefühle:

- Liebe
- Freude, Glücksgefühl
- Trauer
- Angst, Furcht, Panik, Verzweiflung
- Zorn, Hass
- Ohnmacht, Gedemütigtsein
- Erotik, sexuelle Lust
- Stolz
- Ekel
- Fanatismus
- Eifersucht, Neid
- Selbstbewusstsein
- Lust
- Schmerz
- Melancholie
- Gelassenheit
- Scham- und Schuldgefühl
- innere Leere
- Sehnsucht
- Überraschung
- Heiterkeit

Manche Physiologen zählen Lust und Schmerz zu den Sinneswahrnehmungen und unterscheiden so genannte sekundäre Emotionen (wie Wohlbehagen, Ruhe, Begeisterung usw.), was aber letztlich für die Gesamteinschätzung der Gefühle wenig relevant ist.

Die genannte Liste soll helfen, mehr als bisher bewusst wahrzunehmen, in welchen Gefühlssphären wir uns und unsere Mitmenschen sich in verschiedenen Situationen bewegen. Wer sich auf die jeweilige Gefühlswelt seines Gegenübers (ängstlich oder heiter, melancholisch oder selbstbewusst ...) einstimmt, kann die Kommunikation harmonisch und erfolgreich gestalten.

Eigentlich verbringen die Menschen, ob Frau oder Mann, ihr Leben vor allem damit, unangenehme Emotionen wie Angst und Schmerz zu vermeiden und wohltuende Emotionen wie Freude, Erotik und Liebe zu suchen.

EQ und IQ – das erfolgreiche Duo

EQ und IQ gehören zusammen und ergänzen einander. Dennoch betrachten wir diese beiden fundamentalen Talente, mit denen wir unser Leben *liebevoll* gestalten können, vorerst getrennt.

Emotionale Intelligenz ist die Fähigkeit, mit eigenen Gefühlen gut umgehen zu können und ebenso mit den Gefühlen anderer. Dazu gehört insbesondere, die eigenen Gefühle zu kennen und sie zur richtigen Zeit, auch durchaus impulsiv, zu zeigen oder sie zu verbergen. Der Mensch kann seine Gefühle – ob Zorn oder Freude – in einem gewissen Umfang steuern. Und dennoch dürfen wir zwischendurch spontane Gefühle ungebremst und ohne Filter an die Oberfläche durchbrechen lassen. Entscheidend ist das Erkennen eines Gefühls, während es auftritt. Das weitere Beobachten des Gefühls trägt wesentlich zum Verstehen des eigenen Selbst bei.

Selbstkenntnis, Selbstbeherrschung und Intuition sind EQ-Basiselemente, die bei manchen Menschen einfach da sind, die aber auch von jedem erlernt werden können. Den Versuch, die Gefühle anderer zu verstehen, nennt man Einfühlungsvermögen oder Empathie, ebenfalls ein wichtiger EQ-Baustein.

Emotionale Intelligenz spürt und erahnt und folgt der surrealen Logik von Poesie und Märchen, von Mythos und Traum und ähnelt der Logik der Kinder. Die Emotionen bezeichnen überdies die hervorstechenden Charaktereigenschaften des Menschen. Die Welt der Gefühle kennt manchmal nur Weiß oder Schwarz, Plus oder Minus, sie ist sehr subjektiv, bezieht alles auf sich. Wer immer wieder in sich hineinhorcht, wird zunehmend eine Klarheit der Gefühle erreichen.

Körperlich zeigen sich Gefühle in Haltung, Bewegung, Ausdruck der Augen, Mimik und Gebärden, die etwa das Reden begleiten. Es gibt eine *liebevolle Körpersprache,* die imstande ist, eine harmonische, von Liebe geprägte Atmosphäre zu schaffen: leuchtende Augen, Lächeln, warm klingendes Sprechen, respektvolles (Ver-) Beugen und freudiges Öffnen der Hände, der Arme und des Herzens.

Emotionale Intelligenz ist im Wesentlichen gekennzeichnet durch

- freundliche bis liebevolle Ausstrahlung,
- Empathie,
- Intuition.

Neben einem gewissen Maß an Selbstbeherrschung, also der Fähigkeit, Herr seiner Gefühle zu bleiben, ist Selbstbelohnung in gebührenden Abständen wichtig und eine Mäßigung der Impulsivität. Nach landläufiger Meinung ist es gesund, Impulsivität und Wutausbrüche, also die überschießenden Gefühlsexplosionen auszuleben mit der Folge, dass sich Katharsis einstellt und man sich danach besser fühlt. Zweifellos gibt es Situationen, in denen man den Zorn lautstark entladen soll, auch um beispielsweise Veränderungen im sozialen Umfeld zu bewirken. Wutausbrüche in Partnerschaften sind aber eine schlechte Methode, die angeheizte Situation abzukühlen, denn zornige Eruptionen erregen das emotionale Gehirn, sodass man hinterher noch mehr (und nicht weniger) Zorn fühlt. Überdies wird die Stimmung bei demjenigen, der den Wutausbruch provoziert hat, nachhaltig getrübt, sodass die gespannte und aggressive Gesamtstimmung nicht gemindert, sondern vergrößert wird. Wer dagegen das mächtige Gefühl der Liebe einsetzen kann, wirkt positiv auf die angespannte Situation.

Klar ist, dass selbst der liebevollste Mensch nicht immer positive Gefühle pflegt, sondern auch einmal ängstlich, wütend, verzweifelt oder neidisch ist. Es ist wichtig, auch solche Gefühle wahrzunehmen, sie nicht zu leugnen, sondern zu akzeptieren und dann mit Hilfe der Ratio zu überlegen, wodurch die Gefühle ausgelöst worden sind.

Emotionen lassen sich bewusst in den Dienst eines beruflichen oder privaten Ziels stellen (zum Beispiel einen komplizierten Brief schreiben, ein Zimmer gestalten) und sorgen dann für Selbstmotivation, Konzentration und Kreativität; die Ratio liefert Analysen, Abwägen von Vor- und Nachteilen, Wahrscheinlichkeitsrechnungen und Schlussfolgerungen. Die berühmte Unternehmensberaterin Gertrud Höhler schreibt in „Herzschlag der Sieger“: „Die Domestizierung der Emotionen unter dem Kommando des Verstandes ist eine männliche Neigung, für die es ebenso massive Ursachen wie Beweise gibt.“ Als Ziel sollten jedoch emotionale Intelligenz und Ratio als zwei wohlgesonnene Schwestern zusammenwirken.

Die *Ratio = IQ* erkennt Sachverhalte, stellt logische Zusammenhänge her und führt zu folgerichtigem Handeln. Die Ratio beobachtet die Emotionen, kontrolliert und bewertet sie, lässt ihnen bewusst freien Lauf oder unterdrückt sie. Eng verbunden sind Ratio und IQ mit unserem Bewusstsein, unseren bewussten Gedanken, die auch (sehr viel leichter als Gefühle) verbalisiert werden können. Natürlich bedienen wir uns im Alltag regelmäßig und häufig der Ratio, ob wir nun als Kaufmann eine Kostenkalkulation erstellen, ein philosophisches Gedankengebäude errichten, ein Fahrrad reparieren oder einen PC programmieren. In der Kommunikation mit anderen erkennt die Ratio notwendige Sachverhalte, stellt aber auch eine gewisse zwischenmenschliche Distanz her. Emotionale Intelligenz und Ratio gehören zusammen wie Tag und Nacht, Ebbe und Flut, Plus und Minus, Yin und Yang.

Wer bin ich und wer bist du?
In einer alten japanischen Legende heißt es: Ein kampflustiger Samurai wollte sich selbst und die Grundfragen des Lebens kennen lernen. Er zog in ein wildes Gebirge, um einen Zen-Meister aufzusuchen. Als er den Meister fand, fragte er ihn: „Erkläre mir die Hölle und erkläre mir die Liebe." Doch der Meister würdigte ihn keines Blickes und sagte schließlich: „Du bist ein elender Taugenichts, du störst mich, verschwinde." Der Samurai war tief in seiner Ehre gekränkt und überschäumend vor Zorn zückte er sein Schwert und schrie: „Für deine Beleidigung werde ich dich töten!" Der Zen-Meister blieb gelassen und lächelte und sprach: „Dies ist die Hölle." Der Samurai begriff die Tragweite dieser Worte, erschrak über sich selbst, schämte sich und steckte das Schwert in die Scheide. Alsdann bat er um Verzeihung für sein ungestümes Verhalten, dankte für die weisen Worte und verneigte sich demütig und respektvoll. „Und dies", sagte der Meister, „dies ist Liebe."

Um sich selbst kennen zu lernen, brauchen Sie nicht den aufwändigen Umweg des besagten Samurai zu gehen. Wenn Sie mehr über sich erfahren wollen, beantworten Sie die folgenden Fragen:

1. *Worunter leide ich am meisten?*
2. *Welche Sehnsüchte habe ich, was würde ich in Zukunft gerne tun (beruflich etwa Löwendompteur oder Märchenerzählerin werden, privat zum Beispiel mehr für die Partnerschaft tun, Briefmarken sammeln oder südamerikanischen Straßenkindern helfen ...)? Wie würde ich gerne leben (alleine, in einer WG, mit Kindern, in einer Großstadt ...)?*

3. *Was empfinden andere über mich, welche Einschätzung anderer ist mir in Erinnerung geblieben?*

Wichtiger als alle Persönlichkeitstests und Selbsterfahrungsfragen aber ist: *Ich akzeptiere mich, so wie ich bin, und akzeptiere auch die – scheinbar – negativen Eigenschaften.* Dies ist ein Weg zur gesunden Selbstliebe (S. 44).

EQ, Liebe und Kommunikation

Soll die Kommunikation mit einem anderen Menschen positiv oder gar liebevoll und für beide Seiten gewinnbringend verlaufen, dann sind folgende drei Impulse dienlich:

1. *Versuchen Sie, den anderen in seinem Wesen möglichst gut zu erkennen und einzuschätzen. Dies ist in sehr kurzer Zeit möglich und geschieht bei den meisten intuitiv. Welche Eigenschaften/Gefühle sind typisch für Ihr Gegenüber (redefreudig, hilfsbereit, ungeduldig, schwermütig usw.)? Welche Sorgen/Leiden bedrücken Ihr Gegenüber (zum Beispiel Einsamkeit, Krankheit, Schüchternheit, Verlust von Partnerschaft oder Führerschein usw.)? Welche Sehnsucht hat Ihr Gegenüber, wie würde sie/er wohl gerne leben (Auslandsaufenthalt, Umschulung, mehr Freunde usw.)?*

   Dadurch entsteht ein ungefähres Bild vom Seelenleben Ihres Gegenübers, sei es ein Arbeitskollege, ein Kunde oder eine flüchtige Bekanntschaft. Selbst die Kommunikation mit sehr vertrauten Menschen – Familienangehörigen und Freunden – gewinnt an Intensität und fördert neue Erfahrungen zutage, wenn wir uns das Wesen des anderen immer wieder bewusst machen: Ist Ihr Gegenüber beispielsweise schüchtern und wortkarg, Sie dagegen reden überschwänglich, witzreich und lachend auf ihn ein, dann müssen Sie sich nicht wundern, wenn Ihr Gegenüber die Kommunikation langsam versiegen lässt. Zur Achtsamkeit gegenüber dem Mitmenschen gehört auch, Themen, die den anderen traurig machen, besonders vorsichtig zu handhaben: Erzählen Sie einer Freundin, die ungewollt kinderlos ist, besonders schwärmerisch und ausführlich von Ihren wunderbaren Kindern, dann ist die Wahrscheinlichkeit groß, dass die Freundin traurig oder neidisch wird (ohne es vielleicht bewusst zu merken).

   Das Wesen eines anderen – skizzenhaft – zu erfassen, dauert für den Geübten nicht Stunden oder Tage, sondern meist nur wenige Sekunden.

2. *Ausgehend vom Charakterbild Ihres Gegenübers sollten Sie nun versuchen, sich möglichst gut auf dessen Eigenschaften und Gefühle einzustimmen. Beobachten Sie Gestik und Körpersprache des anderen (erhobenes Haupt oder zusammengesunken, am Stuhlrand sitzend oder die Arme verschränkt usw.) und achten Sie auf den Sprachrhythmus. Sie berühren die Seele des anderen und erreichen, dass er sich öffnet, wenn Sie sich in körperlichen Gebärden und der Art zu sprechen (laut oder leise, schnell oder stockend usw.) anpassen. Das mag artifiziell klingen, doch das Sich-aufeinander-Abstimmen schaffen viele spontan. So entwickelt sich ein stimmiger Kontakt, eine Angleichung des Gestimmtseins.*

   Obwohl Sie sich in den anderen einfühlen, bewahren Sie eine sich selbst schützende emotionale Distanz: Wenn Sie beispielsweise auf die Trauer oder Angst des anderen eingehen, dann begeben Sie sich auf die Ebene von Trauer und Angst, ohne aber selbst ängstlich oder traurig zu werden.
3. *Nun können Sie noch einen Schritt weitergehen und versuchen, an Ihrem Gegenüber nicht Kritik zu üben, sondern zu loben, den anderen nicht zu beurteilen, sondern ihm Wärme und Liebe entgegenzubringen. Vielleicht versuchen Sie, diesen Jemanden so zu akzeptieren, wie er ist. Wenn der intellektuelle oder emotionale Unterschied zwischen Ihnen und Ihrem Gegenüber zu krass ist, dann gelingt Punkt (3) nicht oder wirkt unecht. In dieser Situation reicht es, wenn Sie Punkt (1) und (2) erfüllen.*

Wenn Sie so auf Ihr Gegenüber eingehen, bewusst oder als natürliches EQ-Talent, dann reicht es, die Liebe „einzuschalten", und es entsteht automatisch eine angenehme, fruchtbare Kommunikation mit Ihren Kollegen, Kunden, Klienten, Vorgesetzten oder Untergebenen.

In Anlehnung an das Theaterstück „Der Apollo von Bellac" von Jean Giraudoux schildert die folgende Geschichte die Macht der Liebe in der Arbeitswelt. Die Heldin in dieser Geschichte erscheint als natürliche EQ-Virtuosin:

Ein junges schüchternes Mädchen namens Agnès hat sich in einer großen Versicherungsgesellschaft um die Stelle einer Sekretärin beworben und sitzt nun im Wartebereich, ängstlich auf die Türe zum Zimmer des Personchefs starrend. Da kommt eine ältere Postbotin vorbei, sieht die aufgeregte Agnès und sagt zu ihr: „Die leichteste Art, mit Menschen umzugehen, ist es, ihnen zu sagen, dass sie lieb sind."

Agnès entgegnet: „Aber wenn jemand ganz und gar nicht lieb ist, dann ist ein solches Vorgehen unehrlich und falsch." Doch die weise Postbotin erklärt: „Wenn du jemandem sagst, *dass er liebevoll ist, dann* macht *ihn das liebevoll!"*

Agnès folgt dem Rat und hat sofort Erfolg bei der ursprünglich abweisenden Vorzimmersekretärin, dann beim Personalchef (der ihr natürlich den Job gibt), dann beim anfänglich mürrischen Bürovorsteher, für den sie arbeitet, dann beim launenhaft arroganten Direktor.

Eines Tages kommt der Direktor zu Agnès ins Büro und schwärmt: „Mademoiselle Agnès, Sie haben meine Firma verzaubert. Vormals waren alle schlecht gelaunt und versanken in Trübsal und Trägheit, jetzt aber sind alle nett und zuvorkommend. Mein Pförtner ist so höflich geworden, dass er sogar seinen eigenen Schatten an der Wand begrüßt."

2. Arbeit: Muße und Gerechtigkeit statt Maloche

Die Emotionale Intelligenz (EQ) ist eine außergewöhnliche menschliche Fähigkeit, die alle Arbeit in ein warmes Licht taucht: die Beziehung zu Kollegen und Vorgesetzten ebenso wie zu Kunden und zu hierarchisch untergeordneten Mitarbeitern. Durch diese in Form von EQ praktizierte Liebe durchschwingt ein wohlklingender Grundton den jeweiligen Ort der Arbeit. Es ist wie eine kollektive Ausstrahlung, die jeden umfängt und alle miteinander verbindet: Können wir bereits mit Hilfe von EQ die Arbeitswelt – ob Management, Haushalt, Schule, Schichtarbeit – mit kreativer, wohltuender Muße durchdringen?

Von den meisten Menschen wurde und wird Arbeit mit Negativem assoziiert, mit Mühsal, Plage, Pflicht, notwendigem Übel oder gar mit Entwürdigung und Frustration. Hier wird die Arbeit ausschließlich als Sicherstellung des Lebensunterhalts gesehen. Andere Menschen empfinden ihre Arbeit zwar als anstrengend, tun sie jedoch dennoch gerne, weil sie durch die Arbeit Anerkennung, Erfolg oder Karriere finden. Schließlich ist Arbeit für wieder andere Menschen der wesentlichste Teil ihres Lebens und sie lieben ihre Arbeit (und zweifeln zwischendurch daran), so wie sie ihr Leben lieben (und zwischendurch daran verzweifeln). Hierzu gehören Künstler, Hausfrauen-Mütter, Landwirte, Hebammen, Landärzte, Gastwirte und alle, die mit ihrer Arbeit Tag und Nacht eng verbunden sind.

Umfragen zeigen, dass etwa 80 Prozent der Werktätigen zwar froh sind, einen Arbeitsplatz zu haben, ihre Arbeit aber nicht wirklich mögen, obwohl die Arbeitsplätze in den letzten 50 Jahren viel humaner geworden sind. Jedoch fehlt es in der Arbeitswelt immer noch an Muße und Gerechtigkeit – zwei wichtige Facetten der Liebe.

Menschliche Arbeit – Fron und Maloche?

Die Schwarzen am Senegal versichern steif und fest, die Affen seien Menschen ganz wie wir, jedoch klüger, indem sie sich des Sprechens enthalten, um nicht als Menschen erkannt und zum Arbeiten gezwungen zu werden.
(Heinrich Heine)

Ein utopisches Paradies auf Erden oder die mythologisch-jenseitigen Welten – wie Nirwana oder Himmel – stellen sich die Menschen als Leben *ohne* Arbeit vor (allerdings meint Georg Büchners Woyzek: „Wenn wir Armen in den Himmel kommen, müssen wir wahrscheinlich Donner rollen"). Bei den Griechen der Antike ist das Wort für Arbeit „ponos", was Pein, Strapaze bedeutet, und Aristoteles verwendet das Wort „a-scholia" für Arbeit, das heißt Un-Muße. Solch strapaziöse „knechtliche" Arbeit macht der normale Bürger nicht, sondern lässt sie von Knechten und Sklaven erledigen. Der Weise, der Philosoph, meidet schweißtreibende Arbeit.

Machen wir einen Sprung ins frühe christliche Mittelalter, dann begegnen wir Benedikt, dem Klostergründer, der das berühmte Motto „Ora et labora" (bete und arbeite) erschuf. Die Arbeit wird zwar zweitrangig genannt, gewinnt aber für das ganze Mittelalter hohe Bedeutung. Durch das vorrangige Gebet wird sie gewissermaßen gesegnet und mit einem höheren Sinn versehen. Die Mönche und Nonnen, die nach der Regel des Benedikt lebten, haben im Mittelalter unschätzbare Kulturleistungen vollbracht. Ihre Klöster waren Zentren für Land- und Gartenbau, Handwerk und Handel und Bildungsstätten. Im Hochmittelalter (bis circa 1300) erhielt die Arbeit weiterhin eine eher positive Bewertung, was wesentlich zur kulturellen und wirtschaftlichen Blüte jener Zeit beitrug. Philosophie und Theologie der Scholastik haben sich intensiv um ein gutes Leben (Ethik) gekümmert und die Arbeit weniger als Plage, vielmehr den in ihr liegenden *Wert der Arbeit* systematisch herausgearbeitet: als Fortsetzung des göttlichen Schöpfungswerks (der Mensch als „Creator") und als menschliches Gemeinschaftswerk. Diesem Menschenbild liegt die Vorstellung einer *universalen Liebe* zugrunde: Arbeit ist Fortführung göttlicher Schöpfung und eine erhabene

Form, dem Schöpfer zu huldigen. Aufgrund dieses Menschenbildes ließen sich Hunderttausende und Aber-Hunderttausende von überzeugten Menschen in Europa dazu motivieren, die großen romanischen und gotischen Kathedralen zu bauen, dazu eine ungewöhnlich prosperierende Wirtschaft in Gang zu setzen. Der wohl berühmteste Theologe jener Zeit, Thomas von Aquin, hat in seiner „Summa theologica" eine „Theologie der Arbeit" entwickelt:

> *Alles wird lustvoll, sofern es geliebt wird. Es ist natürlich, dass ein jedes sein eigenes Werk liebt, so wie wir sehen, dass Dichter ihre Dichtungen lieben. Das ist so, weil ein jedes sein Dasein und sein Leben liebt, was sich am meisten im Handeln zeigt.*

Die damalige Theologie der Arbeit erfasst nicht die extremen Standesunterschiede, die Ausbeutung und die ausmergelnden Frondienste. Und an den mehr als tausend hehren europäischen Kathedralen klebt nicht nur der bittere Schweiß der geschundenen niedrigen Arbeiter, sondern auch das Blut von unzählig vielen Menschen, die während der Bauarbeiten tödlich verletzt wurden.

Lao-tse, Jesus und Marx

Machen wir einen weiteren großen Sprung in der Geschichte, in die ersten Jahrzehnte der industriellen Revolution in der Zeit ab 1800. Längst erloschen ist die mittelalterliche Frömmigkeit und das Großbürgertum versucht die Schätze dieser Erde zu nutzen; nicht nur Menschen werden ausgebeutet, sondern auch die Erde. Eine Flut von Erfindungen durchbrandet Europa und Nordamerika, wobei die Erschaffung der Dampfkraft die Dampfschiffe ermöglichte, aber auch die Spinnräder der Weber überflüssig machte, was unzählige Familien ins Elend trieb. Nach der Periode der Dampfkraft kam die Kohle-Stahl-Periode; das sich verzweigende Eisenbahnnetz ermöglichte schwere Transporte über große Entfernungen. Für diesen technischen Fortschritt mit all seinen Maschinen werden Massen von Arbeitern gebraucht, die die Maschinen bedienen.

> *O das Neue, Freunde, ist nicht dies,*
> *dass Maschinen uns die Hand verdrängen,*
> *Lasst euch nicht beirrn von Übergängen,*
> *bald wird schweigen, wer das „Neue" pries.*
> *Denn das Ganze ist unendlich neuer,*

als ein Kabel und ein hohes Haus,
Seht, die Sterne sind ein altes Feuer,
und die neuen Feuer löschen aus.
(Rainer Maria Rilke)

Rilke hat um die damalige Jahrhundertwende die bürgerlich-etablierten Menschen mit Sorge beobachtet, da diese vom „Fortschritt" geradezu überwältigt waren; er sieht, wie sie „fallen tief aus Gleichgewicht und Maß, und nennen Fortschritt ihre Schneckenspuren ... und lärmen lauter mit Metall und Glas".

Der technische Fortschritt wird zur Religion der Vermögenden, dagegen werden die Arbeitermassen zu modernen, rechtlosen Sklaven, die in Bergwerksstollen und an Hochöfen gefährliche Arbeit verrichten und in Armut darben. In jener Zeit entfaltete eine andere große Macht ihre Flügel – Worte, die sagten: *Alle Menschen haben gleiche Rechte!* In der nach der Bibel und dem Koran meist verbreiteten Schrift, dem „Kommunistischen Manifest" von Marx und Engels, heißt es:

Die ganze Geschichte ist eine Geschichte ... von Kämpfen zwischen beherrschten und herrschenden Klassen auf verschiedenen Stufen der gesellschaftlichen Entwicklung ... dieser Kampf aber hat jetzt eine Stufe erreicht, wo die unterdrückte Klasse [die Arbeiter] sich nicht mehr von der sie unterdrückenden Klasse (der Bourgeoisie) befreien kann, ohne zugleich die ganze Gesellschaft für immer von Ausbeutung und Unterdrückung zu befreien.

Es entwickelte sich ein millionenfacher Arbeitskampf („Alle Räder stehen still, wenn dein starker Arm es will") für erträgliche Arbeitsbedingungen und mehr Gerechtigkeit: Solidarität entsteht – auch dies ist ein Name für Liebe.

Auch die großen religiösen Weisheitslehrer plädieren – ohne detailliert auf das Elend ausgenützter Arbeiter einzugehen – für ein Höchstmaß an Gerechtigkeit, sprechen gegen Habsucht und Ausbeutung und wollen ein gutes Leben für alle, eine ideale Gesellschaft:

Wenn die Menschen rechtschaffen und achtsam ihren Lebensstil nach der Erleuchtung ausrichteten, könnten sie die wünschenswerte Gesellschaft verwirklichen ... Und die Menschen würden auf der ganzen Welt in Frieden und Gerechtigkeit leben.
(Buddha)

Seht zu und hütet euch vor aller Habsucht. Denn für keinen – habe er auch im Überfluss – hängt sein Leben an seinem Hab und Gut … Selig die Sanften, denn ihnen wird das Land gehören.
(Lukasevangelium 12,25; Matthäusevangelium 5,5)

Ich habe drei Schätze, auf die bin ich stolz: der erste – Mitgefühl, der zweite – einfaches Leben, der dritte – Bescheidenheit.
(Lao-tse)

Wenn die meisten Menschen – in ihrem persönlichen Lebensbereich – nach diesen Prinzipen handelten, dann würden die Lehren von Lao-tse bis Marx zu einer idealen Gesellschaftsform zusammenfließen.

Neo-Kapitalismus und sein Mangel an Liebe

Im beginnenden 21. Jahrhunderts bieten die alles bestimmenden Industriebranchen, die Computertechnologie ebenso wie die anderen derzeitigen Industrie- und Wirtschaftsbranchen scheinbar humane Arbeitsplätze. Doch das herrschende System – der mit Demokratie in einen Topf gerührte Kapitalismus – bringt neue Formen von Mühsal, Unterdrückung und Ohnmacht hervor. Es ist weniger eine körperliche, vielmehr eine seelisch-geistige Schinderei, die Menschen leiden macht. Die neue Maloche hat neue Namen: Konkurrenzkampf, Out-sourcing, Rationalisierung, Existenzangst, Mobbing, Ausgeliefertsein. Der einzelne Arbeiter oder Angestellte wird zum Spielball einer absolut herzlosen Konzernpolitik, die von den „demokratisch gewählten" Regierungen vorbehaltlos unterstützt wird. Selbst ein konservativer Politiker wie der frühere deutsche Familienminister Heiner Geißler konstatiert in einem Interview (2004) erschüttert:

> *In der globalen Wirtschaft herrscht pure Habsucht.* Die Gier zerfrisst den Herrschenden ihre Gehirne. *Wo bleibt der Aufschrei der Parteien, der Kirchen gegen ein Wirtschaftssystem, in dem große Konzerne gesunde kleinere Firmen … mit Inventar und Menschen aufkaufen, als wären es Sklavenschiffe aus dem 18. Jahrhundert, sie dann zum Zwecke … der Steigerung der Kapitalrendite … mitsamt ihren Familien vernichten? Den Menschen zeigt sich die hässliche Fratze eines unsittlichen und auch ökonomisch falschen Kapitalismus.*

Zwischen dem mittelalterlichen Feudalherren, der seinen ausgemergelten Bauern allerlei Frondienste abverlangte, und dem Stahlfabrikanten um 1900, der seine Arbeiter bis zum letzten Tropfen Schweiß, ohne Gefühl für Mitleid ausbeutete, und dem Großkonzern der Gegenwart, der trotz hoher Gewinnspannen Zehntausende von Angestellten entlässt, ist nur ein gradueller Unterschied. Wer andere auf ausbeuterische Weise für sich arbeiten lässt und sich dadurch bereichert, gilt im Zeichen des Kapitalismus als erfolgreich, im Zeichen der Ethik als Menschenfeind und als *moralischer Versager.*

Der arbeitslos gemachte Grubenarbeiter des 19. Jahrhunderts ging mit seiner Familie im Elend zugrunde, die Arbeitslosen der Gegenwart überleben zwar trotz materieller Probleme, sie leiden jedoch an seelischer Ausgrenzung und an dem elenden Gefühl der Ohnmacht. Das gegenwärtige kapitalistische Wirtschaftssystem gebärdet sich rücksichtslos und weit entfernt von jeglicher Liebe. Die frühere First Lady von Frankreich, Danielle Mitterand (80-jährig in einem Interview im Mai 2005):

> *Ich prangere die Macht der Wirtschaft über den Menschen an, ein System, das im Einzelnen nur einen ökonomischen Faktor erkennt, die Armen nicht respektiert und jeden ausschließt, der nicht dem Gesetz der Rentabilität entspricht … Wir sollten neu über die Aufgabe Europas und seine Modellfunktion nachdenken: Frieden, gerechte Konfliktlösung, Solidarität mit den Schwachen – statt Wettbewerb, Konkurrenz und Bereicherung.*

Kapitalistische Firmen sind ganz überwiegend für sich selbst da, sie streben nach Gewinnmaximierung und sorgen nur für den Eigenerhalt. Dies erinnert an jene skurril-absurde Maschine, die der israelische Satiriker Ephraim Kishon beschreibt: Kishons Maschine kann Kartoffeln pflanzen, düngen, bewässern, ernten, waschen, kochen und am Schluss beginnt die Maschine, die Kartoffeln selbst zu verzehren – ein bizarrer Kreislauf ohne jeglichen Sinn entsteht, wobei noch dazu Land benutzt, die Umwelt verschmutzt und unerträglicher Lärm verursacht wird.

Die Forderungen der allgegenwärtigen Kapital-Apostel nach dauerndem Wirtschaftswachstum nehmen manchmal surreal-kafkaeske Formen an. Da wird nicht nach Sinn und Inhalt einer Arbeit gefragt, sondern nur nach Zunahme der Rendite. Wie absurd grenzenloses Wirtschaftswachstum ist, hat ein kluger Spaßvogel am Beispiel der Swiss Air (kurz vor ihrem Bankrott) aufgezeigt. Wenn die Prognosen von jährlich 6 Prozent stetigem Wachstum sich erfüllen würden und die Swiss Air auf die Schweiz beschränkt bliebe, dann müsste in 30 Jahren jeder Schweizer etwa 50-mal im Jahr fliegen und der Personalbedarf könnte nur gedeckt werden, wenn jede dritte Schweizer Frau Stewardess würde.

In Wirtschaftsprogrammen wird nur pauschal von der Schaffung neuer Arbeitsplätze gesprochen, aber dabei fehlt die dringend notwendige *Unterscheidung von nützlicher und schädlicher Arbeit*. Jede Firma sollte nachweisen müssen, dass ihre Arbeit ökologisch keinen Schaden anrichtet und sozial sinnvoll ist. Darüber hinaus sollte sich eine so genannte Rationalisierung von Arbeitsplätzen nicht primär an einer Gewinnmaximierung orientieren, sondern daran, ob die Arbeiter und Angestellten ihre bisherige Tätigkeit gerne tun oder ob sie ihre Arbeit lieber einer Maschine/einem Computer überlassen wollen. Eine 2500 Jahre (!) alte Geschichte aus China ist auch heute noch aktuell:

> *Dsi Gung, Schüler des aufklärerischen Moralisten Konfuzius, kommt bei einer Wanderung zu einem Garten, in dem ein alter Mann Gräben zur Bewässerung zieht. Das Wasser holt er aus einem Brunnen, indem er selbst hinabsteigt, ein mühevolles Tun. Dsi Gung spricht ihn an: „Da gibt es eine Maschine, mit der kann man an einem Tag hundert Gräben bewässern." Der alte Mann richtet sich auf: „Und was ist das für eine Maschine?" Dsi Gung erklärt ihm begeistert die Funktionsweise eines Ziehbrunnens und fügt hinzu: „Mit einer solchen Maschine könnt ihr die kleine Welt, in der ihr lebt, verbessern." Da sagt der Alte lachend: „Wenn einer Maschinen benutzt, dann betreibt er alle Geschäfte maschinenmäßig und bekommt mit der Zeit ein Maschinenherz. Dabei verliert er die reine Einfachheit. Das aber verträgt sich nicht mit dem Weg des Tao. Nein, nein, ich möchte solche Dinge nicht anwenden. Ihr vermögt doch kaum, euch selbst in Ordnung zu halten. Wie wollt ihr da die Ordnung der Welt verbessern? Geht bitte weiter. Meine Arbeit macht mir Freude. Mit einer Maschine würdet ihr mir diese Freude nehmen."*

Muße – kreatives Potenzial

Muße – ein Wort, das der Arbeitswütige verachtet, das aber auch dem, der die Arbeit zur höchsten Tugend erkoren hat, verdächtig ist. Viele „Freigesetzte" fühlen sich zur Muße verurteilt.

Irgendwo an einem Strand in Südamerika. Ein gestresster Tourist rät einem im Schatten ruhenden Fischer, wie er es „zu etwas bringen" könnte. „Du musst dir ein weiteres Boot anschaffen", sagt er und kommt ins Schwärmen, „und dann noch eins und Leute anstellen, die für dich arbeiten. Und bald wirst du's geschafft haben – und du kannst ruhig am Strand liegen." Der Fischer, der die ganze Zeit ungläubig zugehört hat, erwidert: „Aber das tue ich doch jetzt schon."

Das Erleben des weitgehend arbeitsfreien Sonntags vermittelt eine Muße, die auch die arbeitsvollen Werktage durchdringen könnte. „Am Sonntag lebt der Mensch, als hätte er nichts, als verfolge er kein Ziel außer zu sein, das heißt, seine essentiellen Kräfte auszuüben – beten, studieren, essen, trinken, singen, lieben." (Erich Fromm)

Die Devise der Findhorn-Community in Schottland heißt: Arbeit ist angewandte Liebe zu mir selbst, zur Erde, zum „Material" und natürlich zu den anderen Menschen. In Findhorn hat die Arbeit eine spirituelle Dimension. Jede Arbeitseinheit wird mit einem Schweige-Kreis – einer Muße – begonnen. Die Mitarbeiter, die ein Werk vor sich haben, betrachten dies zunächst „von innen", dann betrachten sie die Mitwirkenden, um sich wohlwollend zu verbinden. Dieses „attunement" (Einstimmung) leitet jede Arbeit ein: im Wohnhaus, im Garten, im Büro, in der Werkstatt, im „sanctuary", dem Heilzentrum. Grundprinzip der Foundation ist: lieben, wo du bist, und lieben, was du tust, und diejenigen lieben, mit denen du zusammen bist.

Ähnlich vorbildliche Projekte sind beispielsweise das Ökozentrum Werratal (in Thüringen), Niederkaufungen (in der Nähe von Kassel), das Dorfprojekt Mondragon in Nordspanien, Damanhur (in Oberitalien, S. 110) und viele andere hoffnungsvolle Versuche in der Selbsthilfeszene, in Tauschringen, den vermehrt entstehenden Genossenschaften, der Ökodorf-Bewegung. Vor diesen progressiven Hintergründen wird klar, dass manche in der Großindustrie noch üblichen Arbeitsformen – wie Schicht- und Fließbandarbeit – einfach nicht mehr zeitgemäß sind.

Die derzeitigen Strukturen in allen konventionell-kapitalistischen Betrieben, ob mittelgroße Firma oder Großkonzern, könnten durch eine völlig gewaltfreie Revolution menschenfreundlicher gestaltet werden, und zwar mit Hilfe der praktizierten Emotionalen Intelligenz: Einfühlungsvermögen, Mitgefühl und freundliche liebevolle Ausstrahlung – dies sind die modernen „Waffen" der Veränderung. Wenn das Team der Kreditabteilung einer Bank oder die Mannschaft am Fließband eines PKW-Konzerns diesen *EQ* in die Praxis umsetzt, bewirkt sie mehr als irgendeine der historischen (meist blutigen) Revolutionen.

Beruf mit Zukunft – Liebesarbeiter

Die russischen Soziologen Nikolai Kondratieff und Leo Nefiodow haben festgestellt, dass sich das Industriezeitalter (seit 1780) in mehrere Konjunkturzyklen einteilen lässt (von der Erfindung der Dampfkraft über die Eisenbahn bis zur Informationstechnologie); am Ende eines jeweiligen Zyklus verbreitet sich Massenarbeitslosigkeit. Die Informationstechnologie des derzeitigen Zeitalters verliert – nach Nefiodow – langsam ihre zentrale Bedeutung und wird wie die Eisenbahn zur Selbstverständlichkeit; die millionenfach freiwerdenden Arbeitskräfte sollen dann einem neuen Zyklus zur Verfügung stehen. Nefiodow sieht als neue Epoche die *ganzheitliche Gesundung von Mensch und Natur* und die Mobilisierung psychosozialer Potenziale, die überdies das derzeitig unerträgliche Nord-Süd-Gefälle zwischen Reich und Arm nivelliert.

Ein vom ehemaligen russischen Präsidenten Michail Gorbatschow einberufener internationaler Expertenkongress kam 1997 zu ähnlich überraschenden Ergebnissen: Derzeit wird die Versorgung der Menschen (in den westlichen Ländern) mit lebensnotwendigen Gütern (Nahrung, Kleidung, Wohnung, Verkehr usw.) von ca. 60 Prozent der Arbeitsfähigen erledigt; im Laufe der nächsten 25 Jahre werden für die gleiche Arbeit (dank zunehmender Computerisierung usw.) maximal 20 Prozent der arbeitsfähigen Menschen gebraucht werden. Die millionenfach übrig bleibenden arbeitsfähigen Menschen sollten nicht für „arbeitslos" erklärt werden, sondern sich freuen, dass sie zwar weniger Geld, aber mehr Zeit haben, und vor allem sozial dringende Aufgaben übernehmen: Kommunikation mit alten Menschen, Unterstützung von Familien mit Kindern, Integrationsarbeit bei Zuwanderern, Versöhnungsarbeit (Re-Humanisierung) bei politischen wie betrieblichen Konflikten in Firmen usw., Motivierung von Teams und Einzelnen für sozial sinnvolle Arbeiten, ökologische Neu-Orientierung, Beratung in der Lebensgestaltung, Hilfe bei Not und Schicksalsschlägen, wirtschaftlich-persönliche Austauscharbeit mit der Dritten Welt, Aufbau internationaler Solidarität und Organisation des Ausgleichs zwischen Reich und Arm – *mit all diesen Aktivitäten wird die Liebe auf Erden vermehrt.* Die Liebesarbeiter haben viel zu tun!

IX. *Global love und „Dritte Welt"*

Liebe – so lautet unsere Grundthese – ist im Überfluss vorhanden; jeder verfügt über diesen Überfluss und deshalb kann jeder davon unbegrenzt abgeben – verschwenderisch und an jeden. An jeden? Dieses Bewusstsein wächst leider erst langsam.

Grausam wüten Unterernährung, Krankheit und Elend in den Ländern der Dritten Welt: Der UNO zufolge sterben in den 122 ärmsten Ländern pro Jahr 60 Millionen Menschen an den Folgen extremer Armut. Täglich (!) stirbt durch Elend eine Menschenanzahl, die der Einwohnerschaft von Triest oder Würzburg entspricht. Täglich! Und wir alle wissen: Der relative Reichtum der nördlichen Länder ist nur möglich durch die seit Jahrhunderten selbstverständliche Ausbeutung der südlichen Hemisphäre.

Natürlich leisten Einzelne und große, moderne Hilfsorganisationen, wie SOS- oder PLAN-Kinderdorf-Bewegung, die von Karlheinz Böhm aufgebaute Äthiopienhilfe „Menschen für Menschen" oder die zahlreichen kirchlichen und privaten Initiativen wirksame Hilfe zur Selbsthilfe. All dies sind respektable Zeichen dafür, dass die Welt – wenn auch sehr langsam – zusammenwächst, dass das Liebe-Prinzip immer mehr Menschen zum Handeln drängt.

1. Globalisierung der Liebe statt globaler Diktatur des Geldes

„Wirtschaftliche Globalisierung ist täglicher Terror", sagt der Wirtschaftsprofessor und UNO-Beauftragte für das Recht auf Ernährung Jean Ziegler. „Die World Trade Organisation (WTO) betreibt die Marginalisierung der armen Länder, schert sich nicht um Kinder- und Zwangsarbeit und setzt die seit der Aufklärung erreichten Menschenrechte außer Kraft." Jean Ziegler zitiert den World Food Report der UNO: Die heutige Landwirtschaft ist in der Lage, nicht nur die derzeit 6 Milliarden Erdbewohner, sondern sogar 12 Milliarden Menschen zu ernähren. Die potenziell mögliche ausreichende Ernährung für *alle* Menschen wird durch die grausame Profitgier der Wirtschaftskonzerne verhindert – ein stiller, strukturell bedingter Völkermord. Wegen fortgesetzter Eingriffe von Seiten des Nordens können sich gegenwärtig 37 der 52 afrikanischen Staaten nicht selbst ernähren. Schuld daran sind

Pfründenwirtschaft, Korruption und vor allem der globale Wirtschaftsmarkt mit dem Preisdiktat. Der Soziologe Oskar Negt beklagt in „Arbeit und menschliche Würde" die Ignoranz des herrschenden kapitalistischen Systems: „Es ist der Krieg in den Alltagsverhältnissen, der Menschen verroht und der die Schwachen und Verlierer vernichtungswürdig macht."

Ist es nicht naiv, der oft und oft gegeißelten Diktatur der Ökonomie mit Liebe beikommen zu wollen? Es mag pathetisch klingen, doch *nur* die Liebe kann den tobenden Wirtschaftskampf entkrampfen und beenden, kann durch Einfühlungsvermögen und Lust auf ein globales Miteinander zu Generosität und Hilfeleistung befähigen. Ein „entfesselter" Kapitalismus kann nur mit entfesselter Liebe gebremst werden.

Die gegenwärtige Weltwirtschaft macht die Armen ärmer und die Reichen reicher

Hass von Armen gegen Reiche hat es wohl immer gegeben. Aber seit dem Zusammenbruch der Sowjetunion und dem Abbruch der sozialistischen Experimente ist dieser Hass vielerorts böser und bitterer geworden, weil die Unterlegenen keinen Ausweg, keine Hoffnung, keine Verbündeten mehr sehen. Durch allerlei wirtschaftliche Machenschaften der Industrieländer und dem Zinswucher ihrer Banken ist eine Finanzschuld der Dritte-Welt-Länder in Höhe von 1,25 Billionen Dollar entstanden. Faktum ist jedoch auch, dass der arme Süden wegen der jahrhundertelangen raubähnlichen Aneignung von Riesenmengen an Rohstoffen und wegen der Verschleppung und Ausbeutung von Millionen Menschen gegenüber dem Norden eine Forderung von 50 Billionen Dollar geltend machen kann. Diese Forderung der Armen wird „natürlich" von den Regierungen der Nordländer (ob konservativ, sozialdemokratisch oder grün) nicht anerkannt. Allen derzeitigen Regierungen fehlt das Gespür für das Liebe-Prinzip. Julius Nyerere, der frühere Präsident von Tansania:

> *Wenn die USA, die Sowjetunion und Europa ihre Rüstungsausgaben nur um die Hälfte kürzen, würde das ausreichen, um für alle Bewohner der Dritten Welt eine Alterssicherung zu schaffen, und das würde die Geburtenrate hier bei uns mit Sicherheit innerhalb eines Jahrzehnts halbieren.*

Das Wirtschaftswachstum des Nordens war immer nur möglich auf dem Rücken der Mehrheit der Menschen und nur auf der Basis der (weithin geraubten) Bodenschätze aus aller Welt, der Vergiftung der Böden und der Meere. Wenn Geld das einzige oder höchste Ziel ist, muss man sich nicht wundern, wenn gegenwärtig 12 Millionen Menschen durch Zwangsarbeit und Menschenhandel wie Sklaven vegetieren. Nach Schätzungen von terre des hommes werden weltweit 210 Millionen Kinder als Arbeiter eingesetzt, davon verrichten 185 Millionen besonders schädliche und ausbeuterische Arbeit (bei der Orangenernte, in Steinbrüchen, in der Spielzeugindustrie usw.). Beim Teppichknüpfen entsprechen 500 Stunden handwerkliche Arbeit im Handelswert einer Stunde importierter Industriearbeit. Das heißt: 30 Jahre Lebensarbeitszeit entsprechen drei Wochen Arbeit in Europa. Bei so viel Ungerechtigkeit weint die Göttin der Liebe.

Eine andere Form der Ausbeutung sind Sextourismus und Kinderprostitution: Eine jugendliche Prostituierte auf den Philippinen: „Mit 10 bist du erwachsen, mit 20 eine alte Frau und mit 30 tot." „Missio" hat die „Aktion Schutzengel" in die Wege geleitet: 400.001 Menschen werden gesucht, die sich mit ihren Fotos zum Protest gegen Kindermissbrauch bekennen. Sie sollen den jährlich 400.000 Sextouristen – allein aus Deutschland – gegenüberstehen. Touristikunternehmen haben ein Siegel geschaffen, das sie als Agenturen „ohne Sextourismus" ausweisen.

Warum erhalten – so könnte man fragen – politisch Verfolgte (zumindest manchmal) Asyl, warum aber nicht die sexuell Missbrauchten, nicht die vom Hunger Bedrohten und nicht die desertierten Kindersoldaten?

Was soll geschehen?

Eine neue Epoche sieht auch der dänische Journalist Tor Nörretranders heraufziehen. Der in den letzten 200 Jahren zunehmend auf Ökonomie fixierte Mensch – der „homo oeconomicus" – werde allmählich ergänzt und schließlich abgelöst durch den „homo generosus" (Titel eines seiner Bücher):

> *Das Geheimnis hinter der ungeheuren Lernfähigkeit des Menschen ist die Liebe: Trost und Linderung in einer warmen Umgebung, die ermöglicht, dass man sich traut, hinauszugehen und die Welt zu erproben. Das klingt ziemlich romantisch, aber in Zukunft wird dies knallharte Exportpolitik sein.*

Dass der Wohlstand des Nordens in der Armut des Südens wurzelt, so wie im 19. Jahrhundert der Reichtum der Bourgeoisie nur durch die Ausbeutung der Arbeiterklasse möglich war, muss immer stärker ins allgemeine Bewusstsein kommen. In einem zweiten Schritt müssen wir uns von der Konsum- und Wachstumsideologie verabschieden und einen *neuen* Lebensstil finden. Schließlich müssen *alle* wissenschaftlichen Kenntnisse und Methoden, sowohl die des technologisch entwickelten Nordens wie die des traditionell erfahrenen Südens, erdumspannend angewendet werden.

„Die Erde hat genug für jedermanns Bedürfnisse, nicht freilich für jedermanns Gier“, so Mahatma Gandhi. Die beiden Archetypen der derzeit herrschenden lieblosen Ökonomie sind die paranoide *Angst vor Knappheit* und die rücksichtslose *Gier nach immer mehr*, die von geschickten Werbestrategen noch angeheizt wird. Die Ausgaben für Marktforschung und Werbung übersteigen bei vielen Waren den Herstellungswert. Diese absatzgierige Wirtschaft zementiert den Konsumismus. Die beiden genannten archetypischen Triebe entfernen uns von einem erfüllten Leben und zwingen uns in Enge und Misstrauen – überall auf der Erde.

Es gibt keinen größeren Fehler
als das Verlangen der Menschen nach mehr.
Denn Gier ist der Samen des Untergangs.
Wer bescheiden lebt
Und zufrieden ist mit dem, was er hat,
lebt glücklich.
(Lao-tse)

Das Dogma vom Wirtschaftswachstum hat eine neue Sucht kreiert: die Konsumsucht, und diese – so der Heidelberger Theologe und Ökonom Ulrich Duchrow – „ist die pathologische Antwort auf den kollektiven Liebesentzug“. Denn Liebe und das Konkurrenzprinzip, das jeden schnell zum Verlierer machen kann, passen nicht zusammen. Deshalb leiden alle, kollektiv und unbewusst, an Liebesentzug. Als „Therapie“ empfiehlt Duchrow die Erfahrung von Gemeinschaft und die Mitwirkung an „Konsumbefreiungsbewegungen“ (ein Begriff der feministischen Ökonomin Maria Mies).

Eine realistische Hoffnung liegt in dem Wunsch, den Kapitalismus zu zähmen und zu humanisieren. Darauf könnte dann eine Phase folgen, in der der Humanismus den Kapitalismus dominiert, und schließlich würde der Humanismus zum vorherrschenden Lebensprinzip. Dann gilt: *Wir sind mit allen geschwisterlich verbunden.*

Kooperation auf Augenhöhe statt klassischer „Entwicklungshilfe“

In den 50er Jahren erkannte der Gandhi-Schüler Vinaoba Bhave, dass Millionen Menschen deshalb verhungern, weil sie keinerlei Land zum Bewirtschaften hatten. Er motivierte die Reichen in den Dörfern, Land an die Armen abzugeben, und löste damit eine Kettenreaktion aus. Nach 14 Jahren waren den bis dahin Besitzlosen 10 Millionen Morgen Ackerland übergeben worden.

Glücklicherweise vermehrt sich die Zahl der engagierten und fantasiereichen Projekte, die die nicht länger erträgliche Armut überwinden wollen.

> Das Hyazinthenprinzip in Bangladesh: *„Ich bin überzeugt, dass Banken gefährlicher sind als Heere“, so Thomas Jefferson, der dritte Präsident der USA. Ausgehend von dieser Wahrheit erklärt eine Bankerin aus Bangladesh das Hyazinthenprinzip: „Die Wasserhyazinthe bildet horizontale Triebe, aus denen neue Pflanzen wachsen. Genauso wächst unsere Bewegung – die Bauern leiten andere Bauern an.“*
>
> *Der Wirtschaftsprofessor Muhamad Yunus ließ sich tief berühren von der tödlichen Not und finanzierte ein lokales Dorfprojekt für 42 Frauen (inklusive Familien) mit Kleinstkrediten, um sie aus den Klauen der Geldverleiher zu erlösen, denen sie horrende Zinsen zahlten. Er gründete 1974 die* Grameen-Bank, *die auf Vertrauen gründet und auf Minikredite spezialisiert ist. Heute ist die Grameen-Bank in über 35.000 Dörfern aktiv und hat über 2 Millionen meist weibliche Kreditnehmer. Vom Kleinstgewerbe bis zur Fischfarm – alles, was die Menschen zum Leben brauchen, können sie mit Hilfe der Kleinkredite eigenständig bewerkstelligen, auf Vertrauensbasis. Das funktioniert. Muhamad Yunus ist ein bodenständiger Visionär. Armut, so schwebt ihm vor, wird es irgendwann nur noch im Museum geben und dann muss man diese schreckliche Sache den Enkeln erklären.*
>
> *Ähnliche Projekte gibt es erfreulicherweise in vielen anderen armen Ländern, so die christliche Kreditgenossenschaft Oikocredit in Kenia, die mit 16.000 Tee-Bauern zusammenarbeitet.*

> Kenia: „As for me, I've made a choice“ (Ich habe mich entschieden). *So lautet das Motto des* Green Belt Movement *(Grüner-Gürtel-Bewe-*

gung) in Kenia. „Die Kenianer wurden lange Jahre irregeführt. Jetzt haben viele bemerkt, dass sie im falschen Bus saßen – und um dort herauszufinden, muss man sich entscheiden." Das ist die Überzeugung von Wangari Maathai, der Gründerin der Bewegung und Friedensnobelpreisträgerin. Sie beobachtete den Vormarsch der Sahara nach Süden und damit das Verschwinden von Ackerland und Wald. Durch „Green Belt Movement" wurden in Kenia weit über 20 Millionen Bäume gepflanzt – meist von Frauen. Die Frauen sind auf dem Weg, sich unabhängig zu machen. Statt weiter Kaffee anzubauen – niemand trinkt hier Kaffee – und sich dem anonymen „Weltmarkt-Preisdiktat" zu unterwerfen, hat man auf andere Erzeugnisse umgestellt – für den heimischen Bedarf.

Die einfache und geniale Losung der kenianischen Frauen heißt: In jedem noch so kleinen Garten soll das angebaut werden, was man zur eigenen Ernährung braucht.

Mit Erfolg proklamiert dies auch die – mit vielen Slums durchsetzte – brasilianische Stadt Belo Horizonte. *Ausgehend von der Überzeugung, dass gesundes Essen ein Grundrecht eines jeden Menschen ist, unterstützt die Stadt viele kleine Läden, die preiswert Gemüse, Obst und Eier anbieten können, sodass Armut und Mangelkrankheiten abnehmen.*

Bertolt Brecht bringt diese, dem Liebe-Prinzip entsprechende Entwicklung auf den Punkt:

Friede auf unserer Erde!
Friede auf unserem Feld!
Dass es auch immer gehöre
Dem, der es gut bestellt.

Armut mit Almosen zu bekämpfen, reicht nicht. Das Global-love-Prinzip bedeutet Partnerschaft. Jeder kann täglich etwas tun, beispielsweise seine Einkaufsgewohnheiten darauf abstimmen. Waren mit dem Siegel „fairer Handel", „Trans Fair", „Fair Trade" usw. sind mit einiger Sicherheit *ohne* ausbeuterische Kinderarbeit hergestellt und garantieren den Herstellern eine gesicherte Existenz (deshalb der oft etwas höhere Preis); bei manchen Produktpreisen ist auch ein Anteil zur Förderung von Gesundheit und Bildung der Erzeugerfamilien enthalten.

Allgemein bekannt ist der Faire Kaffee, dessen Verkauf erfreulich hohe Zuwachsraten hat. Mit jährlich etwa 150 Litern Kaffeekonsum pro Kopf ist Kaffee eines der beliebtesten Getränke in Deutschland. Kaffee ist nach Öl der wichtigste Exportrohstoff der 3. Welt und in 76 Anbauländern leben 100 Millionen Menschen davon. Ein wachsender Anteil mit Trans Fair-Siegel kommt aus ökologischem Anbau. Neben Kaffee gibt es eine große Palette anderer fair gehandelter Waren: Tee, Kakao, Schokolade, Blumen, Pflaster- und Grabsteine, Fußbälle, Teppiche u. v. m.

Die indische Romanautorin Arundhati Roy ist weltweit im Einsatz für eine humane Weltgesellschaft ohne Krieg und ohne Armut; sie ist optimistisch: „Eine andere Welt ist nicht nur möglich, sie ist bereits im Entstehen. An stillen Tagen kann man sie atmen hören." (Rede in Porto Alegre 2003).

Krieg – das krasseste Gegenteil von Global love

Junge Männer – potent, zukunftsfroh, zur Liebe fähig – werden in der Ausbildung zum Militärdienst einer intensiven Gehirnwäsche unterzogen, damit sie die Tötungshemmung verlieren. Das große Gefühl von Verbundenheit mit der ganzen Menschheit, das jedem angeboren ist, wird ihnen aberzogen und stattdessen wird ein künstliches Feindbild voller Hass geschaffen. Hinzu kommt die Verführung zu einem fragwürdigen Heldentum.

Seit einigen Jahren ist in Deutschland die Anzahl derjenigen jungen Männer, die sich gegen den Militärdienst entscheiden („Kriegsdienstverweigerer"), größer als die Zahl derer, die den Militärdienst antreten. Dies zeigt eindrucksvoll, dass Bereitschaft oder gar Lust, gegen fremde Menschen in den Krieg zu ziehen, massiv abnimmt. Seit dem Jahre 45 im vorigen Jahrhundert gibt es keinen Krieg mehr in Zentraleuropa (!) – noch nie währte eine ähnlich lange kriegsfreie Zeit in dieser Region.

Und dennoch boomt die Rüstungsindustrie und weltweit toben Kriege in über 40 Ländern. Besonders tragisch dabei ist, dass in afrikanischen, südamerikanischen und asiatischen Diktaturen gerade Kinder angelockt werden, um das Töten zu lernen (und um so ihr Leben und damit auch das Überleben dieser Diktaturen zu sichern). Laut UNICEF kämpfen gegenwärtig 300.000 Kinder und Jugendliche in 30 Kriegen weltweit. Mit diesem Unrecht hat auch der reiche Norden zu tun, denn von dort kommen die meisten Waffen. Die reichen Länder müssen den Krieg abschaffen und seine Ursachen. Und wenn es dann immer noch Generäle geben sollte, so werden sie hoffentlich mild und vernünftig reagieren, wie die Feldherren in Ernst Penzoldts „chinesischem Märchen“:

Als der Krieg zwischen beiden benachbarten Völkern unvermeidlich schien, schickten die feindlichen Feldherren Späher aus, um zu erkunden, wo man am leichtesten in das Nachbarland einfallen könnte. Und die Kundschafter kehrten zurück und berichteten ungefähr mit den gleichen Worten ihren Vorgesetzten, es gebe nur eine Stelle an der Grenze, um in das andere Land einzubrechen. „Dort aber“, sagten sie, „wohnt ein kleiner braver Bauer in einem kleinen Haus mit seiner anmutigen Frau. Sie haben einander lieb, und es heißt, sie seien die glücklichsten Menschen auf der Welt. Und sie haben ein Kind. Wenn wir nun über das kleine Grundstück in Feindesland einmarschieren, dann würden wir das Glück zerstören. Also kann es keinen Krieg geben.“ Das sahen die Feldherren denn auch wohl oder übel ein, und der Krieg unterblieb, wie jeder Mensch begreifen wird.

2. Nächstenliebe – Fernstenliebe – Feindesliebe

„Die Hölle, das sind die anderen“, so heißt es in Sartres Drama „Geschlossene Gesellschaft“. Zugleich ist dies ein Aufruf: *Diese* Hölle lässt sich ändern!

Wie werden die anderen zu Nächsten? In der berühmten Geschichte vom „barmherzigen Samariter“ reagiert Jesus auf die Frage „Wer ist mein Nächster?“ mit der Gegenfrage: Wer hat sich dem Hilfsbedürftigen *zum Nächsten gemacht?* Mich selbst zum Nächsten machen, indem ich auf ihn zugehe, das schafft ein Wir-Gefühl, das notwendig ist, Ängste beseitigt und allen gut tut.

Für das eigene Überleben kämpfen und notfalls auch gegen andere kämpfen ist genetisch festgelegt, doch ebenso genetisch festgelegt ist die Lust, anderen zu helfen. Weil kein Mensch endgültig fertig und festgelegt ist, kommt es darauf an, die guten Anlagen zu entwickeln und zu trainieren. Nächstenliebe lebt – wie jede Form von Liebe – von Mitgefühl und Achtsamkeit. Der Samariter hat, statt wegzuschauen und achtlos vorbeizugehen, auf den Überfallenen hingeschaut, ihn wahrgenommen. In einer chassidischen Geschichte erzählt ein Rabbi auf die Frage, was Himmel und was Hölle sei:

An einem großen runden Tisch sitzen viele hungrige Menschen; es gibt nur eine Schüssel mit Essen in der Mitte des Tisches. Jeder hat – das ist das Dumme – einen Löffel an die Hand gebunden, der länger ist als der Arm; das hat zur Folge, dass keiner mit seinem Löffel seinen Mund erreicht. Was geschieht? Alle verhungern. Und das, sagt der Rabbi, ist die Hölle. Und der Himmel? Die gleiche Situation – mit einem Unterschied: die Menschen nehmen sich gegenseitig in ihrer Lage wahr – und füttern sich gegenseitig.

Der Fremde und die Gastfreundschaft

Fremdsein und Sich-fremd-Fühlen löst sich auf durch die Einladung der Einheimischen: „Sei willkommen!" oder „Hier ist noch ein freier Stuhl für dich!" oder „Fühl dich wie zu Hause!" Der Fremde wird so zum Gast, der Gastfreundschaft genießt. Es gehört wohl zu den ältesten Bräuchen auf der Erde, den Gast – auch den fremden Gast – besonders wertzuschätzen. In vielen religiösen Traditionen und Mythen sind Gäste heilig, entpuppen sich gar als Götter, die die Gastfreundschaft überreich belohnen:

Abraham weilte bei den Eichen von Mamre: Er bittet drei fremde Männer, die an seinem Zelt vorbeikommen, zu sich; er will, so heißt es, ihre Gunst finden. Dann bewirten Abraham und seine Frau Sarah die Drei auf fürstliche Weise. Schließlich erweisen sich die als Boten Gottes – mehr noch: Sie sind der „Herr" („Gott") selbst, der den schon betagten Gastgebern die Geburt des Sohnes Isaak verheißt. (1. Mose 18)

Wie es einem ergehen kann, wenn er das Gastrecht missachtet, wird in einer pädagogisch zu verstehenden Geschichte aus der griechischen Mythologie gezeigt:

Die Titanin Latona wandert mit ihren göttlichen Zwillingskindern Apollo und Artemis durch Kleinasien. In der Hitze kommt sie zu einem Tümpel und bittet die Bauern um einen Trank. Die jedoch verspotten sie und springen im Wasser herum, um es ungenießbar zu machen. Darauf verflucht die Titanin die Hartherzigen und verwandelt sie in Frösche, die endlos quaken müssen.

Je höher die Qualifikation von Einwanderern ist, umso weniger Vorbehalten begegnen sie – ob es der indische PC-Experte ist, der Akupunkturarzt aus China oder ein besonders renommierter Flüchtling wie der

Dalai Lama. Dieser sagte in einer Rede auf dem Evangelischen Kirchentag 1993 in München:

> *Ich bin* politischer *Flüchtling … Wenn man als Flüchtling dann in einem fremden Land lebt, so hat man einerseits die Aufgabe, seine Identität zu bewahren, seine Kultur zu bewahren, seinen Lebensunterhalt selbst fristen zu können. Gleichzeitig ergibt sich die Möglichkeit, für die Wirtschaft und Kultur des neuen Heimatlandes einen Beitrag zu leisten.*

„Ein großes Welthaus, in dem wir zusammen leben …"

Jeder ist ein Ausländer, fast überall. Wenn wir uns heute als Touristen in irgendeinem Urlaubsland der Dritten Welt aufhalten, werden wir meist bestens behandelt. Die Einheimischen kommen uns so sehr entgegen, dass wir uns – abgeschirmt von der fremden Welt – fast wie zu Hause fühlen. Die alten Hebräer machten vor gut 3000 Jahren eher gemischte Erfahrungen während ihres etwa 400-jährigen Auslandsaufenthaltes in Ägypten. Aber sie überlebten, bis sie schließlich flüchten mussten. Das Liebesgebot der Bibel hat in dieser Erinnerung einen historischen Hintergrund: „Ihr sollt den Fremdling lieben, denn Fremdlinge seid ihr gewesen im Lande Ägypten." (5. Mose 10,19)

Zweifellos gibt es sehr unterschiedliche Menschen – verschiedene Hautfarben, diverse Religionen, auffällige Verhaltensweisen, unzählige Sprachen und Dialekte, verschiedene Kulturen. Die Liebe zu Menschen, die „anders" sind, wird häufig blockiert durch den Gefühlscocktail aus Abwertung, Nicht-Verstehen, Neid, Hass, Angst. Aus diesem trüben, feindlichen Konglomerat erwächst die Bereitschaft zur Ausgrenzung, Bedrohung oder gar Bekämpfung des Andersseins.

Was wir im Kapitel über die Selbstliebe als Voraussetzung für Liebe zu anderen dargestellt haben, gilt auch hier: Die Erfahrung von eigener Heimat – als dem Ort, dem man sich zugehörig fühlt – hat nichts mit selbstgefälligem Patriotismus zu tun, sondern ist Voraussetzung dafür, Fremden wohlwollend zu begegnen.

Wer solche Erfahrungen nicht gemacht hat, sondern selbst im eigenen Land sich fremd und ungeliebt fühlt, sich als überflüssig erlebt, der ist geneigt, andere Heimaten, heißt Völker und Nationen, abzuwerten und seine (uneingestandene) Enttäuschung am einzelnen Fremden abzureagieren, der ihm gerade über den Weg läuft.

Letztlich steht hinter diesem schrecklichen Muster das (scheinbare) Dilemma zwischen Wahrheit und Liebe. Die Geschichte dieser Spannung ist lang; häufig wird immer noch zugunsten der vermeintlichen (absoluten) Wahrheit entschieden. Die deutsch-jüdische Soziologin Hanna Arendt:

> *Jede Wahrheit, ob sie nun den Menschen ein Heil oder ein Unheil bringen mag, ist unmenschlich im wörtlichsten Sinne, weil sie zur Folge haben könnte, dass alle Menschen sich plötzlich auf eine einzige Meinung einigten, sodass aus vielen einer würde, womit die Welt, die sich immer nur zwischen den Menschen in mit ihrer Vielfalt bilden kann, von der Erde verschwände. Die Welt liegt zwischen den Menschen.*

Den Menschen an sich gibt es nicht, jeder ist anders unvollkommen. Nur unvollkommene Menschen können sich verständigen und ein beseeltes „Zwischen" und Miteinander bilden. Der Friedenskämpfer Martin Luther King:

> *Wir haben ein stattliches Haus geerbt, ein großes „Welthaus", in dem wir zusammenleben müssen – Schwarze und Weiße ... weil wir nie mehr ohne einander leben können ... Dieser Ruf nach einer weltweiten Gemeinschaft, die die Sache des Nachbarn höher stellt als den eigenen Stamm, die eigene Rasse, Klasse und Nation, ist in Wirklichkeit der Ruf nach allumfassender und bedingungsloser Liebe zu allen Menschen. Die Liebe ist gleichsam der Schlüssel.*

Das Gleiche sagt in anderen Worten der große Song „Freedom" des schwarzen Jazz-Musikers Duke Ellington, in dem er mehrere Arten von Freiheit nennt, unter anderem die Freiheit von der Angst, etwas zu tun, was einem anderen mehr nützt als mir, und die Freiheit von dem Wahn, besser zu sein als der Bruder.

Menschen brauchen wie Tiere „Nestwärme" und Geborgenheit. Dies können wir uns trotz Anderssein in der Einen Welt gegenseitig geben. Überall auf der Welt gibt es gelingende Integration. Die Multi-Kulti-Gesellschaft – ob in Paris, Frankfurt oder Amsterdam – ist ein positives Beispiel dafür, wie unterschiedliche Kulturen ohne besondere Regeln nicht nur freundlich miteinander umgehen, sondern mit Neugierde freundlich voneinander lernen können. Eines der imposantesten Beispiele für gelungene Integration ist die Hauptstadt der Schweiz,

Bern: Jeder dritte Bürger ist Nicht-Schweizer und es werden über 150 Sprachen gesprochen. Vielleicht sollten wir heute nicht mehr von „Heimatliebe" reden, sondern von der Liebe zu dem Land, in dem wir leben.

die türkei, papa, sagst du,
ist unsere heimat.
aber dort sprechen sie doch nicht deutsch
wie bei uns hier.
(Bektas)

Und selbst die Menschen, die aus Angst dem Fremdenhass verfallen, sollen Integration erfahren und liebevolle Begegnungen erleben. Hierzu der über den Horizont hinausblickende Nietzsche: „Wenn der Mensch sich nicht mehr für böse hält, hört er auf, es zu sein."

Kann diese Weisheit nicht auch auf andere ausgeweitet werden? Auch auf – wirkliche oder vermeintliche – Feinde? Einen Feind lieben, das heißt ja nicht, ihn lieb haben zu müssen wie sein eigenes Kind. Und Entfeindung heißt zunächst nicht, aus dem Feind einen Freund zu machen; das kann wohl auch einmal gelingen. Aber es ist ein Anfang, statt die Feindschaft zu pflegen, auch in dem, der mir übel mitspielt, den Menschen zu sehen und seine Not. Martin Buber:

Was habe ich zu tun? – Du sollst dich nicht vorenthalten … Du sollst helfen. Jeder Mensch, der dir begegnet, bedarf der Seelenhilfe … Du sollst in den anderen die Hilfsbedürftigkeit, in dir die Hilfsfähigkeit erwecken. Auch wenn du selber bedürftig bist – und du bist es –, kannst du anderen helfen und, indem du es tust, dir selber.

X. Melancholie und die tiefen Gewölbe der Liebe

Himmelhoch jauchzend, zu Tode betrübt;
glücklich allein ist die Seele, die liebt.
(Johann Wolfgang von Goethe)

Der gewaltige Liebesgott Eros hat eine kleine, feinsinnige Geliebte: die Melancholie. Das Leiden an der Endlichkeit des Seins ist eine traurige und dennoch sanfte Form umfassender Liebe, einer Liebe, die stark in die Tiefe dringt und sich in Natur und Mystik verströmt.

Die Freuden – weil von Anfang an zeitlich befristet – und die Schmerzen und der sicher bevorstehende Tod gebären im Menschen nicht nur Ängste und Verzweiflung, sondern bringen auch Erlösung, Katharsis, Wiedergeburt, Evolution, Hoffnung. Melancholie ist ein starkes, manchmal überwältigendes Gefühl und ist im Herzen eines jeden Menschen. Manche leben ihre Melancholie intuitiv, andere verbergen dieses Potenzial.

Obwohl oft anderes behauptet wird, gilt: Die Melancholie hat nichts Krankhaftes an sich, sondern die Melancholie ist – wie der Philosoph Martin Heidegger sagt – eine „wunderbare Charaktereigenschaft". Und ein sehr, sehr alter Kollege von Heidegger, nämlich Aristoteles, schwärmt über die Melancholie:

Warum sind alle hervorragenden Menschen, ob Philosophen, Staatsmänner, Dichter oder Künstler, offenbar Melancholiker gewesen? ... Unter denjenigen, die von Natur aus ein solches Temperament besitzen, zeigt sich sogleich große Mannigfaltigkeit von Charakteren, verschieden je nach der Art der Mischung.

„La mélancolie c'est le bonheur d'être triste." ... mélancholie ... melancholy ... melancholia ... Melancholie ... „das Vergnügen, traurig zu sein", wie der französische Romancier Victor Hugo es formuliert. Die Melancholie hat eine wechselvolle Geschichte hinter sich: In der Antike, der Renaissance und der Romantik wird sie hoch verehrt, zwischendurch als übelste Krankheit verteufelt und in der Gegenwart hat sie zu kämpfen, um sich als „wunderbare Charaktereigenschaft" zu etablieren und sich damit von der depressiven Diagnostik der Schulpsychiatrie abzugrenzen. Der Philosoph Raymond Klibansky:

> *Die Kluft, welche die Betrachtungsart der Psychiater von derjenigen der nicht-medizinischen Autoren und Künstler trennt, geht auf die in der antiken Tradition verankerte, in späterem Mittelalter betonte Unterscheidung zwischen Melancholie als Krankheit und Melancholie als ein in den Wurzeln menschlichen Daseins begründeter Gemütszustand zurück. Diesen Zustand zu erhellen, ist nicht Sache der Ärzte; ihn zu deuten, lehren die Visionen der Künstler wie die Schöpfungen der Dichter und die Werke der Romanschriftsteller.*

Der Religionswissenschaftler Romano Guardini meint, dass wir die Schwermut als etwas verstehen müssen, wo der kritische Punkt unserer menschlichen Situation überhaupt deutlich wird. In die Tiefe des Menschseins führt die Melancholie – und ebenso die Liebe.

1. „Sei gegrüßt, liebe Melancholie!“

Etwa 30 Prozent der Mitteleuropäer tragen ein sehr hohes Maß an Melancholie im Herzen, aber im Grunde hat jeder (!) Melancholie in sich. Auch die Komiker und Clowns sind bekanntermaßen tief im Innern melancholisch, auch wenn sie auf der Bühne schallendes Lachen erzeugen. Auf der Bühne des Lebens sind wir letztendlich alle komisch und melancholisch, unterschiedlich stark melancholisch.

Zwischen Melancholie und Depression verläuft eine Grenze, die manchmal sehr klar ist und manchmal verwischt. Bisweilen berühren die schwermütigen Aspekte der Melancholie die Trostlosigkeit der Depression. Jedoch: Wer seine Melancholie akzeptiert und sie auslebt, wird seltener depressiv oder gar nicht. Das ist wichtig: Melancholie ist Prophylaktikum! Melancholie selbst muss nicht therapiert werden, denn Melancholie ist – auch – ein Heilmittel!

Kennzeichnend für die Melancholie ist, ähnlich wie für die suchende Liebe, eine dauernde Sehnsucht nach einem „Irgendwo“, das man wohl nie, nie finden wird. Wenn wir im Folgenden von „Melancholikern“ sprechen, dann meinen wir vor allem diejenigen Privilegierten, die besonders viel Melancholie in sich spüren. Und wenn wir – positiv – von Traurigsein sprechen, dann meinen wir eine Traurigkeit, in die man sich freiwillig (!) begibt und *nicht* (!), weil man verletzt worden ist. Traurigsein lässt sich sehr wohl als ästhetischer Genuss erleben! Dann können wir Ihnen beim Lesen dieses Kapitels durchaus wünschen: Viel Spaß beim Traurigsein.

Gehen wir zweieinhalb Jahrtausende zurück, nach China. Laotse, im Buch der Weisheit:

Wer sich verneigt,
wird Größe erlangen.
Wer nichts besitzt,
dem gehört alles.
Lerne nachgiebig und weich zu sein
– so handeln die Weisen
und sind so Kinder der Wahrheit.

In diesen wenigen Zeilen sind bedeutende Eigenschaften der Melancholie und gleichermaßen bedeutende Eigenschaften der Liebe skizziert: „Lerne nachgiebig und weich zu sein" – wenn dies alle Menschen beherzigen wollten, so würde die Welt sich radikal zum Positiven ändern.

Unsere derzeitige Kultur ist wesentlich geprägt von der Freude am Konsumismus, von der zwingend guten Laune und hat deshalb manchmal Schwierigkeiten mit der Melancholie. „Don't worry – be happy" ist das Leitmotiv unserer Kultur. Angesichts der dominierenden Oberflächenkultur à la Thomas Gottschalk und Stefan Raab meinen viele Melancholiker, sie seien nicht in Ordnung, und ziehen sich deshalb zurück. Andere Melancholiker schützen sich nach außen, indem sie den dauernd Fröhlichen oder übertrieben Kampflustigen mimen. Das aber kostet viel Energie. Diese könnte anders eingesetzt werden, wenn die Melancholie als das erkannt wird, was sie ist: *eine positive Kraft, die zu höherer Lebensqualität führt.* Also: Die Mitmenschen könnten sehr viel von den Melancholikern lernen. *Melancholie ist scheinbar Negatives, das Positives schafft!*

Ein überwiegend melancholisch gestimmter Mensch sieht nicht unbedingt traurig aus, er weiß aber aus Erfahrung, was Trauer, Leiden, Angst und Grenzerfahrung bedeuten. Melancholiker mögen äußerlich unauffällig wirken, haben aber ein anderes Verhältnis zu sich und der Welt. Und Melancholiker leiden an der Spannung zwischen Wollen und Vollbringen, sie stellen sich immer wieder selbst in Frage und erheben nicht den Anspruch, eine absolute Wahrheit zu kennen. Das bewahrt sie vor Arroganz und erklärt, warum sie sich häufig geradezu auffällig bescheiden geben. Auch die wahre Liebe gibt sich oftmals sehr bescheiden. Und sowohl Liebe wie Melancholie haben mit Freude zu tun:

Melancholie und Freude sind wohl Schwestern.
Und aus den Zweigen fällt verblühter Schnee.
Mit jedem Pulsschlag wird aus Heute Gestern.
Auch Glück kann wehtun. Auch der Mai tut weh.

Er nickt uns zu und ruft: „Ich komm ja wieder!"
Aus Himmelblau wird langsam Abendgold.
Er grüßt die Hügel, und er winkt dem Flieder.
Er lächelt. Lächelt. Und die Kutsche rollt.
(Erich Kästner)

Auch Glück kann wehtun: Tiefes Glücksempfinden geht einher mit einer Brise von Wehmut und Schmerz, sowohl in der Melancholie als auch in der Liebe.

Zahllose Musiker schaffen durch Melancholie beflügelte Zauberwerke der Töne, voll von träumerischer Empfindsamkeit und energischer Kraftentfaltung – was auch zur Melancholie gehört. Sowohl in symphonischen wie auch in volkstümlichen Werken sind immer wieder Mollpassagen die tragenden Elemente, die eigentlich berühren. Nicht nur Klassiker wie Tschaikowsky, Schubert, Grieg usw. gehören zu den Tonkünstlern der Melancholie, sondern auch viele Sänger und Songwriter der gegenwärtigen Jahrzehnte zelebrieren Melancholie aus den Tiefen ihres Herzens: Bob Dylon, Joan Baez, Joe Cocker, Francesco Guccini, Madredeus, Eminem und tausend andere. Auch Blues, Tango, Fado usw. vermögen Melancholie auszudrücken.

2. Das breite Spektrum der Melancholie

Wandern wir 300 Jahre zurück, dann treffen wir auf Robert Burton, einen Briten, der ein dreibändiges Werk über die Melancholie verfasst hat. Sein Credo: „Nichts ist so traurig wie die Melancholie und keine Freude ist so süß wie die Melancholie!"

Wenn wir die unterschiedlichen Seiten der Melancholie betrachten, dann entsteht nicht etwa ein grau-tristes Bild, sondern ein buntes Gemälde: Die Melancholie verkörpert ein besonders *breites Spektrum der Gefühle* – von tiefer Trauer bis zu innigem Leid. Wenn der Melancholische nicht nur das Schöne, sondern gleichzeitig auch das Negative mitbetrachtet und auch noch darauf hinweist, kann dies für seine soziale Umgebung manchmal sehr nervig sein. Der Melancholiker gilt dann als Spielverderber.

Maximal breit gefächert ist beim Melancholiker die *Wahrnehmung,* vom Hellen bis zum Dunklen, vom Oberflächlichen bis zum Tiefsinnigen wird alles sinnlich aufgenommen und verarbeitet. Auch *Nachdenklichkeit* ist Teil der Melancholie, was manchmal übergehen kann in fast stupides sich im Kreise drehendes Grübeln; dann wird aus manchem Melancholiker ein still Brütender, der seufzt und jammert und Zweifel um sich streut.

„Frauen lieben die einfachen Dinge des Lebens, zum Beispiel Männer." Dies sagt ein Mann, nämlich der Schriftsteller William Somerset Maugham. Das Geistreich-Witzige und Heiter-Ironische gehört durchaus auch ins Reich der Melancholie, wobei Fingerspitzengefühl und hohe Sensibilität es vermeiden, andere ernsthaft zu verletzen oder gar zu demütigen.

Das *Hellhörige und Hellsichtige* ist ebenso Teil der Melancholie wie das *Sensibelsein* gegenüber sich und vor allem gegenüber anderen. Sehr schnell ist der Melancholische enttäuscht, wenn seine Mitmenschen weniger sensibel reagieren als er. Wie selbstverständlich geht der Melancholiker davon aus, dass seine Gesten, seine Mimik, seine nonverbale Sprache des Herzens von allen anderen immer verstanden wird. Fühlt sich der Melancholische unverstanden, dann leidet er nahezu dramatisch. Der Philosoph und Intensiv-Melancholiker Sören Kierkegaard meint: „Was der Engländer über sein Zuhause sagt, sage ich über meinen Kummer – mein Kummer is my castle."

Auch *Ängstlichkeit* und *Angst* gehören zur Melancholie, kleine konkrete Ängste und die große unbestimmte Angst. Diese unbestimmte Angst ist – wie Romano Guardini es ausdrückt – ein „Wand-an-Wand-Sein" mit dem Absoluten, ob das nun Göttliches ist oder das große, allumfassende Nichts.

Die *Wehmut* und *Traurigkeit* gehören zur Melancholie und ebenso die Kreativität: Wohl die meisten Künstler, Philosophen und Schriftsteller schöpfen in ihren Werken aus dem tiefen Brunnen der Melancholie. Und darüber hinaus gibt es die Still-Kreativen, die nicht im Scheinwerferlicht stehen und die dennoch genial, still-genial leuchten.

Der *Tiefsinn,* tief in den Abgrund hinein Gründeln, durchdringt die Melancholie. Die intensive *Naturverbundenheit* und das *Brücken-*

Bauen zum Transzendenten und der natürliche, fast alltägliche *Umgang mit dem Tod* sind Basis und Gerüst der Melancholie. Der fast selbstverständliche Umgang mit dem Tod erscheint manchmal als kokettierendes Flirten mit dem eigenen Ende. Tränen der Trauer fließen in der Melancholie, aber auch Tränen der Lust, die die Nacktheit von Seele und Körper benetzen – Melancolia umarmt Eros und liebt behutsam-sinnliche Sexualität.

Zur Melancholie gehören überdies eine Leichtigkeit und ein *Schwebendes in der Stimmung*, ein Spüren, etwas *Außergewöhnliches* zu sein, etwas Still-Erhabenes, das die Umwelt kaum oder nie erkennt. Und eingebettet in die Melancholie ist ein *Dankbarsein* und eine *Sehnsucht nach Friede.*

3. Philosophie – Kunst – Melancholie

Wenn melancholisch gestimmte Menschen verzweifeln, dann verzweifeln sie nicht nur an persönlichen Problemen, sondern gleichermaßen am unübersehbaren, sinnlosen Leiden, dem Weltschmerz. Sie lassen sich berühren von Armut, Ungerechtigkeit und Krieg und wollen etwas dagegen tun. So gewinnt Melancholie sogar hochbrisante gesellschaftspolitische Bedeutung.

Melancholiker sind Experten auf der Suche nach dem Sinn des Lebens und sind dabei – heimlich – davon überzeugt, diesen Sinn nie zu finden. Ist das Leben ohne Sinn? Jean-Paul Sartre – Inbegriff der existenzialistischen Philosophie – betont in „Das Sein und das Nichts", dass der Mensch über den Sinn des Daseins selbst entscheiden kann und muss, da er „zur Freiheit verurteilt" ist. Der Mensch ist für seine Art zu leben alleinig verantwortlich. Es gibt kein Schicksal, es gibt keinen Gott.

> *Die wesentliche Konsequenz unserer … Ausführungen ist, dass der Mensch, dazu verurteilt, frei zu sein, das Gewicht der gesamten Welt auf seinen Schultern trägt: er ist für die Welt und für sich selbst als Seinsweise verantwortlich … Übrigens, alles, was mir zusteht, ist* meins: *darunter ist zuallererst zu verstehen, dass ich als Mensch immer auf der Höhe dessen bin, was mir zustößt … So gibt es keine* Zwischenfälle *in meinem Leben; ein gesellschaftliches Ereignis, das plötzlich ausbricht und mich mitreißt, kommt nicht von außen; wenn ich in einem Krieg eingezogen werde, ist dieser Krieg* mein *Krieg, er ist*

nach meinem Bild, und ich verdiene ihn. Ich verdiene ihn zunächst, weil ich mich ihm immer durch Selbstmord oder Fahnenflucht entziehen konnte: diese letzten Möglichkeiten müssen uns immer gegenwärtig sein, wenn es darum geht, eine Situation zu betrachten.

Liebe, Melancholie und ambivalente Todesbewältigung liefern das Rohmaterial zahlloser philosophischer Schriften, Romane, Bilder und Lieder. Die Melancholie ist Triebfeder für *Kreativität*. Der Philosoph Daisetz Teitaro Suzuki – ein geistiger Gefährte von Erich Fromm – wehrt sich gegen eine rational-analytische Wissenschaft und plädiert stattdessen für eine empfindsame Wissenschaft, die er als „antiwissenschaftlichen Weg" und als „Methode des Zen" bezeichnet:

Die Methode des Zen besteht darin, in den Gegenstand selbst einzudringen und ihn sozusagen von innen zu sehen. Die Blume kennen heißt, zur Blume werden, die Blume sein … Gleichzeitig mit meiner „Kenntnis" der Blume kenne ich alle Geheimnisse des Universums einschließlich aller Geheimnisse meines eigenen Ichs … Diese Art, die Wirklichkeit zu erkennen oder zu sehen, kann man auch triebhaft oder schöpferisch nennen. Während die wissenschaftliche Methode darin besteht, den Gegenstand zu töten, den Leichnam zu sezieren, … nimmt das Zen das Leben so, wie es gelebt wird.

Die rational-analytische Wissenschaft ist vom Prinzip des Habens geleitet; dabei geht es nicht um materielles Besitztum, sondern um Besitz von Wissen. Ist die Haltung eines Wissenschaftlers vom Prinzip Liebe geprägt, dann wird er Leben erhalten und nicht anatomisch zerlegen.

Der Naturforscher Johann Wolfgang von Goethe nähert sich einer Blume auf ähnlich behutsame Weise, die an die oben dargestellte Methode des Zen erinnert:

Im Schatten sah ich
Ein Blümchen stehn,
Wie Sterne leuchtend
Wie Äuglein schön.
Ich wollt es brechen,
Da sagt' es fein:
Soll ich zum Welken
Gebrochen sein?

Am stillen Ort –
Nun zweigt es immer
Und blüht so fort.

Von Melancholie inspirierte Poeten, Musiker, Maler haben existenzielle Angst, die Last der Verantwortlichkeit, Einsamkeit und Tod zu künstlerischer Relevanz erhoben. Bei nicht wenigen erweckt das Wort „Melancholie“ Erinnerungen an Dürers bekannte Melancolia I. Eine völlig andere Darstellung der Melancholie stammt von Lucas Cranach dem Jüngeren: Die Melancholie zeigt sich hier als kokette junge Frau, auch sie – wie bei Dürer – beflügelt. Picasso, der wohl erfolgreichste Künstler des 20. Jahrhunderts, hat exzessiv immer wieder die Triebkräfte von Eros und Liebe und die Macht der Melancholie kreativ vermischt und zu einem überwältigenden Ausdruck gebracht. Ein anderer Maler – Otto Dix – zeigt in seinem Gemälde „Vanitas“ ein drall-nacktes Mädchen, das geil provozierend den Betrachter anlächelt. Doch im Hintergrund erscheint der Tod als bedrohliche Silhouette. Und in den undefinierbaren Schattierungen des Seins lebte auch der geniale Melancholiker Charles Baudelaire:

Ein Blitz … dann Nacht! – Du Schöne, mir verloren,
Durch deren Blick ich jählings neu geboren,
Werd in der Ewigkeit ich dich erst wiedersehn?
Woanders, weit von hier! zu spät! soll’s nie *geschehn?*
Dein Ziel ist mir und dir das meine unbekannt,
Dich hätte ich geliebt, und du hast es geahnt!

Selbst die Ästhetik und die Ausstrahlung eines melancholischen Antlitzes darf als lebendiges Kunstwerk gesehen werden. Eine schöne Frau wird noch anmutiger und attraktiver, wenn ein sanfter Schleier von Wehmut sie umhüllt.

4. Melancholie und Eros

Die edle Signora Tristezza umgibt sich mit einem Flair süßer Sehnsucht und mit getragener Sinnlichkeit dringt sie vor in die Tiefen der Lust. Die reiche Fantasie der Melancholischen kreiert aber eine attraktive Spannung zwischen Melancholie und Eros, zwischen genussvoller Wehmut und heißer Sinnlichkeit.

Die beiden Stimmungsbilder Melancholie und Eros sind aus der Antike überliefert und begleiten den Menschen in der gesamten abendländischen Kultur. In der Gegenwart wird das schon fast klassische Paar Melancholie – Eros neu entdeckt. Die moderne Medientechnik kann den menschlichen Körper unbegrenzt verändern, die Beine von Models werden in Werbeanzeigen noch schlanker und länger, der Busen halbkugelartig und sexy-schmollig die Lippen. Auf Plakaten oder in Videofilmen entstehen auf diese Weise erotisierende Wesen – oftmals mit geheimnisvoll-melancholischem Antlitz. Die hoch technisierte plastische Chirurgie nimmt sich diese virtuellen Wesen zum Vorbild und erfüllt die Wünsche nach Fettabsaugen, Silikonimplantaten in Busen und Wangen, Liften von Stirn oder Pobacken, Aufspritzen von Lippen und Verkleinern der Nase. Natürlich wollen die Menschen, die sich solch kosmetischen Operationen unterziehen, ihre Attraktivität und ihr Selbstwertgefühl erhöhen, was manchmal verständlich sein kann. Einigen Verehrern dieses praktizierten Hyperästhetizismus ist vielleicht bewusst, dass ihnen auch eine *metaphorische* Sehnsucht nach Vollkommenheit innewohnt, ein archaisches Verlangen nach göttlicher Schönheit à la Venus oder Michelangelos David.

Melancolia bringt tiefsinnige Muse und Empathie in das sinnliche Reich von Erotik und Sexualität. Wenn andere – angeregt durch TV-Sendungen nach Mitternacht – meinen, die Welt bestünde aus Sex, Sex und nochmals Sex, dann stößt dies den Melancholischen heftig ab und er flüchtet in die wortlose Sprache des Herzens, in Umarmen, Sich-Berühren, Küssen und Seufzen und Verschmelzen. Im sinnlich-besinnlichen Genuss des Einsseins mit der/dem Geliebten flackert zwischendurch eine unbestimmte Traurigkeit oder gar Todessehnsucht empor und erleichtert auf paradoxe Weise das erotische Spiel. Denn dieses sexuell-erotische Einssein erinnert in seinem innig trance- oder rauschartigen Erleben an die unio mystica derer, die nach Vereinigung mit dem Kosmos streben.

5. Melancholie und Depression

Wenn die Liebe sich in ihr Gegenteil verkehrt, dann entsteht Gleichgültigkeit. Wenn Melancholie sich ins Gegenteil wendet, dann entwickelt sich Depression. Melancholie ist keine Krankheit und auch Depression ist nicht primär Krankheit, auch wenn manche sich begreiflicherweise krank fühlen, sondern Depression ist existenzielle Grenzerfahrung von

Untergang und Tod. Ein Meridian trennt die beiden Pole Melancholie und Depression, doch bisweilen berühren die schwermütigen Aspekte der Melancholie die Trostlosigkeit der Depression.

Wie bereits erwähnt, ist gelebte Melancholie Prophylaxe gegen Depression. Entscheidend für jeden Melancholiker ist, seine Melancholie zu akzeptieren und sich ihrer positiven Seiten bewusst zu werden. Folgendes Bild ist hilfreich: Melancholiker steigen immer wieder freiwillig in den tiefen Brunnen der Melancholie und genießen durchaus Tiefsinn und Nachdenklichkeit. Die Aussage „Ich bin gerne traurig“ muss kein Widerspruch in sich sein. Manche brauchen für den beschaulichen Abstieg in den tiefen Brunnen der Melancholie ein Glas Rotwein oder die Musik von Tschaikowsky. Nachdem die Melancholiker eine Weile in der Tiefe geblieben sind, steigen sie wieder empor. Wer seinen melancholischen „Tiefen-Neigungen“ nicht nachgibt, stürzt – depressiv – immer wieder in den Brunnen, verletzt sich und wird krank und kann oftmals nicht mehr aus eigenen Kräften an die Oberfläche gelangen.

Und noch etwas ist für Melancholiker wichtig: ihren – nichtmelancholischen – „Zweitcharakter“ zu entdecken. Nie ist jemand hundertprozentig melancholisch, selbst der Schwermütigste wird mal laut lachen, aggressiv werden oder – entgegen seiner Gewohnheit – auch einmal eine sehr rasche Entscheidung treffen. In jedem Melancholiker ist da noch eine andere, eine ganz andere Seele. „Zwei Seelen wohnen, ach, in meiner Brust“ heißt es in Goethes Faust. Und der bekannte Mental-Trainer Robert Ornstein sagt gar, dass eine Horde von Seelen oder „minds“, die sehr gegensätzlich sein können, im Menschen hausen. Das hat eine praktische und sehr hilfreiche Bedeutung: In bestimmten Situationen müssen wir nicht unbedingt mit unserer melancholischen Seele reagieren, sondern können uns von unserem „Zweitcharakter“ helfen lassen, zum Beispiel von einem rationalen Typus oder von einem impulsiven Typus. Nicht wenige Melancholiker vollziehen diesen Wechsel in eine andere Persönlichkeit bereits automatisch und wer es noch nicht beherrscht, kann es lernen.

6. Melancholie – Luxusgefühl oder Brücke zum Transzendenten

„I’m still alive“ muss manch’ Melancholiker, der in den Sümpfen seines Seins versunken ist, seiner Familie, seinen Freunden und Bekannten zurufen (notfalls per E-Mail oder SMS), um zu demonstrieren: „Ich brauche den Kon-Takt zu euch …“

Manche tauchen ein in die Tiefen der Melancholie und geben sich zufrieden mit der Endlichkeit des Seins, sie leiden lieber individuell, als dass sie soziale Ungerechtigkeiten zu ändern versuchen oder gar bekämpfen. Andere entdecken in den Tiefen der Melancholie eine Sehnsucht nach einem höheren Selbst, sei es göttlich, sei es nach der Natur des Buddha oder absurdes Nichts.

Die Melancolia wird jedoch – sehr – bescheiden, wenn sie sich den großen Fragen des Lebens zuwendet, zum Beispiel: „Wo waren wir vor unserer Geburt? Was kommt nach dem Tode?" Für die elementaren Probleme der menschlichen Existenz gibt es keine allgemeingültigen Lösungen. Auch die Melancolia erdreistet sich nicht, existenzielle, letztendlich kosmische Antworten zu geben. Ist der Mensch ein von Gott Verlassener? Die beiden Weltkriege, Holocaust, der Vietnamkrieg, grausige Hungersnot und Elend in der Dritten Welt und das tägliche individuelle Leid geben dieser Frage eine Berechtigung.

Melancholiker sind oftmals auch Träumer und beherrschen die Kunst des Träumens: Träume mit wachen Augen oder Träumen im Schlaf. Dann kommt manchmal die Idee: Das ganze Leben ist nichts – nichts als ein Traum. Wenn wir Künstler des Träumens sind, dann können wir unser (Traum-) Leben mit Liebe füllen.

Himmel und Hölle, Nirwana oder das allumfassende Selbst existieren vielleicht nur auf der menschlich-geistigen Ebene. Wenn dies so ist, dann *entscheidet unser Glaube,* ob wir in unserem „jetzigem Leben" oder in einem vermeintlichen „Leben nach dem Tod" glücklich sind oder leiden.

Wer in seinen Träumen glücklich ist oder leidet, der bleibt vielleicht auch für immer glücklich oder leidet für immer – auch dann, wenn der Körper stirbt. Der Traum als geistige Instanz setzt sich fort und wenn der Traum voll von Glück und Liebe ist, dann mag das Gehirn und der gesamte Körper sterben: Wir träumen weiter in denselben Sphären von Glück und Liebe: „Traut den Träumen", sagt der orientalische Weise Khalil Gibran in „Der Prophet":

> *Leben und Tod sind eins, so wie der Fluss und das Meer eins sind. In der Tiefe eurer Hoffnungen und Wünsche liegt euer stilles Wissen um das Jenseits. Und wie Samen, der unter dem Schnee träumt, träumt euer Herz vom Frühling. Traut den Träumen, denn in ihnen ist das Tor zur Ewigkeit verborgen.*

Der einzige Unterschied zwischen Todsein und Schlafen besteht darin, dass der Schlaf ein Ende hat, weil das Gehirn erwacht. Ist das Gehirn tot, geht der Traum weiter – ewig. Ewig? Melancholische Fantasien können auch diese Wirklichkeit annehmen. Sri Ramana Maharshi, ein Heiliger aus Tiruvannamalai:

Fürchten die Menschen den Schlaf? Im Gegenteil, sie suchen ihn und nach dem Erwachen sagt jeder, dass er selig geschlafen habe. Man bereitet sich geradezu auf den tiefen Schlaf vor; und doch ist Schlaf nur vorübergehender Tod, Tod nur ein längerer Schlaf. Stirbt der Mensch jedoch noch zu Lebzeiten, dann ist er nicht mehr über den Tod anderer betrübt.

Wenn wir ins Universum hinausfliegen, erlischt die Vorstellung von Raum und Zeit. 22 Millionen Jahre braucht die Sonne, um das Zentrum der Milchstraße nur ein einziges Mal zu umkreisen. Außer der Milchstraße gibt es wohl noch hundert Milliarden anderer Galaxien. Die nächstgelegene Galaxis – den Adromedanebel – sehen wir, wie sie vor 700.000 Jahren war: So lange ist sein Licht zu uns unterwegs … unfassbar. Wenn wir beten – auf welcher Galaxis landet dieses Gebet? Kann sich der Mensch in der Kälte und dem Schweigen des Universums geborgen fühlen? Geht er an unendlicher Einsamkeit zugrunde? Oder ist die menschliche Seele zu klein, das Jenseits zu erahnen, das sich – vielleicht – sowohl zwischen den Galaxien weitet als auch im tiefsten Grunde unserer Seele?

Wenn ich einen Menschen liebe, dann will ich ihm die Kraft und Schönheit geben, die ich in ihm sehe. Wir leben in *keiner* trostlosen Welt. Diese Welt ist zwar voll von Schmerzen, aber auch voll von Freuden, ist gefüllt mit Leiden und gefüllt mit Liebe.

Alles geben die Götter, die unendlichen,
Ihren Lieblingen ganz,
Alle Freuden, die unendlichen,
Alle Schmerzen, die unendlichen, ganz.
Johann Wolfgang von Goethe

Auf unserer Erde gibt es eine Stadt, da kann man dem Tod leibhaftig begegnen, ihn riechen, sehen, spüren und sich gar an ihm wärmen: Benares. The City of Learning and Burning. Die Stadt liegt zwischen Diesseits und Jenseits und am Tor zum anderen Sein steht als Pförtner der Tod.

Tausende steigen die einladenden Steintreppen der Ghats von Benares hinab zu den grauen, mächtigen Fluten des heiligen Ganges. Scharen von Pilgern strömen – wie der Fluss: alte Menschen, junge, lächelnde, siechende, sterbende und heilige Menschen mit bemaltem Gesicht, spärlich bekleidet und mager wie die heiligen Kühe. Menschen in Kleidern tauchen in den Ganges und sie waschen ihre Kleider im Fluss oder reinigen sich die Zähne; sie füllen Marmorgefäße mit heiligen Wassern und begießen sich weihevoll, die Augen ins Jenseits gerichtet.

Auf einer großen Terrasse am Ufer lodert ein Scheiterhaufen aus hochgeschichteten Bündeln von Holz und oben in der Mitte liegt der in Tüchern gehüllte Tote – verglühend. Alles brennt gleichermaßen, Holzscheite und Arme und Beine, Leib und Gesicht. Ein toter Mensch wird durch Feuer überführt in Rauch und Wärme, beides spüren wir – den verwehten Rauch und wohltuende Wärme. Das Spiel der raschen Flammen spiegelt sich in den Gesichtern der Männer und Frauen, die rings um den Scheiterhaufen sitzen. Die Flammen malen auf den Kleidern der kauernden Menschen ein tief-bewegtes, vielstimmiges Totengemälde, gefüllt mit grenzenlosem Leiden und fortwährendem Glück. Benares – die Stadt der Toten und die Stadt jener Liebe, die über den Tod hinausreicht und die im Diesseits eine Hoffnung sät …

Es gibt diesseitige Menschen und es gibt jenseitige Menschen. *Diesseitige Menschen* sind lebensbejahend, sie steigern sich in irdische Aktivitäten und auch ihre Liebe bleibt irdisch und realitätsbezogen. Gern streben sie nach kleinen und großen Erfolgen und möglichst oft wollen sie das Leben und die Liebe genießen, gutes Essen oder wilden Sex. Natürlich gehören zum diesseitigen Menschen auch strahlende Gesundheit, Jugendlichkeit und Fitness, um die bunten Feste des Lebens ausgelassen feiern zu können. Wenn diesseitige Menschen sich eine Religion oder Lebensphilosophie zu Eigen machen, dann tun sie dies vor allem mit dem Ziel, ein gewisses Maß an Ruhm und Reichtum zu erlangen. Der Tod wird als maximales Unglück erlebt, als „Ende mit Schrecken“. Als grauenhafte Kapitulation gilt das eigene Sterben. Im Alltag wird das Thema Tod – krampfhaft und künstlich – ferngehalten und verdrängt. Der diesseitige Mensch strebt letztlich nach *dauerhaft* irdischem Glück, Liebe, Sex, Lust, Freude – was er nie, nie erreichen wird.

Anders sind die *jenseitigen Menschen,* die unter dem „normalen Leben“ (dem Leben der diesseitigen Menschen) eher leiden. Sie suchen den Weg in die Tiefen der eigenen Seele, für sie zugleich ein Weg in eine jenseitige Welt, und sie suchen im Innern der Seele das göttliche, kosmische, das unendliche Alles und das unendliche Nichts. Dieses erfahrungsgemäße Innewerden eines geheimnisvollen Jenseitigen wird nicht allen Menschen zuteil, aber über Jahrtausende hinweg haben es immer wieder „jenseitige Menschen“, Naive und Weise als innere Erfahrung übereinstimmend erlebt. Der jenseitige Mensch überschreitet in emotionaler Transzendierung die Grenze der Alltagsrealität, er erahnt eine „Ur-Liebe“ und gleichzeitig ist der Tod allgegenwärtig.

Für viele jenseitige Menschen gibt es außer den Menschen-, Tier- und Pflanzenseelen noch andere „irdische Geistwesen“: Elfen, Naturgeister, Seelen von Verstorbenen, irdische Engel, Dämonen und Schutzengel. Mit den üblichen, materieorientierten Wissenschaftsmethoden gelingt es nicht, irdische Geistwesen zu ergründen, aber auch ihre Nichtexistenz lässt sich nicht beweisen. Und das ist Rilkes lyrische Empfehlung:

Kein Jenseitswarten und kein Schaun nach drüben,
nur Sehnsucht, auch den Tod nicht zu entweihn
und dienend sich am Irdischen zu üben,
um seinen Händen nicht mehr neu zu sein

7. „Es erstarken in der Natur die Liebe und die Melancholie“ (*Joseph Roth*)

Wenn wir uns an gute Kindheitstage erinnern, so fallen uns oft Plätze ein, die mit Natur, mit Erde, Wasser, Sonne, Bäumen und Blumen zu tun haben: ein Bach, ein dunkler Wald, ein geheimnisvoller See, Meeresstrand und Bootsfahrt, Schlittenhang und Regenpfützen. All das sind kleine Refugien im großen technisierten Gebrodel, die wir geliebt haben und die uns damals als Kind – ohne dass wir dies bewusst wahrgenommen haben – mit Kraft und großer Zuversicht erfüllt haben.

Verschiedene Orte auf der Erde haben verschiedene Ausstrahlungen, verschiedene chemische Ausdünstungen – nennt es wie ihr wollt. Dass Orte ihren Geist haben, ist jedenfalls Realität.

So der Schriftsteller D. H. Lawrence. Jeder Ort in der Natur hat eine bestimmte Schwingungsfrequenz oder Energie, die auch der Mensch für sich nutzen kann. Ob wir dabei an Elementarwesen oder Naturgeister glauben oder nicht, spielt keine Rolle. Energetisch besonders positiv geladene Plätze, auf Hügeln, an Quellen oder Flüssen, wurden schon immer als Kraftplätze benutzt, weil sich da „das Göttliche", „das Kosmische", „die Kraft der Erde" auf wunderbare Weise spüren und auch nutzen lässt.

Die australischen Aborigines sind davon überzeugt, dass die Schwingungen, die durch unsere Gedanken, Gefühle und Leidenschaften ausgesendet werden, in die Natur eingehen und wieder zurück schwingen auf alles Leben. *So ist wohl viel Liebe in der Natur um uns gespeichert und wirkt auf uns zurück im Überfluss.*

> *Trinkt, o Augen, was die Wimper hält*
> *von dem goldnen Überfluss der Welt.*
> *(Gottfried Keller)*

Die Melancholie führt uns in den Reichtum der Innenwelt, die Natur zeigt uns den Reichtum der Außenwelt und versetzt uns Menschen immer wieder in unendliches Staunen. Und die Kraft der Natur kann unsere Kraft werden. Meere, Urwälder, Wüsten, Gebirgsriesen mit Gletschern und Wasserfällen – sie alle beeindrucken uns durch ihre Fülle von Kraft und darüber hinaus bewundern wir unendlich die unzählig leuchtenden Sterne am nächtlichen Himmel. All diese grandiosen Ausdrucksformen der Erde machen uns nicht etwa klein und unbedeutend, sondern sie erheben uns, wenn wir uns mit ihnen verbinden.

XI. Liebe als Heilmittel und Nahrung

Man kann krank sein vor Liebe oder umgekehrt mit Liebe Kranksein heilen. „Der Gott der Liebe ist der menschenfreundlichste unter den Göttern“, sagt Aristophanes in Platons „Symposion“, „da er dem Menschen Beistand ist und Arzt.“ Die Liebe kann Arznei sein und die Liebe bestimmt, wenn wir uns zu ihr bekennen, auch unsere tägliche Ernährung, von der kommunikativen Alltagsküche bis zum vegetarischen Liebesmahl.

1. Allergie oder Herzinfarkt – Psychosomatik der Liebe

… diese Göttin mit den großen schwarzen
KRIEGER=augen brachte im baum
die nachtigall & in den herzen
die liebe zum singen!
…
die welt wird vibrieren wie ein
einziger musik=körper
im fieber einer kosmischen
liebkosung!
– die welt dürstet nach liebe:
DU stillst sie gewiss!
(Arthur Rimbaud)

Alle psychosomatischen Krankheiten entstehen durch einen Mangel an Liebe oder – sehr viel seltener – durch ein Zuviel an Liebe. Wer also an Herzbeschwerden oder an einem Magengeschwür leidet, an Asthma, Migräne oder Wirbelsäulenschmerzen, der kränkelt höchstwahrscheinlich an einem Liebe-Mangel-Syndrom. Nur gelegentlich entstehen psychosomatische Krankheiten auch dadurch, dass jemand von scheinbarer Liebe überschüttet wird, gefesselt und abhängig wird von individueller Liebe. Oder aber: Eine andere gibt dauernd zu viel Fürsorge (die sich als Liebe maskiert) an die Mitmenschen, sodass keine Eigenliebe mehr bleibt. Liebe in all ihren unterschiedlichen Formen ist die raison d’être des menschlichen Lebens, die mächtigste Kraft, die wir in und um uns erleben. Es ist also verständlich, dass die „Energie Liebe“ für unser psychosomatisches (soma = Körper) Gleichgewicht und für Selbstregulierung und Selbstheilung wesentlich verantwortlich ist. Die Liebe wirkt auf die Seele und über die Seele auf den Körper. Wird dieses filigrane Gleichgewicht gestört, so können psychosomatische Krankheiten entstehen. Schon vor mehr als 2000 Jahren hat Sokrates im „Charmides“ eine psychosomatische Sichtweise dargelegt:

> *Von der Seele geht alles, sowohl Gutes als Böses aus, für den Körper und den ganzen Menschen, von da aus fließt es ihm zu ... Die Seele aber, mein glücklicher Freund, muss durch gewisse Heilsprüche behandelt werden; diese Sprüche aber sind in liebevollen Reden. Durch Reden dieser Art erwächst Besonnenheit in den Seelen; wo aber diese erwachsen und vorhanden sind, da wird es leicht, dem Kopf wie dem übrigen Körper Gesundheit zu verschaffen.*

Wir haben die psychosomatischen Krankheiten als Liebe-Mangel-Krankheiten definiert. In einem weiteren Schritt stellen wir die These auf: Körperliche und seelische Störungen und Krankheiten stellen oft den Versuch dar, den Mangel an Liebe auf eine *andere* (gesellschaftlich durchaus akzeptierte) Ebene zu heben und damit einen körperlich-seelischen Selbstheilungsprozess einzuleiten. Dieser Prozess kann erfolgreich sein, aber er kann auch scheitern. Der Selbstheilungsversuch nimmt die „gewählte“ Krankheit, um unterschiedliche Formen von Zuneigung, Umsorgtwerden, Geborgenheit, Liebe zu erlangen und so zu gesunden.

Oder aber die Krankheit führt – auf einem anderen Weg der Selbstregulierung – in ein totales existenzielles Alleinsein: allein vor den Abgründen des Lebens. Vielleicht entdeckt man dann im Innersten seines Seins ein winziges Licht an Urliebe, das irgendwann entzündet wurde und das jetzt zum (gesunden) Leben zurückführen kann oder den Weg weist in die unbekannten Sphären des Kosmos.

Psyche und Soma – liebevolle Harmonie?

Wird eine Kugel, die in einer flachen Schale liegt, durch einen kleinen Stoß aus ihrer Ruhelage gebracht, so wird sie sich so lange hin- und herbewegen, bis sie erneut zur Ruhe gekommen ist – wahrscheinlich an einem anderen Platz als ursprünglich. Ähnlich ist es, wenn das harmonische Zusammenspiel der seelisch-körperlichen Funktionen des Menschen verändert wird: Die von der Liebe gespeisten Kräfte der Selbstregulierung versuchen, wieder ein gewissen Gleichgewicht zu erlangen.

Die in ihrer Ruhelage gestörte Kugel kehrt aufgrund der Schwerkraft wieder in einen vorläufigen Ruhezustand zurück; wird der Mensch aus seinem mehr oder weniger labilen Gleichgewicht gebracht, dann werden sogar mehrere Selbstregulierungsvorgänge aktiviert. Das gewonnene neue Gleichgewicht kann von dem ursprünglichen Zustand weit entfernt sein und ist alles andere als stabil, denn der Mensch ist ständig wechselnden Erschütterungen ausgesetzt, etwa durch Umwelteinflüsse, durch Zuneigung, Hass, Schmerzen, durch Fehlen von Liebe oder durch unterschiedliche Formen und unterschiedliche Intensitäten von Liebe.

Die Art und das Ausmaß der Selbstregulierung ist von Mensch zu Mensch verschieden und manchmal bleibt in einer individuell zugespitzten Situation nur die Flucht in ein Krankheitsgeschehen. Die „gewählte" psychosomatische Krankheit kann dann für das seelische Gleichgewicht erträglicher sein als der gesunde Normalzustand.

Mehr als sechs Monate kennt der 35-jährige Francesco seine neue Freundin Julia, die, nach seiner Mutter, die dritte Frau ist in seinem Leben. Die vorangegangene Beziehung liegt zehn Jahre zurück.

Francesco lebt seit seiner Kindheit mit einem Handicap: Asthma bronchiale. Immer trägt er zwei verschiedene Asthmasprays bei sich. Als Sachbearbeiter in der Stadtverwaltung erfährt er eine gewisse Schonung, nicht aber von seiner neuen Freundin.

Julia drängt nach mehr Zärtlichkeit: Wenn sie sich mit Francesco küsst, merkt sie seine Zurückhaltung und seine innere Distanz und spürt gleichzeitig ihre sexuelle Erregung. In Francescos innerstem seelischem Repertoire ist freudvolle sexuelle Lust nicht vorhanden, stattdessen hat sich eine Urangst vor zu viel Nähe eingenistet.

Eines Abends sind alle Umstände günstig für Julias Vorhaben und sie beginnt mit allen Künsten der Verführung. Unbewusst überkommen Francesco Schatten der Erinnerung an seine Mutter, die ihn immer wieder sinnlich umarmte, mit Küssen übersäte und ihn an ihre dicken Brüste drückte. Er wehrte sich damals als Junge vergeblich, gleichzeitig hatte er überdimensionale Angst, die Liebe der Mutter zu verlieren. Francesco betrachtet Julia und spürt, wie sich seine Bronchien verengen, sein Asthma wird schlimmer und schlimmer – lebensbedrohlich? Alarmstimmung, Notarzt, intravenöse Injektion – langsame Beruhigung. Der Notarzt, der unschwer die Situation richtig erkennt, erinnert sich an den Terminus „Hochzeitsnacht-Asthma".

> *Julia könnte Francesco durch ihre Liebe heilen, wenn sie sehr viel Geduld aufbrächte und Maurizios Verschlossenheit und auch seine Angst vor Nähe lieben könnte.*

Sind Körper und Seele eine unzertrennliche Einheit? Ohne Körper keine Seele, ohne Seele kein Körper? Wo im Körper ist der Sitz der Seele? Im Gehirn? In der Brust? Verteilt im gesamten Organismus? Schwebt die Seele wie ein kleiner Homunculus über uns? Und ist die Seele eines Menschen auch dort, wo sein Leib *nicht* ist? Solche Fragen stellt sich jeder Mensch im Laufe seines Lebens. Sich als körperlich-seelische Einheit zu empfinden, fällt oft schwer. Die österreichische Malerin Maria Lassnig bringt die Zerrissenheit von Psyche und Körper in ihren Bildern immer wieder zum Ausdruck, Liebe, Angst und Tod sind ihre zentralen Themen. „Die Weisheit wird mit Blut erkauft", heißt beispielsweise ein Ölbild; sie schreibt „über das Malen von Körpergefühlen":

> *Als mir, ungefähr 20-jährig, der Geist erwachte, sah ich alsbald, wie sehr er durch den Körper gehindert, gestört, aus der Kontinuität gerissen war – ich bin mit der Dualität von Körper und Geist aufgewachsen, und es war durchaus nicht Renaissance-Verliebtheit in meinem Körper … Es gibt Schmerzfarben und Qualfarben, Nervenstrangfarben, … Quetsch- und Brandfarben, Todes- und Verwesungsfarben, Krebsangstfarben – das sind Wirklichkeitsfarben.*

Wenn wir vom viel gepriesenen Ideal einer körperlich-seelischen Einheit ausgehen, dann bedeutet das nicht, einen Körper zu *haben* (oder zu besitzen, wie man ein Fahrrad besitzt), sondern ein Körper zu *sein*, sodass alle eigenen körperlichen Äußerungen sichtbare Anteile des eigenen Seins sind. Den Anspruch, in körperlich-seelischer Einheit zu leben, konnte die Malerin Maria Lassnig nicht realisieren. Und vielen anderen ergeht es ähnlich – wenn auch vielleicht weniger dramatisch. Man hat zum Beispiel eine lieblose, „körperliche" Routinearbeit zu tun, eine einförmige, sich stets wiederholende Verrichtung am Fließband, und ist mit seiner Seele oft ganz woanders. In einer solchen Situation mag eine gewisse Trennung von Leib und Seele vielleicht sogar „gesünder" sein als „mit Leib und Seele" *ganz* in der Arbeit zu stecken: zwei Drähte verlöten oder immer wieder die gleiche computergesteuerte Maschine bedienen, stundenlang, monatelang, jahrelang – das Tun einer beseelten Maschine. An dem Ausspruch „Der Mensch wird zu dem, was er betrachtet", ist viel Wahres; und will man vermeiden, als Fließbandarbeiter zu einem technischen Gerät zu werden, bleibt eigentlich nur eine unnatürliche „Spaltung“ des Menschseins: Der Körper gehört der lieblosen Arbeit, die Seele dem arbeitenden Menschen. Die Arbeit wird als lieblos erlebt und der Körper wird lieblos behandelt. Dass dabei Körper und Seele krank werden können, ist nicht verwunderlich. Natürlich gibt es auch berufliche Tätigkeiten, die man gerne verrichtet, bei denen Liebe mit einfließt oder Liebe sogar ein wesentlicher Teil der Arbeit ist (zum Beispiel in der Tätigkeit als Erzieherin, Krankenschwester, Ärztin, Gärtner usw.).

Für das Überleben der Seele kann also eine gewisse Trennung zwischen Seele und Körper notwendig sein. So wird verständlich, dass mancher seinen Körper als Gebrauchsgegenstand ansieht und dabei gelegentlich andere Gebrauchsgegenstände, beispielsweise sein neues Auto, sorgfältiger und liebevoller pflegt.

Eine künstliche Trennung von Körper und Seele gibt es – aus ganz anderen Gründen – auch in der klassischen konservativen Psychotherapie. Manche Psychoanalytiker beschäftigen sich nur mit der Seele und wenden sich sogar von dem leiblich vorhandenen, auf der Couch liegenden Klienten ab, ignorieren seine Körpersprache. In die moderne Psychotherapie wurde das Wissen über die Zusammenhänge von Körper und Psyche von Wilhelm Reich („Orgon-Therapie“), Alexander Lowen („Bioenergetik“) und Fritz Pearls („Gestalttherapie“) eingeführt und später von vielen anderen Therapeuten modifiziert und weiterentwickelt.

Dass man den Zugang zur Seele auch über den Körper erfahren kann, ist eine uralte Erkenntnis; ähnliche Vorstellungen finden sich schon in der 3000 Jahre alten ayurvedischen Medizin Indiens. Aber auch in der abendländischen Heilkunde der vergangenen 300 Jahre ist der psychosomatische Gesichtspunkt nie ganz verloren gegangen. In seinen genialen Aphorismen geht der große romantische Dichter Novalis weit über das Wechselspiel von Seele und Leib hinaus und stellt eine Verbindung zur Umwelt her: „… die Trennung des Körpers von der Welt ist wie die der Seele vom Körper … Krankheiten müssen als körperlicher Wahnsinn, und zwar als fixe Ideen … angesehen werden … Jede Krankheit kann man Seelenkrankheit nennen.“

Liebe und vegetatives Nervensystem

Für die psychosomatische Medizin liegen die Ursachen vieler Krankheiten im seelischen Bereich. Der Verlust von Liebe – durch Trennung,

Demütigung usw. – macht die Seele krank und die kranke Seele kränkt den Körper. Oft aber liegen die Ursachen psychosomatischer Krankheiten nicht so deutlich vor Augen, sondern basieren auf inneren, verborgenen Konflikten. Der Psychosomatikforscher Walter Bräutigam:

> *Der „Krankheit als Konflikt" (A. Mitscherlich) liegen Widersprüche zwischen ... menschlichen Urbedürfnissen und äußeren oder inneren Versagungen zugrunde. Vor allem sind es die zwischenmenschlichen Bedürfnisse nach Nähe, Zuwendung und Sexualität.*

Unterdrückte Empfindungen, fehlende oder fehlgeleitete Liebe oder andere psychische Konflikte können sich am Körper manifestieren, führen zu Verspannungen der Willkürmuskulatur (Nackenschmerzen, Rückenschmerzen usw.) oder bewirken vielschichtige Störungen des vegetativen („unbewussten") Nervensystems, das Verdauung, Herzschlag, Atmung usw. regelt. Wie sehr das vegetative Nervensystem mit seelischen Vorgängen verbunden ist, wissen wir alle: Wenn wir hungrig sind und lediglich die Abbildung eines gedeckten Tisches sehen oder auch nur an Speisen denken, merken wir, dass uns bereits das Wasser im Mund zusammenläuft und der Magen zu knurren anfängt. Oder ein anderes Beispiel: Sexuell anregende Bilder fördern – auch ohne Berührung der Genitalien – die Durchblutung von Vagina und Penis und führen zu Erregung und sexueller Lust. Wird man – um ein Negativbeispiel zu nennen – von einem geliebten Menschen heftig abgelehnt oder gar gedemütigt, so entsteht zusätzlich zur Traurigkeit oft eine *körperlich* spürbare Übelkeit, die sich zum Erbrechen steigern kann. Man sagt nicht von ungefähr: „Es ist zum Kotzen."

Menschen mit aufgeblähtem Ego, überzogenem Wunschdenken und Gier nach Geld oder Ruhm stimulieren immer wieder das hypothalamisch-hypophysäre System im Gehirn. Dadurch entstehen exzessive Mengen von Stresshormonen wie Adrenalin, Corticoide, Kinine. Das vegetative Nervensystem wird in einen Bereitschaftszustand für Notfälle versetzt und alle Organe geraten in eine Alarmsituation und arbeiten auf Hochtouren, bis irgendein Organ schwach wird und „zusammenbricht". Jeder Mensch hat unterschiedliche Schwachstellen in seinem Körper und so zeigen sich die psychosomatischen Krankheiten bei jedem Menschen anders. Darüber hinaus erzeugen die ersten beobachteten Symptome der entstehenden psychosomatischen Krankheit zusätzlich Sorgen und Ängste und schüren – fälschlicherweise – erneut das vegetative Notfallprogramm. Ein Heilmittel wäre: innehalten.

Alle Gefühle und Gedanken, ob von Liebe oder von Panik gesteuert, zeigen sich in spürbaren körperlichen Veränderungen. Manche Menschen haben es jedoch verlernt, die Sprache ihres Körpers zu deuten.

Einen Körper bereisen in der Länge und Breite
Heißt die Welt umsegeln
Heißt ohne Kompass die Windrose durchqueren
Inseln Golfe Halbinseln flutumspülte Deiche
Es ist nicht leicht – aber lustvoll –
Denk nicht es könnte an einem Tag gelingen
oder in einer Nacht ausgebreiteter Laken
Die Poren bewahren Geheimnisse
für die es viele Monde braucht
(Gioconda Belli)

Körperliche Empfindungen helfen uns, Gefühle und Gedanken zu klären und besser einschätzen zu können. Die Körpersprache ist gerade dann besonders wertvoll, wenn es um einander widerstrebende Gefühle oder einander widerstrebende Gedanken geht oder wenn Gefühle und Gedanken einander widerstreben und trotzdem eine Entscheidung getroffen werden muss.

Körperliche Krankheiten ändern sich manchmal auf krasse Weise, wenn die Seele aufschreit und eine radikale Wandlung fordert: Manche Menschen flippen aus, weil die übergroßen Anforderungen ihrer Umgebung sie aus der Bahn werfen; andere protestieren auf ungewöhnliche Weise gegen absurdes Ordnungsdenken, das unseren Alltag bestimmt, verweigern ein Weiterfunktionieren als Angestellter, Schüler oder Hausfrau und entwickeln allmählich oder plötzlich „anormales Verhalten", wollen in eine andere Realität fliehen, werden zum verrückten Lebenskünstler und siehe da: Die vormaligen Herzbeschwerden lösen sich oder der nach oben entgleiste Blutdruck findet zu Normalwerten zurück. Lang Aufgestautes darf endlich nach außen explodieren, heimliche Sehnsüchte dürfen sich erfüllen. Doch wer die artifizielle Grenze zwischen Psychisch-gesund-Sein und Psychisch-krank-Sein deutlich überschreitet, läuft Gefahr, in die Fänge der Psychiatrie zu geraten.

Franca, in mittleren Jahren, ist grazil, oft depressiv. Sie ist stark katholisch geprägt. Oft leidet sie intensiv an Neurodermitis, einem stark juckenden, rot-schuppigen Hautausschlag.

Vor mehr als einem Jahr widmete sich Franca – außer ihrem Beruf als Übersetzerin – zunehmend ihrem Glauben, betete oft stundenlang für andere und vertiefte sich in allerlei religiöse Schriften. In jener Zeit ging ihre 15 Jahre währende Ehe zu Bruch, was sie als Erleichterung empfand. Bald nach der Trennung hörte sie mehrmals am Tag die Stimme eines unbekannten, längst verstorbenen Heiligen, der sich als Wladimir vorstellte und sie immer wieder aufforderte, ein spirituelles Band zu verschiedenen Politikern herzustellen, um diese zu mehr Gerechtigkeit und Weisheit zu beeinflussen. Nur Franca hörte Wladimirs Stimme und befolgte deren Weisungen, andere hörten nichts (Psychiater diffamieren solch visionäre Erlebnisse als „akustische Halluzinationen").

Da geschah für Franca ein kleines Wunder: Die jahrelang quälende Neurodermitis verschwand innerhalb von Tagen.

Doch als Franca ihre Gerechtigkeitsmission auch offensiv im Landesparlament einzubringen versuchte, wurde sie schließlich – als laut protestierende Prophetin – von Polizisten abgeführt und in eine psychiatrische Klinik gebracht. Dort versuchte man Francas religiöse Visionen mit neuroleptischen Medikamenten zu vertreiben.

Nach ihrer Klinikentlassung trat Franca wieder ihren früheren Job an und auch die Beziehung zu ihrem Ehemann wurde wieder aufgenommen. Franca erklärt ihre jetzige Situation: „Die Psychiater sagen, ich hatte eine Psychose. Aber in dieser angeblichen Psychose ging's mir ja besser. Ich war endlich körperlich gesund. Aber das verstehen die Psychiater nicht, das verstehen nicht einmal normale Menschen."

Die Geschichte Francas beruht auf einer wahren Begebenheit. Ob Franca spirituelle Visionärin war, soll hier nicht diskutiert werden; die Erzählung zeigt jedoch – was früheren Generationen geläufiger war –, dass auch spirituelle Liebe heilen kann, auch ohne Wallfahrt nach Lourdes oder Rom.

In der genauen Betrachtung und intensiven Beschäftigung mit der körperlichen Krankheit (zum Beispiel Magengeschwür, Nackenschmerzen, Asthma) lässt sich vielleicht ergründen, welche seelischen Ursachen zu dieser körperlichen Veränderung geführt haben: Was hat jemand alles „runterschlucken" müssen, bis er ein Magengeschwür bekommen habe? Wer oder was sitzt einem im „Nacken"? Wer oder was nimmt die „Luft weg"? Wird ein Mensch genügend geliebt, gibt er genügend Liebe an andere – und an sich? Welche spezifischen Prägungen rühren aus der Kindheit? Und sind da noch Prägungen, die nicht bewusst sind und die dennoch negativ beeinflussen oder krank machen?

Die individuelle körperlich-psychische Ursachenforschung ist allerdings nicht immer erfolgreich und selbst dann, wenn die Ursachen klar sind, verschwinden damit nicht automatisch alle psychosomatischen Beschwerden. Trotz intensivster Ursachensuche – mit oder ohne Psychotherapeuten – und trotz gewonnener Einsicht bleiben nicht selten psychische oder psychosomatische Störungen hartnäckig und unverändert bestehen. Spitz formuliert es der bekannte Kritiker der klassischen Psychotherapie Paul Watzlawick in seinem Buch „Lösungen": „In der Psychotherapie ist es der Mythos von der Entdeckung des Warum als Vorbedingung eines Wandels, der den Wandel unmöglich macht." Er fordert, *nicht* nach dem Warum zu fragen, sondern nach dem Was. Bezogen auf das Thema Liebe heißt dies:

Wenn ein Mensch sich lieblos verhält gegenüber sich, seinem Körper und gegenüber seiner sozialen Umgebung und deshalb körperlich krank wird und obendrein noch depressiv, dann lässt sich vielleicht als Ursache ein kaltes, rüdes Elternhaus eruieren. Diese Erkenntnis wandelt aber den lieblosen noch lange nicht in einen liebevollen Menschen. Und auch seine Umgebung reagiert weiterhin lieblos auf diesen lieblosen Menschen. Sinnvoller als die Frage „Warum?" ist die (alleinige oder) zusätzliche Frage „*Was?*". Was trägt dazu bei, dass der Betroffene seine Lieblosigkeit beibehält und *was* kann jetzt und hier getan werden, damit aus Lieblosigkeit Liebe wird? Watzlawick plädiert für „die Herbeiführung überraschender, scheinbar vernunftwidriger Lösungen", für ein „plötzliches, blitzartiges Hinaustreten aus dem alltäglichen Erlebnisrahmen in eine neue Sicht der Wirklichkeit" und subsumiert dies unter die „Rubrik mystischer Erlebnisse".

Wenn jemand entgegen aller Vernunft dem oben genannten „lieblosen Menschen" plötzlich sehr viel Liebe, überschwänglich Liebe schenkt, dann wird der Lieblose in seinem lieblosen Alltagstrott nachhaltig irritiert und entdeckt – o Wunder! – in sich selbst kleine Spuren von Liebe. Wenn dieser scheinbar Lieblose sich gar verliebt und seine Verliebtheit erwidert wird, dann geschieht ein blitzartiger Wandel.

Syndrome der mangelnden Liebe

Im Folgenden werden einige als besonders typisch geltende psychosomatische Krankheiten kurz dargestellt, immer von der These ausgehend, dass es sich bei diesen Krankheiten um Liebe-Mangel-Syndrome handelt. Das Gesagte impliziert leider nicht, dass durch das Einschalten von Liebe oder durch das Entgegennehmen von natürlicher oder bezahlter Liebe jegliches Kranksein sofort verschwindet. Wer beispielsweise jahre- oder jahrzehntelang lieblos mit seinem Körper umgegangen ist, zu viel und zu fett gegessen hat und aufgegangen ist im beruflichen Dauerstress, der hat seinen Blutgefäßen, seinem Herzen, seiner Wirbelsäule, seiner Leber und anderen Organen manchen Schaden zugefügt. Solche Organveränderungen lassen sich selbst durch intensive Liebe nicht immer und nicht vollständig rückgängig machen. Vielfach wirkt Liebe dennoch als Heilmittel, wie wir an den folgenden Beispielen sehen werden.

Der Grundkonflikt beim *Asthma* oder bei der immer wiederkehrenden *spastischen Bronchitis* ist: Ein Mensch sucht den Schutz der Mutter und die Mutter gibt die gewünschte emotionale Zuwendung in exzessivem Maße, gemischt mit extremer, anklammernder Besorgtheit (zu viel Liebe). Als Reaktion darauf entstehen bei der Mutter – und später auch beim heranwachsenden Kind – Distanzierungs- und gar Ablehnungstendenzen. Diese lösen ihrerseits existenzielle Ängste vor zu großer Liebesferne aus, sodass – reaktiv – Mutter und Kind sich bald wieder in inniger Verschlungenheit vereinen. Psychotherapeuten sprechen in diesem Zusammenhang von einem „elastischen Asthmaband“ zwischen Mutter und Kind. Doch dieses elastische Beziehungsband gibt es zweifellos auch ohne Asthma und es ist durchaus verbreitet.

Je größer die Entfernung von der geliebten Mutter und später vom geliebten Lebenspartner ist, desto größer wird die Anziehungskraft (physikalisch durchaus nachvollziehbar). Dann geschieht in fatalen Rhythmen immer wieder dasselbe: Wird der Kontakt extrem nah, wächst die Lust auf Distanz. So entsteht ein dauerndes Spiel zwischen intimer Innigkeit und kalter Ferne, was sich für alle Beteiligten überaus anstrengend gestaltet.

Wer an *Magen- und Zwölffingerdarmgeschwüren* (ulcera) oder anderen Magenbeschwerden kränkelt, der leidet letztendlich unter der frühkindlichen Gleichsetzung „Nahrung = Liebe“. Ein Säugling erlebt – unter günstigen Bedingungen – viel Hautkontakt (warme, weiche Berührungen), passive Bewegung (Wiegen, Autofahren), guten Zuspruch, liebevolle Lieder und genießt das Gefüttert- und Gestilltwerden (daher die Bezeichnung „orale Phase“). In dieser Zeit entwickelt sich ein erstes Urvertrauen: Die Mitmenschen werden a priori als liebevoll wahrgenommen. Die Mutterliebe zeigt sich während dieses ersten Lebensjahres natürlich im Geben der Brust oder der Flasche, im Stillen. Wer aber als Erwachsener immer noch an der oben genannten Formel „Nahrung = Liebe“ hängt, der kreiert Probleme. Einerseits wollen diese Menschen umsorgt werden, andererseits pflegen sie Wünsche nach einem Erwachsenen-Ich.

Magen- und Darmgeschwüre entstehen, wenn Geborgenheit verloren geht, weil beispielsweise die langjährig verwöhnende Ehefrau sich trotz gemeinsamer Kinder in einen furiosen Mexikaner verliebt und nach Südamerika auswandert. Auslöser kann aber auch weniger dramatisch eine herausfordernde neue Arbeitsstelle sein. Beide Male geht eine lang erfahrene Geborgenheit verloren.

Der Magen ist stark durch die emotionalen Einflüsse der Eltern, vor allem der Mutter, geprägt. Mahatma Gandhi wurde als Hindu von seiner Familie streng vegetarisch ernährt, doch wollte er als Jugendlicher dieses Tabu brechen und aß Ziegenfleisch. Daraufhin bekam er starke Magenschmerzen, es wurde ihm übel und er hörte gar die Ziege in sich schreien. Die Liebe zu den Eltern schloss eine Übertretung der Gepflogenheiten aus, der Körper wehrte sich. Übrigens blieb Mahatma Gandhi als Erwachsener freiwillig Vegetarier.

Positiv erleben wir den Magen bei gutem Essen und erlesenen Getränken. „Liebe geht durch den Magen" – ein Hinweis darauf, dass solche Frauen gern und gut kochen, die auch sexuell aufgeschlossen sind. Eine Studie der New York State University zeigt eindeutige Zusammenhänge: Ein Großteil der Frauen mit großem sexuellen Interesse legte auch enormen Wert auf kunstvolles Kochen und hervorragendes Essen. Das Gesagte gilt offenbar nicht für das starke Geschlecht: Viele Männer sind schwache Köche und die männliche Lust auf Sex ist oftmals stärker als die Lust auf stilvolles Essen. Es sind wohl vor allem Frauen, die sexuelle und schmausende Lustgefühle mit Ästhetik veredeln.

Das *vegetative Nervensystem* – vor allem der Vagus – wird in Belastungssituationen überaktiv und stellt Magensaft bereit, als ob materielle (oder Liebes-) Nahrung zu erwarten wäre, die aber nicht kommt. Dieses Zuviel an Säure richtet Schaden an und ätzt ein Geschwür in die sensible Schleimhaut. Zu den „Als-ob-Reaktionen", die der berühmte Psychosomatiker Thure von Uexküll „Bereitstellungskrankheiten" nennt, zählt auch die *Hypertonie*, der Bluthochdruck: Der *Sympaticus* bereitet adrenalingenährte Kampfbereitschaft vor, in Wirklichkeit entstehen aber „nur" Situationen, in denen Wut aufkommt, aber nicht ausgedrückt wird. Wer Ärger, Abwehr und Hass in sich staut, erhöht den leiblichen Innendruck, auch in den Blutgefäßen: Hypertonie. Liebe könnte – wenn sie zu Hilfe gerufen würde – diese Stauungskrankheit in Wohlgefallen auflösen.

„Mama hat wieder Migräne", ruft der 5-jährige Raffael dem müde wirkenden Hausarzt im Treppenhaus entgegen. Die Mutter versorgt drei Kinder, würde aber lieber wieder in ihrem ursprünglichen Beruf als technische Zeichnerin arbeiten, anstatt wie jetzt nur stundenweise in ihrer früheren Firma auszuhelfen. Derzeit hat sie nur ein anstrengendes, kurzes berufliches Intermezzo zwischen Windelnwechseln und Kochen. Ihr Ehemann, der beruflich bedingt oft tagelang nicht nach Haus kommt, wehrt sich heftig gegen ihre Wünsche nach einer Haushaltshilfe oder einem Au-pair-Mädchen. Die Frau ist unzufrieden, verdrängt ihre innerlich angesammelte Wut und dämpft erotische Wünsche nach dekolletierten Kleidern und Stöckelschuhen mit rational-kopflastigen Begründungen. In dunkel-schweren Farben erblüht das Leiden der Cephalgie. Zum zigsten Male hört der Hausarzt die Geschichte seiner Patientin, die als kleines Mädchen nur dann große Aufmerksamkeit, Zuwendung und Liebe erhielt, wenn sie sterbenskrank war. Später als junge Erwachsene war sie ehrgeizig mit einem Hang zu einem nie erreichbaren Perfektionismus.

Am Beispiel der an *Migräne* leidenden Frau zeigt sich, wie seelische Kränkungen (Verweigerung von Unterstützung im Haushalt, Verweigern von erneuter voller Berufstätigkeit usw.) sich in körperlichen Krankheiten ausdrücken können und damit einen gewissen Ausgleich schaffen. So wird das körperliche Leiden zu einem seelischen Selbstheilungsversuch. Dieter Beck, der einst die Psychosomatik in der Schweiz populär gemacht hat (und 1980 in seiner Baseler Klinik von einem Patienten ermordet wurde) schreibt in „Krankheit als Selbstheilung":

Mit dem Migräneanfall nimmt ein Patient seinen Kopf plötzlich sehr stark und intensiv wahr. Er zieht sich ins Bett zurück und im abgedunkelten Zimmer wird eine fötale Welt geschaffen. Die schmerzhafte Überstimulierung des Kopfes und der Rückzug von den Objektbeziehungen sind ein Reparationsversuch für das verletzte Selbst. Nach dem abgelaufenen Migräneanfall fühlt sich der Patient besonders wohl und wie neugeboren.

Überdies werden von manchen (nicht von der Mehrheit der Betroffenen) Migräne und Cephalgie als unbewusst(!)-sanftes Erpressungsmittel eingesetzt, um ein wenig Zuwendung und eine Spur von Liebe zu ergattern. Beim Spannungskopfschmerz sind zusätzlich Schultern und Nackenmuskel verhärtet, aber die zu favorisierenden Heilmittel sind nicht Muskelrelaxantien, nicht Analgetika, nicht Akupunktur oder Autogenes Training, sondern Liebe. Sehr viel Liebe. Bedingungslose Liebe. Das Liebe-Prinzip greift.

Natürlich muss bei diversen Beschwerdebildern – wie bei jeder psychosomatischen Krankheit – ausgeschlossen werden, dass *organische Ursachen* (wie Tumoren, Arteriosklerose, Entzündung, Stoffwechselstörungen usw.) eine Rolle spielen. Solche organischen Ursachen sind aber relativ selten, frühkindliche Prägungen und aktuelle psychodynamische Faktoren überwiegen deutlich.

Von alters her ist das *Herz* das Symbol der Liebe, auch der spirituellen Liebe. Im Hinduismus ist es der Ort, der mit Brahman verbindet, der Personifikation des Absoluten; im Islam gilt das Herz als Hort der Kontemplation, im Juden- und Christentum wird sie zur Heimstatt von Liebe und Weisheit. Und die Romantik, die auch in unsere Gegenwart hineindauert, feiert das Herz als Tempel von Eros und himmlischer Liebe:

Herz, mein Herz, warum so fröhlich,
...
Weil ein liebes Mädchen wieder
Herzlich an dein Herz sich drückt,
Schaust du fröhlich auf und nieder,
Erd' und Himmel dich erquickt.
(Joseph von Eichendorff)

Wer dagegen in einer herzlosen, frustrierend-strengen oder gar gewaltgeprägten Atmosphäre erzogen wurde, womöglich mit der eingebläuten Achtung vor (angeblichen) Autoritätspersonen, der zeigt später oftmals die zwanghaft innere Tendenz zum Selber-dominieren-Wollen. Weiche, eher weibliche Gefühle werden abgewehrt. Im psychodynamischen Geschehen überwiegen Rationalisieren, Bagatellisieren und Verdrängen. Erfolgsdruck herrscht vor allem in der Arbeit und ebenso das Bedürfnis nach Anerkennung und Geschätztwerden, was letztendlich die tief brodelnde Sehnsucht nach Liebe widerspiegelt. Man steht in einem aufreibenden Konkurrenzkampf und ist permanent unter Zeitdruck. Daraus entwickelt sich eine hochgradige Anpassung und eine unbestimmte Feindseligkeit, die sich immer wieder – meist ungezielt – bei Mitmenschen entlädt.

Bei so genannten Herzneurotikern wiederholen sich „Herzanfälle" mit Herzjagen, Schweißausbrüchen und einer auf das Herz projizierten Todesangst. Dabei ist *keine* arteriosklerotisch bedingte koronare Herzkrankheit zu diagnostizieren. Wenn solche Herzbeschwerden aufbrechen, worüber beschwert sich das Herz?

Betroffene Menschen hatten in der Kindheit oft eine symbiotische Liebesbeziehung zur Mutter, dann – im Erwachsenenalter – zu Mutter-Ersatzpersonen:

> *Ein 35-jähriger selbstständiger Installateur liebt – wie er beteuert – seine Frau über alles. Als er seine Frau in ein Kursanatorium gehen lassen muss und am zweiten Tag weder einen Anruf noch eine SMS bekommt, ist er von der Untreue seiner Frau fest überzeugt und erleidet eine Herzattacke: Notarzt, Blaulicht, stationäre Aufnahme, Entlassung am nächsten Tag. Das Herz sei organisch gesund, heißt es im abschließenden Arztbericht.*
>
> *Empfindet dieser Mann wirklich Liebe zu seiner Frau oder sucht er „nur" Geborgenheit für den Preis demütigender Abhängigkeit? Beschwert sich sein Herz über mangelnde Autonomie, über fehlende Selbstliebe?*

Lassen sich Herzensleiden durch Liebe kurieren? Die Antwort ist einfach: Ja! Die Liebe ist auch hier ein hochpotentes Heilmittel.

Wenn einer Versuchsperson in tiefer Hypnose irgendeine Münze auf die Haut gelegt wird und man suggeriert, diese Münze sei glühend heiß, dann bildet sich eine Brandblase. Solche suggestiven Selbstbeschwörungen können dazu führen, dass exzessive Christusgläubige die Stigmata des Gekreuzigten an Händen und Füßen blutig erleben.

In der embryonalen Entwicklung stammen Haut- und Nervenzellen aus ähnlichen bis gleichen Keimblättern. So wird die Haut zum Parameter der Sensibilität, ist zuständig für Berühren, Zärtlichkeit, Sexualität und Schmerzen. Die Haut ist aber auch das Abgrenzungsorgan gegenüber unserer Umwelt. Die Haut des Gesichtes prägt das Antlitz, zeigt sich durchscheinend oder dickhäutig, im Alter von den Furchen des Lebens gezeichnet. Jede seelische Erregung spiegelt sich wider auf der Haut, durch Erröten, schaurige Gänsehaut, Schreckensblässe, Angstschweiß, Freudestrahlen, erotische Anziehung.

Wer in der Jugend oder später im Erwachsenenalter unter entstellend wirkenden Hautausschlägen, extremem Juckreiz und schlecht heilenden Kratzspuren (*Neurodermitis* = endogenes Ekzem) leidet, dem hat es im Säuglings- oder Kleinkindalter oftmals an zärtlichem Hautkontakt gefehlt, an Streicheln und Schmusen, an Umkuscheln und – an Liebe!

Bei von Neurodermitis Betroffenen lassen sich manchmal Trennungen von der Mutter in früher Kindheit eruieren, unvergleichlich häufiger jedoch gibt es zwar eine Mutter, aber diese ist emotional unterkühlt, reagiert auf Babygeschrei mit (kaschiertem) Genervtsein, schafft innere Distanz (bis Ablehnung) statt Zuneigung. Das Notwendigste wird getan (manchmal sogar sehr gewissenhaft), jedoch fehlt die tiefe Wärme und die lächelnde Freude der Liebe.

Die erwachsenen von Neurodermitis Betroffenen hegen den tiefgründigen Wunsch nach einem *körperlichen* Ausdruck der Liebe, nach Umarmen, Streicheln, Massage, Kuscheln, körperlicher Geborgenheit, und zwar durch spürbare Wärme des geliebten Menschen, der sie umhüllt und umliebt. Wer jahrelang die wechselnden Irritationen der Haut als Qual empfindet, ist total verwundert, wenn er auf einen geliebten Menschen trifft, der die malträtierte Haut einfach hinnimmt oder sie gelinde leise küsst. Noch mehr verwundert, wenn nach so einer fein versponnenen Liebesnacht die vormals unheilbar scheinende Haut sichtlich gesundet – durch Liebe. – Weise Liebeszeilen von M. Dschelaluddin Rumi:

Durch Liebe ward das Bittre
süß und hold
Durch Liebe ward das Kupfer
reines Gold
Durch Liebe ward die Hefe
rein und klar
Durch Liebe bot die Krankheit
Heilung dar ...
Die Liebe macht das
tote Brot zur Seele
Macht ewig die vergängliche
die Seele!

Unter *Obstipation* (Stuhlverstopfung, Darmträgheit) leiden vor allem jene Menschen, die einer eher gehobenen sozialen Schicht zugehören und in der familiären Ursprungssituation eine vorwiegend strenge, kontrollierende, ordnungsliebende Mutter hatten (wobei manchmal die Liebe zur Ordnung größer war als die Liebe zum Kind). Eine solchermaßen ordnungsliebende Mutter wird bei vollen Windeln eher genervt reagieren („du stinkst ja schon wieder bestialisch, ach ja, schon wieder eine volle Windel ...“) und mit Lemon-grass-Spray werden nicht nur die Gerüche, sondern auch sinnliche Gefühle weggepustet. Eine andere, das Kind wirklich liebende Mutter wird dagegen ihren Sprössling immer wieder loben („Da hast du ja ein tolles Kacka in die Windel gelegt") und sich freuen an seiner unbeschwerten Lust, die verdaute Nahrung auszuscheiden.

Ursprünglich haben Kleinkinder offenbar ein Vergnügen am Vorbeigleiten der Exkremente an den Schleimhäuten von Rectum und Anus. Früh wird der Anus als erogene Zone erlebt; im Erwachsenenalter spielt er eine erregende Rolle bei der Analonanie oder dem Analkoitus. Vom Kleinkind wird der Darminhalt durchaus als Wertgegenstand erlebt, als eigenes Erzeugnis, das man bei sich behalten oder abgeben kann. Wenn die analen Ausscheidungsvorgänge beim weiblichen Kleinkind einer übertriebenen „Schmutz befreienden" Reinlichkeitserziehung unterliegen, dann kann durch die anatomische Nähe von weiblichen Genitalien und Anus die gesamte genital-anale Region als „schmutzig" erlebt werden. Hinzu kommt, dass an kleine Mädchen größere Anforderungen zu Sauberkeit und analer Kontrolle gestellt werden als an Jungen gleichen Alters. So wundert es nicht, wenn bei Frauen die Obstipation oft mit einem Nachlassen der Libido einhergeht: Sowohl der Darm als auch die anderen Kanäle der Lust sind verstopft.

Wer als Erwachsener mit Obstipation zu tun hat, den bringen Psychologen mit der Freudschen analen Trias in Verbindung: Eigensinn, Ordnungsliebe, Sparsamkeit bis Geiz. Diese Sparsamkeit bezieht sich auch auf das Geben und Schenken von Liebe. Obstipierte Erwachsene leiden dann auch – außer unter dem Nichthergeben der Darmfülle – zusätzlich an Kopfschmerzen, Leibblähung, Mattigkeit, Leistungsminderung, hypochondrischer Ängstlichkeit, Verlustangst und zeigen absurde Machtansprüche. Die Heilung der Obstipation erscheint einfach: Die geizige Mentalität des Behaltenwollens müsste sich wandeln in eine Mentalität des freudigen Gebens ... Liebe schenken.

Nicht nur Einzelmenschen, sondern riesige Industrienationen kranken – symbolisch gesehen – an Obstipation mit den bekannten Symptomen: geiziges Festhalten an errungenem Besitz und Bekundung abartiger Machtansprüche. Dabei könnte entsprechend dem Win-win-Prinzip Geben zu (wahrem) Reichtum führen. Wer Liebe gibt, wird reich. Der Mönch Tich Nhat Hanh formulierte dazu einen lodernden Aufruf an die Mitmenschen:

> *Eingedenk der Leiden, die durch Ausbeutung, soziale Ungerechtigkeit, Stehlen und Unterdrückung verursacht werden, geloben wir,* liebende

Güte *zu entwickeln und zu lernen, wie man für das Wohlergehen der Menschen, der Tiere und Pflanzen arbeitet. Wir geloben, Freigiebigkeit zu üben, indem wir unsere Zeit, Kraft und unsere materiellen Mittel mit jenen teilen, die wirklich bedürftig sind.*

Nicht nur Krankheiten im klassischen Sinne, sondern auch ein *Unfall* kann psychodynamischen Hintergrund haben, sodass der durch den Unfall herbeigeführte Zustand „heimliche" Vorteile hat, die dem Bewusstsein nicht sofort zugänglich sind.

Ein Handelsvertreter kommt oft tagelang nicht nach Hause und selbst an Wochenenden ist er wiederholt als Referent bei Schulungen. Seine 8-jährige Tochter vermisst den Vater und auch die Ehefrau leidet unter der dauernden „Reiselust" ihres Mannes und denkt an Trennung. Eines Tages stolpert der Mann über seine eigenen Füße und stürzt so unglücklich, dass er sich eine Fraktur am rechten Handgelenk zuzieht. Er wird operiert und erhält einen Gipsverband. Durch die Fraktur ist er dienstbefreit und kann sich, ohne Gesichtsverlust und ohne seine innere Einstellung zu ändern, seiner Familie widmen.

In einem langen Gespräch mit seinem Hausarzt kommt aber noch eine tiefere Bedeutung seines Unfalls zu Tage: Dem Hausarzt gesteht er, dass er absichtlich (!) selten zu Hause ist und seine beruflichen Reisen unnötigerweise verlängert, denn wenn er inmitten seiner Familie weilt und eigentlich glücklich ist, dann überfällt ihn sofort ein schlechtes Gewissen. Er erzählt von einer früheren Lebenspartnerin und seinem mittlerweile 15-jährigen Sohn, der von Geburt an mental leicht behindert ist und an rezidivierenden epileptischen Anfällen leidet. Dieser Sohn ist tagsüber in einer Sonderschule und lebt bei der alleinerziehenden Mutter in einer anderen Stadt. Schon bald nach der Geburt dieses Kindes – so schildert der Handelsvertreter unter Tränen – habe er die damalige Frau verlassen und sich nicht mehr um die beiden gekümmert; es gibt außer den monatlichen Geldüberweisungen kaum persönliche Kontakte. Dennoch ist er durch heftige Schuldgefühle an seinen inzwischen pubertierenden Sohn gebunden. Zudem weist die abgewehrte Beziehung zum fernen Sohn noch auf die gestörte Beziehung zu seiner jetzigen Frau hin: Er braucht den Vorwand des letztendlich verleugneten Sohnes und braucht das damit verbundene schlechte Gewissen, um die brennenden Probleme in der aktuellen Beziehung zu seiner Frau zu vernebeln.

Der Hausarzt bringt die komplizierte Geschichte auf den Punkt: „Ihr schlechtes Gewissen ist berechtigt. So verhält sich ein Mann nicht gegenüber seinem Sohn und auch nicht gegenüber seiner ehemaligen Freundin. Das ist lieblos. Sie gehen jetzt nach Hause und reden mit Ihrer Frau: Sie werden weniger verreisen, häufiger daheim sein und sich nicht nur um Ihre Tochter, sondern auch um Ihren Sohn kümmern. Und Ihre jetzige Frau werden Sie – wenigstens ein bisschen – verwöhnen. Dann brauchen Sie kein schlechtes Gewissen mehr zu haben und brauchen sich auch nicht mehr das Handgelenk zu brechen."

Der Handelsvertreter drehte sich in einem fatalen Kreislauf zwischen seinem jetzigen Familienglück und dem dauernd schlechten Gewissen gegenüber seinem Sohn und dessen Mutter. Er musste dringend innehalten. Dieses Innehalten schaffte er von sich aus nicht: Er brauchte – unbewusst – die Hilfe eines letztendlich banal selbst inszenierten Unfalls.

Wenn die Seele nach Liebe schreit und in eine andere Realität entflieht

Unerträgliche Lebensbedingungen treiben manche Menschen in psychische Krisen oder verursachen, wie wir gesehen haben, vielfältige psychosomatische Störungen.

In unserem Kulturkreis lagert das seelische Gleichgewicht im Wesentlichen auf drei Säulen: Wohnung, Beziehung (was oft mit Liebe gleichgesetzt wird) und Beruf. Entfällt eine oder entfallen gar zwei dieser tragenden Säulen, wächst das Risiko einer psychischen Entgleisung, vor allem dann, wenn eine spirituelle Orientierung, eine vorgegebene Religion oder eine selbst kreierte eigene Lebensphilosophie fehlt. Darüber hinaus sind wir alle von politisch-wirtschaftlichen Spannungen, von individuellen Überlebensängsten, Umweltzerstörung, von dauernden großen und kleinen Kriegen betroffen und leiden (auch unbewusst) mit am Elend und Hunger in den armen Regionen unserer Erde. Die langsame oder plötzliche Vernichtung der gesamten Menschheit ist möglich geworden. Dieser „Wahnsinn" zeigt, dass die Menschheit am Rande eines dunklen und tödlichen Abgrundes wandelt. Der – globale – Mangel an liebevollem Umgang miteinander vertieft zweifellos das psychische Elend vieler Menschen.

Andere Menschen sind von den Lebensbedingungen auf unserem Planeten scheinbar weniger belastet; sie haben in einem relativ reichen Land einen erfüllenden Job gefunden, verfügen über ausreichend Geld und haben nette Freunde. Dennoch leiden sie unter verschiedenartigen seelischen Störungen, unter unspezifischen Ängsten, depressiven Einbrüchen, Anhedonie und Grübeln: Hier spielen oft biografische Prägungen (zum Beispiel aus der Kindheit) eine wesentliche Rolle.

Die meisten psychischen Störungen und Krankheiten werden *ohne fremde Hilfe – durch die von Liebe gesteuerten Selbstheilungskräfte der Seele* – überwunden, besonders bei Unterstützung durch die eigene Familie oder durch engagierte Freunde.

In mehr oder weniger extremen Grenzsituationen des Lebens driften manche Menschen jedoch mental ab in ferne Geisteswelten, die dem Normalbürger fremd sind und die ihm Angst machen. Diese abdriftenden Menschen versinken in den dunklen Nebeln der Depression oder zeigen manischen Tatendrang, hören für andere nicht wahrnehmbare Stimmen oder fühlen sich von mysteriösen Geheimbünden verfolgt oder beeinflusst, von spirituellen Visionen überwältigt; sie gleiten in umwölkte dunkle Erfahrungen oder in Ekstasen oder werden von eidetischen Fähigkeiten umhüllt.

Diese spirituellen Grenzgänger entziehen sich – keineswegs absichtlich – dem Terror der Normalität, leben ihre Extravaganzen und geraten nicht selten in die Spinnennetze der Psychiatrie. Von traditionell geprägten Schulpsychiatern werden diese oft unfreiwilligen spirituellen Grenzgänger mit allerlei Diagnosen belegt: manisch-depressives Syndrom, schizo-affektive Psychose, juvenile Schizophrenie, Hebephrenie, Borderline-Syndrom, post-schizophrene Depression usw. Die meisten psychiatrischen Institutionen mit ihren oft persönlichkeitszerstörenden Diagnosen und „Therapien“ gehören zu den Gegenpolen der Liebe! Der New Yorker Psychiatrieprofessor Thomas Szasz nennt die psychiatrische Diagnostik in seinem Buch „Die Fabrikation des Wahnsinns“ eine „Rufmord- und Diffamierungstechnik“:

> *Entscheidend ist hier nicht, dass psychiatrische Diagnosen bedeutungslos sind, sondern dass sie als semantische Keulen geschwungen werden. Indem man einen Menschen seines Ansehens, seiner Würde beraubt, zerstört man ihn nicht minder gründlich … als dadurch, dass man ihm den Schädel einschlägt. Nur wird eben – und darin liegt der große Unterschied – der Totschläger mit der Keule von jedermann als gemeingefährlich begriffen, nicht aber derjenige, der mit der psychiatrischen Diagnose zudrischt.*

Wer sich psychisch wohl fühlt und seinen Mitmenschen wohlwollend begegnet, ist geistig gesund, auch wenn Psychiater eine andere Kategorisierung bereithalten. Und dies ist wichtig: Selbst dann, wenn eine Frau, ein Mann, ein Kind psychisch leidet, muss dies *nicht* als Krankheit eingestuft werden, denn *Leiden gehört zum Menschsein und Leiden ist auch Teil der Liebe*. Johann Wolfgang von Goethe:

Lieber durch Leiden
Möcht' ich mich schlagen,
Als so viel Freuden
Des Lebens ertragen.
All das Neigen
Von Herzen zu Herzen,
Ach wie so eigen
Schaffet das Schmerzen!
Wie soll ich fliehen?
Wälderwärts ziehen?
Alles vergebens!
Krone des Lebens,
Glück ohne Ruh,
Liebe, bist du!

Die Schulpsychiatrie zieht eine artifizielle Grenze zwischen psychischer Gesundheit und Krankheit und schmälert so die Ausdrucksmöglichkeiten menschlichen Seins. Spirituelle Grenzgänger und visionäre Propheten, von Jesus Christus bis zur französischen Nationalheldin Jeanne d'Arc, von van Gogh, Hölderlin, Nietzsche bis zur „Traumfrau im Wunderland" Leonora Carrington, würden allesamt von der herrschenden Psychiatrie als „Psychotiker" eingestuft – eine Klassifizierung, der man als intelligenter und einfühlsamer Mensch nicht zustimmen mag! So wundert es nicht, dass psychiatrische Kliniken ganz überwiegend als Horte von „Nicht-Liebe" erlebt werden.

Die Seele schreit, ist traurig, gebärdet sich überschäumend tatenvoll oder ist verzweifelt und fühlt sich minderwertig, ist irre oder hyperaggressiv, will sterben oder fühlt sich leer – die Psychiatrie, die eigentlich für die Psyche zuständig wäre, versagt hier. „Ein Mensch ist bedürftig, fühlt sich elend und schlecht und die Psychiater sagen, er ist schizophren", so der wohl radikalste, humanistisch geprägte Psychiater des 20. Jahrhunderts, Franco Basaglia.

Die *Moral der Liebe* verlangt ein anderes Verständnis von psychischem Anderssein, fordert einen Verzicht auf psychiatrische Zwangsmaßnahmen und eine Hinkehr zum Liebe-Prinzip.

Liebe zum Menschen – dies impliziert: Menschen werden nicht einfach gegen ihren Willen eingesperrt, erhalten nicht persönlichkeitsverändernde Medikamente (wie zum Beispiel Neuroleptika), sondern man begegnet ihnen respektvoll und in Würde. Daraus entsteht eine neue Psychowissenschaft. Nochmals Franco Basaglia:

> *Das Bedürfnis nach einer neuen „Wissenschaft" und nach einer neuen „Theorie" führt zu dem, was fälschlicherweise als „ideologisches Vakuum" bezeichnet wird und das in Wirklichkeit die glückliche Situation ist, in der man anfangen kann, den Problemen auf eine andere Art und Weise zu begegnen ... in der Situation sind wir gezwungen, uns mit Angst und Leiden auseinander zu setzen, ohne sie automatisch in ein „Krankheitsschema" einzufügen, ohne neue Erklärungen und Gesetzmäßigkeiten aufzustellen ... Wenn sich Krankenschwestern oder andere emotional offene Menschen mit den psychischen Problemen eines „Patienten" auseinander setzen, dann tun sie das, als wäre es ihr eigenes Problem: sie haben das, was man Einfühlungsvermögen nennen könnte oder auch – Liebe ... Nächstenliebe, um einen altmodischen Ausdruck zu nehmen.*

2. Liebe heilt das Miteinander

Die Literatur ist voll von Beispielen, wie ein körperlich oder psychisch Kranker durch die tiefe Liebe eines anderen Menschen radikale Heilung erfährt. Eine Passage von einem der erfolgreichsten Romanautoren der Gegenwart, Heinz G. Konsalik, dessen Liebesromane Weltauflagen von über 100 Millionen erreichten (und den Germanistikprofessoren gerne in die triviale Ecke stellen):

> *In der neurologischen Klinik erwartete bereits der Chefarzt den ihm bekannten Bankier. „Wir kennen ja Ihre Tochter Julia. Ihre Lähmung ist eine reine Nervenlähmung, die wir vergeblich behandelten ... Es kommt vor, dass der Kranke einfach nicht mehr gesund werden will. Er will sterben! Und da nutzen auch keine Arzneien mehr." ...*
>
> *Doch Julia liebt Franz über alle Maßen. Er hat sich scheinbar von ihr abgewandt, begegnet ihr aber wieder neu und voller Liebe. Die*

einstmals gelähmte Julia wird von Franzens Liebe geheilt und kann – wundersam! – erste Schritte wagen: ... Sie überwindet ihre Lähmung und kann wieder gehen.

Millionen Menschen lesen gerade solche Romane, weil sie sich nach Liebe sehnen, nach der unendlichen Heilkraft der Liebe.

In dem der so genannten hohen Literatur zuzurechnenden mittelalterlichen Epos „Der arme Heinrich“ von Hartmann von Aue wird die Liebe ebenfalls zur Heil bringenden Arznei. Zunächst ist der arme Heinrich von todbringender Krankheit geplagt; er kann nur Rettung erfahren durch das Blut einer ihn innig liebenden Jungfrau. Schließlich findet sich eine solch hingebungsvolle Frau und da wendet sich das göttliche Schicksal zum Guten: Die aufopferungswillige Frau muss nicht sterben, allein ihr von tiefer Liebe geleiteter Wille zum Opfer reicht, um den arme Heinrich gesunden zu lassen.

Ähnlich dramatisch – und mit ähnlichem Happyend umgeben – ist das französische Märchen „Die Schöne und das Tier“. Das unschuldige, liebliche Mädchen La Belle ist bereit, mit einem Ekel erregenden, grauenvollen Ungeheuer zusammenzuleben, um ihre Familie vor dessen Zorn zu bewahren. Langsam gewöhnt sich La Belle an das Aussehen des tierischen Ungeheuers, empfindet es weniger abstoßend und entdeckt schließlich, dass auch Gutes in seinem Herzen wohnt. „Es gibt Menschen, die viel schlimmere Ungeheuer sind als Ihr“, sagt La Belle. „Und sie sehen dabei ganz nett aus. Man weiß nie, wer wirklich ein Ungeheuer ist.“ Eines Tages empfindet La Belle gar Liebe zu dem Monster – und da geschieht ein Wunder: Der böse Zauber wird aufgehoben und aus dem Monster wird der ursprüngliche Prinz, der er einmal war.

Nach dem Epos und dem Märchen heilt bedingungslose Liebe einen Todkranken und macht sogar ein monströs entstelltes Wesen ansehnlich. Emanzipierte Leserinnen könnten einwenden, typisch für beide Geschichten sei, dass wieder einmal die Frau sich hemmungslos hingeben müsse, auch wenn der Mann ein Scheusal ist. Von der Frau wird also erwartet, ihren Mann durch aufopferungsvolle Liebe zu ändern. Ein solches Tun aber ginge zu Lasten der Frau, die sich in Liebe verausgabt, und so bleibt wenig Liebe für sie selbst.

Das Märchen „Die Schöne und das Tier“ lässt sich aber auch geschlechterübergreifend verstehen: Akzeptiert jemand (ob Frau oder Mann) seinen Partner, so wie er ist, ohne Bedingungen, ohne das Bedürfnis nach Änderungen, dann entsteht eine Liebe, die glücklich macht. Wer sich voll akzeptiert und geliebt fühlt, gewinnt schließlich die Kraft, sich zu entfalten und das Beste aus sich zu machen. Lieben, was ist!

Es ist Unsinn
sagt die Vernunft
Es ist was es ist
sagt die Liebe
...
Es ist lächerlich
sagt der Stolz
Es ist leichtsinnig
sagt die Vorsicht
Es ist unmöglich
sagt die Erfahrung
Es ist was es ist
sagt die Liebe
(Erich Fried)

Nach Sigmund Freud lassen sich manche Menschen bei der Wahl ihres Geliebten von den eigenen Defiziten leiten: Was der eigenen Person fehlt, das sucht man in der Persönlichkeitsausstattung des geliebten Menschen. Wenn der Geliebte eine Eigenschaft hat, die einem selbst fehlt, dann wird dies als heilend empfunden. Eine solche Liebesheilung ist der einfachere Weg. „Man könnte mit diesem Ausgang zufrieden sein, wenn er nicht alle Gefahren der drückenden Abhängigkeit von diesem Nothelfer mit sich brächte“, sagt Freud.

Anstrengender ist es, die eigenen Defizite zu erkennen und sie auszugleichen im Rahmen von Selbstregulierung und Selbstliebe: Indem man sich selbst akzeptiert – auch mit seinen Fehlern –, übernimmt man *selbst* die Verantwortung für sein Glück, sucht das Heil nicht beim anderen, sondern bei sich.

Wenn sich eine(r) geliebt fühlt, können Alltagsprobleme und sogar Krankheitssymptome verschwinden. Ein schönes Beispiel hierfür findet sich in dem Roman „Nur wie ein Gast zur Nacht“ des jüdischen Dichters Samuel J. Agnon.

Hirschel, in einem galizischen „Schtetl“ unglücklich verheiratet (worden), kommt über die Sehnsucht nach dem immer noch geliebten Mädchen nicht hinweg; er wird traurig, krank, depressiv. Die reichen Eltern schicken ihn weit weg zu einem alten Arzt nach Lemberg; der

– früher Talmudschüler – war angesichts der Misshandlung psychisch Kranker durch die Umwelt von der Behandlung körperlicher zu der von seelischen Krankheiten übergegangen. Den verstörten jungen Mann behandelt er nun wie einen „Normalen", der sich nur überanstrengt hat und Ruhe braucht. Er redet mit Hirschel über tausenderlei Dinge, nur nicht über seine Krankheit. Und Hirschel erzählt dem Arzt von tausenderlei Dingen, nur nicht von seiner unglücklichen Liebe. Bald wird er gesund – er weiß nicht wie. Das Geheimnis: Er brauchte sich nicht zu entblößen mit seiner Verstörung. Er wurde aus seiner Sonderwelt, in die er sich zurückgezogen hatte, nicht heraus getrieben. Das Vertrauen und die liebende Zuwendung des Arztes, dazu die bunten Geschichten, in die er eintrat oder hineingezogen wurde – das genügte für die Heilung. Die Welt beruht auf Reden, sagt der Arzt, und auf dem dadurch geschaffenen Kontakt.

Die Gefühle von Sinnlosigkeit, von eigener Nichtigkeit, womöglich begleitet von depressiven Krisen und somatischen Störungen, lösen sich auf, wenn ein Mensch von einem anderen Menschen widergeliebt, als großartig und wunderbar empfunden wird. Und so lässt sich der leidende Mensch durch das Geschenk der Liebe verzaubern und „vergisst" Jammern und Kranksein. Selbst bei schweren Krankheiten wie Krebs und Aids kann der Mensch wieder Hoffnung schöpfen, wenn seine Notsignale – endlich – gehört werden. Wenn seine verborgene, geheim gehaltene Geschichte von einem sensiblen Mitmenschen, der sich ihm zum „Nächsten" macht, wahrgenommen wird, dann kann sich auch sein Immunsystem regenerieren.

In vielen psychotherapeutischen Sitzungen ist es letztendlich eine Form von „professioneller Liebe", die Änderung und Besserung der psychischen und psychosomatischen Krankheitssymptome bewirkt. Die bekannte Berliner Psychotherapieprofessorin Eva Jaeggi in ihrem Buch „Liebe und Heilung":

So basieren sowohl Theorien als auch die Praxis einzelner Therapieschulen oft auf der Eltern-Kind-Beziehung; manche aber sind wiederum sehr viel ähnlicher dem, was eine liebende Partnerschaft bedeutet, und andere wiederum gleichen einer Freundschaftsbeziehung … „Heilung durch Liebe" (in der Therapie) kann aber auch bei Psychoanalytikern als sinnvoll angesehen werden, vor allem dann, wenn sie der „weichen" Technik-Variante anhängen … Es gibt Gemeinsamkeiten und Unterschiede, wenn man Liebesbeziehungen und therapeutische

Beziehung vergleicht: In beiden Fällen ist eine neue Sicht auf die Welt und auf sich selbst möglich, sie wird erleichtert durch die starke Emotionalität. In beiden Fällen werden auch vielerlei Projektionen auf den anderen geworfen … Der Therapeut allerdings ist durch Zurücksetzung eigener Wünsche ein sehr viel besseres Projektionsfeld.

Wenn wir psychische und psychosomatische Krankheiten als Ungleichgewicht im Fließen der Liebesenergie sehen, so wird sowohl vom „Heiler“ (ob Medizinmann, Arzt, Seelsorger oder Freund) als auch vom „Kranken“ das Wiederherstellen ursprünglicher natürlicher Ordnung Ziel einer Behandlung sein. Zwischen „Heiler“ und „Krankem“ entsteht eine mystische und dadurch heilsame Harmonie.

Der Pfarrer und Dichter Wilhelm Willms schildert in seinem Buch „Der geerdete Himmel“ den Therapeuten Jesus auf seine Weise.

Als Jesus den Stummen heilte – da ist er ganz nahe herangegangen – an diesen stummen Menschen – hat ihn umarmt – hat sich nicht distanziert verhalten – ist nicht wie ein Psychotherapeut – nicht wie ein Medizinmann – nicht wie ein Seelsorger – mit Vollmacht vom Amt aufgetreten – wie ein Mensch – ist er ganz nahe herangegangen – und hat mit dem Finger – Speichel aus seinem Mund genommen – und den Speichel – dem Stummen auf die Zunge gestrichen – ganz konkret – furchtbar konkret

Bah … Speichel! – Wo bleibt da die Hygiene … Und diese ungeheuere menschliche Nähe – diese nicht gespielte Zuneigung – löste und erlöste den Stummen – das ist Erlösung! Wenn einer so kommt – da tat der Stumme seinen Mund auf … und jetzt spricht auch Jesus mit ihm – dem nicht mehr Stummen – und sie verstehn sich – und von da an – wagte der Stumme – wieder mit Menschen zu sprechen – weil er einem Menschen begegnet war …

Einander umarmen – das ist eine Urgeste, die heilen kann. Die Inderin Mata Amritanandamayi, kurz „Amma“ genannt, ist bekannt geworden nicht nur durch ihren weltweiten Einsatz für Gewaltlosigkeit (dafür wurde sie mit dem Gandhi-King-Preis ausgezeichnet), sondern auch durch ihre Veranstaltungen, die viele tausend Heilbedürftige anziehen. Auch wenn zweitausend und mehr Menschen versammelt sind: Jeder Einzelne wird von ihr umarmt.

Bei Liebesmangel erkrankt ein bestimmtes Körperteil, ein Organ des Individuums. Auch eine dysfunktionelle, mehrköpfige Familie kann man symbolisch als „Körper" betrachten. Nicht selten kränkelt ein Familienmitglied besonders häufig, leidet mehr als die anderen. Das kränkelnde Familienmitglied identifiziert sich unbewusst mit negativen Strömungen innerhalb der Familie, mit lieblosen Umfangsformen, unterschwelligen, nicht gezeigten Aggressionen und wird so zum Abfallcontainer für alles Böse und Bedrückende. Das schwache Familienmitglied wird zum „Sündenbock", der die Kränklichkeit des Familiensystems übernimmt und so für ein (scheinbares) familiäres Gleichgewicht sorgt. Die anderen Familienmitglieder müssen sich nicht mit den eigenen Schwächen und heimlichen Rücksichtslosigkeiten konfrontieren.

Die brüchige Familienstruktur zerfällt, wenn das schwache Familienmitglied sich plötzlich radikal ändert, beispielsweise indem es sich verliebt und die Liebe, die ihm in der Familie versagt wurde, von einem anderen Menschen erhält. Die Liebe befreit das vormals schwache Familienmitglied aus seinem vormaligen Abfallcontainer-Dasein und rüttelt die restliche Familie auf heftige Weise wach.

Selbstverständlich sind wir alle eine einzige große Familie, die – und das ist eine archaische Weisheit – kein Mitglied ausgrenzen will. Das von manchen abgewertete Bussi-Bussi-Begrüßungsritual zeigt auch, dass das Liebe-Prinzip im Alltag sich immer mehr verbreitet.

Liebe kann Berge versetzen und – wie wir gesehen haben – selbst schwere Krankheiten vertreiben. Liebe heilt viele Krankheitssymptome, oft aber wird die Krankheit durch Liebe „nur" gemildert, erträglicher gemacht. Vielleicht gelingt es uns, in einer gestörten, leidenden Umwelt ein gewisses Maß an eigenen Störungen und Leiden zu akzeptieren und trotzdem glücklich zu sein. Sogar Sisyphos ist ein glücklicher Mensch.

3. Liebesmahl und vegetarische Verführung

Kaum eine Tätigkeit verbindet Menschen mehr als Essen und Trinken. Das gemeinsame Mahl ist Mittelpunkt eines jeden Festes. Vom griechischen Liebesmahl – Agape – über das jesuanische Abendmahl bis hin bis zum gemeinsamen Festessen in der Familie oder zusammen mit Freunden ist es das *Essen*, das alle verbindet, die daran teilnehmen. Wir sitzen beieinander, genießen die Düfte und den feinen Geschmack der verschiedenen Gerichte, sprechen und lachen, loben die Köchin, den Koch, reichen einander die Speisen und erleben die Sinnlichkeit der Zunge, leibliche Liebe.

Ein mit Liebe bereitetes Mahl bereitet Genuss und Freude, trägt zur Gesundheit bei und erweckt die Sinnlichkeit oder sogar erotische Gefühle. Nicht nur vollwertige und ausgewählte Nahrungsmittel, sondern vor allem *das liebevolle Kochen* bewirkt körperliches und seelisches Wohlbefinden. Beim Verspeisen der zubereiteten Nahrung geht es weniger um Quantität, sondern vielmehr um – mit starken Gefühlen getränkte – Qualität.

Die wohlige Wärme der Sättigung durch Speis und Trank ist das eine. Das andere: Bei einem solch festlichen Mahl spüren wir wie selten sonst das Gefühl, zusammenzugehören, wie es unserer tief-archaischen Natur entspricht. Gemeinsam essen schafft wohlwollende und verbindende Stimmung. So ist es durchaus legitim, wenn wir nicht nur Freunde und Lebenspartner zum Essen laden, sondern auch Geschäftspartner. In der gehobenen Atmosphäre, die beim Essen aufkommt – verstärkt durch das wohltuende Ambiente eines guten Restaurants –, können ernste Gespräche mit mehr Gelassenheit und einem Schuss Heiterkeit geführt werden – zum Nutzen aller Beteiligten.

Die in den reichen Ländern millionenfach stattfindenden üppigen Banketts und Büffets sind vor allem geprägt von erdrückender Reichhaltigkeit (wobei Tonnen über Tonnen von wertvollen Nahrungsmitteln nach dem Festakt weggeworfen werden). Vor rund 500 Jahren erkannte der große Paracelsus Zusammenhänge, die immer noch gelten:

> *Das viele Essen und besonders das Fleischessen unterdrücken die Vernunft, machen untüchtig zu scharfem Nachdenken und erzeugen träge Gemüter, die zu jeder Dummheit und Torheit fähig sind.*

In den Ländern der Dritten Welt fehlt es oft an Grundnahrungsmitteln und durch Hunger entstehen dort zahlreiche Mangelkrankheiten. Anders in den Industrieländern. Hier sind zwar genügend Nahrungsmittel vorhanden, aber dennoch ist die Ernährung insgesamt alles andere als gesund: Es wird zu viel und zu fett gegessen (mit zu wenig Ballaststoffen), zu viel tierisches Protein zugeführt und zu viel konservierte und kontaminierte Nahrung („instant food") verzehrt. Viele Menschen wissen dies und haben ihre Essgewohnheiten entsprechend umgestellt, beispielsweise auf eine vegetarische Kost.

Zahlreiche körperliche Krankheiten lassen sich mit einer liebevoll zusammengestellten Diät erfolgreich behandeln, bestimmte Erkrankungen der Leber, des Herzens und der Haut, aber auch manche neurologische Krankheiten. Ausgehend von dem Grundsatz, dass körperliche und seelische Beschwerden eng zusammenhängen, hat die Naturheilkunde immer wieder besondere Formen der Diät für unterschiedliche psychische Beschwerden entwickelt.

Mit einer Umstellung der Ernährungsgewohnheiten auf eine spezifische Diät lassen sich beispielsweise depressive Beschwerden lindern. Günstig ist eine „durchtreibende Diät“ mit rohem oder gekochtem Obst, leicht verdaulichen Gemüsegerichten, Salaten, frischen Obstsäften, Früchtetee, Dickmilch und Joghurt. Während einer Diätkur über zwei bis drei Wochen sollte für tägliche Darmentleerung gesorgt werden (mit Hilfe von Weizenkleie o. Ä.).

Vegetarisch – aus Liebe zu mir und zum Tier

Für die psychische Stabilisierung und für eine gesunde Vermehrung der Selbstliebe ist es günstig, grundsätzlich auf den Verzehr von Fleisch, Wurst und Fisch zu verzichten (also keine Tiere zu töten und zu essen). Fleisch ist für eine vollwertige Ernährung beim Menschen nicht erforderlich (und überdies verzehrt man bekanntermaßen mit einem Steak oder einem Lammbraten gleichzeitig eine breite Palette von Hormonen und unterschiedliche Antibiotika). Bei der so genannten lacto-vegetarischen Ernährung sind außer der pflanzlichen Kost auch tierische Produkte gestattet (also Milch, Käse, eventuell Eier); auch für den Lacto-Vegetarismus gilt aber das Prinzip, keine Tiere zu töten und zu essen. Der griechische Philosoph und Mathematiker Pythagoras verkündete: „Solange der Mensch Tiere schlachtet, werden die Menschen auch einander töten. Wer Mord und Schmerz sät, kann nicht erwarten, Liebe und Freude zu ernten.“

Und Leo Tolstoi bekräftige Jahrhunderte später: „Solange es noch Schlachthöfe gibt, wird es auch noch Schlachtfelder geben!“ Viele berühmte Menschen, die sich tief mit allen Aspekten der Liebe auseinander gesetzt haben, sind Vegetarier: Lao-tse, Buddha, Ovid, Platon, Leonardo da Vinci, Voltaire, Mahatma Gandhi, George Bernhard Shaw, Paul McCartney, Kim Basinger, Martina Navratilova und viele andere. „Der menschliche Magen ist kein Friedhof für Tiere“, sagt Nina Hagen, die spektakuläre Rock-Ikone und Mutter zweier Kinder:

> *In den 80er Jahren hatte ich eine starke spirituelle Offenbarung und fühle seitdem eine enge Verbindung mit Tieren. Je mehr ich über die grausamen Machenschaften der Fleischwirtschaft erfuhr und wie die*

Schweine, Kühe und Hühner leiden müssen, desto weniger wollte ich Fleisch essen ... Deshalb wurde ich Vegetarierin.

Jeder Tieresser frage sich, ob er weiterhin Fleisch oder Wurst essen würde, wenn er das Töten nicht dem Schlächter überließe, sondern er selbst handeln und ein Lamm erstechen oder eine Forelle erschlagen müsste. Der berühmte Beatles-Sänger Paul und seine Frau Linda McCartney: „Wenn Schlachthöfe Glaswände hätten, wären alle Menschen Vegetarier!"

Erwiesenermaßen produziert ein Tier, bevor es getötet wird, aus Angst vielerlei „Stresshormone" in höchsten Konzentrationen, die sich in Organen und Muskulatur nachweisen lassen. Beim Verzehr von Tierfleisch werden auch diese Stresshormone einverleibt und können im menschlichen Körper erhebliche neurovegetative Störungen bewirken. Oder klarer gesagt: *Wer Fleisch verzehrt, isst die Todesangst des Tieres mit.* Dass dies nicht gesund sein kann, leuchtet wohl ein. Statistiken zeigen, dass Vegetarier – verglichen mit dem Durchschnittsbürger – weniger oft krank werden und seltener chronische Leiden haben.

Ein wirkliches *Liebesmahl* – mit oder ohne Candle-light – gibt es nur, wenn Tierleichenteile (wie auch immer zubereitet) fehlen. Die Menschen sollten sich angewöhnen, Tiere zu streicheln, statt sie zu töten. Sehr viele Menschen leben mit Haustieren zusammen: Zwischen 20 Prozent (in Japan) und 70 Prozent (in den USA) der Haushalte beherbergen einen Hund oder eine Katze und keiner käme auf die Idee, seinen Hund oder seine Katze zu grillen. Im Gegenteil: Die meisten Haustiere werden nicht nur als Freund, sondern als *Familienmitglieder* empfunden, mit denen man spricht und schmust und die – nachgewiesenermaßen – Wohlergehen und Ausgeglichenheit vor allem bei Kindern, aber auch bei Erwachsenen wesentlich fördern. Die Liebe, die Mensch und Tier verbindet, heitert nicht nur den Alltag auf, sondern wirkt darüber hinaus, wie zahlreiche Studien bestätigen, heilend auf allerlei kindliche Störungen.

Wenn jemand erzählt: „Mein Nachbar hat ein Lamm gegrillt", dann wäre niemand sonderlich erstaunt. Würde aber jemand berichten: „Mein Nachbar hat einem Schäferhund die Kehle durchgeschnitten und ihn dann gegrillt", dann würde manch einer die Polizei oder zumindest den Tierschutzverein verständigen. Zwischen sehr ähnlichen Säugetieren wird eine rassistische Grenze gezogen; das ist absurd.

Vegetarismus ist keine neue Erfindung, sondern hat in anderen Kulturen eine lange Tradition, beispielsweise bei den vielen hundert Millionen Anhängern des Hinduismus. Im Hinduismus – basierend auf den über 5000 Jahre alten indischen Veda-Schriften – finden sich die meisten religiös motivierten Vegetarier auf unserem Planeten. Wahre Hindus respektieren die Ideale des Gewaltverzichts und lieben *alle* Geschöpfe dieser Erde, womit das Töten von Tieren ausgeschlossen ist. Das Essen soll täglich ein „heiliges Essen" werden und dann gilt (entsprechend Ajur-Veda): „Du sollst deinen von Gott gegebenen Körper nicht zum Töten von Gottes Geschöpfen gebrauchen – weder Mensch noch Tier noch irgendein anderes Wesen." Erstaunlicherweise konnten weder die islamische noch die britische Fremdherrschaft noch die derzeitige westliche Ernährungsgewohnheit die vegetarisch denkenden und vegetarisch lebenden Hindus wesentlich verändern.

Eugen Drewermann, ein geradezu kämpferischer Vegetarier, hat herausgefunden, dass letztlich jedes Jägervolk darunter leidet, töten zu müssen. „In der Kinderstube aller Völker gibt es kein Kind, das nicht von Hause aus an allem, was lebt, mit großer Anteilnahme hängen würde; die christlich-jüdische Gefühlsverrohung und Gedankenlosigkeit hingegen muss mit System erzogen werden."

Die vegetarische Küche ist überaus vielfältig und festlich, opulent, sinnlich, gesund, erotisch und erfüllt alle Wünsche eines verwöhnten Gourmets. PETA (People for the Ethical Treatment of Animals), die in Amerika entstandene weltweit größte Tierrechtsorganisation (mit über 500.000 Mitgliedern), zeigt sich nicht etwa verbiestert kämpferisch, sondern heiter-weltoffen und präsentiert international-bunte „Veganissimo"-Kochrezepte „für Menschen, die Tiere lieben". Der Mensch ist, was er isst. Dazu passt das moderne Märchen von Margret Rettich über einen Weihnachtsbraten:

Einmal lebten eine Frau und ein Mann unter ärmlichen Verhältnissen, waren aber glücklich und zufrieden. Eines Tages fand der Mann am Wegrand eine Gans, nahm sie mit und zeigte sie seiner Frau als künftigen Weihnachtsbraten. Rasch fühlte sich die Gans wohl bei den beiden; sie aß, was die beiden übrig ließen, und zwischendurch bekam sie besondere Leckereien. Wenn Mann und Frau ihre Arbeit getan hatten und gemütlich beisammen saßen, gesellte sich die Gans dazu wie ein drittes Familienmitglied. Zwischendurch malten sich die Frau und der Mann aus, wie ein Gänsebraten mit Rotkohl und Knödeln schmecken würde.

Die Zeit verging rasch und Weihnachten stand vor der Tür. Die beiden kauften alles ein, was man für ein festliches Weihnachtsessen braucht, und dazu noch besonders leckere Haferflocken für die Gans. Als die Gans schließlich geschlachtet werden sollte, brachte keiner der beiden es übers Herz. Schließlich packte der Mann die Gans auf sein Fahrrad, um zu einem Nachbarn zu fahren, damit dieser die unangenehme Tat vollbrächte. Doch nach einer Weile kam der Mann mit der Gans zurück – der Nachbar hatte keine Zeit gehabt. Die Frau begrüßte den Mann und die Gans freudig und erzählte, der Geschmack von Rotkohl und Knödel sei so köstlich, dass es nur stören würde, wenn noch anderes Essen dazukäme.

Die Frau hatte Recht und sie hatten ein gutes Essen. Die Gans verspeiste zu ihren Füßen die extrafeinen Haferflocken. Später saßen alle drei nebeneinander auf dem Sofa in der guten Stube und sahen ins Kerzenlicht.

Lust auf Fasten?

Eine ganz andere Bedeutung gewinnt das Thema „Liebe und Essen", wenn der kindliche Hunger nach Liebe von den Eltern nicht mit zärtlicher Zuwendung, sondern mit Süßigkeiten und anderer Nahrung gestillt wird, nach dem (nicht bewussten) Motto: Essen statt Liebe. Hier liegt eine der Wurzeln für spätere Essstörungen, ob Anorexie (Magersucht) oder Bulimie (Essattacken, manchmal mit nachfolgendem absichtlichen Erbrechen und Gebrauch von Abführmitteln).

Das „Dauerfasten" bei anorektischen Menschen hat pathologisch-zwanghafte Züge. Anders ist es beim gelegentlichen Fasten aus gesundheitlichen oder religiösen Gründen: Der Verzicht auf Nahrung dient hier der körperlichen Reinigung und einer Steigerung intensiver Gefühle, wie Erhabenheit, Glück und Liebe. Früher wurde oft gezwungenermaßen gefastet, wenn nämlich im Winter oder in Hungers- und Kriegszeiten die Nahrungsmittel knapp wurden, aber es wurde auch bewusst und freiwillig gefastet. Vor besonderen Festen wie Ostern hatte das Fasten die Bedeutung, sich von der materiellen Welt abzuwenden und für religiöse Erfahrungen zu öffnen.

Besonders eindrucksvolle Ergebnisse lassen sich mit *Heilfasten* erzielen: Auf das Nervensystem wirkt Heilfasten beruhigend und entspannend. Durch die Entlastung von Nahrungsaufnahme und Verdauungsarbeit (hierfür verwendet der Körper ein Drittel der zugeführten Energie) entwickelt sich nach mehreren Tagen des Fastens ein Zustand erhöhter Konzentrationsfähigkeit, geistiger und gefühlsmäßiger Sensibilität für Innenleben, Träume und auch äußere Reize. Dazu der naturheilkundlich orientierte Arzt und Theologe Stephan Kukolja:

Durch das Heilfasten wird der Körper leicht, mobil und sozusagen „vergeistert". Aber nicht nur das: Für die Seele ist das Heilfasten ein besonderes Erlebnis. Die Seele öffnet sich wie eine Schale in diesem tiefgreifenden Verfahren für die metaphysische Welt. Plötzlich werden Einsichten sichtbar, die bisher verschüttet waren. Das Nebensächliche verschwindet! Das Wesentliche im Leben wird plastisch und sichtbar.

Als sich Siddharta (in der Novelle von Hermann Hesse) um die Stelle eines Verwalters bewirbt, wird er gefragt, was er denn gelernt habe, und er antwortet: „Ich kann denken, ich kann warten, ich kann fasten." Als er erklärt, wie nützlich all diese Eigenschaften sind, erhält er die Stelle.

Ingredienzien für sinnliches Essen

Die Sinnlichkeit der Zunge und des Gaumens wird durch bestimmte Ingredienzien besonders angeregt.

Salzig *(zum Beispiel eine salzige Vorspeise) regt den Appetit an, auch Appetit nach körperlicher, sexueller Lust.* Sauer *(zum Beispiel Zitrone, Essig, Joghurt, Lassi) macht lustig und Lustigsein vereint.* Scharf *(zum Beispiel Pfeffer, Paprika, Curry) regt den Stoffwechsel an, erhitzt Haut und Sinnesorgane – „macht scharf", auch auf das Objekt der Begierde.* Süß *(etwa Reis, Nudeln, Süßspeisen) wirkt entspannend und gleichzeitig anregend, impliziert die Süße der Verführung, einen süßen Blick, einen süßen Kuss.*

Um bei einem begehrten Menschen körperliche – und natürlich auch seelische – Liebe zu entfachen, werden seit alters her den Speisen und Getränken allerlei Verführungsgewürze, Zauberpflanzen und Aphrodisiaka beigemischt. Durch Liebeszauber soll die Anziehungskraft erhöht werden. Aphrodisiaka sind meist pflanzliche Mittel, die eingenommen werden, um das erotische und sexuelle Erleben zu wecken oder zu steigern; einige Elixiere wirken gezielt potenzfördernd, zum Beispiel Yohimbin, das aus der Rinde des afrikanischen Yohimbé-Baums gewonnen wird. Andere Aphrodisiaka sind „Küchendrogen", die absichtlich einer verführerischen Speise beigefügt werden:

Ingwer *gilt vor allem in der islamischen Welt als Aphrodisiakum, dem heiß-machende Qualitäten zugeschrieben werden;* Safran *weckt die geschlechtliche Begierde der Frau und wird beispielsweise in Indien mit Spuren der* Bethel-Nuss *(einem Stimulans) kombiniert; eine ähnliche Wirkung wie Safran wird dem* Basilikum *zugeschrieben. Aphrodisierende Wirkung bei beiden Geschlechtern zeigen* Muskatnuss *und* Stechapfel, *die beide in höherer Dosis psychedelische Wirkung zeigen. Auch* Pfeffer *(der auch in manchen Potenzsalben enthalten ist),* Knoblauch, Kürbiskerne *und* Vanillestangen *gelten als sexuell kräftigend.*

Bei den alten Griechen war der Wein (meist mit Kräuterzusätzen) das berauschende Getränk, das bei Aphrodisien und Dionysien getrunken wurde; auch heutzutage gehört zum Festmahl edler Wein, der Gemüt und Zunge löst und Flirten und Liebesbeteuerungen erleichtert. Schon in den biblischen Psalmen finden wir das Dankgebet: *„Brot lässt du auf der Erde wachsen und Wein, der fröhlich stimmt des Menschen Herz." (Psalm 104,14).*

Sowohl das verführerisch vegetarische Festmahl als auch die einfache, aber liebevolle Alltagsküche versammelt und verbindet die Familie, den Freundeskreis und das gemeinsam dinierende Paar. Und selbstverständlich wird an den gedeckten Tisch freudig ein weiterer Stuhl hinzugestellt für denjenigen, der zufällig vorbeikommt. Sinnliche Freude verbündet und wird so zu einer besonderen Form der Liebe – *leibliche Liebe kann geistige Liebe erwecken.*

XII. Liebe als Lebensstil

Wenn wir andere Menschen als Konkurrenten und Feinde erleben, dann müssen wir kämpfen und noch egoistischer, ehrgeiziger und aggressiver werden. Wenn es uns dagegen gelingt, die Welt immer wieder mit den Augen der Liebe zu sehen, dann erblicken wir überall – wohin wir auch gehen – unterschiedliche Formen von Liebe. Und wir sehen und verbinden uns mit den Vögeln am Himmel, mit den Blumen in der Wiese, den lärmend-spielenden Kindern, mit all den Menschen, die uns nahe sind, und wir verbinden uns auch mit fernen, uns unbekannten Menschen.

In den Werken der Dichter, Maler und Musiker, der Philosophen und Theologen begegnet uns die Liebe als Mysterium. Im realen Leben kann Liebe vielfältig erlebt werden; denn im Innersten eines jeden Menschen keimt der mächtige Samen der Liebe. Wir müssen ihn gießen und die heranwachsende Blume pflegen.

Unser ganzes Leben ist geprägt von Liebesbeziehungen zu anderen, für uns wichtigen Menschen; sie machen Glück und Leiden unseres Daseins aus. Nun erwarten Sie bitte in der Beziehung zu Ihren Mitmenschen – ob in Partnerschaft, Familie oder Freundschaft – keine Perfektion: Perfektion in all ihren Spielarten ist ein menschliches Hirngespinst. Die Natur mit ihren Milliarden unterschiedlichen Lebewesen ist ein wunderbares Chaos, frei von jeglicher Perfektion. *Gerade das Nicht-Perfekte aber ist besonders liebenswert.*

Es ist besser und entspannender, großzügig über Fehler anderer hinwegzusehen statt akribisch darauf hinzuweisen. Und wir nehmen Abschied von eigenen Absolutheitsansprüchen, was freilich nichts mit lascher Beliebigkeit zu tun hat. Der beweist am ehesten, dass er den „rechten Glauben“, „die richtige Lebenseinstellung“ hat – das lehrt uns Lessing mit seiner Ring-Parabel –, der am meisten Liebe verschenkt und dadurch liebens*wert* ist. Statt sich dauernd die Liebe von anderen zu wünschen, ist es sinnvoller, selbst mit dem Lieben zu beginnen und selbst Liebe zu geben.

Manche Menschen, auf die die Liebe zuströmt, verschließen – meist unabsichtlich – aus erfahrenen Kränkungen, Enttäuschungen oder aus Angst vor zu viel Nähe ihr Herz. Die Probleme der Liebe lassen sich jedoch nur vermeiden, indem man die Liebe vermeidet.

Wenn wir uns einem anderen Menschen herzlich zuwenden, ihn akzeptieren, so wie er ist, dann strömt Liebe. Und um das Strömen der

Liebe zu erhalten, müssen wir unser Herz öffnen. Die Risiken dabei sind durchaus kalkulierbar – so wie die Risiken einer Berufskarriere, einer Gletschertour oder der Entscheidung, alleine zu leben.

Mit Liebe anreichern können wir uns, indem wir den Atem als Medium benutzen. Beim tiefen Einatmen schöpfen wir mit der Luft bewusst Liebe und füllen damit unseren Körper. Mit dem langen Ausatmen verströmen wir die Liebe – hin zu Menschen, die uns begegnen. Und wir verbinden uns mit ihnen, so wie Schmetterlinge Lockstoffe aussenden, die von Artgenossen empfangen werden.

Solche und ähnliche Übungen sind in freier Natur noch wirksamer. Verbinden wir uns dankbar – über den Atem, die Augen, die Hände oder mit dem ganzen Körper – mit einem Baum, einem Wasserfall, einem Berg usw., dann gehen Naturkräfte auf unseren Körper und auf unser Gemüt über. Dabei können wir spüren, wie die Liebe, die wir aussenden, erwidert wird: Wir fühlen uns mit wohliger Energie beschenkt. Ähnlich können Kunsterlebnisse wirken, wenn wir uns einem Konzert, einem Lied ganz öffnen, ein Bild mit allen Sinnen aufnehmen, uns von einem Gedicht berühren lassen. Lin Chi (9. Jahrhundert):

Die Liebe ist
der Beginn des Lebens
– täglich
jenseits des Todes
– immer

Die Liebe – als Lebensprinzip – schließt niemanden aus, nicht den unfreundlichen Nachbarn, nicht den Feind. Die Chance, dass ein Mitmensch freundlicher wird und ein Feind sich entfeindet, ist größer, wenn wir ihnen entgegenkommen mit einem Vorschuss an Liebe; wer in der Liebe lebt, hat einen Energievorsprung und damit die Kraft, den ersten Schritt zu tun und großzügig zu verzeihen. Liebe macht stark für den Alltag. So werden wir geduldiger miteinander und mutiger, um uns für uns selbst und andere einzusetzen.

Wir leben, um zu lieben. Täglich! Und lieben heißt, großzügig zu sein, Generosität zu zeigen – in allen konkreten Bereichen des Lebens. Wir sind üppig im Trinkgeld- und Komplimentegeben; als Radfahrer lassen wir dem Fußgänger Vortritt, einem Handwerker geben wir zusätzliche Anerkennung, wir pflegen Gastfreundschaft und sind offen für andere und ihre Sorgen. Dadurch entsteht Aufheiterung, eine kurze und wohltuende Verbundenheit – das Liebe-Prinzip stellt sich ein.

Was wir an Liebe geben, kommt mit Sicherheit zurück, wenn nicht sofort, dann mit Langzeitwirkung. Das ist ein kosmisches Gesetz. Je mehr wir geben, ja, verschwenden, desto mehr fließt zurück. Das *klingt* nur paradox: Wir werden reich durch Verschwenden. Das zeigt sich bereits im Kleinen: Uns durchrieselt ein warmes Gefühl, wenn wir sehen, wie jemand durch unser Zutun einen Moment der Heiterkeit, der Erleichterung, der Freude erlebt.

Sich nur nach Liebe zu sehnen, so wie kleine Kinder sich Liebe wünschen, heißt noch nicht zu lieben. Ein Angler, der einen Köder auswirft, will dem Fisch nichts schenken. Er tut nur so, um den Fisch zu fangen. Anders der fröhliche Wanderer, der am Flussufer rastet und den herannahenden Fischen Teile seines Brotes zuwirft und sich freut, weil die Fische sich freuen.

Lieben heißt, berühren (mit den Augen, den Händen), umarmen, küssen, begehren und Lust empfinden. Und lieben heißt, aus tiefstem Herzen Wärme strömen zu lassen, sich selbst zu wärmen und sich mit anderen zu verbinden. Die körperliche Liebe verdunkelt nicht etwa die geistige Liebe, sondern erhöht sie.

Sexualität kann durchaus als etwas Religiöses verstanden werden, da in ihr sich das Wunder der Schöpfung am sichtbarsten wiederholt, da wir spürbar über uns hinauswachsen! In allen Bereichen der Liebe lebt die *Sinnlichkeit* als elementarer Teil menschlicher Erfahrung. Selbst wenn Hilfsorganisationen zur Mithilfe aufrufen oder ein Priester an Nächstenhilfe appelliert, berühren sie die Sinnlichkeit der Liebe. Durch die Spende wird ein kranker Körper gesund und satt, werden die Augen eines Blinden sehend.

Immer mehr Menschen erkennen, dass große Teile der Welt – voll von Elend und gespenstischem Lachen – ein einziges Irrenhaus sind. Und doch gibt es einen Ausgang. Auf dieser Ausgangstür steht in großen Lettern: „Ausgang zur Liebe – Eintritt frei!“ Mit dieser Tür beginnt der Weg zum schönsten Abenteuer im Leben eines Menschen. Denn in Liebe zu sein, bedeutet zu fliegen – jenseits und diesseits der Wolken.

Das Geschenk der Liebe ist – wie materielles Eigentum – auch eine Verpflichtung. Seit uns die Fernsten aller Kontinente, die Ausgebeuteten und Entrechteten, durch die Medien nahe kommen und wir über die Zusammenhänge von Entwürdigung, Armut und Terror Bescheid wissen, sind wir täglich aufgefordert zur Fernstenliebe. Diese kann konkrete Gestalt gewinnen in finanzieller Unterstützung, ebenso in der Anpassung unseres Lebensstils an die realen Verhältnisse auf dem Globus – indem wir z. B. nur noch kaufen, was nirgends in der Welt Schaden verursacht.

Liebe schafft eine weltweite Kultur der Anerkennung. Dazu gehört auch die redliche und offene Auseinandersetzung, die zu weltpolitischen Vereinbarungen führt, durch die *allen* ein menschenwürdiges Leben sicher ist.

Wenn wir dieser Welt einen Sinn geben wollen, der über unser Ich hinausgeht, dann finden wir ihn in der Liebe. Das Einzige, wofür sich wirklich zu leben lohnt, ist die Liebe; sie bringt uns Probleme und Leiden und gleichzeitig unendliche Freude und Hoffnung. Und Liebe ist die einzige Kraft, die unser Innenleben mit den fernen Weiten des Universums verbindet. In dieser Liebe finden wir die tiefgreifendsten und radikalsten Erfahrungen, zu denen der Mensch imstande ist.

Ein neues Zeitalter hat begonnen – das Zeitalter der Liebe. Dem mächtigen Strom der Liebe können wir uns *alle* anschließen. Verschwenden wir Liebe und werden wir somit wirklich reich!

Literaturhinweise

Badinter, Elisabeth: Die Mutterliebe. Geschichte eines Gefühls vom 17. Jahrhundert bis heute, München 1981

Belli, Gioconda: Zauber gegen die Kälte, Wuppertal 1989

Boff, Leonardo: Ethik für eine neue Welt, Düsseldorf 2000

Bornemann, Ernest: Lexikon der Liebe und Erotik, München 1968

Brück, Michael von/Lai, Whalen: Buddhismus und Christentum. Geschichte, Konfrontation, Dialog, München 1997

Buber, Martin: Reden über Erziehung, Heidelberg 1965

Buber, Martin: Urdistanz und Beziehung, Heidelberg 1965

Byron, Katie: Lieben was ist, München 2002

Camus, Albert: Der Mythos von Sisyphos. Ein Versuch über das Absurde, Hamburg 1984

Chopra, Deepak: Das gesunde Herz, Bergisch Gladbach 1999

Dalai Lama: Tod und Unsterblichkeit im Buddhismus, Freiburg 1997

Drewermann, Eugen: Der tödliche Fortschritt. Von der Zerstörung der Erde und des Menschen im Erbe des Christentums, Freiburg/Basel/Wien 1991

Duchrow, Ulrich: Alternativen zur kapitalistischen Weltwirtschaft, Mainz 1994

Fox, Matthew: Revolution der Arbeit. Damit alle sinnvoll leben und arbeiten können, München 1996

Fromm, Erich: Haben oder Sein, München 1980

Goethe, Johann Wolfgang von: Gedichte, Frankfurt 1965

Goleman, Daniel: Emotionale Intelligenz, München 1995

Gordon, Thomas: Die neue Familienkonferenz. Kinder erziehen ohne zu strafen, München 2000

Gray, John: Männer sind anders, Frauen auch, München 1998

Guardini, Romano: Vom Sinn der Schwermut, Mainz 1983

Guntern, Gottlieb: Im Zeichen des Schmetterlings. Leadership in der Metamorphose, Bern/München/Wien 1992

Hämmerling, Elisabeth: Orpheus' Wiederkehr. Der Weg des heilenden Klanges, Interlaken 1984

Hesse, Hermann: Gedichte, Frankfurt 1970

Jaschke, Helmut: Heilende Berührungen. Körpertherapeutische Aspekte des Wirkens Jesu, Mainz 2004

Kahl, Reinhard: Treibhäuser der Zukunft. Wie in Deutschland Schulen gelingen, Archiv der Zukunft 2004
Kakar, Sudhir: Kamasutra oder die Kunst des Begehrens, München 2003
Keen, Sam: Die Lust an der Liebe. Leidenschaft als Lebensform, Weinheim/Basel 1985
King, Martin Luther: Ich habe einen Traum, Zürich 1999
Kochanek, Hermann (Hrsg.): Ich habe meine eigene Religion. Sinnsuche jenseits der Kirchen, Zürich/Düsseldorf 1999
Lappé, Frances und Anna: Hoffnungsträger. Ein internationaler Reiseführer zu grünen Initiativen, München 2001
Leboyer, Frédérick: Sanfte Hände, München 1990
Lindgren, Astrid: Ein Werk-Porträt, Frankfurt 2002
Miller, Alice: Abbruch der Schweigemauer, Hamburg 1993
Montessori, Maria: Gott und das Kind, Freiburg 1995
Montessori, Maria: Spannungsfeld Kind – Gesellschaft – Welt, Freiburg 1979
Murken, Axel und Christa (Hrsg.): Melancholie und Eros, Köln 1997
Negt, Oskar: Arbeit und menschliche Würde, Göttingen 2001
Neill, Alexander S.: Theorie und Praxis der Antiautoritären Erziehung, Hamburg 1969
Nietzsche, Friedrich: Menschliches, Allzumenschliches, München 1967
Nin, Anaïs: Die neue Empfindsamkeit, Frankfurt 1992
Odent, Michel: Die Wurzeln der Liebe, Düsseldorf 2001
Ortega y Gasset, José: Über die Liebe, Frankfurt 1968
Pogačnik, Marko: Erdsysteme und Christuskraft. Ein Evangelium für das Menschwerden, München 1998
Ramana Maharashi: Gespräche des Weisen vom Berge Arunachala, Interlaken 1993
Rapp, Dorothea: Alchemie der Nähe. Die Begegnung von Frau und Mann, Stuttgart 1992
Richter, Horst-Eberhard: Das Ende der Egomanie, Köln 2002
Rilke, Rainer Maria: Die Gedichte, Frankfurt 1990
Rojzman, Charles: Der Haß, die Angst und die Demokratie. Einführung in eine Sozialtherapie des Rassismus, München 1997
Rott, Alfred: Das Thema ‚Boden' in Dichtung, Mythologie und Religion. In: Berichte der Akademie für Naturschutz und Landespflege, Laufen/Salzach 1988
Rousseau, Jean-Jacques: Emile oder Von der Erziehung. Nach der deutschen Erstübertragung von 1762

Ruiz, Miguel Angel: Vollendung in Liebe, München 1999
Saint Exupéry, Antoine de: Die Stadt in der Wüste, Düsseldorf 1985
Salman, Harrie: Die Heilung Europas. Das Erwachen des europäischen Selbstbewusstseins, Schaffhausen 1999
Sarkar, Saral: Die nachhaltige Gesellschaft. Eine kritische Analyse der Systemalternaiven, Zürich 2001
Sartre, Jean-Paul: Das Sein und das Nichts, Hamburg 1985
Schiwy, Günther: Abschied vom allmächtigen Gott, München 1995
Schmölders, Claudia: Die Erfindung der Liebe. Berühmte Zeugnisse aus drei Jahrtausenden, München 1996
Steffensky, Fulbert: Feier des Lebens. Spiritualität im Alltag, Stuttgart 1984
Stiglitz, Joseph: Die Schatten der Globalisierung, Berlin 2002
Straub, Eberhard: Vom Nichtstun. Leben in einer Welt ohne Arbeit, Berlin 2004
Tao-tê-ching: Buch vom Tao, dem Weg, und seiner ausstrahlenden Kraft; von Lao-tse. Übersetzt von Anna Devoto, Mailand 1973
That Hanh, Thich: Aus Angst wird Mut, Berlin 2001
That Hanh, Thich: Ein Lotus erblüht im Herzen, München 1995
Zehentbauer, Josef: Abenteuer Seele. Psychische Krisen als Chance nutzen, 5. Auflage, Düsseldorf 2003
Zehentbauer, Josef: Chemie für die Seele. Psyche, Psychopharmaka und alternative Heilmethoden, 9. Auflage, Berlin 2005
Zehentbauer, Josef: Die Auflösung der Irrenhäuser, München 1983, 4. Aufl. 1997
Zehentbauer, Josef: Körpereigene Drogen. Die ungenützten Fähigkeiten unseres Gehirns, 8. Auflage, Düsseldorf 2003
Zehentbauer, Josef: Melancholie. Die traurige Leichtigkeit des Seins, 3. Auflage, Stuttgart 2004
Zehentbauer, Josef: Was tun? Leben wie Abraham. Über das Absurde menschlichen Tuns und über die Fähigkeit, glücklich zu überleben, Wien 2006
Ziegler, Jean: Die neuen Herrscher der Welt und ihre globalen Widersacher, München 2002

Die Autoren Alfred Rott und Josef Zehentbauer sind Begründer von youventus international.

Youventus international hilft bedürftigen Jugendlichen in der Dritten Welt und

- fördert Jugendprojekte in Afrika und Südamerika
- vermittelt Praktika für diese Jugendlichen in Deutschland
- ermöglicht Begegnungen dieser Jugendlichen mit deutschen Jugendlichen sowohl in der Dritten Welt als auch in Deutschland

Die Jugendlichen in der südlichen Erdhemisphäre benötigen Ihre Unterstützung!

Im Sinne des Liebe-Prinzips brauchen wir eine internationale Kultur gegenseitiger Hilfe!

www.youventus-international.de